A ÚLTIMA
FAÇANHA
DO
MAJOR
PETTIGREW

Helen Simonson

A ÚLTIMA FAÇANHA DO MAJOR PETTIGREW

Tradução de Waldéa Barcellos

Título original
MAJOR PETTIGREW'S LAST STAND

Este livro é uma obra de ficção. Nomes, personagens, negócios, organizações, lugares, acontecimentos e incidentes são produtos da imaginação do autor ou foram usados de forma fictícia. Qualquer semelhança com pessoas reais, vivas ou não, acontecimentos, ou localidades, é mera coincidência.

Copyright © 2010 by Helen Simonson
Todos os direitos reservados

Direitos para a língua portuguesa reservados
com exclusividade para o Brasil à
EDITORA ROCCO LTDA.
Av. Presidente Wilson, 231 – 8º andar
20030-021 – Rio de Janeiro – RJ
Tel.: (21) 3525-2000 – Fax: (21) 3525-2001
rocco@rocco.com.br
www.rocco.com.br

Printed in Brazil/Impresso no Brasil

preparação de originais
SÔNIA PEÇANHA

CIP-Brasil. Catalogação na fonte.
Sindicato Nacional dos Editores de Livros, RJ.

S62u	Simonson, Helen
	A última façanha do major Pettigrew / Helen Simonson; tradução de Waldéa Barcellos. – Rio de Janeiro: Rocco, 2011.
	ISBN 978-85-325-2629-8
	1. Ficção inglesa. I. Barcellos, Waldéa, 1951 – II. Título.
10-6701	CDD-823
	CDU-821.111-3

Para John, Ian e Jamie

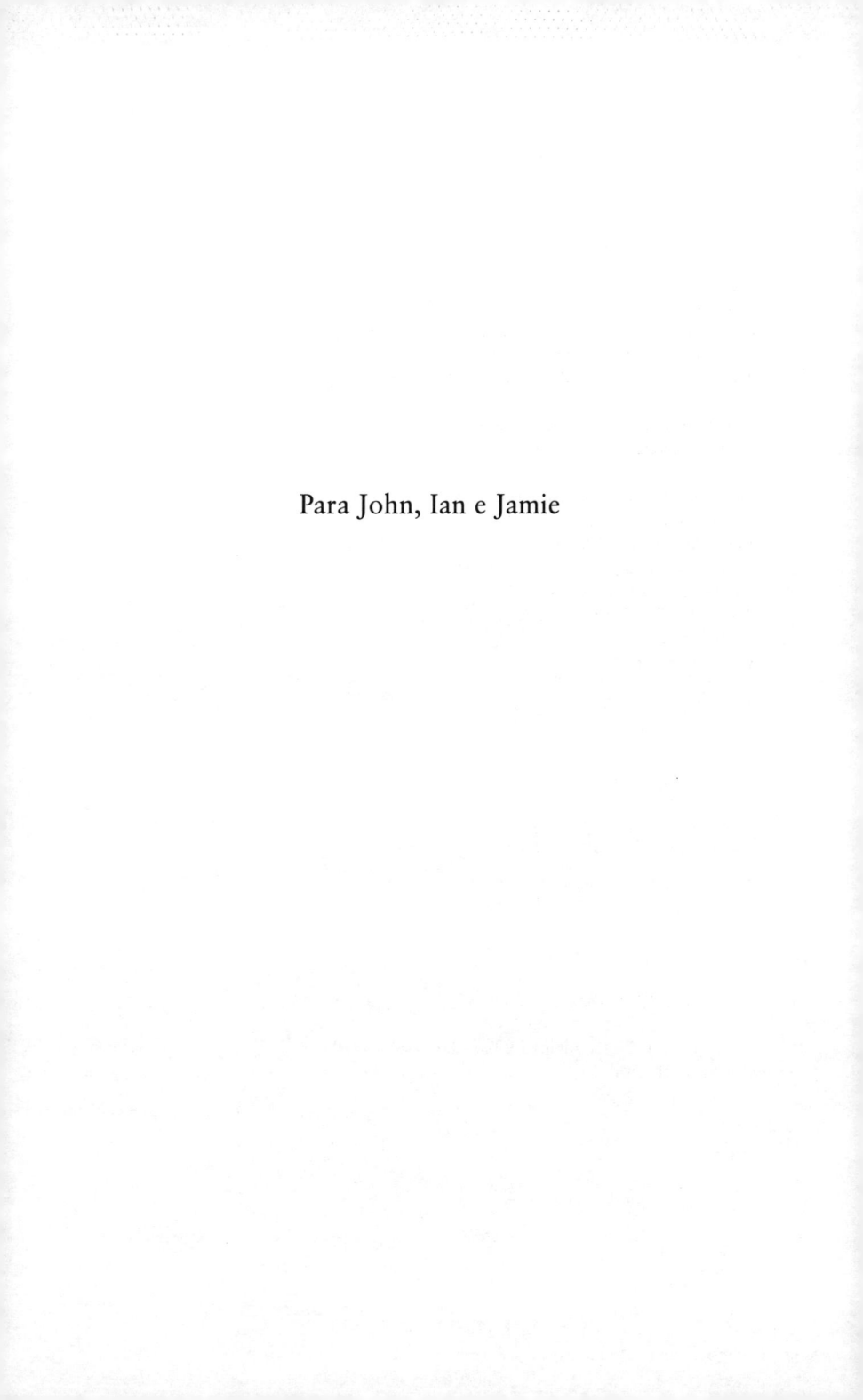

Capítulo 1

O major Pettigrew ainda estava perturbado pelo telefonema da mulher de seu irmão e por isso foi atender a campainha sem pensar. Nas lajotas úmidas da entrada, estava a sra. Ali, da lojinha do lugarejo. Ela teve o mais leve dos sobressaltos, o menor arquear de uma sobrancelha. Um rápido afluxo de constrangimento cobriu as maçãs do rosto do major, e ele alisou, impotente, o colo do roupão carmim, de estampado florido, com mãos que mais pareciam pás.

– Ah – disse ele.

– Major?

– Sra. Ali? – Houve uma pausa que pareceu se expandir lentamente, como o universo, que, como ele acabava de ler, estava se desintegrando à medida que envelhecia. "Senescência", era como tinham chamado no jornal de domingo.

– Vim pegar o dinheiro do jornal. O garoto não está bem – disse a sra. Ali, empertigando sua estrutura baixa para atingir a máxima altura e assumindo um tom vigoroso, tão diferente da suavidade da voz baixa, com sotaque, de quando eles dois comentavam a textura e o perfume dos chás que ela misturava especialmente para ele.

– É claro, peço que me desculpe. – Ele tinha se esquecido de pôr o dinheiro da semana num envelope debaixo do capacho do lado de fora. Começou a se remexer em busca dos bolsos das calças, que estavam em algum lugar por baixo do roupão estampado. Sentiu que os olhos se enchiam de lágrimas. Os bolsos es-

tavam inacessíveis, a menos que ele erguesse a bainha do roupão.
– Peço que me desculpe – repetiu ele.
– Ah, não se preocupe – disse ela, recuando. – Pode deixar lá na loja mais tarde... quando for mais conveniente. – Ela já estava se virando para ir embora quando ele foi dominado por uma necessidade urgente de se explicar.
– Meu irmão morreu – disse ele. Ela se voltou. – Meu irmão morreu – repetiu ele. – Recebi o telefonema hoje de manhã. Não tive tempo.

Quando o telefone tocou, o céu estava cor-de-rosa, e o coro da alvorada ainda tagarelava no teixo gigante encostado na parede oeste de seu chalé. O major, que tinha acordado cedo para fazer a faxina semanal, agora percebia que estava sentado, atordoado, desde aquela hora. Sem outro recurso, ele fez um gesto para seu estranho traje e passou a mão de um lado ao outro do rosto. De repente, seus joelhos bambearam, e ele sentiu o sangue deixar-lhe a cabeça. Percebeu que inesperadamente seu ombro tocava no umbral da porta, e que a sra. Ali, mais rápida do que seus olhos poderiam acompanhar, estava de algum modo a seu lado, dando-lhe apoio para ficar em pé.

– Acho melhor a gente entrar um pouco para o senhor se sentar – disse ela, com a voz baixa de preocupação. – Se me permite, vou apanhar um copo d'água.

Como parecia ter perdido a maior parte das sensações nas extremidades, o major não teve escolha a não ser consentir. A sra. Ali conduziu-o pelo piso estreito de pedra irregular do corredor de entrada e o depositou na cadeira *bergère* escondida bem junto da porta da sala de estar, clara, forrada de livros. Era a poltrona de que menos gostava, com almofadas calombentas e uma travessa de madeira dura exatamente no lugar errado na sua nuca, mas ele não estava em condições de se queixar.

– Encontrei o copo no escorredor – disse a sra. Ali, entregando-lhe o copo grosso no qual ele deixava de molho sua ponte móvel durante a noite. A leve sugestão de hortelã deu-lhe náuseas. – Está se sentindo melhor?

– Estou, muito melhor – disse ele, com os olhos banhados em lágrimas. – Muita gentileza sua...

– Posso lhe preparar um chá? – O oferecimento fez com que ele se sentisse frágil e digno de pena.

– Obrigado – disse ele. Qualquer coisa para tirá-la da sala, enquanto ele recuperava algum resquício de vigor e se livrava do roupão.

Era estranho, pensou ele, escutar mais uma vez uma mulher fazendo barulho com xícaras de chá na cozinha. No console da lareira, sua mulher, Nancy, sorria a partir da foto, com as ondas do cabelo castanho despenteadas, e o nariz sardento ligeiramente rosado com o queimado do sol. Eles tinham ido a Dorset em maio daquele ano chuvoso, provavelmente 1973, e uma súbita aparição do sol tinha iluminado por pouco tempo a tarde ventosa. Tempo suficiente para ele apanhá-la, acenando como uma menina das ameias do Castelo Corfe. Fazia seis anos que ela se fora. Agora Bertie também se fora. Eles o tinham deixado sozinho, o último membro da família de sua geração. Ele uniu as mãos para acalmar um pequeno tremor.

É claro que havia Marjorie, sua cunhada desagradável, mas, como seus falecidos pais, ele também nunca a aceitara plenamente. Era uma mulher de opiniões enfáticas, malformadas e um sotaque do norte que raspava os tímpanos como uma lâmina cega. Ele esperava que ela não procurasse de modo algum aumentar a familiaridade agora. Ele lhe pediria uma foto recente e, com certeza, a espingarda de caça de Bertie. Quando dividiu o par entre os filhos, seu pai tinha deixado claro que elas deveriam ser reunidas caso ocorresse um falecimento, para serem passadas adiante intactas dentro da família. A própria arma do major tinha ficado solitária todos esses anos no estojo duplo de nogueira, com uma depressão no forro de veludo indicando a ausência da sua companheira. Agora elas seriam restauradas ao seu valor total: cerca de cem mil libras, imaginava ele. Não que sequer sonhasse em vender. Por um instante, ele se viu com perfeita nitidez na próxima competição de tiro, talvez numa das fazendas ribeirinhas que sempre viviam infestadas de coelhos, aproximando-se do grupo de convidados, trazendo o par de espingardas descontraidamente abertas, sobre um braço. "Deus do céu, Pettigrew, isso aí é um par de Churchills?", diria alguém, talvez lorde Dagenham em pessoa, se estivesse atirando com eles naquele dia; e ele daria um olhar distraído, como se tivesse se esquecido, antes de responder "É, sim, um par perfeito. Nogueira muito bonita a que usaram quando as fizeram", e as ofereceria para exame e admiração.

Um chocalhar no umbral da porta espantou-o desse agradável interlúdio. Era a sra. Ali, com uma pesada bandeja de chá. Ela tirara o casaco de lã verde e jogara o xale de estampado *paisley* sobre os ombros do vestido simples azul-marinho, usado sobre calças pretas estreitas. O major percebeu que nunca tinha visto a sra. Ali sem o avental grande e duro que ela sempre usava na loja.

– Deixe-me ajudá-la com isso aí. – Ele começou a se levantar da poltrona.

– Ah, posso me arranjar perfeitamente – disse ela, e trouxe a bandeja para a escrivaninha próxima, afastando com uma quina a pequena pilha de livros encadernados em couro. – O senhor precisa repousar. É provável que esteja em choque.

– Foi inesperado o telefone tocar numa hora tão absurda. Não eram nem mesmo seis da manhã, sabia? Creio que passaram a noite inteira no hospital.

– Foi inesperado?

– Ataque do coração. Aparentemente fulminante. – Ele passou a mão pelo bigode eriçado, pensativo. – Engraçado, de algum modo a gente espera que eles salvem as vítimas de ataques do coração hoje em dia. Parece que acontece sempre na televisão.

A sra. Ali bateu com o bico do bule de chá na borda de uma xícara, causando um estalo forte, e o major receou uma lasca. Ele se lembrou (tarde demais) de que o marido dela também tinha morrido de ataque do coração. Talvez fizesse um ano e meio ou dois agora.

– Sinto muito, não pensei antes de falar. – Ela o interrompeu com um aceno compreensivo, para que não desse atenção a isso, e continuou a servir o chá. – Ele era um bom homem, seu marido – acrescentou ele.

O que ele se lembrava com mais clareza era do autocontrole do homem grande e calado. As coisas não tinham sido totalmente sem percalços depois que o sr. Ali assumiu o mercadinho local da velha sra. Bridge. Em pelo menos duas ocasiões, o major tinha visto o sr. Ali, numa fresca manhã de primavera, raspando calmamente tinta de spray das novas vidraças da sua vitrine. Algumas vezes, o major Pettigrew estava na loja quando meninos, uns desafiando os outros, enfiavam as orelhas enormes pela porta para gritar: "Paquistaneses, voltem para casa!" O sr. Ali apenas abanava a cabeça e sorria, enquanto o major irrompia a balbuciar desculpas. Com o tempo, o furor foi passando. Os mesmos meninos entravam envergonhados na loja às nove da noite, quando a mãe via que estava faltando leite. Os mais renitentes dos trabalhadores locais se cansaram de dirigir mais de seis quilômetros na chuva para comprar bilhetes da loteria federal num estabelecimento "inglês". Os altos escalões do lugarejo, liderados pelas senhoras dos vários comitês locais, compensavam a grosseria dos escalões inferiores, desenvolvendo um respeito amplamente divulgado pelo sr. e pela sra. Ali. O major tinha ouvido muitas senhoras falarem com orgulho dos "nossos queridos amigos paquistaneses" do mercadinho, como prova de que Edgecombe St. Mary era uma utopia de compreensão multicultural.

Quando o sr. Ali morreu, todos ficaram adequadamente abalados. A administração distrital, da qual o major participava, tinha debatido algum tipo de serviço em memória; e, quando isso não deu certo (já que nem a igreja nem o bar eram adequados), eles enviaram uma enorme coroa para a casa funerária.

– Foi uma pena eu não ter tido a oportunidade de conhecer sua encantadora esposa – disse a sra. Ali, entregando-lhe uma xícara.

– É, já faz seis anos que ela se foi – disse ele. – Engraçado, parece ao mesmo tempo uma eternidade e um piscar de olhos.
– É muito desnorteante – disse ela. Sua pronúncia bem definida, que fazia tanta falta entre muitos dos vizinhos, causava nele a impressão da pureza de um sino melodioso. – Às vezes, meu marido parece tão próximo de mim quanto o senhor está agora, e outras vezes, eu me sinto totalmente só no universo – acrescentou ela.
– A senhora tem família, é claro.
– Tenho, uma família bastante extensa. – Ele detectou uma secura no tom de sua voz. – Mas não é o mesmo que os laços infinitos entre marido e mulher.
– A senhora exprime com perfeição – disse ele. Eles tomaram o chá, e ele teve uma sensação de assombro com o fato de a sra. Ali, fora do contexto da loja e no ambiente desconhecido da sua própria sala de estar, se revelar uma mulher de tão grande compreensão. – Quanto ao roupão... – disse ele.
– Roupão?
– O que eu estava usando. – Ele indicou com a cabeça o lugar onde ele estava agora num cesto de *National Geographics*. – Era o traje de faxina preferido de minha mulher. Às vezes, eu... bem...
– Eu tenho um velho paletó de *tweed* que meu marido usava – disse ela, baixinho. – Às vezes, eu o visto e dou uma volta pelo jardim. E às vezes ponho o cachimbo dele na boca para sentir o sabor amargo de seu tabaco. – Ela corou num tom mais quente e baixou os olhos castanho-escuros para o chão, como se tivesse falado demais. O major percebeu como sua pele era lisa e como eram fortes as linhas de seu rosto.
– Eu também ainda tenho algumas roupas de minha mulher – disse o major. – Depois de seis anos, não sei se elas ainda têm o cheiro de seu perfume ou se é só minha imaginação. – Ele teve vontade de lhe contar que às vezes abria a porta do armário e enfiava o rosto nos costumes de tecido crespo e nas blusas macias de *chiffon*. A sra. Ali levantou os olhos para ele, e, por trás das pálpebras pesadas, ele achou que ela talvez também pudesse estar pensando em coisas absurdas daquele tipo.

– Quer mais um pouco de chá? – perguntou ela, estendendo a mão para pegar sua xícara.

A sra. Ali tinha ido embora, ela desculpando-se por ter se convidado a entrar na casa dele, e ele pedindo perdão pelo inconveniente provocado por sua vertigem. O major vestiu mais uma vez o roupão e voltou para a pequena despensa depois da cozinha, para terminar de limpar sua arma. Tinha consciência de um aperto em torno da cabeça e de uma ligeira ardência na garganta. Essa era a dor surda da perda no mundo real: mais dispepsia que paixão. Ele tinha deixado um copinho de porcelana de óleo mineral aquecendo num castiçal. Mergulhou os dedos no óleo quente e começou a esfregar lentamente para impregnar a rádica de nogueira da coronha da espingarda. A madeira tornou-se seda debaixo dos seus dedos. Imerso na tarefa, ele foi relaxando e sentiu algum alívio da dor da perda, o que abriu espaço para uma ínfima brotação de uma nova curiosidade.

Em parte suspeitava que a sra. Ali era uma mulher instruída, uma pessoa de cultura. Nancy também tinha sido uma dessas pessoas raras, apreciadora de livros e de pequenos concertos de câmara em igrejas de povoados. Mas ela o deixara sozinho para aguentar os interesses tacanhos e práticos das outras mulheres suas conhecidas. Mulheres que falavam de cavalos e rifas durante o baile da estação de caça e que tinham enorme prazer em tentar descobrir com reprovação qual jovem mãe irresponsável dos conjuntos habitacionais tinha estragado a organização da reunião da creche comunitária daquela semana no salão distrital. A sra. Ali era mais parecida com Nancy. Era uma borboleta em comparação com as outras que mais pareciam um bando de pombos. Ele admitiu o pensamento de que poderia querer ver a sra. Ali novamente fora da loja, e se perguntou se isso não seria prova de que não estava assim tão mumificado quanto poderiam sugerir seus sessenta e oito anos e as oportunidades limitadas da vida do povoado.

Animado com essa ideia, ele achou que já estava preparado para a tarefa de ligar para o filho, Roger, em Londres. Limpou a ponta dos dedos num pano amarelo macio e olhou com concentração para os inúmeros botões cromados e mostradores de LED do telefone sem fio, um presente de Roger. Ele disse que as funções de discagem rápida e de viva-voz eram úteis para os idosos. O major Pettigrew discordava tanto da facilidade de uso quanto de sua classificação como velho. Era comum e frustrante que mal os filhos tivessem saído do ninho e se estabelecido em sua própria casa, no caso de Roger, uma cobertura reluzente toda decorada em preto e bronze, num arranha-céu que empesteava o Tâmisa perto de Putney, eles começassem a infantilizar os próprios pais e a desejar que estivessem mortos ou, no mínimo, numa instituição para idosos. Tudo aquilo era grego para ele, pensou o major. Com um dedo oleoso, ele conseguiu pressionar o botão marcado "1 – Roger Pettigrew, VP, Chelsea Equity Partners", que Roger tinha preenchido em letras de fôrma grandes, infantis. A firma de investimentos em ações em que Roger trabalhava ocupava dois andares num alto prédio comercial todo de vidro, na região portuária de Londres. Quando o telefone tocou, com um tique-taque metálico, o major imaginou Roger em seu cubículo desagradavelmente estéril com a bateria de monitores de computador e a pilha de arquivos para os quais algum arquiteto caríssimo não tinha se dado ao trabalho de providenciar gavetas.

 Roger já tinha sido informado.

 – Jemima assumiu as chamadas telefônicas. A garota está histérica, mas lá está ela, ligando para todo mundo e mais alguém.

 – Manter-se ocupada ajuda – sugeriu o major.

 – Parece mais um chafurdar naquele papel todo de filha consternada, se você quer saber – disse Roger. – É um pouco de exagero, mas na realidade elas sempre foram assim, não é mesmo? – Sua voz estava abafada, e o major supôs que isso significasse que ele estava mais uma vez comendo enquanto trabalhava.

 – Isso é desnecessário, Roger – disse ele, com firmeza. Realmente, o filho estava se tornando tão desprovido de tato quanto a família de Marjorie. Atualmente a cidade estava repleta de homens jovens, arrogantes e sem cerimônia, e Roger, chegando aos trinta, mostrava poucos sinais de ter superado a influência deles.

– Desculpe, papai. Sinto muito por tio Bertie. – Ele fez uma pausa. – Sempre vou me lembrar de quando tive catapora e ele veio visitar com aquele kit de aeromodelo. Ele ficou o dia inteiro me ajudando a colar todos aqueles pedacinhos de balsa.

– Pelo que me lembro, você o destroçou na janela no dia seguinte, depois de ter sido avisado para não fazê-lo voar dentro de casa.

– É, e você o usou para acender o fogão a lenha da cozinha.

– Ele estava destruído. Não fazia sentido desperdiçar a madeira.

A lembrança era perfeitamente familiar aos dois. A mesma história era sempre repetida nas festas da família. Às vezes, era contada como piada, e todos riam. Outras vezes, servia como um sermão preventivo para o filho rebelde de Jemima. Hoje uma insinuação de censura estava transparecendo.

– Você vem passar a noite? – perguntou o major.

– Não, vou de trem. Mas veja bem, papai, não espere por mim. É possível que eu fique preso.

– Preso?

– Estou sobrecarregado. Muita comoção. Dois bilhões de dólares, uma transação complicada de compra total do controle de uma empresa... e o cliente está nervoso. Quer dizer, só me diga quando tudo estiver marcado, e vou pôr na minha agenda como "prioridade máxima", mas nunca se sabe.

O major perguntou-se como ele costumava aparecer na agenda do filho. Imaginou-se marcado com uma pequena nota adesiva amarela – importante, mas não prioritário, talvez.

O enterro foi marcado para a terça.

– Pareceu bom para a maioria das pessoas – disse Marjorie, em seu segundo telefonema. – Jemima tem aulas à noite nas segundas e quartas, e eu tenho um campeonato de bridge na quinta.

– Bertie ia querer que você continuasse – respondeu o major, sentindo que um tom ligeiramente ácido se insinuava na voz. Ele tinha certeza de que o enterro tinha sido programado, levando em conta os compromissos de embelezamento disponíveis. Ela ia querer se certificar de que o rígido ondulado de seu cabelo louro estivesse recém-modelado e a pele tonificada ou encerada... ou fosse lá o que fosse que ela fazia para conseguir um rosto semelhante a couro esticado. – Imagino que sexta esteja fora de cogitação – acrescentou.

Ele acabara de marcar uma consulta médica para terça. A recepcionista do consultório tinha sido muito compreensiva, dadas as circunstâncias, e tinha de imediato adiado a consulta de uma criança permanentemente asmática para a sexta, a fim de encaixar seu eletrocardiograma. Ele não gostou da ideia de cancelar a consulta.

– O vigário tem Juventude-em-Crise.

– Suponho que a juventude esteja em crise todas as semanas – disse o major, irritado. – É um enterro, pelo amor de Deus. Que eles ponham as necessidades dos outros adiante das deles pelo menos dessa vez. Talvez aprendessem alguma coisa.

– O encarregado da funerária achou que a sexta é um dia festivo demais para um enterro.

– Ah... – Ele ficou sem palavras, derrotado pelo absurdo da explicação. – Bem, então, nos vemos na terça. Por volta das quatro?

– Certo. Roger vai lhe dar carona?

– Não, ele vem direto de Londres de trem e vai pegar um táxi. Eu vou de carro.

– Você tem certeza de que quer vir dirigindo? – perguntou Marjorie. Ela pareceu verdadeiramente preocupada, e o major sentiu uma onda de emoção por ela. Agora, ela também estava só, é claro. Ele se arrependeu por ter sentido tanta raiva dela e, com delicadeza, a tranquilizou dizendo que estava perfeitamente capacitado para dirigir.

– E depois você virá conosco até a casa, naturalmente. Teremos alguns comes e bebes. Nada muito sofisticado. – Ele percebeu que ela não o convidou para ficar. Teria de voltar para casa dirigindo no escuro. Sua empatia foi se encolhendo novamente. – E talvez haja alguma lembrança de Bertie que você gostaria de ter. Precisa dar uma olhada.

– É muita consideração sua – disse ele, tentando abafar a ansiedade que coloria sua voz. – De fato, eu estava querendo conversar com você a respeito disso em alguma ocasião adequada. – Bem, é claro – disse ela. – Você tem de ficar com alguma *pequena* lembrança, alguma recordação. Bertie teria insistido. Há algumas camisas novas que ele nunca usou... Seja como for, vou dar uma pensada.

Quando ele desligou o telefone, foi com uma sensação de desespero. Ela era realmente uma mulher horrorosa. Suspirou pelo coitado do Bertie e se perguntou se o irmão algum dia tinha se arrependido da escolha. Talvez ele nem tivesse dado grande atenção à questão. Ninguém realmente leva em conta a morte quando toma essas decisões para toda a vida, pensou o major. Se levassem, que escolhas diferentes poderiam fazer?

Eram somente vinte minutos de carro de Edgecombe St. Mary até a cidadezinha litorânea de Hazelbourne-on-Sea, onde Bertie e Marjorie moravam. A cidadezinha era um centro comercial para metade do condado e lá sempre havia um forte movimento de compradores e turistas. Por isso, o major tinha feito cálculos cuidadosos quanto ao trânsito no anel rodoviário, possíveis dificuldades de estacionamento nas ruas estreitas junto da igreja, tempo necessário para receber pêsames. Tinha decidido estar na estrada o mais tardar à uma e meia. Contudo, ali estava ele sentado no carro, diante de sua casa, paralisado. Ele podia sentir o sangue fluindo, lento como lava, pelo seu corpo. Parecia que por dentro ele estava se derretendo. Os dedos já estavam desprovidos de ossos. Ele não conseguia exercer a menor pressão sobre o volante. Esforçou-se para sufocar o pânico com uma série de inspirações profundas e expirações vigorosas. Não era possível que ele faltasse ao enterro do próprio irmão, e, no entanto, era igualmente impossível girar a chave da ignição. Por um momento, ele se perguntou se estaria morrendo. Uma pena, realmente, que não tivesse acontecido no dia anterior. Poderiam tê-lo enterrado junto com Bertie e poupado a todos o trabalho de sair duas vezes.

Houve uma batida na janela do carro, e ele virou a cabeça, como num sonho, para ver a sra. Ali com uma aparência ansiosa. Ele respirou fundo e conseguiu pousar os dedos no botão de abertura automática da janela. Tinha relutado muito em se converter à mania de tudo ser automático. Agora estava feliz por não haver nenhuma manivela a girar.

– Tudo bem, major? – perguntou ela.

– Creio que sim – disse ele. – Eu estava só recuperando o fôlego. Estou indo ao enterro, sabe?

– Sei, sim – disse ela –, mas o senhor está muito pálido. Está se sentindo bem para dirigir?

– Não tenho muita escolha, minha cara – disse ele. – Irmão do falecido.

– Quem sabe não seria melhor sair do carro um instante e respirar ar puro? – sugeriu ela. – Tenho aqui um refrigerante gelado que talvez lhe faça bem. – Ela trazia uma pequena cesta na qual ele podia ver o brilho lustroso de uma maçã verde, um saco de papel ligeiramente oleoso, que sugeria bolos, e uma garrafa alta, verde.

– É, talvez só um minutinho – concordou ele, saltando do carro.

Revelou-se que a cesta era uma pequena merenda que ela tivera a intenção de deixar diante de sua porta para quando ele voltasse.

– Eu não sabia se o senhor se lembraria de comer – disse ela, enquanto ele bebia o refrigerante. – Eu mesma não consumi nada por quatro dias depois do enterro de meu marido. Acabei no hospital, com desidratação.

– É muita gentileza sua – disse ele. Estava se sentindo melhor agora, com o refrigerante gelado, mas seu corpo ainda apresentava pequenos tremores. Estava preocupado demais para sentir qualquer humilhação. Precisava de algum modo chegar ao enterro de Bertie. O ônibus passava somente de duas em duas horas, com frequência reduzida às terças, e o último ônibus de volta era o das cinco da tarde. – Acho melhor eu ir ver se há algum táxi disponível. Não sei ao certo se estou em condições de dirigir.

– Isso não é necessário – disse ela –, eu mesma o levo. De qualquer maneira, eu estava indo a Hazelbourne.

– Ai, eu não poderia de modo algum... – começou ele. Não gostava de andar com mulher ao volante. Detestava o jeito cauteloso de encarar um cruzamento, a pesada indiferença às nuanças das trocas de marcha e o total descaso pelo espelho retrovisor. Muitas tardes ele tinha passado se arrastando por caminhos sinuosos atrás de alguma motorista vagarosa que balançava feliz a cabeça ao som de uma rádio popular, com seus bichinhos de pelúcia também balançando a cabeça no ritmo, junto da janela traseira. – Eu não poderia mesmo... – repetiu ele.

– O senhor precisa me dar a honra de deixar que eu seja útil – disse ela. – Meu carro está estacionado na alameda.

Ela dirigia como um homem, mudando a marcha, com agressividade, ao entrar nas curvas, acelerando a mais não poder, lançando o minúsculo Honda pelas ladeiras com prazer. Tinha aberto só um pouco sua janela, e o ar que entrava fazia ondular a echarpe de seda rosa e jogava alguma mecha solta de cabelo preto de um lado ao outro de seu rosto. Ela as afastou impaciente, enquanto acelerava o carro para ele passar voando por uma pequena ponte arqueada.

– Como está se sentindo? – perguntou ela, e o major não soube ao certo como responder. Seu modo de dirigir estava fazendo com que ele se sentisse ligeiramente enjoado, mas daquele jeito empolgado e agradável de meninos pequenos numa montanha-russa.

– Não estou tão paralisado como antes – disse ele. – A senhora dirige muito bem.

– Eu gosto de dirigir. – Ela sorriu para ele. – Só eu e o motor. Ninguém para me dizer o que eu deveria fazer. Nenhuma conta, nenhum controle de estoque... só as possibilidades da estrada livre e de muitos destinos ainda por ver.

– É verdade – disse ele. – A senhora já fez muitas viagens dirigindo?

– Ah, não – respondeu ela. – Em geral vou à cidade de carro de duas em duas semanas para fazer compras para o mercado. Myrtle Street tem uma boa variedade de lojas especializadas em culinária indiana. Fora isso, usamos o carro principalmente para entregas.

– A senhora deveria ir à Escócia, ou outro lugar, dirigindo – disse ele. – Ou então sempre há as *autobahns* da Alemanha. É um prazer dirigir nelas, pelo que ouvi dizer.

– O senhor já dirigiu muito na Europa? – perguntou ela.

– Não, Nancy e eu falávamos nisso. Em atravessar a França e talvez entrar na Suíça. Nunca chegamos a fazer a viagem.

– O senhor deveria ir – disse ela. – Enquanto tem a possibilidade.

– E a senhora? – perguntou ele. – Aonde gostaria de ir?

– Tantos lugares – respondeu ela. – Mas... e a loja?

– Quem sabe seu sobrinho em breve não seja capaz de se encarregar sozinho? – perguntou ele. Ela deu uma risada não de todo feliz.

– Ah, sim – disse. – Um dia muito em breve, ele estará perfeitamente apto a cuidar da loja, e eu serei supérflua.

O sobrinho era um acréscimo recente e não muito agradável ao mercadinho do lugarejo. Era um rapaz de seus vinte e cinco anos. Tinha uma postura rígida, um ar de insolência no olhar, como se estivesse sempre preparado para enfrentar algum novo insulto. Não tinha nada da aquiescência tranquila e elegante da sra. Ali e nada da paciência do falecido sr. Ali. Embora o major reconhecesse em algum nível que talvez esse fosse um direito do rapaz, era constrangedor perguntar o preço das ervilhas congeladas a um homem à espera de ser insultado exatamente dessa forma. Havia também no sobrinho para com a tia uma insinuação de severidade reprimida, e isso o major não aprovava.

– Vai querer se aposentar? – perguntou ele.

– Já foi sugerido – disse ela. – A família de meu marido mora lá para o norte e espera que eu aceite morar em sua casa para ocupar meu lugar de direito na família.

– Sem dúvida, uma família amorosa servirá de compensação para ter de morar no norte da Inglaterra – disse o major Pettigrew, duvidando das próprias palavras. – Tenho certeza de que a senhora vai gostar de ser venerada como avó e matriarca.

– Não tive meus próprios filhos, e meu marido morreu – respondeu ela com um tom ácido na voz. – Desse modo, sou mais digna de pena que de veneração. Espera-se que eu abdique da loja em prol de meu sobrinho, que então terá condições financeiras para trazer do Paquistão uma esposa muito boa. Em troca, vão me dar um teto e, sem dúvida, a honra de cuidar de vários filhos pequenos de outros membros da família.

O major calou-se. Ele estava ao mesmo tempo estarrecido e relutante em ouvir mais uma palavra que fosse. Era por isso que as pessoas costumavam conversar sobre o tempo.

– Não é possível que eles a forcem... – começou ele.

– Legalmente não – disse ela. – Meu maravilhoso Ahmed rompeu com a tradição da família para garantir que o mercadinho ficasse para mim. No entanto, há certas dívidas a serem pagas. E ainda por cima, de que vale a norma da lei contra o peso da opinião da família? – Ela fez uma curva à esquerda, enfiando-se num espaço mínimo no trânsito veloz da estrada litorânea. – Eu me pergunto se vale a pena lutar se o resultado for a perda da família e a destruição das tradições.

– É decididamente imoral – disse o major, indignado, com os nós dos dedos brancos no descanso de braço. Era esse o problema com esses imigrantes, refletiu ele. Eles fingiam ser ingleses. Alguns até tinham nascido na Inglaterra. Mas, por baixo da superfície, havia todas essas ideias bárbaras e fidelidade a costumes estrangeiros.

– Vocês têm sorte – disse a sra. Ali. – Vocês, anglo-saxões, em grande parte se afastaram de tanta dependência da família. Cada geração se sente perfeitamente livre para agir sozinha, e vocês não têm medo.

– É mesmo – disse o major, aceitando o elogio automaticamente, mas não tendo de modo algum certeza de que ela estaria certa.

Ela o deixou na esquina a alguns metros da igreja, e ele escreveu o endereço da cunhada num pedaço de papel.

– Eu sem dúvida poderia voltar de ônibus ou de qualquer outro modo – disse ele, mas os dois sabiam que esse não era o caso,

e ele não insistiu na recusa. – Imagino que tenhamos terminado antes das seis, se esse horário for conveniente – acrescentou ele.
– É claro que sim. – Ela segurou a mão dele um instante. – Desejo-lhe muita força e o amor da família nesta tarde. – O major sentiu o calor da emoção que ele esperava poder manter acesa quando enfrentasse a rigidez medonha de Bertie num caixão de nogueira.

O serviço foi principalmente a mesma mistura de comédia e consternação de que ele se lembrava do funeral de Nancy. A igreja era grande e lúgubre. Era presbiteriana, de meados do século, sem que a aridez de seu concreto fosse amenizada pelo incenso, velas e vitrais da igreja anglicana de St. Mary, que Nancy adorava. Nenhum campanário antigo, nem cemitério musgoso aqui, com a compensação da beleza e da paz de ver os mesmos nomes entalhados na pedra pelas eras afora. O único bálsamo era a pequena satisfação de ver o serviço acompanhado por muita gente, a ponto de estarem ocupadas as duas fileiras de cadeiras desmontáveis nos fundos da igreja. O caixão de Bertie estava instalado acima de uma depressão rasa no piso, bastante parecida com uma vala de drenagem; e a certa altura no serviço, o major foi surpreendido por um zumbido mecânico e pela súbita descida de Bertie. Ele não afundou mais do que dez centímetros, mas o major sufocou um grito repentino e involuntariamente estendeu a mão. Ele não estava preparado.

Tanto Jemima como Marjorie falaram. Ele esperava achar seus discursos ridículos, especialmente quando Jemima, num chapéu preto de palhinha de aba larga, mais adequado para um casamento sofisticado, anunciou um poema composto em honra a seu pai. Contudo, embora o poema fosse de fato atroz (ele se lembrava somente de uma abundância de anjos e ursinhos de pelúcia, totalmente incompatível com a severidade dos ensinamentos presbiterianos), a dor genuína de sua perda o transformou em algo comovente. Ela chorou rímel por todo o rosto magro e precisou quase ser carregada do atril pelo marido.

Não tinham pedido com antecedência que o major falasse, o que ele considerou um grave esquecimento, tendo repetidamente preparado longos comentários durante a insônia solitária das noites anteriores ao funeral. Mas, quando Marjorie, voltando para seu lugar depois da curta e lacrimosa despedida ao marido, se inclinou e perguntou se ele queria dizer alguma coisa, ele não aceitou o convite. Para sua surpresa, estava novamente se sentindo fraco, e tanto a voz como a visão estavam embargadas de emoção. Ele simplesmente segurou as mãos dela por um bom tempo e se esforçou para não permitir que escapasse nenhuma lágrima.

Depois do serviço, trocando apertos de mãos com as pessoas no saguão de vidro fumê, ele tinha se comovido com o comparecimento de alguns dos velhos amigos dele e de Bertie, alguns que ele não via havia muitos anos. Martin James, que tinha crescido com eles dois em Edgecombe, viera de carro de Kent. Um antigo vizinho de Bertie, Alan Peters, que tinha um *handicap* fantástico no golfe, mas que preferira assumir a observação de pássaros, viera dirigindo do outro lado da comarca. O mais surpreendente, Jones, o galês, um velho amigo do major, dos tempos de formação de oficiais, que tinha se encontrado com Bertie algumas vezes num verão e continuava a enviar cartões todos os Natais aos dois irmãos, fizera a longa viagem desde Halifax. O major segurou firme sua mão e abanou a cabeça num agradecimento mudo. O momento foi estragado somente pela segunda mulher de Jonesy, mulher que nem o major nem Bertie tinham tido oportunidade de conhecer, que não parava de chorar desconsoladamente num lenço enorme.

– Pare com isso, Lizzy – disse Jones. – Desculpe, ela não consegue se controlar.

– Sinto muito – lamentava-se Lizzy, assoando o nariz. – Eu fico assim em casamentos também.

O major não se incomodou. Pelo menos, ela estava ali. Roger não tinha aparecido.

Capítulo 2

A casa de Bertie – ele supunha que agora teria de começar a pensar nela como a casa de Marjorie – era uma construção de dois níveis, retilínea, que Marjorie tinha conseguido a muito custo transformar em algo que lembrava uma vila espanhola. A pérgula de tijolos irregulares com balaustrada de ferro batido de um terraço encimava a garagem dupla anexa. Uma extensão do sótão, com uma janela panorâmica emoldurada por um arco de tijolos, apresentava uma espécie de piscada de olho, típica do flamenco, na direção da cidadezinha litorânea que se espraiava lá embaixo. O jardim da frente era tomado quase por inteiro por uma entrada de carros de cascalho, do tamanho de um estacionamento comercial, e os carros estavam estacionados, de dois em dois, em torno de uma esguia fonte de cobre no formato de uma menina nua, muito magra. O fim da tarde estava começando a esfriar; as nuvens vinham se avolumando do lado do mar, mas no andar superior Marjorie ainda mantinha as portas da sala de estar de piso cerâmico abertas para o pátio do terraço. O major permaneceu tão enfurnado na sala quanto lhe foi possível, procurando sugar algum calor do chá morno servido numa xicrinha de isopor. A ideia de Marjorie de "nada sofisticado" era um enorme banquete de comida semilíquida: salada de ovos, lasanha, um ensopado de frango no vinho, tudo servido em pratos de papel. Por toda a sala, as pessoas aninhavam pratos amolecidos na palma da mão, com copos de plástico e xícaras de chá sendo largados a esmo em peitoris de janelas e em cima de uma televisão grande.

Do outro lado da sala, ele percebeu uma ondulação no aglomerado de gente e acompanhou o movimento para ver Marjorie abraçando Roger. O coração do major Pettigrew deu um salto quando ele viu o filho alto, de cabelos castanhos. Quer dizer que no final ele tinha vindo.

Roger pediu desculpas em excesso pelo atraso e fez uma promessa solene de ajudar Marjorie e Jemima a escolher uma lápide para tio Bertie. Ele estava encantador e sereno num terno escuro, caríssimo, gravata inadequadamente gritante e sapatos estreitos, muito engraxados, elegantes demais para não serem italianos. Londres o tinha burilado até uma urbanidade quase digna do continente europeu. O major procurou não reprovar.

– Veja só, papai, Jemima trocou umas palavrinhas comigo sobre a espingarda do tio Bertie – disse Roger, quando eles tiveram um instante para se sentar para conversar num sofá duro de couro. Ele deu uns puxões na lapela e ajeitou o joelho das calças.

– É, minha intenção era falar com Marjorie sobre o assunto. Mas esta não é a hora certa, não é mesmo? – Ele não tinha se esquecido da questão da espingarda, mas ela não parecia importante naquele dia.

– Elas têm perfeita noção do valor. Jemima está bem a par do assunto.

– Não se trata do dinheiro, é claro – disse o major, em tom severo. – Nosso pai foi totalmente explícito quanto à sua intenção de que o par fosse reunido. Herança da família. Patrimônio da família.

– É, Jemima acredita que o par deva ser reunido – disse Roger.

– Talvez seja necessária alguma restauração, é claro.

– A minha está em perfeitas condições – disse o major. – Creio que Bertie nunca chegou a dedicar à dele o tempo que dediquei à minha. Não era dado a atirar.

– Bem, seja como for – disse Roger –, Jemima diz que o mercado está aquecidíssimo no momento. Não há Churchills dessa qualidade à venda por nada neste mundo. Os americanos estão se inscrevendo em listas de espera. – O major sentiu um lento retesamento dos músculos da face. Seu sorriso discreto tornou-se rígido à medida que ele deduzia o golpe que estava por vir. – Por isso, Jemima e eu achamos que a linha de ação mais sensata seria vendê-las imediatamente como um par. É claro que o dinheiro seria seu, papai, mas como suponho que você com o tempo planeja passá-lo para mim, ele agora me seria realmente útil.

O major não disse nada. Estava concentrado em respirar. Nunca tinha percebido de verdade quanto esforço mecânico estava envolvido em manter a lenta entrada e saída dos pulmões, a passagem desobstruída do oxigênio pelo nariz. Roger teve a decência de se remexer na poltrona. Ele sabia, achava o major, exatamente o que estava pedindo.

– Com licença, Ernest, uma mulher desconhecida está lá fora dizendo que espera por você – disse Marjorie, aparecendo de repente e pondo a mão no seu ombro. Ele olhou para o alto, tossindo para esconder os olhos úmidos. – Você está esperando uma mulher morena num Honda pequeno?

– Ah, é mesmo – disse ele –, é a sra. Ali que veio me apanhar.

– Uma mulher taxista? – disse Roger. – Você detesta mulheres ao volante.

– Ela não é taxista – retrucou o major, irritado. – É uma amiga minha. Dona do mercadinho do vilarejo.

– Nesse caso, é melhor você convidá-la para entrar e tomar um chá – disse Marjorie, com os lábios crispados de reprovação. Ela olhou vagamente na direção do bufê. – Tenho certeza de que ela gostaria de um pedaço de pão de ló. Todo mundo gosta de pão de ló, não gosta?

– É o que vou fazer, obrigado – disse o major, levantando-se.

– Na verdade, papai, eu esperava poder levá-lo para casa – disse Roger.

O major ficou confuso.

– Mas você veio de trem – disse o major.

– Bem, esse era o plano – disse Roger –, mas as coisas mudaram. Sandy e eu decidimos vir de carro juntos. Ela está por aí olhando chalés de fim de semana, neste instante.

– Chalés de fim de semana? – Era informação demais para absorver.
– É, Sandy achou que, já que eu tinha de vir aqui de qualquer modo... Tenho falado muito com ela sobre termos um teto por aqui. Poderíamos ficar mais perto de você.
– Um chalé de fim de semana – repetiu o major, ainda lutando com as implicações dessa pessoa chamada Sandy.
– Estou louco para você conhecê-la. Ela deve estar aqui a qualquer momento. – Roger passou os olhos pela sala para a eventualidade de que ela tivesse entrado de repente. – Ela é americana, de Nova York. Tem um emprego bem importante no setor da moda.
– A sra. Ali está esperando por mim – disse o major. – Seria uma grosseria...
– Ora, tenho certeza de que ela há de entender – interrompeu Roger.

Do lado de fora, estava um gelo. A escuridão começava a sujar pelas bordas a vista da cidade e do mar mais além. A sra. Ali tinha estacionado o Honda bem do lado de dentro dos portões de ferro com arabescos e desenhos de golfinhos voadores. Ela acenou e desceu do carro para cumprimentá-lo. Estava segurando um livro de capa mole e meio cheeseburger embalado em seu papel oleoso e de cor berrante. O major fazia oposição visceral aos horríveis estabelecimentos de fast-food que aos poucos estavam dominando o feio trecho de rua entre o hospital e a beira-mar, mas dispôs-se a considerar o capricho da sra. Ali encantadoramente atípico.
– Sra. Ali, quer entrar para tomar um chá? – disse ele.
– Não, obrigada, major, não quero atrapalhar – disse ela. – Mas, por favor, não se apresse por minha causa. Estou perfeitamente bem aqui. – Ela indicou o livro na mão.
– Temos um belo bufê lá dentro – sugeriu o major. – Temos até pão de ló caseiro.
– Estou realmente muito bem aqui – disse ela, com um sorriso.
– Pode aproveitar esse tempo com sua família, e estarei esperando quando o senhor estiver pronto.

O major sentia-se terrivelmente confuso. Estava tentado a entrar no carro e ir embora direto. Quando chegassem de volta, ainda seria cedo o suficiente para ele convidar a sra. Ali a entrar para tomar um chá. Eles poderiam conversar sobre seu novo livro. Talvez ela se interessasse em ouvir alguns dos aspectos mais divertidos daquele dia.

– A senhora vai me achar de uma grosseria inacreditável – disse ele. – Mas meu filho acabou conseguindo vir, de carro.

– Que bom para o senhor – disse ela.

– É, e ele gostaria... é claro que eu lhe disse que já tinha combinado de ir para casa com a senhora...

– Não, não, o senhor deve ir para casa com seu filho – disse ela.

– Lamento muitíssimo. Parece que ele está com uma namorada. Entendi que eles andam procurando por uma casa de fim de semana.

– Ah. – Ela compreendeu imediatamente. – Uma casa de fim de semana perto do senhor? Isso vai ser maravilhoso.

– Eu poderia ver o que posso fazer para ajudá-los com isso – disse ele, quase para si mesmo. E ergueu os olhos. – Tem certeza de que não quer entrar e tomar um chá? – perguntou.

– Não, obrigada – disse ela. – O senhor deve aproveitar a companhia da família, e eu preciso voltar para casa.

– Eu realmente fico lhe devendo – disse ele. – Nem sei como lhe agradecer sua ajuda generosa.

– Não foi nada – disse ela. – Por favor, nem pense nisso. – Ela fez um ligeiro cumprimento, entrou no carro e deu ré num círculo fechado que levantou cascalho num arco largo. O major tentou acenar, mas se sentiu hipócrita, fazendo com que o gesto parasse pela metade. A sra. Ali não olhou para trás.

Enquanto o carrinho azul se afastava, ele precisou resistir ao impulso de correr atrás dele. Tinha guardado a promessa da carona de volta para casa como se fosse um pequeno carvão a aquecê-lo na pressão escura de toda aquela gente. O Honda freou no portão, e os pneus levantaram cascalho de novo, quando ele deu uma guinada para evitar os impetuosos faróis ovais de um grande carro preto, que não demonstrou nem mudança de marcha nem freada brusca. Ele apenas foi subindo pela entrada de automóveis e estacionou no grande espaço aberto que os outros convidados tinham gentilmente deixado vazio diante da porta.

O major, subindo com esforço a rampa de cascalho, chegou ligeiramente ofegante, bem na hora em que a motorista voltava a guardar no coldre um batom prateado e abria a porta. Mais por instinto que por disposição, ele segurou a porta aberta para ela. Pareceu surpresa e depois sorriu enquanto ia desdobrando pernas bronzeadas e nuas dos limites apertados da cabine de couro champanhe.

– Não vou fazer aquele tipo de coisa em que suponho que você seja o mordomo e acaba se revelando ser lorde Fulano de Tal – disse ela, alisando a saia preta simples. Era de um tecido caríssimo, mas de um comprimento inesperadamente curto. Ela a usava com um paletó preto justo, sem nada por baixo. Pelo menos, nenhuma camisa estava visível nas proximidades do decote profundo, que, em decorrência da sua altura e dos saltos vertiginosos, estava quase na mesma altura dos olhos do major.

– Meu nome é Pettigrew – disse ele. Relutou em admitir qualquer coisa a mais, antes que fosse forçado a tanto. Ainda estava tentando digerir a violência de suas vogais americanas e o faiscar de dentes impossivelmente brancos.

– Bem, isso nos restringe ao lugar certo – disse ela. – Sou Sandy Dunn. Sou uma amiga de Roger Pettigrew. Ele está? – O major chegou a pensar em negar a presença de Roger.

– Creio que ele está conversando com a tia neste momento – disse ele, olhando por cima do ombro para o saguão aberto, como se pelo mais simples olhar pudesse mapear a multidão invisível no andar de cima. – Quer que eu vá chamá-lo para você?

– Ora, basta me indicar mais ou menos a direção – disse ela, e passou por ele. – Isso é cheiro de lasanha? Estou morrendo de fome.

– Entre, por favor – disse ele.

– Obrigada – disse ela, sem olhar para trás. – Foi um prazer conhecê-lo, sr. Pettigrew.

– Na realidade, é major... – disse ele, mas ela já tinha sumido, com os saltos finos batendo ruidosos no piso gritante de lajotas verdes e brancas. Ela deixou atrás de si um rastro de perfume cítrico. Não era desagradável, pensou ele, mas dificilmente compensava seus modos apavorantes.

O major descobriu-se fazendo hora no hall, sem vontade de enfrentar o inevitável lá em cima. Ele teria de ser apresentado formalmente à amazona. Não podia acreditar que Roger a tivesse convidado. Sem dúvida, ela faria com que suas poucas palavras lá fora parecessem algum tipo de imbecilidade. Os americanos pareciam apreciar o esporte de humilhar uns aos outros em público. As eventuais comédias de costumes americanas que apareciam na televisão eram cheias de homens gordos infantis zombando uns dos outros, tudo resumindo-se a olhos revirados e gravações de risadas metálicas.

Ele deu um suspiro. É claro que teria de fingir que estava satisfeito, por Roger. Melhor enfrentar a situação com desfaçatez do que parecer constrangido diante de Marjorie.

Lá em cima, o ânimo aos poucos estava se alegrando. Com a dor diluída pela comida pesada e a disposição de espírito estimulada por diversos drinques, os convidados estavam se abrindo para conversas normais. O ministro estava bem perto da entrada, debatendo o consumo de diesel de seu Volvo novo com um dos antigos colegas de trabalho de Bertie. Uma mulher jovem, prendendo no colo um bebê que espernava, enaltecia as vantagens de algum regime de malhação para Jemima, espantada.

– É como pedalar na academia, só que a parte superior do corpo faz um treinamento completo para boxe.

– Parece difícil – disse Jemima. Ela tirara o chapéu festivo, e o cabelo com luzes estava escapando do coque. A cabeça pendia na direção do ombro direito, como se o pescoço magro estivesse tendo dificuldade para mantê-la erguida. Seu filho pequeno, Gregory, terminando uma coxa fria de frango, largou o osso na palma que ela lhe ofereceu e saiu em disparada na direção das sobremesas.

– Realmente é preciso ter um bom-senso de equilíbrio – concordou a mulher.

Era bom, supôs ele, que as amigas de Jemima tivessem vindo dar um apoio moral. Elas tinham formado um pequeno grupo na igreja, ocupando algumas fileiras mais lá para a frente. Entretanto, ele não conseguia imaginar por que elas teriam considerado adequado trazer os filhos. Um bebezinho berrara em momentos aleatórios durante o serviço, e agora três crianças, cobertas de manchas de geleia, estavam sentadas debaixo da mesa do bufê, lambendo a cobertura dos bolinhos. Quando terminavam cada um deles, elas o devolviam sorrateiramente, nu e dissolvido com cuspe, para a travessa. Gregory apanhou um bolo intacto e passou correndo pelas portas duplas, onde Marjorie estava parada com Roger e a americana. Experiente, Marjorie estendeu a mão para detê-lo.

– Você sabe que não se corre dentro de casa, Gregory – disse ela, agarrando-o pelo cotovelo.

– Aaai! – gritou ele, contorcendo-se na sua mão para sugerir que ela o estava torturando. Ela deu um leve sorriso e o puxou para mais perto, inclinando-se para beijar-lhe o cabelo suado.

– Comporte-se, meu bem – disse ela, e o soltou. O garoto mostrou a língua e escapuliu dali correndo.

– Aqui, papai – chamou Roger, que o tinha avistado observando. O major acenou e começou uma viagem relutante através da sala, por entre grupos de pessoas cujas conversas tinham feito com que formassem rodas apertadas, como folhas numa ventania.

– É uma criança muito sensível – dizia Marjorie à americana. – Nervoso, sabe, mas muito inteligente. Minha filha está tratando de que testem seu QI.

Marjorie não parecia nem de longe ofendida pela intrusa. Na verdade, ela parecia estar fazendo o possível para impressioná-la. Marjorie sempre começava a tentar impressionar as pessoas, mencionando seu neto superdotado. A partir daí, ela geralmente conseguia puxar a conversa de volta para si mesma.

– Papai, quero que conheça Sandy Dunn – disse Roger. – Sandy trabalha com moda, relações públicas e eventos especiais. Sua firma trabalha com todos os designers importantes, sabe?

– Oi – disse Sandy, estendendo a mão. – Eu sabia que estava certa sobre a história do mordomo. – O major apertou a mão dela e ergueu uma sobrancelha para Roger, como um sinal para que continuasse com a apresentação, muito embora a ordem estivesse toda errada. Roger somente lhe deu um sorriso grande, vazio.

– Ernest Pettigrew – disse o major. – Major Ernest Pettigrew, Royal Sussex, reformado. – Ele forçou um pequeno sorriso e acrescentou, para dar mais ênfase: – Morada das Rosas, Blackberry Lane, Edgecombe St. Mary.

– Ah, sim. Desculpe, papai – disse Roger.

– É mesmo um prazer conhecê-lo, Ernest – disse Sandy. O major recuou involuntariamente com o uso descuidado de seu primeiro nome.

– O pai de Sandy é importante no ramo de seguros em Ohio – disse Roger. – E a mãe, Emmeline, faz parte da diretoria do Museu de Arte de Newport.

– Parabéns para a sra. Dunn – disse o major.

– Roger, eles não querem ouvir falar de mim – disse Sandy, enfiando a mão no braço de Roger. – Quero descobrir tudo sobre sua família.

– Temos uma boa galeria de arte na prefeitura – disse Marjorie. – Principalmente pintores locais, você sabe. Mas eles têm um lindo quadro de Bouguereau de meninas lá na região de colinas de pastagens. Você deveria trazer sua mãe.

– Você mora em Londres? – perguntou o major. Ele esperou, tenso de preocupação, por qualquer sugestão de que os dois estivessem morando juntos.

– Tenho um pequeno loft em Southwark – disse ela. – Perto do novo prédio da Tate...

– Ah, o lugar é enorme – disse Roger, empolgado como um menininho descrevendo uma bicicleta nova.

Por um instante, o major o viu aos oito anos de idade novamente, com cachos castanhos desgrenhados que a mãe se recusava a cortar. A bicicleta era vermelha, com pneus grossos e reforçados, e o selim com molas como a suspensão de um carro. Roger a tinha visto na grande loja de brinquedos em Londres, onde um homem fazia proezas com ela, bem num palco do lado de dentro da porta principal. A bicicleta tinha expulsado da sua cabeça toda a lembrança do Museu de Ciências. Nancy, exausta de arrastar um menino por Londres, balançava a cabeça numa simulação de desespero, enquanto Roger tentava transmitir para eles a enorme importância da bicicleta e a necessidade de comprá-la de imediato. É claro que eles disseram que não. Havia bastante espaço para ajustar o selim na bicicleta de Roger, uma bicicleta verde de estrutura sólida que tinha sido do major em idade semelhante. Seus pais a tinham guardado no galpão na Morada das Rosas, envolta com segurança em estopa, lubrificada uma vez por ano.

– O único problema é encontrar mobília em escala suficientemente grande. Ela mandou fazer por encomenda um conjunto modulado no Japão. – Roger ainda estava se gabando do loft. Marjorie parecia impressionada.

– Para mim, a G-Plan faz bons sofás – disse ela. Bertie e Marjorie tinham comprado a maior parte de sua mobília da G-Plan: sofás estofados bons e sólidos, e mesas e cômodas resistentes de linhas retas. A variedade podia ser limitada, dizia Bertie, mas a mobília era sólida o suficiente para durar toda uma vida. Nenhuma necessidade de trocar nada. – Espero que você o tenha encomendado com capas retiráveis – aconselhou Marjorie. – Duram muito mais do que o estofado simples, principalmente se for usar forro.

– Pele de cabra – disse Roger, com enorme orgulho na voz.

– Ela viu minha chaise-longue de pele de cabra e disse que estou adiante das tendências.

O major perguntou-se se era possível que ele tivesse sido rigoroso demais com Roger quando criança e, com isso, inspirado no filho o desejo desse tipo de excessos. É claro que Nancy tinha tentado estragar o menino com mimos. Ele tinha sido uma dádiva tardia, nascido exatamente quando o casal já abandonara toda a esperança de ter filhos, e Nancy não conseguia resistir a fazer aquele rostinho sorrir de uma orelha à outra. Era o major que tinha sido forçado a dar um basta a muitas extravagâncias.

– Roger realmente tem um olho bom para design – disse Sandy.
– Ele poderia ser decorador. – Roger corou.
– É mesmo? – disse o major. – Essa é uma acusação e tanto.

Pouco depois eles foram embora, Sandy entregando as chaves do carro para Roger dirigir. Ela ocupou o lado do passageiro sem comentários, deixando que o major se sentasse no banco traseiro.

– Tudo bem por aí, papai? – perguntou Roger.
– Tudo bem, tudo bem – disse o major. Havia uma fina distinção, refletiu ele, entre o conforto e a sufocação. O banco traseiro do carro parecia se moldar em torno de suas coxas. O teto também se curvava, muito próximo e pálido. A sensação era a de ele ser um bebê gigante sentado num carrinho de bebê bastante luxuoso. O motor silencioso contribuía com sua própria canção de ninar cantarolada, e o major lutava contra uma sonolência insidiosa.

– Sinto muito por Roger ter se atrasado hoje – disse Sandy, virando-se para sorrir para ele através do espaço entre os bancos, com o busto sendo espremido pelo cinto de segurança. – Estávamos vendo um chalé, e a gente... quer dizer, a corretora... se atrasou.

– Vendo um chalé? – disse o major. – E o trabalho?
– Não, tudo isso se resolveu – disse Roger, mantendo a atenção fixa na estrada. – Eu disse ao cliente que tinha um enterro e que ele podia adiar as coisas por um dia ou procurar outra pessoa.

– E então você foi ver chalés?
– Foi tudo minha culpa, Ernest – disse Sandy. – Achei que tinha programado tempo suficiente para encaixar tudo antes de deixar Roger na igreja. A corretora simplesmente bagunçou com nosso dia.

– É, vou ligar para ela amanhã para lhe comunicar como estou ofendido com o atraso que ela acabou provocando – disse Roger.
– Não há necessidade de causar confusão, querido. Sua tia Marjorie foi extremamente compreensiva. – Sandy pôs a mão no braço de Roger e sorriu para o major ali atrás. – Todos vocês foram.
O major tentou, mas não conseguiu invocar sua ira. Sonolento como estava, ele pôde produzir apenas o pensamento de que essa moça devia ser excelente em seu trabalho de relações-públicas.
– Visitando chalés – murmurou ele.
– Não devíamos ter ido, eu sei, mas esses chalés acabam sendo apanhados de repente – disse Sandy. – Você se lembra daquele lugar fofo perto de Cromer?
– Nós só vimos alguns lugares – disse Roger, relanceando um olhar ansioso para o espelho retrovisor. – Mas essa área é nossa prioridade.
– Admito que ela é mais conveniente que os Banhados de Norfolk ou que as Cotswolds – disse Sandy. – E é claro que para Roger *você* é a maior atração.
– Uma atração? – disse o major. – Se devo suplantar Norfolk, talvez fosse melhor eu começar a oferecer chás completos no jardim.
– Papai!
– Ah, seu pai é tão engraçado – disse Sandy. – Eu simplesmente adoro esse sarcasmo.
– Ah, com ele é uma piada por minuto, não é mesmo, papai? – disse Roger.
O major não respondeu. Relaxou a cabeça no encosto de couro e se entregou às vibrações tranquilizantes da estrada. Sentia-se novamente como uma criança, enquanto cochilava e escutava Roger e Sandy conversando juntos em voz baixa. Eles poderiam ter sido seus pais, as vozes suaves surgindo e sumindo, enquanto seguiam para casa pelos muitos quilômetros que a separavam do colégio interno, nas férias.
Eles sempre tinham feito questão de apanhá-lo, enquanto a maioria dos outros garotos viajava de trem. Eles achavam que isso os tornava bons pais, além do que o diretor sempre fazia uma

simpática recepção para os pais que vinham, quase sempre os que moravam mais perto. Seus pais gostavam da interação social e sempre ficavam felicíssimos se conseguiam um convite para o almoço de domingo em alguma casa importante. Partindo no final da tarde, sonolentos depois do rosbife e pão de ló com frutas e creme, eles precisavam viajar muito pela noite adentro para chegar a casa. Ele costumava adormecer no banco traseiro. Por maior que fosse a raiva que sentia dos pais por forçarem o almoço na casa de algum garoto que estava igualmente louco para se livrar dessas obrigações, ele sempre considerava a viagem tranquilizadora: a escuridão, o clarão dos faróis abrindo um túnel na estrada, as vozes dos pais mantidas baixas para não perturbá-lo. Sempre parecia que era amor.

– Chegamos – disse Roger, com a voz animada.

O major piscou os olhos e lutou para fingir que estivera acordado o tempo todo. Tinha se esquecido de deixar uma luz acesa, e a fachada de tijolos e ladrilhos da Morada das Rosas mal estava visível à fina lasca da lua.

– Que casa encantadora – disse Sandy. – É maior do que eu esperava.

– É, houve o que os georgianos chamaram de "benfeitorias" à casa original do século dezessete, que a tornaram mais imponente do que é – disse o major. – Vocês vão entrar para tomar um chá, é claro – acrescentou ele, abrindo a porta.

– Na verdade, não vamos entrar, se você não se importar – disse Roger. – Precisamos voltar para Londres para jantar com uns amigos.

– Mas já vai ser dez horas antes de vocês chegarem lá – disse o major, sentindo uma sombra de indigestão só de pensar em comer tão tarde.

Roger riu.

– Não do jeito que Sandy dirige. Mas só vamos conseguir se sairmos agora. Só vou acompanhá-lo até a porta.

Ele saltou do carro. Sandy deslizou por cima da alavanca do câmbio passando para o banco do motorista, com as pernas faiscando como cimitarras. Ela apertou um botão, e a janela desceu, com um leve chiado.

– Boa-noite, Ernest – disse ela, estendendo a mão. – Foi um prazer.

– Obrigado – disse o major. Ele soltou a mão dela e girou nos calcanhares. Roger seguiu-o apressado pelo caminho.

– Nos vemos em breve – gritou Sandy. A janela fechou-se impedindo qualquer outra comunicação.

– Mal posso esperar – resmungou o major.

– Cuidado com esse caminho, papai – disse Roger atrás dele.

– Você deveria mandar instalar uma luz de segurança, sabe. Uma dessas que é acionada pelo movimento.

– Que ideia esplêndida – respondeu o major. – Com todos os coelhos por aqui, para não falar no texugo das redondezas, vai funcionar como aquelas discotecas que você frequentava. – Ele chegou à porta e, com a chave a postos, tentou localizar a fechadura com um movimento ágil. A chave raspou no espelho e girou escapando dos seus dedos. Ouviu-se o ruído do metal no tijolo e depois um assustador baque surdo quando a chave foi pousar em algum ponto de terra macia.

– Com mil demônios – disse ele.

– Viu o que eu queria dizer? – disse Roger.

Roger encontrou a chave por baixo da folha larga de uma hosta, arrancando várias folhas variegadas nesse processo, e abriu a porta sem esforço. O major entrou no corredor escuro e, com uma prece nos lábios, encontrou o interruptor de primeira.

– Você vai ficar bem, papai?

Ele viu Roger hesitar, nervoso, com uma das mãos no batente da porta, o rosto demonstrando a incerteza de um filho que sabe que se comportou mal.

– Vou ficar perfeitamente bem, obrigado – disse ele.

Roger desviou o olhar, mas continuou ali, quase como se estivesse esperando ser repreendido pelos atos do dia ou que lhe fossem feitas algumas exigências. O major nada disse. Roger que passasse umas duas longas noites debatendo-se com as alfinetadas de sua consciência junto com aquelas pernas americanas brilhantes e infernais. Era uma satisfação saber que Roger ainda não tinha perdido todo o sentido de certo e errado. O major não tinha a menor intenção de conceder absolvições precipitadas.

– Certo, eu ligo amanhã.

– Não há necessidade.

– É o que quero fazer – insistiu Roger.

Ele deu um passo adiante, e o major se descobriu balançando num abraço anguloso e constrangido. Ele se agarrou à porta pesada com uma das mãos, tanto para mantê-la aberta como para se impedir de cair. Com a outra, ele deu um par de tapinhas hesitantes naquela parte das costas de Roger que conseguiu alcançar. Depois descansou a mão por um instante e sentiu, na omoplata musculosa do filho, o menininho que ele sempre tinha amado.

– É melhor vocês se apressarem agora – disse ele, piscando muito. – É uma viagem daqui até a cidade.

– Eu me preocupo mesmo com você, papai. – Roger afastou-se e voltou a ser o adulto desconhecido que existia principalmente na outra ponta do telefone. – Vou ligar para você. Sandy e eu vamos nos organizar para poder vir vê-lo daqui a umas duas semanas.

– Sandy? Ah, certo. Seria ótimo.

O filho abriu um largo sorriso e acenou ao partir, o que reafirmou ao major que a secura de seu tom não tinha sido detectada. Ele retribuiu o aceno e ficou olhando o filho sair feliz, convencido de que o pai idoso teria o alento da perspectiva da visita futura.

Sozinho na casa, ele sentiu o peso total da exaustão se abater sobre ele como grilhões de ferro. Pensou em parar na sala de estar para um conhaque reanimador, mas não havia fogo na lareira e a casa de repente pareceu gelada e escura. Decidiu ir direto para a cama. A pequena escada, com a passadeira oriental desbotada, assomava íngreme e intransponível como o Escalão Hillary do Evereste. Ele firmou o braço no corrimão de nogueira encerada e começou a se içar pelos degraus estreitos. O major se considerava um homem saudável em termos gerais e fazia questão de cumprir toda uma série de exercícios de alongamento todos os dias, aí incluídas algumas flexões acentuadas de joelhos. Hoje, porém, derrotado pela tensão, ao que supunha, ele precisou parar no meio da escada para recuperar o fôlego. Ocorreu-lhe perguntar-se o que aconteceria se ele desmaiasse e caísse. Viu-se jogado de um lado a outro dos degraus inferiores, com a cabeça para baixo e o rosto roxo. Talvez se passassem dias até ele ser encontrado. Nunca tinha pensado nisso antes. Sacudiu os ombros e endireitou as costas. Era ridículo pensar nisso agora, repreendeu-se. De nada adianta agir como um pobre velhinho só porque Bertie morreu. Ele atacou o que restava da escada com o passo mais regular e ágil que conseguiu e só se permitiu bufar e arquejar, quando já tinha chegado ao quarto e se afundado com alívio na cama larga e macia.

Capítulo 3

Dois dias se passaram até que ocorresse ao major que a sra. Ali não viera ver como ele estava, e que isso lhe causava uma certa decepção. O entregador de jornais estava novamente em perfeita forma, a julgar pela ferocidade com que o *Times* era atirado à sua porta da frente. Ele já estava farto de outras visitas. Alice Pierce, sua vizinha do lado, tinha aparecido ontem com um cartão de pêsames pintado a mão e uma travessa do que ela dizia ser sua famosa lasanha vegetariana orgânica, e lhe comunicou que o lugarejo inteiro já sabia que ele tinha perdido o irmão. Havia uma quantidade suficiente de grude verde e marrom-claro para alimentar um exército de amigos vegetarianos orgânicos. Infelizmente, ele não tinha o mesmo tipo de amigos pouco convencionais que Alice, e o prato agora estava fermentando na geladeira, espalhando o desagradável odor de plâncton para o leite e a manteiga. Hoje, Daisy Green, a mulher do vigário, apareceu sem aviso com seu habitual séquito de Alma Shaw e Grace DeVere, da Liga das Flores, e insistiu em preparar para ele uma xícara de chá na sua própria casa. Ver a trindade de senhoras ocupadas com a tarefa de controlar toda a vida social e cívica do lugarejo geralmente fazia o major reprimir um risinho. Daisy tinha se apoderado do simples título de presidente da Liga das Flores e o usava para se investir de toda a condescendência exigida por sua condição superior. As outras senhoras iam na sua esteira como patinhos assustados, enquanto ela voava para lá e para cá oferecendo conselhos que ninguém pediu e emitindo diretrizes insignificantes que de algum modo as pessoas consideravam mais fácil seguir do que contestar. Ele achava divertido que o padre Christopher, o vigário, acreditasse que escolhia seus próprios sermões, e que Alec Shaw, aposentado do Bank of England, tivesse sido levado a entrar para o Comitê da Festa de Halloween e a patrocinar a equipe júnior de bocha no campo do vilarejo, apesar de ter uma alergia quase clínica a crianças. Ele se divertia menos quando, tratando a amiga solteirona como se fosse um projeto, Daisy e Alma pediam a Grace que tocasse sua harpa ou que recebesse as pessoas à porta de vários eventos beneficentes, enquanto designavam outras senhoras sem compromisso para as tarefas de vestiário e de servir chá. Até mesmo hoje, elas tinham conspirado para fazer de Grace uma figura. Ela estava muito arrumada, com o rosto um pouco alongado parecendo de papel com o pó de tom pálido e um batom de um cor-de-rosa de menina, uma echarpe com um laço coquete abaixo da orelha esquerda, como se estivesse pronta para ir a uma festa.

 Na realidade, Grace era às vezes uma mulher bastante perspicaz e agradável. Era grande conhecedora de rosas e da história local. O major lembrou-se de uma conversa que tinham tido na igreja um dia, quando ele a encontrou examinando cuidadosamente registros de casamento do século dezessete. Ela usava luvas de algodão branco para proteger os livros de seus dedos e não tinha se preocupado em proteger as próprias roupas, que estavam com uma fina camada de poeira. "Olhe", dissera ela, sussurrando, enquanto segurava uma lupa junto dos garranchos de tinta marrom-clara de um antigo vigário. "Aqui diz: 'Mark Salisbury casou-se no dia de hoje com Daniela de Julien, anteriormente de La Rochelle.' Este é o primeiro registro de huguenotes se estabelecendo no lugarejo." Ele tinha ficado com ela cerca de meia hora, vendo-a folhear com reverência os anos subsequentes, à procura de pistas e dicas que elucidassem o emaranhado de velhas famílias na região. Ele se oferecera para emprestar-lhe uma história recente de Sussex, que talvez fosse útil, só para descobrir que ela já tinha um exemplar. Ela também possuía alguns textos antigos mais obscuros e maravilhosos, que ele acabou pegando emprestado. Por um curto período, ele cogitou em investir na amizade. No entanto, mal souberam da conversa, Daisy e Alma começaram a se intrometer. Houve comentários tímidos na rua, uma palavra ou outra murmurada no bar do clube de golfe. Por fim, elas mandaram Grace para um almoço com ele, toda maquiada e forçada a usar um vestido de seda medonho. Ela estava toda amarrada e enfeitada como um leitão assado para o Natal. Além disso, elas deviam ter enchido a cabeça de Grace com conselhos sobre os homens, tanto que ela ficou ali sentada, com uma conversa inexpressiva durante a refeição inteira de salada verde (sem molho) e peixe simples, enquanto o major mascava uma torta de carne e fígado como se fosse sola de sapato e vigiava os ponteiros do relógio do bar avançarem a contragosto pelo mostrador. Ele se lembrava de tê-la deixado à porta de casa, com uma sensação mista de alívio e remorso.

Hoje, tinham deixado Grace para mantê-lo preso na sala de estar conversando baixinho sobre o tempo, enquanto Daisy e Alma chocalhavam as xícaras, batiam com a bandeja e falavam com ele a plenos pulmões de lá da cozinha. Ele flagrou Grace passando os olhos para a esquerda e para a direita pela sala e soube que todas as três estavam inspecionando ele e sua casa em busca de sinais de negligência e decadência. Impaciente, ele se remexeu na poltrona, até trazerem o chá.

— Nada como uma boa xícara de chá de um bule de porcelana verdadeira, não é mesmo? — disse Daisy, entregando-lhe sua xícara e pires. — Biscoito?

— Obrigado — disse ele.

Elas tinham trazido uma lata grande de biscoitos sortidos "de luxo". A lata era decorada com chalés de telhado de colmo da Inglaterra, e os biscoitos eram adequadamente robustos: recheados de chocolate, lambuzados com glacê em tom pastel ou envoltos em diferentes tipos de laminados. Ele suspeitou que Alma teria feito essa escolha. Ao contrário do marido, Alec, que tinha orgulho de sua história de menino da região pobre de Londres, Alma fazia um grande esforço para se esquecer de suas origens londrinas. Mas às vezes ela se denunciava com uma preferência pela ostentação e pelos doces, típica de alguém que cresceu sem ter o suficiente para comer. O major suspeitava que as outras senhoras estivessem ocultando sua consternação. Ele selecionou um amanteigado sem decoração e deu uma mordida. As senhoras acomodaram-se em cadeiras, sorrindo para ele com compaixão, como se estivessem observando um gato faminto lamber um pires de leite. Era um pouco difícil mastigar debaixo de tanta atenção, e ele tomou um bom gole do chá para ajudar o biscoito farelento a descer. O chá estava fraco e com gosto de papel. Ele ficou pasmo ao dar-se conta de que elas também tinham trazido seus próprios saquinhos de chá.

– Seu irmão era mais velho que o senhor? – perguntou Grace. Ela se inclinou na direção dele, com os olhos cheios de compaixão.

– Não... na realidade era mais novo, dois anos mais novo. – Fez-se uma pausa.

– Fazia algum tempo que ele estava doente? – perguntou ela, esperançosa.

– Não, lamento dizer que foi muito de repente.

– Que pena, que tristeza.

Ela remexeu com os dedos no grande broche de pedra verde preso na gola alta. Baixou então os olhos para o tapete como se estivesse procurando por um fio para continuar a conversa nos desenhos geométricos do Bokhara desbotado. As outras senhoras estavam se ocupando com suas xícaras, e havia na sala um desejo de que a conversa seguisse adiante. Grace, no entanto, não conseguia encontrar uma saída.

– E a família estava com ele no final? – perguntou ela, olhando para ele em desespero.

Ele sentiu a tentação de dizer que não, que Bertie tinha morrido sozinho numa casa vazia, tendo sido descoberto semanas depois pela faxineira do vizinho. Teria sido um prazer perfurar a conversa enfadonha com o prego da crueldade deliberada. Contudo, ele estava consciente das outras duas mulheres que assistiam aos esforços de Grace sem nada fazer para ajudar.

– A mulher estava com ele quando o levaram para o hospital, e a filha conseguiu vê-lo por alguns minutos, pelo que eu soube – disse ele.
– Ah, isso é maravilhoso – disse ela.
– Maravilhoso – repetiu Daisy, sorrindo para ele, como se isso extinguisse qualquer outra obrigação de sentir tristeza.
– Deve ser um enorme alívio para o senhor saber que ele morreu cercado pela família – acrescentou Alma.
Ela deu uma boa mordida num biscoito gordo de chocolate escuro. Um leve odor químico de laranja amarga chegou às narinas do major. Ele teria gostado de responder que essa não era a verdade, que ele se sentia transpassado de dor por ninguém ter pensado em chamá-lo antes que tudo estivesse terminado e que com isso ele tivesse deixado de se despedir do irmão mais novo. Essas palavras ele teve vontade de lançar sobre elas com violência, mas sua língua estava grossa e inútil.
– E é claro que ele estava cercado pelo conforto de Deus – disse Daisy. Ela falou com uma rapidez, constrangida, como se estivesse tocando num assunto vagamente descortês.
– Amém – murmurou Alma, escolhendo um biscoito recheado de creme.
– Ora, vão para o inferno – murmurou o major para o fundo translúcido de sua xícara de chá, encobrindo o resmungo com uma tosse.

– Muito obrigado pela visita – disse ele, acenando da soleira da porta e se sentindo mais generoso, agora que elas estavam indo embora.
– Logo vamos fazer-lhe outra visita – prometeu Daisy.
– É lindo ver a *Vierge de Cléry* ainda em flor – acrescentou Grace, tocando com a ponta dos dedos uma haste pendente com o peso de uma cem-folhas branca, enquanto saía delicadamente pelo portão atrás das outras.
Ele desejou que ela tivesse falado de rosas antes. A tarde poderia ter sido mais simpática. É claro que não era culpa delas,

lembrou-se ele. Elas estavam seguindo os rituais consagrados. Estavam dizendo o que conseguiam dizer numa ocasião em que até mesmo a melhor poesia forçosamente deixa de confortar. Era provável que estivessem verdadeiramente preocupadas com ele. Talvez ele tivesse sido intratável demais.

O que o surpreendia era que sua dor estava mais forte agora do que nos dias anteriores. Ele tinha se esquecido de que a dor não vai baixando numa linha reta ou numa curva suave, como um gráfico num livro de matemática de uma criança. Em vez disso, era quase como se o corpo contivesse uma grande pilha de lixo de jardim, cheia tanto de pesados blocos de terra como de mato com espinhos afiados, que o picariam quando ele menos esperasse. Se a sra. Ali tivesse aparecido – e mais uma vez ele sentia o leve ressentimento por ela não ter feito isso –, *ela* teria compreendido. Tinha certeza de que a sra. Ali o teria deixado falar sobre Bertie. Não sobre o corpo morto já se liquefazendo no chão, mas Bertie como ele era.

O major saiu para o jardim agora vazio para sentir o sol no rosto, fechando os olhos e respirando devagar para reduzir o impacto de uma imagem de Bertie na terra, a carne verde e fria se gelatinizando. Cruzou os braços por cima do peito e tentou não soluçar alto por Bertie e por si mesmo, que esse fosse o único destino que lhes restava.

O calor do sol sustentou-o, e um pequeno pintassilgo castanho, remexendo nas folhas do teixo, pareceu repreendê-lo por ser tão lúgubre. Ele abriu os olhos para a tarde luminosa e decidiu que poderia lhe fazer bem dar um pequeno passeio pelo lugarejo. Poderia dar uma passada pelo mercadinho local para comprar um pouco de chá. Achou que seria generoso de sua parte fazer uma visita e dar à ocupadíssima sra. Ali a oportunidade de pedir desculpas por não ter vindo vê-lo.

Tinha vivido muitas décadas, como adulto e como menino, no lugarejo de Edgecombe St. Mary, e ainda assim a caminhada morro abaixo até o centro do povoado nunca deixava de lhe dar prazer.

O piso da alameda era muito curvado para cada lado, como se o asfalto estreito fosse o teto abaulado de alguma câmara subterrânea. As sebes cerradas de alfeneiros, pilriteiros e faias se aglomeravam gordas e complacentes como burgueses medievais. O ar estava perfumado com sua fragrância seca e pungente mesclada com o cheiro forte e penetrante de animais nos campos por trás dos chalés. Portões de jardins e entradas de automóveis proporcionavam relances de jardins bem sortidos e de densos gramados salpicados com aglomerados de trevos e de dentes-de-leão. Ele gostava do trevo, prova de que o campo estava bem ali, sabotando sem alarde qualquer um que tentasse transformar a natureza com a manicure da submissão urbana. Quando ele acompanhou uma curva, as sebes cederam lugar à cerca de arame de uma pastagem de carneiros e permitiram uma visão de mais de trinta quilômetros da região rural de Sussex, que se estendia para além dos telhados do lugarejo ali abaixo. Atrás dele, acima da sua própria casa, os montes subiam se avolumando até o capim cortado rente pelos coelhos das chapadas de greda. Abaixo dele, a região rural de Sussex abrigava campos repletos de centeio tardio e do amarelo ácido da mostarda. Ele gostava de parar na escada da entrada do lugarejo, com um pé no degrau, para admirar a paisagem. Alguma coisa – talvez a qualidade da luz ou a infinita variedade dos verdes nas árvores e sebes – nunca deixava de encher seu coração de um amor ao campo, que ele sentiria vergonha de expressar em voz alta. Hoje, ele se encostou na escada e tentou deixar as cores da paisagem se impregnarem nele para acalmá-lo. A missão que tinha pela frente, de visitar o mercadinho, tinha de algum modo acelerado seu coração e encoberto a monotonia da dor com uma palpitação urgente e não desagradável. A loja ficava a apenas algumas centenas de metros morro abaixo de onde ele se encontrava, e as maravilhas da gravidade o ajudaram, quando ele deixou para trás a escada e continuou a descer a ladeira a passos largos. Lá embaixo, ele fez a curva passando pelo Carvalho Real, cuja fachada de madeira era quase totalmente ocultada por cestas suspensas de petúnias de cores improváveis; e dali pôde avistar o mercadinho do outro lado do semicírculo de subida suave do campo público do lugarejo.

A placa de plástico laranja, "Supermercado Supereconômico", piscava ao sol baixo de setembro. O sobrinho da sra. Ali estava colando no vidro da vitrine um grande cartaz com o anúncio de uma liquidação de ervilhas em lata. O major hesitou em pleno movimento. Ele teria preferido esperar até o sobrinho não estar por ali. Não gostava da cara perpetuamente amarrada do rapaz, que ele admitia talvez ser a mera consequência de sobrancelhas lamentavelmente proeminentes. Era uma aversão ridícula e indefensável, como o major mais de uma vez tinha repreendido a si mesmo, mas ela fez com que sua mão se retesasse novamente em torno do cabo da bengala quando ele atravessou o gramado e entrou pela porta. O retinir da campainha da loja fez o rapaz levantar os olhos do que estava fazendo. Ele o cumprimentou com um gesto de cabeça, e o major respondeu com um gesto ligeiramente menor, olhando ao redor em busca da sra. Ali.

O mercadinho dispunha de um único balcão pequeno e de uma caixa registradora bem na frente, tendo logo atrás um mostruário de cigarros e uma máquina de venda de bilhetes de loteria. Quatro corredores estreitos, porém limpos, estendiam-se para os fundos do salão retangular de pé-direito baixo. O estoque de alimentos era bom, embora simples. Havia feijões e pão, saquinhos de chá e macarrão, *curries* congelados, sacos de batatas fritas em espiral e pedaços de frango empanado para o jantar das crianças. Havia também uma grande variedade de balas e chocolates, uma seção de cartões, jornais. Somente as latas de chá a granel e uma travessa de *samosas* caseiras davam uma pista do exótico patrimônio cultural da sra. Ali. Nos fundos, havia um puxado deselegante que continha uma pequena área de produtos a granel, como ração canina, terra para jardinagem, algum tipo de ração de galinhas e embalagens de atacado de feijão enlatado Heinz, envoltas em plástico. O major não podia imaginar quem compraria mercadoria no atacado ali. Todos faziam as compras principais no supermercado em Hazelbourne-on-Sea ou iam de carro até o novo hipermercado e centro de vendas diretas do produtor ao consumidor em Kent. Era também possível dar um pulinho na França numa balsa econômica, e ele costumava ver seus vizinhos voltando para casa trôpegos com o peso de gigantescas caixas de sabão em pó e garrafas de formato estranho de cerveja estrangeira barata do hipermercado de Calais. Para a maioria das pessoas, o mercadinho do lugarejo era apenas para quando de repente sentisse falta de algum produto, principalmente tarde da noite. O major percebia que ninguém jamais agradecia à sra. Ali o fato de manter a loja aberta até às oito nas noites dos dias úteis e também nas manhãs de domingo. Mas adoravam resmungar sobre os preços altos e especulavam sobre a renda da sra. Ali, decorrente de ser uma revenda autorizada da loteria.

Ele não ouviu nem sentiu a presença da sra. Ali na loja vazia, e assim, em vez de vasculhar cada corredor, o major encaminhou-se, com a descontração possível, na direção da área de mercadorias a granel, deixando totalmente de lado as latas de chá perto do balcão da frente e da caixa registradora. Mais além desse setor, ficava o escritório da loja, uma pequena área escondida por trás de uma cortina de painéis verticais rígidos de vinil.

Ele já tinha inspecionado os preços de cada pilha de mercadoria a granel e tinha passado ao exame das tortas de ovos e presunto na geladeira de laticínios da parede dos fundos, quando a sra. Ali por fim apareceu através do vinil, carregando uma braçada de caixas decoradas para Halloween, com minitortas de maçã.

– Major Pettigrew – disse ela, surpresa.

– Sra. Ali – respondeu ele, quase distraído do seu objetivo pela conscientização de que o estardalhaço do Halloween americano já estava abrindo espaço entre os produtos britânicos de confeitaria.

– Como vai? – Ela olhou ao redor em busca de algum lugar para deixar as caixas.

– Bem, muito bem – disse ele. – Eu queria agradecer sua gentileza do outro dia.

– Não, não, não foi nada.
Ela deu a impressão de querer fazer um gesto com as mãos, mas, sobrecarregada com as tortas, conseguiu apenas agitar a ponta dos dedos.
– E eu queria pedir desculpas... – começou ele.
– Por favor, nem toque nesse assunto – disse ela, e seu rosto se retesou quando olhou para além do ombro dele. O major sentiu entre as omoplatas a presença do sobrinho e deu meia-volta.
O sobrinho parecia mais corpulento no corredor estreito, com o rosto sombreado pela contraluz do sol brilhante que entrava pela frente da loja. O major afastou-se de lado para deixá-lo passar, mas o rapaz parou e também se afastou para um lado. Algo lhe sugeriu passar por ele e sair da loja. Seu corpo, com o desejo teimoso de ficar, o mantinha plantado onde estava.
Ele percebeu que a sra. Ali não queria que ele continuasse a pedir desculpas na frente do sobrinho.
– Mais uma vez, eu só queria agradecer a vocês dois os pêsames – disse ele, particularmente satisfeito com o "vocês dois" que se encaixou com suavidade, como uma bola de golfe acertada no buraco com uma tacada leve e perfeita. O sobrinho foi forçado a um gesto de cabeça para demonstrar sua satisfação.
– Qualquer coisa que possamos fazer, major, basta pedir – disse a sra. Ali. – Começando talvez com um pouco de chá fresquinho?
– Estou mesmo com pouco chá – disse o major.
– Muito bem. – Ela ergueu o queixo e falou com o sobrinho, enquanto olhava para um espaço em algum ponto acima da cabeça dele. – Abdul Wahid, você poderia buscar o resto dos produtos para Halloween, enquanto eu cuido do pedido de chá do major?
Ela passou por eles dois a passos vigorosos, com os braços cheios de caixas de bolos, e o major foi atrás, espremendo-se para passar pelo sobrinho com um sorriso de desculpas. Ele apenas amarrou a cara e então desapareceu por trás da cortina de vinil.

Largando as caixas no balcão, a sra. Ali remexeu ali atrás em busca do seu caderno de espiral de pedidos e começou a folheá-lo.

– Minha cara – começou o major. – Sua gentileza para comigo... – Eu preferiria não conversar sobre esse assunto na presença de meu sobrinho – sussurrou ela, e uma rápida crispação toldou a suavidade de seu rosto oval.

– Não estou entendendo direito – disse o major.

– Meu sobrinho acaba de voltar de seus estudos no Paquistão e ainda não está refamiliarizado com muitas coisas por aqui. – Ela olhou para se certificar de que o sobrinho não pudesse ouvi-la. – Ele está tendo certas preocupações com o bem-estar da tia, sabe? Ele não gosta quando dirijo o carro.

– Ah. – Aos poucos, o major começava a se dar conta de que as preocupações do sobrinho podiam incluir homens desconhecidos, como ele mesmo. Sentiu que a decepção pesava nas suas faces.

– Não que eu tenha a menor intenção de levar isso em consideração, é claro – disse ela, e dessa vez sorriu e levou a mão ao cabelo, como se quisesse verificar se ele não estava escapando do coque baixo, bem apertado. – Estou só tentando reeducá-lo aos poucos. Os jovens podem ser tão teimosos.

– Muito. Entendo perfeitamente.

– Portanto, se eu puder fazer alguma coisa pelo senhor, major, é só pedir – disse ela. Seus olhos eram tão castanhos e afetuosos, a expressão de preocupação no rosto tão genuína, que o major, depois de um rápido olhar em torno, pôs de lado toda a cautela.

– Bem, na realidade – disse ele, gaguejando –, eu estava me perguntando se a senhora iria à cidade ainda nesta semana. É só que ainda não estou me sentindo bem o suficiente para dirigir e preciso consultar o advogado da família.

– Costumo ir nas quintas à tarde, mas seria possível...

– Na quinta estaria perfeito – disse depressa o major.

– Eu poderia apanhá-lo por volta das duas horas? – perguntou ela.

O major, discreto, baixou a voz:

– Talvez seja mais conveniente eu esperar no ponto de ônibus na estrada principal... vai poupá-la de dirigir toda a distância até minha casa.

– É, isso seria muito conveniente – disse ela, com um sorriso.

O major achou que corria o risco de sorrir como um palerma.

– Nos vemos na quinta, então – disse ele. – Obrigado.

Quando saía da loja, ocorreu-lhe que não tinha comprado chá algum. Na verdade, tanto fazia, já que ele tinha um bom estoque para suas necessidades e só recebia visitas de quem trazia o próprio chá. Enquanto cruzava com vigor o campo do lugarejo, ele se deu conta de seu passo estar mais leve e o coração mais tranquilo.

Capítulo 4

Na quinta de manhã, o major emergiu do sono ao som das fortes marteladas da chuva no beiral do telhado. E, num ritmo enlouquecedoramente aleatório e pouco melodioso, também gotejava no ponto fraco do peitoril da janela, onde a madeira estava começando a amolecer. O quarto como que girava numa escuridão azul, e, a partir do casulo abafado dos cobertores, ele podia visualizar as nuvens despejando suas pesadas cargas-d'água ao trombar contra o flanco das chapadas. O quarto, com as vigas pesadas, parecia estar sugando ativamente toda a umidade. O papel de parede listrado de azul parecia amarelo à estranha luz da chuva e pronto para se descascar das grossas paredes de taipa sob o peso do ar úmido. Ele ficou ali deitado, letárgico, afundado no travesseiro grumoso de plumas de pato, vendo suas esperanças para o dia irem por água abaixo pelos vidros martelados da janela.

Ele se amaldiçoou por ter suposto que o tempo estaria ensolarado. Talvez fosse o resultado da evolução, pensou ele, algum gene adaptativo que permitia que os ingleses continuassem a fazer planos despreocupados para o ar livre, mesmo diante de chuvas quase certas. Ele se lembrou do casamento de Bertie, quase quarenta anos antes: um almoço ao ar livre, num pequeno hotel, sem nenhum espaço no salão de jantar apertado para cinquenta hóspedes à procura de abrigo de um temporal repentino. Parecia que ele se lembrava de Marjorie chorando e de uma quantidade absurda de tule molhado envolvendo como um merengue derretido sua compleição angulosa. Geralmente ele não era tão tolo no que dizia respeito à chuva. Quando jogava golfe, ele se certificava de levar consigo um par de suas antigas polainas do exército, pronto para atá-las em torno das meias ao primeiro sinal de uma chuvarada. Ele mantinha enrolada no porta-malas do carro uma capa de chuva amarela e possuía uma coleção de guarda-chuvas resistentes no cabide do hall de entrada. Em muitos jogos de críquete, em dias de sol causticante, tinham zombado dele por sempre carregar um banquinho dobrável que continha um poncho de plástico num bolso lateral fechado com zíper. Não, ele nem mesmo tinha cogitado na questão do tempo, ou sequer olhado no jornal ou assistido ao noticiário das seis horas, porque desejara que hoje fizesse sol e, como o rei Canuto exigindo que o mar recuasse, ele simplesmente tinha determinado que o sol brilhasse.

O sol deveria ter sido sua desculpa para transformar uma carona em algo mais. Um convite para caminhar à beira-mar teria sido perfeitamente adequado, considerando-se a beleza do dia. Agora, uma caminhada estava fora de cogitação, e ele temia que um convite para um chá da tarde num hotel refletisse excesso de presunção. Sentou-se subitamente, e o quarto girou ao seu redor. E se a sra. Ali usasse a chuva como desculpa para ligar e cancelar tudo? Ele teria de remarcar a reunião com Mortimer ou ir dirigindo sozinho.

Partindo do pressuposto de que ela não cancelasse, havia certos ajustes a serem feitos a seu guarda-roupa. Ele se levantou, enfiou os pés nos chinelos de couro marroquino e foi até o grande armário de pinho. Tinha planejado usar um paletó de *tweed*, calças de lã e uma generosa dose comemorativa de loção para após a barba. Contudo, o *tweed* exalava um leve odor quando úmido. Ele não queria encher o carrinho da sra. Ali com um cheiro parecido com o de carneiro molhado mergulhado em rum destilado com folhas de pimenta-da-jamaica. Ficou ali em pé um instante, ruminando.

No espelho da penteadeira na parede em frente, ele captou a imagem sombria de seu rosto, mal iluminado pela manhã escura.

Olhou mais de perto, esfregando o cabelo curto e eriçado, e se perguntando como poderia ter adquirido aquela aparência de tão velho. Experimentou um sorriso, que o livrou do ar lúgubre e das faces caídas, mas franziu a pele em volta dos olhos azuis. Convenceu-se em parte de que ele melhorou sua aparência e tentou diversos graus de sorriso antes de se dar conta de que seu comportamento estava sendo absurdo. Nancy jamais teria tolerado tanta vaidade nele, e ele tinha certeza de que nem a sra. Ali toleraria.

Reconsiderando as possibilidades do guarda-roupa, ele decidiu que hoje seria a perfeita oportunidade para usar o caríssimo pulôver em lã acrílica que Roger lhe dera no Natal passado. Ele tinha achado que a modelagem justa e o desenho de losangos pretos sobre preto era jovem demais, mas Roger estava entusiasmado.

– Consegui esse direto de um designer italiano que financiamos – dissera ele. – Em Londres inteira há listas de espera pelas peças dele.

O major, que tinha comprado para Roger um chapéu de chuva de algodão impermeável da Liberty e uma edição bastante elegante em couro do relato de sir Edmund Hillary do Evereste, agradeceu todo cortês a Roger a lembrança maravilhosa. Considerou que seria uma grosseria manifestar sua opinião acerca de homens que se dispunham a pôr o nome numa lista de espera por um pulôver; e, além disso, estava óbvio que para Roger era um grande sacrifício não ficar com ele. Depois do Ano-Novo, o major guardou a caixa listrada de verde e rosa na prateleira do alto do guarda-roupa. Hoje, achou que um estilo um pouco mais jovem pudesse ser a solução para enfrentar uma situação social potencialmente desanimadora.

Remexendo entre os cabides muito apertados em busca de uma camisa branca limpa, ele pensou mais uma vez que provavelmente estava na hora de repassar o guarda-roupa e jogar algumas peças fora. Pensou em Marjorie expurgando de seus armários embutidos as roupas de Bertie. Mulher prática, Marjorie. Era provável que isso devesse ser admirado. Ele visualizava as caixas, identificadas com letras gordas de marcador preto, cheias de roupas para o próximo bazar da igreja.

Ele estava com uma inquietação anormal já na hora do almoço e teve um sobressalto quando o telefone tocou. Era Alec querendo saber se ele estava disposto a jogar um pouco de golfe, apesar da chuva.

– Desculpe se não liguei antes – disse Alec. – Alma me passou um relatório completo. Disse que você parecia estar aguentando bem.

– É verdade, obrigado – disse ele.

– Eu devia ter ligado antes.

O major sorriu ao ouvir Alec se estrangulando em seu próprio constrangimento. Todos eles tinham se mantido a distância. Não apenas Alec, mas também Hugh Whetstone, que morava na alameda seguinte, e todo o grupo do clube de golfe. Ele não se importava. Tinha agido da mesma forma no passado: mantendo-se afastado das perdas dos outros e deixando Nancy lidar com o assunto. Subentendia-se que as mulheres lidavam melhor com essas situações. Quando a velha sra. Finch morreu, pouco mais adiante na mesma rua, Nancy levou sopa ou sobras de refeições para o sr. Finch todos os dias por duas ou três semanas depois do enterro. O major tinha somente levantado o chapéu uma vez ou duas, quando encontrou o velho durante uma caminhada. O velho Finch, esquelético como um gato sem dono e parecendo não fazer ideia de onde estava, lançava para ele um olhar vazio e continuava a andar em curvas oscilantes pelo meio do caminho. Foi um alívio quando a filha o internou num asilo.

– Preciso ir até a cidade para ver o advogado da família – disse ele. – Talvez na semana que vem.

Ele tentava jogar golfe uma vez por semana, um desafio no imprevisível clima do outono. Com a morte de Bertie, ele não ia ao clube já havia quase duas semanas.

– De qualquer modo, o chão pode estar encharcado hoje – disse Alec. – Vou marcar para nós uma hora bem cedo para a tacada inicial, e vamos ver se conseguimos um circuito completo até a hora do almoço.

Às duas horas, as nuvens já tinham desistido da turbulência e simplesmente se instalaram sobre a terra, transformando a chuva num nevoeiro cinzento. Era como uma sauna gelada, e prendia no lugar todos os odores. O major ainda estava torcendo o nariz para o forte cheiro de urina, muito depois que um collie perdido tinha deixado sua marca num poste do canto do ponto do ônibus. O tosco abrigo de madeira de três lados, com as telhas baratas alcatroadas, não oferecia proteção alguma contra o nevoeiro e exalava seu próprio cheiro de creosoto e vômito velho para o ar úmido. O major amaldiçoou o instinto humano por abrigo que o fazia ficar ali embaixo. Ele leu o registro histórico deixado pela juventude local, gravado fundo na madeira: "Jaz e Dave"; "Mick ama Jill"; "Mick punheta"; "Jill e Dave".

Finalmente, o carrinho azul surgiu por cima do alto do morro e parou. Ele viu primeiro o largo sorriso, e depois a echarpe de verdes e azuis brilhantes de pavão, solta sobre o cabelo preto e liso. Ela se inclinou para liberar a porta do passageiro, e ele se curvou para entrar no carro.

– Desculpe, deixe-me tirá-los daí – disse ela, apanhando dois ou três livros da biblioteca encapados com plástico.

– Obrigado. – Ele tentou se acomodar, sem muitos rangidos, no banco. – Deixe-me segurar para a senhora. – Ela passou-lhe os livros, e ele se deu conta de seus dedos longos e suaves, de unhas curtas.

– Estamos prontos? – perguntou ela.

– Estou, obrigado. É muita gentileza sua.

Ele queria olhar para ela, mas estava constrangido pelo pouco espaço do carro. Ela engrenou e se afastou do meio-fio abruptamente. O major segurou-se à porta com o olhar fixo nos livros.

Eles eram grossos, as capas velhas e em branco por baixo do plástico amarelado. Ele os virou de lado: um romance de Colette, contos de Maupassant, uma antologia de poesia. Para surpresa do major, o volume de Maupassant era em francês. Ele folheou algumas páginas; não havia tradução para o inglês.

— A senhora sem dúvida não conseguiu esses livros na biblioteca móvel — comentou ele. A sra. Ali riu, e o major achou que parecia música.

Todas as terças, uma grande biblioteca ambulante verde e branca assumia posição num acostamento perto do pequeno conjunto de casas da prefeitura na periferia do lugarejo. Em geral, o major preferia ler de sua própria biblioteca, na qual Keats e Wordsworth eram companheiros reconfortantes, e Samuel Johnson, embora presunçoso em excesso, sempre tinha algo de instigante a dizer. Contudo, ele considerava o conceito da biblioteca móvel valioso, e por isso fazia visitas com regularidade para demonstrar seu apoio, apesar de ter rapidamente esgotado a pequena seleção de romances mais antigos e de se sentir totalmente horrorizado com as capas sensacionalistas dos campeões de vendas e com a grande prateleira de títulos românticos. Em sua última visita à van, o major passava os olhos por um volume avantajado sobre aves locais, enquanto um menino com o nariz escorrendo, sentado no colo espaçoso da jovem mãe, tentava ler palavras num livro de papelão sobre trens. O major e a bibliotecária estavam trocando um sorriso que dizia como era bom ver uma criança fazendo alguma coisa que não fosse ver televisão, quando o garoto não gostou de algo no livro e arrancou a capa de trás. A mãe, furiosa e corando de vergonha sob o olhar chocado da bibliotecária, deu um forte tapa no menino. O major, encurralado por trás do menino prostrado escondido debaixo de uma mesa e o traseiro volumoso da mãe, que xingava enquanto tentava arrastá-lo dali para um lugar mais conveniente onde pudesse lhe dar umas boas palmadas, somente conseguiu se apoiar numa estante de metal e tentar manter a sanidade enquanto os uivos do garoto reverberavam ensurdecedores pela van metálica.

— Eu frequento a biblioteca na cidade, é claro — disse a sra. Ali, ultrapassando calmamente um altíssimo carroção de feno, no trecho mais curto entre duas curvas fechadas –, mas mesmo assim preciso encomendar a maior parte do que eu quero.

– Tentei encomendar um livro uma vez ou duas – disse o major. – Lembro-me de que estava tentando encontrar uma edição especial dos ensaios de Samuel Johnson para o *Rambler*, que não se encontra com facilidade, e fiquei muito decepcionado com a bibliotecária, que pareceu não apreciar nem um pouco meu pedido. Seria de imaginar que, depois de carimbar as guardas de romances baratos o dia inteiro, elas gostassem do desafio de rastrear algum maravilhoso clássico antigo, não é mesmo?

– Experimente pedir línguas estrangeiras – disse a sra. Ali. – Uma bibliotecária que eu conheço olha para mim como se eu estivesse cometendo uma traição.

– A senhora fala outras línguas além do francês? – perguntou o major.

– Meu francês é muito fraco – disse ela. – Sou mais fluente em alemão. E em urdu, naturalmente.

– A primeira língua da sua família? – perguntou o major.

– Não, eu diria que o inglês era a primeira língua da minha família – disse ela. – Meu pai insistia em línguas europeias. Ele detestava quando minha mãe e minha avó mexericavam em urdu. Eu me lembro de quando eu era menina e meu pai tinha essa crença inabalável em que as Nações Unidas acabariam evoluindo para um governo mundial. – Ela abanou a cabeça e então levantou a mão esquerda do volante para agitar um dedo para o para-brisa. – "Falaremos as línguas da diplomacia e assumiremos nossos legítimos lugares como cidadãos do mundo" – disse ela, com a voz séria e num ritmo monótono. Depois, suspirou: – Ele morreu ainda acreditando nisso, e minha irmã e eu, juntas, aprendemos seis línguas em honra de sua memória.

– Isso é muito comovente – disse o major.

– E em termos gerais é totalmente inútil para a administração de um mercadinho – disse a sra. Ali, com um sorriso entristecido.

– Não há nada de inútil em ler os clássicos – disse o major, sentindo o peso dos livros na mão. – Seus esforços persistentes

são louváveis. Infelizmente são poucas as pessoas de hoje que apreciam e procuram os prazeres da cultura civilizada por seus próprios méritos.
– É, pode ser uma empreitada solitária – disse ela.
– Nesse caso, nós, os felizardos, devemos nos manter unidos – disse o major.
Ela riu, e o major virou a cabeça para olhar pela janela para as sebes dos caminhos, empapadas de nevoeiro. Estava consciente de que já não sentia tanto frio. As sebes, longe de estarem lúgubres e encharcadas, estavam debruadas até a última folha com gotas como diamantes. Subia vapor da terra, e um cavalo à sombra de uma árvore sacudiu a crina como um cachorro e se curvou para mordiscar dentes-de-leão ainda úmidos. O carro saiu da alameda entre sebes e galgou a última crista do morro, onde a estrada se alargava. A cidadezinha se espalhava pelas dobras do vale, abrindo-se ao longo da planície costeira. O mar estava cinzento e infinito, para além da beira nítida da praia. No céu, um rasgo no nevoeiro deixava passar pálidos feixes de luz que iam rebrilhar na água. Era tão lindo e absurdo quanto um hinário ilustrado vitoriano, faltando somente a descida de um arcanjo acompanhado por querubins e guirlandas de rosas. O carrinho ganhou velocidade enquanto descia a ladeira, e o major teve a sensação de que a tarde de algum modo já era um sucesso.

– Onde o senhor gostaria que eu o deixasse? – perguntou ela, quando se juntaram à lenta onda do trânsito de entrada na cidade.
– Ah, em qualquer lugar conveniente.
Quando disse isso, ele sentiu uma certa inquietação. Na realidade, fazia muita diferença para ele onde ela o deixaria... ou melhor, onde eles mais tarde se encontrariam e se teria a oportunidade de convidá-la para tomar chá com ele ou não. Mas ele achava que seria deselegante ser específico demais.
– Costumo ir à biblioteca, para então cumprir minhas tarefas e fazer algumas compras na Myrtle Street – disse ela. Ele não sabia ao certo qual era a Myrtle Street, mas achava que era no alto do

morro, no lado mais pobre da cidade, provavelmente logo depois do conhecido *Curry* para Viagem Vinda Linda, ao lado do hospital. – Mas posso deixá-lo em qualquer ponto, desde que marquemos um lugar, antes que eu precise dar a volta de novo.

– Ah, sim, o apavorante sistema de mão única – disse ele. – Eu me lembro de quando eu e minha mulher uma vez ficamos presos no sistema de mão única em Exeter. Ela fraturou o dedo ao cair de um cavalo, e passamos uma hora dando voltas, sempre vendo o hospital, mas sem conseguir encontrar uma entrada a partir de onde estávamos. Presos como uma esfera num labirinto de plástico.

Ele e Nancy tinham rido daquilo tudo depois, imaginando Dante reprojetando o Purgatório como um sistema de mão única que proporcionaria vislumbres eventuais de São Pedro e dos portais do céu, do outro lado de dois conjuntos separados de barreiras divisórias de concreto. Enquanto falava, ele percebeu, com uma fisgada da consciência, que já se tornara confortável mencionar a mulher com a sra. Ali, que a semelhança da perda tinha se tornado uma ligação útil.

– Que tal o shopping center? – sugeriu a sra. Ali.

– Que tal a beira-mar? Seria muito fora de mão para a senhora?

Ele sabia que naturalmente seria. A beira-mar estava a alguns passos de distância a pé, mas o sistema de trânsito exigia uma curva a mais para a esquerda, seguida de uma longa volta através da cidade velha até a praia dos pescadores. Suas tarefas estavam bem terra adentro e morro acima a partir dali. Atualmente, a vida de todos estava terra adentro e morro acima, como se a cidade inteira tivesse dado as costas ao mar.

– Na beira-mar está bem – disse ela e logo entrou com o carro no pequeno estacionamento pré-pago logo atrás da praia. Sem desligar o motor, ela acrescentou: – Posso apanhá-lo daqui a uma hora e meia?

– Perfeito – disse ele, entregando-lhe os livros e estendendo a mão para abrir a porta. Sua cabeça estava a mil, com formas espontâneas para convidá-la para um chá, mas ele não parecia ser capaz de realmente pronunciá-las. Xingou-se de idiota quando ela voltou a partir veloz, com um aceno.

Os escritórios de Tewkesbury e Teale, Advogados, ficavam num casarão amarelo-limão do período da Regência, de frente para uma pequena praça a duas ruas do mar. No centro da praça, havia um jardim muito bem cuidado, completo, com um chafariz seco e um pequeno gramado cercado com corda, todo elegante por trás da cerca e dos portões de ferro batido. Os casarões, agora escritórios, pareciam conter pessoas do mesmo tipo daquelas para as quais eles tinham sido construídos originalmente. Eram advogados, contadores e a eventual atriz já passada do apogeu, todos cultivando um ar de estarem bem estabelecidos na vida, que era ligeiramente prejudicado pelo zumbido quase audível da ambição social. Mortimer Teale tinha o mesmo caráter ligeiramente espantoso.

O major, que estava adiantado para o compromisso, ficou olhando a vitrine saliente da loja de design de interiores, onde uma mulher robusta, com um costume de brocado verde, socava e cutucava uma profusão de almofadas cheias demais. Dois cãezinhos barbudos esganiçados se atiravam sobre eles, procurando arrancar as tranças e pompons. O major, preocupado com a possibilidade de que, se ficasse olhando muito, acabaria vendo um deles se engasgar com um botão forrado de seda, seguiu adiante por mais algumas portas. Num casarão pintado de rosa-morango, cheio de contadores, um rapaz meio jovem, usando um terno berrante de listras e falando num celular do tamanho de um porta-batom, saiu correndo para um elegante carro esporte preto. O major percebeu que seu vigoroso topete de cabelo preto estava de fato penteado para trás com gel para esconder um trecho de calvície na parte de trás da cabeça. De algum modo, o homem fazia com que ele se lembrasse, desagradavelmente, de Roger.

O velho sr. Tewkesbury, sogro de Mortimer, tinha representado, se não uma linhagem totalmente diferente, pelo menos uma versão suavizada e mais inteligente dos habitantes da praça. Os Tewkesbury eram advogados ali desde antes da virada do século e tinham sido advogados da família Pettigrew praticamente durante todo esse período. Sua reputação crescera ao longo do tempo, graças ao admirável desempenho no trabalho e à recusa a todas as oportunidades de autoengrandecimento. Pai, filho e neto tinham discretamente doado seu tempo a deveres cívicos (a consultoria jurídica gratuita à administração municipal sendo apenas uma das suas causas), mas tinham resistido a todos os chamados a concorrer a algum cargo político, liderar algum comitê ou aparecer nos jornais. Quando menino, o major se lembrava de ter ficado impressionado com a fala sem pressa de Tewkesbury, seus trajes sóbrios e seu pesado relógio de prata de algibeira.

Ficara intrigado, da mesma forma que Bertie, quando Tewkesbury aceitou Mortimer Teale como sócio. Teale tinha surgido do nada para ligar-se à filha e única herdeira de Tewkesbury, Elizabeth. Dizia-se que ele era de Londres, fato que as pessoas mencionavam com uma torção dos lábios, como se Londres fosse os becos secretos de Calcutá ou alguma notória colônia penal, como a Austrália. Mortimer tinha preferência por gravatas chamativas, gostava de comida a ponto de parecer exagerado e limpava os pés e fazia reverência diante dos clientes de um modo que proporcionou ao major sua única oportunidade, fora do âmbito das palavras cruzadas do *Sunday Times*, de usar a palavra "untuoso". Ele se casou com Elizabeth, e se escarrapachou como um cuco bem-alimentado no meio do clã Tewkesbury, até conseguir enterrar o velho. Houve rumores de que ele teria acrescentado o nome à placa metálica do escritório, enquanto a família estava no enterro.

O major tinha cogitado procurar um novo advogado, mas não quis romper com a tradição da própria família. Em momentos de maior honestidade, ele admitia para si mesmo não querer enfrentar a hora de falar com Mortimer. Em vez disso, ele se lembrava de que Mortimer não tinha feito nada, a não ser um trabalho excelente e que era pouco caridoso não gostar de um homem só porque ele usa lenços de bolas roxas e sua na palma das mãos.

— Ah, major, que bom vê-lo, mesmo em circunstâncias tão tristes — disse Mortimer, atravessando o tapete verde-escuro do escritório para apertar-lhe a mão.

— Obrigado.

— Seu irmão era um homem bom, muito bom, e era um privilégio tê-lo como amigo. — Mortimer olhou de relance para a parede, onde estavam suspensas em molduras douradas fotos suas com várias autoridades locais e dignitários sem importância.

— Ontem mesmo, eu estava comentando com Marjorie que ele era um homem que poderia ter alcançado muita proeminência, se essa tivesse sido sua inclinação.

— Meu irmão tinha a mesma aversão do sr. Tewkesbury pela política local — disse o major.

— Certíssimo — concordou Mortimer, voltando a se acomodar à escrivaninha de mogno e indicando com um gesto uma poltrona baixa e confortável. — É uma bagunça estarrecedora. Não paro de dizer a Elizabeth que eu renunciaria de uma vez por todas, se eles me deixassem. — O major nada disse. — Bem, vamos começar de uma vez, está bem?

Ele pegou uma pasta fina de cor creme de uma gaveta da escrivaninha e a deslizou por cima da enorme extensão de mesa entre eles. Quando se esticou, os pulsos gorduchos apareceram, saindo espremidos dos punhos brancos engomados, e o paletó se enrugou em torno dos ombros. Ele abriu a pasta com a ponta gorda dos dedos e a virou para ficar de frente para o major. Leves marcas de dedos agora decoravam a simples página datilografada, com o título "Testamento e última vontade de Robert Carroll Pettigrew".

— Como você sabe, Bertie nomeou-o executor deste testamento. Se estiver disposto a cumprir essa missão, tenho alguns formulários para você assinar. Como testamenteiro, você terá um par de doações de caridade e pequenas contas de investimentos a su-

pervisionar. Nada difícil demais. Como testamenteiro, você, por tradição, tem o direito a uma pequena compensação, despesas e assim por diante, mas pode querer renunciar a isso...
– Eu só vou ler, então, está bem? – disse o major.
– É claro, é claro. Fique à vontade.

Mortimer recostou-se e trançou as mãos sobre o colete volumoso como se estivesse se preparando para tirar um cochilo, mas os olhos permaneceram perfeitamente concentrados do outro lado da escrivaninha. O major levantou-se.

– Vou ler ali para pegar um pouco de luz – disse ele. Era só uma questão de poucos passos até a grande janela que dava para a praça, mas os poucos passos criavam alguma privacidade imaginada.

O testamento de Bertie tinha somente uma página e meia, com bastante espaço em branco entre as linhas. Seus bens eram transferidos para sua amada esposa, e ele pedia que seu irmão fosse seu testamenteiro, a fim de liberá-la dos encargos administrativos durante um período difícil. Havia uma pequena conta de investimentos criada para Gregory e quaisquer outros netos que pudessem chegar mais tarde. Havia também doações para três instituições de caridade: sua antiga escola recebeu mil libras, e tanto a igreja de Bertie como a igreja da paróquia anglicana em Edgecombe St. Mary receberam duas mil. O major reprimiu um risinho por ver Bertie, que tinha cedido à vontade de Marjorie havia muito tempo e se tornado presbiteriano praticante, tentar garantir suas chances com o Todo-poderoso. Quando terminou de ler, o major voltou e leu o testamento de novo, para se certificar de não ter perdido nenhum parágrafo. Então fingiu que estava lendo, para ganhar tempo para debelar sua confusão.

O testamento não mencionava nenhuma doação de objetos pessoais a ninguém, oferecendo apenas uma linha: "Minha mulher poderá dar destino a todo e qualquer objeto de uso pessoal como lhe pareça correto. Ela conhece meus desejos a esse respeito." Essa indelicadeza estava em desarmonia com o resto do documento. Naquelas poucas palavras, o major sentiu tanto a capitulação do

irmão perante a mulher quanto uma desculpa cifrada para ele mesmo. "Ela conhece meus desejos...", leu ele novamente.
– Ah, o chá. Obrigado, Mary. – Mortimer rompeu seu silêncio cuidadoso, quando a moça magra que trabalhava como secretária entrou trazendo uma pequena bandeja dourada com chá em duas xícaras de porcelana fina e um prato com dois biscoitos secos. – O leite está fresco? – perguntou ele, a voz insinuando que já estava mais do que na hora de Pettigrew terminar a leitura e começar a conversa a sério. O major voltou-se relutante da janela.
– Não houve algumas omissões? – indagou ele por fim.
– Creio que você vai encontrar todos os termos necessários aí – disse Mortimer. O major pôde ver que ele não tinha a menor intenção de ajudá-lo a reduzir seu constrangimento em perguntar sobre seus próprios interesses.
– Como você sabe, há a questão das espingardas de meu pai – disse ele. Podia sentir o rosto corando de agitação, mas estava determinado a ser direto. – Era do entendimento de todos, naturalmente, que as espingardas deveriam ser reunidas depois da morte de qualquer um de nós dois.
– Ah – disse Mortimer, lentamente.
– Eu tinha a impressão de que o testamento de Bertie conteria instruções explícitas a esse respeito, como meu próprio testamento contém.
Ele encarou firme o advogado. Mortimer pôs o chá na mesa com cuidado e apertou as pontas dos dedos umas nas outras. E suspirou.
– Como você pode ver – disse ele –, não foi incluída nenhuma cláusula dessa natureza. Eu de fato recomendei a Bertie que fosse o mais específico possível a respeito de qualquer item de valor que ele pudesse querer legar... – Sua voz foi se calando.
– Essas armas nos foram passadas em confiança por meu pai – disse o major, empertigando-se ao máximo. – Foi seu último desejo que nós as compartilhássemos em vida e que as reuníssemos para passá-las para as gerações futuras. Você sabe disso tanto quanto eu.

– É, foi sempre assim que eu entendi – concordou Mortimer. – Mas, como seu pai lhes entregou as armas pessoalmente, durante a enfermidade, não houve nenhuma instrução desse teor no testamento dele e, portanto, nenhuma obrigação...

– Mas tenho certeza de que Bertie incluiu isso no testamento – disse ele, irritado ao perceber um tom de súplica se insinuando na sua voz. Mortimer não respondeu de imediato. Ele contemplava o lustre de latão como se estivesse procurando a exata análise das suas próximas palavras.

– Posso dizer muito pouco – admitiu ele, por fim. – Digamos apenas que, no sentido mais lato possível, o legado de qualquer bem específico a terceiros e não ao cônjuge pode se tornar uma questão de lealdade para alguns casais. – Ele fez uma careta de cumplicidade, e o major captou um levíssimo eco da voz estridente de Marjorie, reverberando nos lambris lisos do escritório.

– Minha cunhada...? – começou ele. Mortimer levantou a mão para detê-lo.

– Não posso fazer nenhum comentário acerca de conversas com clientes, nem entrar em qualquer tipo de suposição, por mais hipotética que seja – disse ele. – Posso apenas dizer como me entristece ficar com as mãos tão atadas que não possa sequer avisar a um bom cliente que talvez ele devesse pensar em alterar seu próprio testamento.

– Todos sabem que aquela arma é minha – disse o major. Estava magoado e com raiva a ponto de se sentir enfraquecido. – Ela deveria ter ficado comigo para começar, sabe, toda essa história de primogênito. Não que eu jamais tenha me ressentido de Bertie ter a parte dele. Só que ele nunca foi muito dado a atirar.

– Bem, acho que você deveria ter uma conversa amistosa com Marjorie sobre esse assunto – disse Mortimer. – Tenho certeza de que ela haverá de querer resolver a situação. Talvez devêssemos adiar a formalização da sua condição de testamenteiro para quando tudo isso estiver esclarecido.

– Sei qual é meu dever – disse o major. – Farei o que meu irmão pediu de mim, independentemente desse assunto.

– Tenho certeza de que sim – disse Mortimer. – Só que poderia ser considerado um conflito de interesses, caso você pretenda questionar de alguma forma o espólio.
– Você quer dizer recorrer à justiça? – disse o major. – Nem em sonho eu rebaixaria tanto o nome dos Pettigrew.
– Nunca imaginei que fosse fazê-lo – disse Mortimer. – Teria sido terrivelmente constrangedor eu precisar representar um lado da família contra o outro. Totalmente contrário à tradição do escritório de Tewkesbury e Teale. – Ele sorriu, e o major teve a suspeita de que Mortimer adoraria representar Marjorie contra ele e usaria cada migalha de conhecimento anterior sobre a família para ganhar a causa.
– É impensável – disse ele.
– Bem, então, está resolvido – disse Mortimer. – Basta uma conversa com Marjorie, está bem? Desse modo, saberemos que não há o menor conflito de interesses de sua parte. Preciso dar entrada na homologação do testamento logo; por isso, se você puder me dar uma resposta...
– E se ela não concordar em me dar a arma? – disse o major.
– Nesse caso, no interesse da rapidez da homologação, eu o aconselharia a recusar a indicação para testamenteiro.
– Isso eu não posso fazer – disse o major. – É meu dever para com Bertie.
– Eu sei, eu sei – disse Mortimer. – Você e eu somos homens honrados, cumpridores do dever. Mas vivemos hoje num mundo diferente, meu caro major, e eu estaria sendo negligente como advogado, se não aconselhasse Marjorie a questionar sua capacidade para a função. – No esforço de parecer delicado, ele espremeu as palavras da boca, como pasta de dente do fundo do tubo. Seu rosto apresentava a expressão vidrada de alguém que está calculando até que ponto deve abrir um sorriso. – Precisamos evitar até mesmo a aparência de intenções desonrosas. Há questões de responsabilização, entende?
– Parece que não entendo nada – disse o major.

– Basta conversar com Marjorie e me ligar o mais rápido possível – disse Mortimer, levantando-se da cadeira e estendendo a mão. O major também se levantou. Desejou que tivesse usado um terno, em vez desse ridículo pulôver preto. Teria sido mais difícil para Mortimer dispensá-lo como a um garotinho.

– Isso não deveria ter acontecido desse modo – disse o major. – A firma de Tewkesbury representa os interesses de minha família há gerações...

– E é um privilégio para nós – disse Mortimer, como se o major lhe tivesse feito um elogio. – Pode ser que agora precisemos nos ater mais à letra da lei, mas pode ter certeza de que Tewkesbury e Teale sempre tentarão fazer o melhor por você. – O major pensou que, depois que tudo isso estivesse resolvido, talvez fosse fazer o que deveria ter feito de início e procurar outro advogado.

Ao sair do escritório para a praça, ele foi ofuscado momentaneamente. O nevoeiro tinha sido soprado do mar para a terra, e as fachadas de estuque dos casarões estavam secando para tons mais pálidos ao sol da tarde. Ele sentiu o calor inesperado relaxar seu rosto. Respirou fundo, e a água salgada no ar pareceu eliminar o cheiro de lustra-móveis e de avareza que era a essência do escritório de Mortimer Teale.

Capítulo 5

Dizer a Mortimer que nunca se ressentira de Bertie ficar com a espingarda tinha sido uma mentira daquelas. Sentado de frente para o mar, com as costas pressionando as ripas de madeira de um banco de jardim, o major voltou o rosto para o sol. O pulôver absorvia calor com a eficiência de um saco de lixo de plástico preto, e era gostoso estar ali sentado, protegido do vento pelos galpões cobertos de piche, para secagem de redes de pescadores, escutando as ondas que se arrebentavam nos seixos da praia.

Havia na natureza, pensou ele, um espírito de generosidade. O sol dava calor e luz de graça. Em comparação, o espírito do major era mesquinho, como uma lesma se encolhendo nas lajotas ao meio-dia. Cá estava ele, vivo, aproveitando o sol de outono, enquanto Bertie estava morto. E no entanto, mesmo agora, ele não conseguia abandonar a irritação insistente que sentira todos aqueles anos, por Bertie ter recebido aquela arma. Tampouco conseguia ele descartar o pensamento indigno de que Bertie sabia desse ressentimento e agora estava lhe pagando com a mesma moeda.

Tinha sido um dia de verão, quando sua mãe chamou a ele e a Bertie para virem à sala de jantar, onde seu pai estava definhando com enfisema, na cama hospitalar alugada. Naquele ano, as rosas estavam exuberantes, e o perfume das flores pesadas de uma velha roseira damascena entrava pelas portas duplas abertas. O aparador de madeira entalhada ainda exibia os castiçais e a sopeira de prata de sua avó, mas um balão de oxigênio ocupava metade do tampo. Ele ainda estava aborrecido com a mãe por deixar o médico ordenar que seu pai estava fraco demais para continuar a usar a cadeira de rodas. Sem dúvida, só poderia fazer bem empurrá-lo até o canto ensolarado e protegido da parede do pequeno terraço que dava para o jardim. Afinal de contas, que diferença fazia se o pai pegasse um resfriado ou ficasse cansado? Embora diariamente eles cumprimentassem o pai com animação, elogiando sua boa aparência, fora do quarto do doente ninguém fingia que aqueles não eram seus últimos dias.

Àquela altura o major já era segundo-tenente, tendo se passado um ano de sua formação de oficial, e ele conseguira da base uma licença especial de dez dias. O tempo parecia transcorrer lentamente, uma eternidade silenciosa de sussurros na sala de jantar e gordos sanduíches na cozinha. Enquanto o pai, que às vezes deixara de transmitir calor humano, mas que lhe ensinara o dever e a honra, chegava ao fim da vida chiando forte a cada respiração, o major tentava não se entregar à emoção que às vezes o ameaçava. A mãe e Bertie costumavam sair de mansinho cada um para seu quarto para chorar no travesseiro, mas ele preferia ler em voz alta à cabeceira do pai ou ajudar a enfermeira particular a virar seu corpo esquelético. O pai, que não estava tão confuso pela enfermidade como todos supunham, reconheceu o fim. Ele mandou buscar os dois filhos e seu adorado par de Churchills.

– Quero que vocês fiquem com elas – disse ele, abrindo a fechadura de latão e empurrando para trás a tampa bem lubrificada. As espingardas reluziam no leito de veludo vermelho. A gravação primorosa no mecanismo de prata não apresentava oxidação, nem sujeira.

– O senhor não precisa fazer isso agora, pai – disse ele. Mas estava ávido demais. Talvez tivesse até mesmo dado um passo adiante, ocultando parcialmente o irmão mais novo.

– É meu desejo que elas continuem dentro da família – disse o pai, com um olhar ansioso. – Mas como eu poderia escolher entre meus dois meninos e dizer que um de vocês deveria ficar com elas? – Ele procurou o olhar da mãe, que pegou sua mão e a afagou com delicadeza.

– Essas armas significaram tanto para seu pai – disse ela, por fim. – Queremos que cada um de vocês fique com uma, como lembrança dele.

– Me foram dadas pelas próprias mãos do marajá – sussurrou o pai.

Era uma velha história, tão desgastada pela repetição que as bordas estavam embaçadas. Um momento de bravura: um príncipe indiano com honra suficiente para recompensar o serviço corajoso de um oficial britânico, nas horas em que todos em volta urravam pela expulsão da Grã-Bretanha. Foi um encontro de raspão de seu pai com a grandeza. Os velhos uniformes e o quadro de medalhas podiam estar esquecidos no sótão, mas as espingardas eram sempre mantidas lubrificadas e prontas.

– Mas separar um par, papai? – Ele não conseguiu se impedir de deixar escapar a pergunta, embora lesse sua frivolidade no rosto exangue da mãe.

– Vocês podem legá-las um ao outro, para serem passadas como um par para a próxima geração. Mantendo-as no nome de Pettigrew, é claro. – Foi o único ato de covardia do pai que ele chegou a presenciar.

As armas não foram incluídas no espólio, que passou para a mãe em usufruto e depois para ele, como primogênito. Bertie foi contemplado com pequenos fundos de investimentos da família. Quando a mãe morreu, cerca de vinte anos depois, os fundos já tinham se desvalorizado a um nível embaraçosamente baixo. No entanto, a casa também estava decrépita. Havia sinais de podridão em algumas vigas do século dezessete, e o exterior de tijolos e telhas, tradicional de Sussex, precisava de extensa reforma. Além disso, a mãe devia dinheiro à administração distrital. A casa ainda parecia sólida e elegante entre os chalés menores de telhado de colmo na alameda, mas ela era mais um peso do que uma bela herança, como ele dissera a Bertie. O major tinha oferecido ao irmão a maior parte das joias da mãe como um gesto amistoso. Ele também tentara comprar do irmão a espingarda, tanto naquela época como em diversas outras ocasiões ao longo dos anos, quando Bertie parecia estar em dificuldades. O irmão mais novo sempre recusara suas generosas ofertas.

O grito gutural de uma gaivota sobressaltou o major. Ela vinha bamboleando ao longo do caminho de concreto, com as asas muito abertas, tentando intimidar um pombo para afastá-lo de um naco de pão. O pombo tentou pegar o pão e pular para o lado, mas o naco era grande demais. O major bateu com o pé no chão. A gaivota olhou para ele com desdém e recuou um pouco, batendo as asas, enquanto o pombo, sem sequer um olhar de gratidão, disparava pelo caminho abaixo empurrando o pão com bicadas.

O major suspirou. Era um homem que sempre tentava cumprir o dever sem se preocupar com gratidão ou reconhecimento. Com certeza, não poderia ter inspirado ressentimento em Bertie durante todos aqueles anos.

Em momento algum, o major tinha se permitido sentir culpa por ser o primogênito. É claro que a ordem em que se nasce é aleatória, mas o mesmo vale para o fato de não se nascer numa família com títulos de nobreza e vastas propriedades. Ele nunca sentira animosidade para com aqueles nascidos em posição social elevada. Quando se conheceram, Nancy discutia com ele sobre isso. Eram os anos sessenta, e Nancy era jovem e acreditava que o amor significava viver de feijão enlatado, seguindo as diretrizes morais da música folk. Ele lhe explicara com muita paciência que manter vivos o nome e o patrimônio *era* um ato de amor.

– Se não pararmos de dividir as coisas, com mais gente exigindo sua parte dos bens a cada geração, tudo simplesmente desaparece, como se nunca tivesse tido importância.

– Trata-se de redistribuição de riqueza – argumentara ela.

– Não. Trata-se da extinção do sobrenome Pettigrew. De esquecer meu pai e o pai do meu pai. Trata-se do egoísmo da geração atual, destruindo a lembrança do passado. Ninguém mais entende o que é administração de patrimônio.

– Adoro quando você fica assim todo conservador e preso às convenções! – Ela riu. E também o fez rir. Nancy fazia com que ele saísse escondido da base para vê-la. Fazia com que usasse camisas absurdas e meias coloridas, quando não estava de serviço. Uma vez ela ligou para ele de uma delegacia de polícia depois de um protesto estudantil, e ele precisou comparecer diante do sargento de plantão, trajando seu uniforme de gala. Eles a liberaram apenas com um sermão.

Depois que se casaram, houve alguns anos de angústia, enquanto não ocorria fecundação, mas então Roger surgiu no último alento de fertilidade. E, pelo menos, com apenas um filho, não havia discussões sobre os bens. Em homenagem às ideias de Nancy sobre a generosidade, ele tinha conscienciosamente acrescentado a seu próprio testamento uma pequena soma em dinheiro para a sobrinha, Jemima. Ele também tinha estipulado que Jemima recebesse, não o melhor, mas o segundo aparelho de porcelana herdado da sua avó materna. Bertie muitas vezes tinha insinuado que gostava daqueles pratos, mas o major pensara duas vezes antes de pôr um Minton original, por mais desbotado e cheio de rachaduras superficiais que estivesse, aos cuidados de Marjorie. Ela quebrava louça com tanta frequência que cada jantar na casa de Bertie era servido num aparelho diferente.

Ter um testamento atualizado e instruções precisas sempre foi uma prioridade para o major. Como oficial militar (exposto ao perigo, como gostava de dizer), ele encontrava grande conforto em abrir o pequeno cofre de ferro, estender as páginas grossas do seu testamento e percorrer com os olhos a lista de bens e doações. Parecia uma lista de realizações.

Ele simplesmente teria de ser muito claro com Marjorie. Neste exato momento, ela não estava pensando direito. Ele teria de explicar mais uma vez a natureza exata da vontade de seu próprio pai. E teria de esclarecer as coisas com Roger também. Não tinha a menor intenção de lutar para reunir o par de espingardas, só para Roger vendê-las depois de sua morte.

– Ah, aí está o senhor, major – disse uma voz. Ele se empertigou e piscou com o sol forte. Era a sra. Ali, com a grande bolsa de compras e um novo livro da biblioteca. – Não o vi no estacionamento.

– Ah, já está na hora? – perguntou o major, olhando horrorizado para o relógio. – Perdi totalmente a noção do tempo. Minha cara, como me sinto envergonhado de fazê-la esperar. – Agora que tinha inconscientemente realizado o que jamais teria ousado planejar, ele não sabia o que fazer.

– Nenhum problema – disse ela. – Eu sabia que uma hora o senhor ia aparecer, e, como o dia de repente acabou se tornando tão bonito, pensei em dar uma pequena caminhada e talvez começar meu livro.

– É claro que vou pagar o estacionamento.

– Isso não é mesmo necessário.

– Então, permite-me pelo menos oferecer-lhe um chá? – perguntou ele, tão depressa que as palavras se acotovelaram para lhe sair da boca. Ela hesitou, e ele acrescentou: – A menos que esteja com pressa para voltar, o que entendo perfeitamente.

– Não, não tenho a menor pressa – disse ela. E olhou para a esquerda e para a direita ao longo do passeio. – Quem sabe, se o senhor achar que o tempo vai continuar firme, poderíamos andar até o quiosque nos jardins? – disse ela. – Caso esteja disposto, é claro.

– Seria ótimo – disse ele, embora suspeitasse que o quiosque servia o chá em copinhos de isopor com algum tipo de creme pasteurizado naquelas embalagens impossíveis de abrir.

Quando percorrido do leste para o oeste, como eles estavam fazendo, o passeio como que desenrolava uma linha do tempo tridimensional da história de Hazelbourne-on-Sea. Os galpões de secagem de redes e os pesqueiros puxados para a praia de seixos, onde o major estava sentado, faziam parte da Cidade Velha, que se aglomerava em torno de pequenos becos pavimentados com pedras arredondadas. Lojas do período Tudor, capengas, com as vigas de carvalho quase fossilizadas, continham pilhas empoeiradas de mercadoria barata.

À medida que se caminhava, a cidadezinha se tornava mais próspera. No meio, os telhados de cobre do píer vitoriano, as paredes brancas de madeira e a estrutura de ferro batido, decorada com arabescos, sobressaíam acima do canal como um grande bolo confeitado. Mais além do píer, as mansões e os hotéis se tornavam imponentes. Os pórticos de pedra e toldos escuros protegendo janelas altas insinuavam uma certa reprovação das atividades transitórias em curso nos seus opulentamente interiores atapetados. Entre hotéis que ocupavam um quarteirão inteiro, cada um, havia praças abertas com casarões ou ruas largas com extensas fachadas de casas geminadas. O major achava uma pena que a elegância fosse irremediavelmente prejudicada hoje em dia pelas fileiras cerradas de automóveis em estacionamento angular, para lá e para cá, como arenque seco num caixote.

Adiante do Grand Hotel, que fazia jus ao nome, a marcha pela história da cidade era abruptamente interrompida pelo súbito surgimento dos penhascos de greda num enorme promontório. O major, que costumava percorrer o passeio inteiro, nunca deixava de refletir sobre como isso poderia talvez representar alguma coisa acerca da arrogância do progresso humano e da recusa da natureza a se submeter.

Recentemente ele tinha começado a se preocupar com o fato de que o passeio e essa hipótese tivessem se tornado unidos de modo tão indissolúvel que giravam por sua cabeça feito loucos. Ele era totalmente incapaz de andar e pensar no resultado das corridas de cavalos, por exemplo, ou em repintar a sala de estar. Tentou atribuir a situação ao fato de não ter ninguém com quem pudesse debater a ideia. Se lhes faltasse assunto para conversa enquanto tomavam chá, talvez ele pudesse abordá-la com a sra. Ali.

A sra. Ali andava com um passo vigoroso e confortável. O major arrastava os pés procurando acompanhá-la. Tinha se esquecido de como deixar que a mulher estabeleça o ritmo.

– A senhora gosta de andar? – perguntou ele.

– Gosto, tento sair cedo três ou quatro vezes por semana – disse ela. – Sou eu a maluca que perambula pelas alamedas ao som do coro do amanhecer.

– Todos nós devíamos nos juntar à senhora – disse ele. – Esses pássaros fazem um milagre todas as manhãs, e o mundo deveria se levantar para escutar.

Era frequente que ele ficasse acordado de noite, nas horas mais avançadas, preso ao colchão por uma insônia que ao mesmo tempo parecia vigília e morte. Ele podia sentir o sangue correndo nas veias, e entretanto não conseguia mover um dedo da mão ou do pé. Ficava ali deitado, acordado, com os olhos coçando, olhando para o contorno escuro da janela à espera de qualquer sinal de luz. Antes da menor sugestão de claridade, os pássaros começavam. De início, alguns chilreios comuns (pardais e semelhantes), e então os gorjeios e pios se transformariam numa cascata musical, um coro que soava a partir dos arbustos e árvores. O som liberava seus membros para se virar e se esticar, eliminando qualquer sensação de pânico. Ele procurava pela janela, agora clara com a cantoria, e rolava na cama para adormecer.

– Mesmo assim – disse ela –, eu talvez devesse arrumar um cachorro. Ninguém acha que os donos de cachorro são doidos, mesmo que eles saiam para caminhar de pijama.

– Que livro pegou hoje? – perguntou ele.

– Kipling – respondeu ela. – É um livro para crianças, como a bibliotecária se esforçou em me informar, mas as histórias são ambientadas nesta região. – Ela mostrou-lhe um exemplar de *Puck of Pook's Hill*, que o major tinha lido muitas vezes. – Eu só conhecia seus livros da Índia, como *Kim*.

– Eu costumava me considerar até certo ponto um admirador de Kipling – disse o major. – Suponho que ele seja uma escolha bastante fora de moda hoje em dia, não é mesmo?

– Quer dizer, não popular entre nós, os furiosos ex-nativos? – perguntou ela, erguendo uma sobrancelha.

– Não, é claro que não... – disse o major, sem se sentir capacitado para responder a um comentário tão direto. Seu cérebro girava. Por um instante, ele achou que viu Kipling, de terno marrom e bastos bigodes, voltando na direção da terra no final do passeio. Forçou os olhos para enxergar adiante e rezou para que a conversa murchasse por falta de atenção.

– Eu realmente o deixei de lado por muitas décadas – disse ela. – Parecia que ele fazia parte dos que se recusam a reconsiderar o que o império significou. Mas, à medida que amadureço, descubro-me insistindo no meu direito a ser desleixada em termos filosóficos. É tão difícil manter aquele rigor da juventude, não é?

– Parabéns por sua lógica – disse o major, engolindo qualquer impulso de defender o império ao qual seu pai tinha servido com orgulho. – Eu não tenho paciência para toda essa análise da política dos escritores. O homem escreveu uns trinta e cinco livros... Que analisem sua prosa.

– Além do mais, vai deixar meu sobrinho louco só o fato de tê-lo em casa – disse a sra. Ali, com um leve sorriso.

O major não sabia ao certo se poderia fazer perguntas a respeito do sobrinho. Sua curiosidade era extrema, mas parecia que não ficava bem indagar diretamente. Seu conhecimento sobre a família e a vida dos amigos do lugarejo era adquirido em fragmentos. A informação era enfiada como contas de comentários informais num colar, e ele costumava perder a informação mais antiga à medida que acrescentava as mais recentes, de modo que nunca obtinha um quadro completo. Ele sabia, por exemplo, que Alma e Alec Shaw tinham uma filha na África do Sul, mas nunca conseguia lembrar se o marido era cirurgião plástico em Johannesburgo ou importador de plásticos na Cidade do Cabo. Sabia que a filha não vinha visitar os pais desde antes da morte de Nancy, mas essa informação não era acompanhada de nenhuma explicação. Ela apenas deixava transparecer uma mágoa implícita.

– A senhora tem outros sobrinhos e sobrinhas? – perguntou ele, preocupado com a possibilidade de que mesmo essa vaga cortesia parecesse trazer o eco de perguntas sobre o motivo pelo qual ela não tinha filhos e sugerir de modo grosseiro que ela naturalmente devia ser de uma família numerosa.

– Só um único sobrinho. Os pais dele, o irmão de meu marido e a mulher, têm três filhas e seis netas.

– Ah, quer dizer que seu sobrinho deve ser o menino de ouro deles? – disse o major.

– Ele também foi meu menino de ouro, quando era pequeno. Receio que Ahmed e eu o tenhamos mimado terrivelmente.

– Ela apertou o livro um pouco mais contra o peito e suspirou: – Não fomos abençoados com filhos, e Abdul Wahid era a cara de meu marido quando pequeno. Ele era um menino muito inteligente também, e sensível. Achei que um dia seria poeta.

– Poeta? – repetiu o major, tentando visualizar o rapaz carrancudo escrevendo poemas.

– Meu cunhado deu um basta nessa tolice assim que Abdul Wahid teve idade para ajudar numa das lojas. Suponho que eu tenha sido ingênua. Eu queria tanto compartilhar com ele o mundo dos livros e das ideias, transmitindo-lhe o que me foi dado.

– Um nobre impulso – disse o major. – Mas ensinei inglês num colégio interno depois do exército e posso lhe dizer que é praticamente uma causa perdida tentar fazer com que garotos de mais de dez anos leiam. A maioria deles não possui um livro sequer, sabia?

– Não consigo imaginar – disse ela. – Fui criada numa biblioteca de mil livros.

– É mesmo? – Ele não queria parecer duvidar tanto, mas nunca tinha ouvido falar em donos de mercearia que possuíssem grandes bibliotecas.

– Meu pai era um intelectual – continuou ela. – Ele veio para cá depois da separação entre a Índia e o Paquistão para ensinar matemática aplicada. Minha mãe sempre dizia que lhe foi permitido trazer duas panelas e uma fotografia de seus pais. Todas as outras malas continham livros. Era muito importante para meu pai tentar ler de tudo.

– Tudo?

– É, literatura, filosofia, ciência, uma empreitada romântica, sem dúvida, mas ele conseguiu ler uma quantidade espantosa.

– Tento ler um livro por semana mais ou menos – disse o major. Tinha bastante orgulho de sua pequena coleção, em sua maioria edições encadernadas em couro adquiridas nas viagens a Londres, de um ou dois bons livreiros que ainda se mantinham em atividade perto de Charing Cross Road. – Mas devo confessar que hoje em dia passo a maior parte do tempo relendo meus antigos preferidos: Kipling, Johnson. Não há nada que se compare aos grandes.

– Não posso acreditar que o senhor admire Samuel Johnson, major – disse ela, rindo. – Me parece que ele era terrivelmente deficiente sob o aspecto de cuidados pessoais; e sempre foi tão grosseiro com aquele pobre coitado do Boswell.

– É uma pena que exista uma relação inversamente proporcional entre a genialidade e a higiene pessoal – disse o major. – Seria uma terrível perda se descartássemos os grandes por conta do descumprimento de minúcias sociais.

– Se ao menos eles tomassem um banho de vez em quando – disse ela. – É claro que o senhor está com a razão, mas eu digo a mim mesma que não importa o que se leia, autores preferidos, assuntos específicos, desde que se leia alguma coisa. Não é importante nem mesmo possuir os livros. – Ela afagou a sobrecapa de plástico amarelado do livro da biblioteca com um ar que pareceu de tristeza.

– E a biblioteca de seu pai? – perguntou ele.

– Foi-se. Quando ele morreu, meus tios vieram do Paquistão para liquidar o espólio. Um dia, cheguei da escola, e minha mãe e uma tia estavam lavando todas as estantes vazias. Meus tios tinham vendido os livros a metro. Havia um cheiro de fumaça no ar, e quando corri para a janela... – Ela parou e respirou lentamente.

As lembranças são como pinturas tumulares, pensou o major. As cores permanecem nítidas, não importa quantas camadas de lama e areia o tempo tenha depositado. Basta raspá-las, e elas ressurgem vermelhas e flamejantes. Ela olhou para ele, com o queixo erguido.

– Nem sei lhe contar a sensação paralisante, a vergonha de ver meus tios queimando brochuras no incinerador do jardim. Gritei para minha mãe mandá-los parar, mas ela só curvou a cabeça e continuou a derramar água com sabão na madeira.

A sra. Ali parou e se virou para olhar na direção do mar. As ondas jogavam espuma suja sobre a vasta extensão de areia marrom manchada, que indicava a linha da maré baixa. O major inspirou o cheiro pungente de algas paradas na praia e se perguntou se deveria lhe dar um tapinha nas costas.

– Sinto muito – disse ele.

– Ai, não posso acreditar que lhe contei isso – disse ela, voltando-se para ele, com a mão esfregando um canto do olho. – Peço que me desculpe. Estou me tornando uma velha tão boba ultimamente.

– Minha cara sra. Ali, eu dificilmente me referiria à senhora como velha – disse ele. – A senhora está no que eu chamaria de apogeu do viço da maturidade feminina. – Foi um pouco pomposo, mas ele esperava obter um rubor de surpresa. Em vez disso, ela deu uma boa gargalhada.

– Nunca ouvi ninguém tentar aplicar uma camada tão espessa de elogio sobre as rugas e depósitos adiposos da meia-idade avançada, major – disse ela. – Estou com cinquenta e oito anos e creio que já passei do viço. Só me resta a esperança de, secando, eu me transformar num daqueles buquês de sempre-vivas.

– Bem, eu tenho dez anos a mais que a senhora – disse ele. – Suponho que isso me torne um perfeito fóssil.

Ela riu outra vez, e o major teve a impressão de que não havia nada mais importante e gratificante que fazer a sra. Ali rir. Seus próprios problemas pareceram recuar, à medida que a caminhada os levava para além dos estandes de sorvete e das bilheterias do píer. Ali eles transpuseram uma série de curvas recém-instaladas no passeio. O major guardou para si sua costumeira invectiva contra a estupidez de jovens arquitetos que se sentem oprimidos pela linha reta. Hoje ele estava com vontade de valsar.

Eles entraram nos jardins públicos, que começavam com um único canteiro transbordando com crisântemos amarelos e depois se estendiam ao longo de dois caminhos que iam sempre se alargando para criar um longo e fino espaço triangular, que incluía algumas áreas e níveis diferentes. Um retângulo rebaixado continha um coreto, disposto no meio de um gramado. Espreguiçadeiras vazias panejavam sua lona com a brisa. A administração municipal tinha acabado de plantar em caixas de concreto o terceiro ou o quarto conjunto de palmeiras condenadas à morte. Havia uma crença inabalável entre os membros do comitê executivo da administração municipal de que a introdução de palmeiras transformaria a cidadezinha num paraíso no estilo mediterrâneo e atrairia uma classe totalmente superior de visitantes. As palmeiras morriam depressa. Os excursionistas continuavam a chegar de ônibus, com suas camisetas baratas e testando as vozes estridentes com as gaivotas. Na outra extremidade dos jardins, num pequeno gramado circular que se abria de um lado para o mar, um menino magro, de pele morena, dos seus quatro ou cinco anos, empurrava uma pequena bola vermelha com os pés. Ele brincava, como se brincar fosse uma provação. Quando deu um golpe mais forte na bola, ela ricocheteou numa placa baixa de bronze que dizia "Proibido Jogar Bola" em letras polidas em relevo, e foi então rolando na direção do major. Sentindo-se jovial, o major tentou devolver a bola com um leve toque, mas ela bateu de lado no seu pé, atingiu uma grande pedra ornamental e rolou veloz para debaixo de uma densa sebe de hortênsias.

– Ei, não é permitido jogar futebol aqui – gritou uma voz, de um pequeno quiosque verde com persianas e um telhado de cobre ondulado, onde eram servidos chá e uma variedade de bolos.

– Desculpe, desculpe – disse o major, agitando as mãos para incluir a senhora gorducha de rosto cinzento por trás do balcão do quiosque e o menino, que estava parado olhando para os arbustos, como se eles fossem tão impenetráveis quanto um buraco negro. O major apressou-se a ir até a sebe e espiou ali embaixo, procurando algum vislumbre de vermelho.

– Que tipo de parque é esse, onde uma criança de seis anos não pode chutar uma bola? – disse uma voz áspera.

O major ergueu os olhos para ver uma moça que, embora obviamente de origem indiana, usava o uniforme universal dos jovens e desiludidos. Trajava uma parca amarrotada da cor de um vazamento de petróleo e leggings compridas listradas enfiadas em botas de motociclista. O cabelo curto se projetava num halo de tufos duros, como se ela tivesse acabado de sair da cama, e o rosto, que poderia ter sido bonito, estava contorcido num ar belicoso, quando ela encarou a funcionária do quiosque.

– Não vão sobrar flores no parque se todas as crianças pisotearem tudo com bolas o dia inteiro – disse a mulher do quiosque.

– Não sei como é no lugar de onde você vem, mas aqui tentamos manter as coisas organizadas e elegantes.

– O que você quer dizer com isso? – A moça amarrou a cara. O major reconheceu o tom abrasivo do norte, que ele costumava associar a Marjorie. – O que você está dizendo?

– Não estou dizendo nada – respondeu a senhora. – Não fique toda braba comigo: não sou eu quem faz as regras. – O major conseguiu apanhar a bola meio lamacenta e a entregou ao menino.

– Obrigado – disse o garoto. – Eu me chamo George, e não gosto mesmo de futebol.

– Eu também, no fundo, não gosto de futebol – disse o major. – O críquete é o único esporte que realmente acompanho.

– O futebol de botão é um esporte também – disse George, com uma expressão séria. – Mas mamãe achou que eu poderia perder as pecinhas se trouxesse para o parque.

– Agora que você falou nisso – disse o major –, nunca vi uma placa dizendo "Proibido Futebol de Botão" em nenhum parque. Pode ser que não seja uma ideia tão má assim. – Quando se endireitou, a moça chegou apressada.

– George, George, já lhe falei milhares de vezes sobre conversar com desconhecidos – disse ela, num tom que a identificou como a mãe da criança, em vez de irmã mais velha, como o major tinha pensado de início.

– Peço desculpas – disse ele. – É claro que a culpa foi toda minha. Faz um bom tempo que não jogo futebol.

– Aquela palerma daquela vaca velha não devia se meter onde não foi chamada – disse a jovem. – Acha que está usando uniforme, em vez de avental. – Isso foi dito em voz alta o bastante para chegar ao quiosque.

– Muito triste – disse o major, com a voz mais neutra possível. Ele se perguntou se ele e a sra. Ali teriam de procurar outro lugar para tomar chá. A mulher do quiosque olhava furiosa para eles.

– O mundo está cheio de pequenas ignorâncias – disse uma voz tranquila. A sra. Ali apareceu ao lado do major, olhando para a jovem com ar severo. – Todos nós devemos fazer o possível para não lhes dar atenção e, assim, mantê-las pequenas, concorda?

O major se preparou para uma resposta agressiva, mas, para sua surpresa, a jovem, em vez disso, deu um pequeno sorriso.

– Minha mãe sempre dizia esse tipo de coisa – disse ela, em voz baixa.

– Mas é claro que não gostamos de dar ouvidos a nossa mãe – disse a sra. Ali, sorrindo. – Só o fazemos muito tempo depois que nós mesmas tenhamos sido mães.

– Agora precisamos ir, George. Vamos nos atrasar para o chá – disse a moça. – Diga tchau para as pessoas simpáticas.

– Eu me chamo George, tchau – disse o garoto para a sra. Ali.

– E eu me chamo sra. Ali, muito prazer – respondeu ela.

A moça teve um sobressalto e olhou para a sra. Ali com mais atenção. Por um instante, pareceu hesitar, como se quisesse falar, mas depois pareceu decidir que não se apresentaria. Em vez disso, pegou George pela mão e partiu apressada na direção da cidade.

– Que moça grosseira – disse o major.

A sra. Ali suspirou:

– Admiro bastante esse tipo de recusa a se curvar diante da autoridade, mas receio que torne a existência diária muito desconfortável.

No quiosque, a mulher ainda estava olhando com raiva e resmungando entre dentes sobre gente que agora achava que podia mandar em tudo. O major se empertigou ainda mais e falou com sua voz mais imponente, aquela que no passado ele reservava para silenciar uma sala cheia de meninos pequenos.

– Os meus olhos me enganam, ou são canecas de verdade que você está usando para o chá? – disse ele, apontando o cabo da bengala para uma fileira de canecas grossas de cerâmica, junto do grande bule de chá marrom.

– Não me dou com essas coisas de isopor – disse a mulher, abrandando um pouco a expressão. – Dá ao chá um gosto de lustra-móveis.

– Como você tem razão – concordou o major. – Poderia nos servir dois chás, por favor?

– O bolo de limão está fresquinho – acrescentou ela, enquanto derramava o chá laranja-escuro em duas canecas. Já estava cortando duas fatias enormes do bolo, quando o major fez que sim.

Tomaram o chá sentados a uma mesinha de ferro abrigada em parte por uma hortênsia descomunal, enferrujada com as flores secas do outono. Estavam em silêncio, e a sra. Ali comia a fatia de bolo sem nenhum traço das mordiscadas constrangidas de outras senhoras. O major olhou para o mar e teve uma leve sensação de contentamento, totalmente desconhecida na sua vida recente. Um gim-tônica no bar do clube de golfe com Alec e os outros não inspirava nele nada da tranquilidade, da felicidade semelhante a um fogo contido, que agora se apoderava dele. Nesse instante, ocorreu-lhe a ideia de que ele costumava estar só, mesmo na companhia de muitos amigos. Ele soltou o ar, e deve ter parecido um suspiro, pois a sra. Ali levantou os olhos do chá que bebericava.

– Sinto muito, nem lhe perguntei como foram as coisas – disse ela. – Deve ter sido difícil hoje, lidar com o advogado.

– São coisas que exigem nossas providências – disse ele. – Mas é sempre meio confuso, não é? As pessoas nem sempre dedicam o tempo necessário para deixar instruções claras, e então os testamenteiros precisam resolver tudo.

– Ah, os testamenteiros. – O som seco e sibilante da palavra invocou a imagem de homens grisalhos movimentando-se apressados, em aposentos saqueados, à procura de fósforos.

– Felizmente, sou o testamenteiro de meu irmão – disse ele. – Só que há um ponto ou dois que ele deixou meio indefinidos. Receio que será preciso uma negociação delicada de minha parte para fazer com que tudo dê certo.

– Sorte dele ter um testamenteiro com a sua integridade – disse ela.

– Gentileza sua – disse ele, tentando não se remexer na cadeira, com uma súbita fisgada de culpa. – Hei de me esforçar ao máximo para ser absolutamente justo, é claro.

– Mas é preciso agir depressa – continuou ela. – Antes que se consiga fazer um levantamento dos bens, a prataria se foi, as toalhas aparecem na mesa dos outros, e o pequeno unicórnio de latão da escrivaninha dele, praticamente sem valor algum, a não ser para você, sumiu! Caiu discretamente num bolso, e ninguém consegue nem mesmo se lembrar dele quando você pergunta.

– Ah, creio que minha cunhada não se rebaixaria... – Ele foi tomado por uma ansiedade repentina. – Quer dizer, quando se trata de um item de valor considerável, acho que ela não se apressaria a vendê-lo ou a fazer algo semelhante.

– E todo o mundo sabe exatamente o que aconteceu, mas ninguém jamais voltará a mencionar o assunto; e a família segue em frente, com seus segredos invisíveis, porém irritantes, como areia num sapato.

– Deve haver uma lei contra isso – disse ele. A sra. Ali piscou para ele, voltando do mergulho nos próprios pensamentos.

– É claro que existe a lei da terra – disse ela. – Mas nós já falamos das pressões da família. Uma pode ser a primeira constituição, major, mas a outra é imutável. – O major fez que sim, embora não fizesse ideia do que ela estava dizendo. A sra. Ali brincou com sua caneca vazia, batendo na mesa com ela quase sem ruído. Ele achou que o rosto dela se anuviava, mas talvez fosse apenas o dia. As nuvens pareciam estar voltando mesmo.

– Parece que o melhor do tempo já passou – disse ele, espanando migalhas do colo. – Talvez já esteja na hora de voltarmos para casa.

A caminhada de volta foi em silêncio e um pouco constrangida, como se eles tivessem penetrado demais na vida pessoal um do outro. O major teria gostado de saber a opinião da sra. Ali sobre sua própria situação, pois tinha certeza de que ela concordaria com ele, mas seu passo mais acelerado sugeria que ela ainda estava perdida em suas próprias lembranças. Ele não estava disposto a fazer mais nenhuma indagação sobre a vida dela. Já havia uma intimidade embaraçosa, como se ele tivesse esbarrado nela numa multidão. Esse era um dos motivos pelos quais tinha evitado as mulheres desde a morte de Nancy. Sem uma esposa como escudo protetor, as conversas mais informais com outras mulheres tinham uma tendência a enveredar por um atoleiro de comentários afetadamente tímidos e intenções mal compreendidas. O major preferia evitar parecer ridículo.

Hoje, porém, sua costumeira determinação de bater em retirada estava sendo prejudicada por uma irresponsabilidade teimosa. Enquanto andava, sua cabeça girava repetindo a frase "Eu estava me perguntando se a senhora planejava voltar à cidade na semana que vem", mas não conseguia se forçar a pronunciá-la em voz alta. Eles chegaram ao carrinho azul, e uma forte tristeza o ameaçou quando a sra. Ali se curvou para destrancar a porta. Ele admirou novamente sua testa lisa e o brilho do cabelo que desaparecia por baixo da echarpe. Sob o olhar dele, ela se empertigou. Ele percebeu que seu queixo estava escondido pela curva do teto do carro. Não era uma mulher alta.

– Major – disse ela –, eu estava me perguntando se seria possível fazer-lhe mais consultas sobre o sr. Kipling, quando eu terminar meu livro.

O céu começou a cuspir gordas gotas de chuva, e uma rajada de vento frio fustigou suas pernas com poeira e lixo. A tristeza desapareceu, e ele pensou como o dia estava maravilhoso.

– Minha cara, seria um enorme prazer – disse ele. – Estou à sua inteira disposição.

Capítulo 6

O clube de golfe estava instalado no lado da chapada que dava para o mar, num promontório baixo que terminava numa série de dunas cobertas de capim. O campo variava em qualidade desde o denso gramado verde, aparado com perfeição, até trechos com manchas marrons, invadido por capim típico de dunas e dado a súbitas rajadas de vento que faziam a areia açoitar o rosto. O décimo terceiro buraco era famoso por Dame Eunice, uma enorme ovelha Romney Marsh, que mantinha a grama cortada até o limite da sua corrente enferrujada. Os visitantes, especialmente um ou outro americano, podiam ouvir a história de que era costume ensaiar tacadas nos grandes montes de esterco de ovelha. Uma pá enferrujada para a limpeza era mantida na pequena caixa num moirão que também continha um lavador de bolas manual. Tinham-se ouvido queixas a respeito de Eunice por parte dos sócios mais novos. Na nova era de clubes de golfe de categoria internacional e de excursões corporativas para jogar golfe, eles se preocupavam com o fato de ela fazer seu clube parecer alguma espécie de minigolfe. O major fazia parte do grupo que defendia Eunice e achava que a atitude dos novos sócios apenas refletia a falta de critério do comitê de seleção. Ele também gostava de se referir a Eunice como "ecologicamente correta".

O major, sentindo novo ânimo com a luz do início da manhã e o cheiro do mar e da grama, deu em Eunice um tapinha sub-reptício enquanto a espantava do trecho onde sua bola se encontrava perto da borda sul. Alec estava ceifando capim das dunas com seu taco de ponta de ferro, com a parte calva da cabeça rebrilhando ao sol gelado. O major esperava, paciente, com seu *putter* no ombro, apreciando o arco raso da baía: quilômetros de areia e de água intermináveis, lavados de prata pela luz opaca.

– Droga de capim. Corta a gente em tiras – disse Alec, com a cara vermelha, pisoteando um torrão com os pregos dos sapatos.

– Cuidado aí, companheiro – disse o major. – As senhoras do comitê ambiental vão pegar no seu pé.

– Droga de mulheres com sua droga de hábitat das dunas – disse Alec, pisoteando com fúria ainda maior. – Por que elas precisam se meter com o que está quieto?

Recentemente as senhoras do clube tinham se tornado defensoras de um manejo mais responsável do campo de golfe. Pôsteres fabricados num computador doméstico começaram a aparecer no quadro de avisos, recomendando aos sócios que não entrassem nas dunas e dando informações sobre ninhos de aves silvestres. Alma era uma das principais agitadoras, e a diretoria tinha reagido pedindo a Alec que chefiasse um subcomitê para investigação de questões ambientais. Era bastante óbvio que o pobre coitado não estava aguentando a pressão.

– Como vai Alma? – perguntou o major.

– Não me deixa em paz – respondeu Alec. Ele agora estava de quatro no chão, enfiando as mãos nos torrões. – Seja pela bobagem do meio ambiente, seja pelo baile anual, ela simplesmente está me deixando maluco.

– Ah, o baile anual. – O major sorriu, sabendo que estava sendo pouco generoso. – E qual será nosso tema este ano?

Era uma fonte de irritação para o major que o que tinha sido no passado um baile muito requintado, de traje a rigor, com um menu simples de carne e uma boa orquestra, tivesse sido transformado numa série de noites temáticas cada vez mais elaboradas.

– Ainda não tomaram a decisão final – disse Alec. Ele se levantou, derrotado, e começou a espanar os calções de golfe.

– Vai ser difícil superar os "Últimos dias de Pompeia" – disse o major.

– Nem me fale – disse Alec. – Ainda tenho pesadelos de que estou entalado naquela fantasia de gladiador.

Alma tinha alugado fantasias às cegas de uma loja em Londres, e Alec, coitado, fora forçado a andar a noite inteira usando um elmo muito justo de metal enquanto o pescoço ia inchando. Alma encomendara para si mesma uma fantasia de "Dama dos mistérios", que acabou revelando ser uma toga de cortesã transparente, pintada com cores berrantes. Seu acréscimo apressado de uma blusa roxa de gola rulê e short de ciclismo tinha contribuído muito pouco para melhorar o efeito do todo.

O tema, associado a um bar aberto até a meia-noite, resultara num ridículo afrouxamento das normas de comportamento. As brincadeiras de costume, esperadas e necessárias, os cumprimentos sedutores e o eventual beliscão no traseiro tinham se amplificado, transformando-se em devassidão sem disfarces. O velho sr. Percy bebeu tanto que jogou fora a bengala e logo em seguida caiu, ao trombar com uma porta de vidro, enquanto perseguia uma mulher que cruzava o terraço aos gritos. Hugh Whetstone e sua mulher tiveram uma briga ruidosa no bar e foram embora com acompanhantes diferentes. Até mesmo o padre Christopher, de sandálias de couro e vestes de cânhamo, bebeu um pouco além da conta, tanto que ficou sentado calado numa poltrona, procurando por um significado numa longa fissura vertical na parede, e Daisy precisou arrastá-lo para o táxi no final da noite. O sermão de domingo naquele fim de semana foi um chamamento para uma vida mais ascética, sussurrado por uma voz rouca. O evento inteiro foi totalmente indigno de um clube de golfe sofisticado, e o major chegou a pensar em escrever uma carta de protesto. Tinha composto mentalmente diversas versões sérias, porém espirituosas.

– Se ao menos este ano pudéssemos voltar a ter apenas um baile elegante – disse ele. – Estou cansado de usar meu smoking e as pessoas ficarem me perguntando do que estou fantasiado.

– Está havendo uma reunião hoje de manhã para resolver a questão – disse Alec. – Quando entrarmos, você bem que poderia aparecer à porta da sala e fazer sua sugestão.

– Ah, creio que não – disse o major, horrorizado. – Quem sabe você não falava discretamente com Alma?

Alec simplesmente bufou, pegou uma bola do bolso e a deixou cair por cima do ombro até a beira do campo.

– Uma penalidade de uma tacada lhe dá quatro acima do par? – acrescentou o major, fazendo a anotação no pequeno caderno de couro que mantinha no bolso interno do paletó de golfe. Àquela altura, ele estava com uma confortável vantagem de cinco tacadas.

– Digamos que o vencedor é quem vai falar com minha mulher – disse Alec, abrindo um sorriso.

O major ficou abalado. Guardou o caderninho e preparou a tacada. Bateu com um pouco de excesso de velocidade e baixo demais, mas a bola, roçando num dente-de-leão em brotação, mergulhou no buraco mesmo assim.

– Ah, boa tacada – disse Alec.

No buraco dezesseis, um setor árido tendo ao fundo uma cascalheira cheia de água cinza como aço, Alec lhe perguntou como estava se sentindo.

– A vida continua, sabe? – disse ele para as costas de Alec, que estava concentrado para a tacada. – Alguns dias são melhores, outros piores. – Alec bateu forte na bola, com uma trajetória muito reta, quase até o *green*.

– Que bom que você está melhor – disse Alec. – Desagradável, essa história de enterro.

– Obrigado pela preocupação – disse o major, adiantando-se para pôr sua própria bola no *tee*. – E você, como anda?

– Angélica, a neném da minha filha, está muito melhor. Conseguiram salvar a perna.

Houve um silêncio, enquanto o major mirava sua própria tacada e impelia a bola numa trajetória ligeiramente torta, curta até a beira do *fairway*.

– Desagradável, essa história de hospital – disse o major.
– É mesmo – disse Alec. Eles recolheram as sacolas e partiram pela descida gramada.

Chegando à sede do clube a partir do buraco dezoito, o major viu que o grande relógio acima do pórtico do terraço marcava 11:45. Alec fez questão de mostrar que estava verificando se a hora batia com a marcada em seu relógio de pulso.

– Ah, cronometragem perfeita para um drinque e um almocinho – disse ele, como dizia todas as semanas, independentemente da hora em que terminassem a partida. Uma vez, eles já estavam no bar às onze da manhã. O major não estava louco para repetir a experiência. Como o almoço só era servido ao meio-dia, cada um deles tomou vários drinques; e estes, somados a um copo de vinho para acompanhar os bolinhos de frango ao molho branco, tinham lhe causado uma forte dispepsia.

Eles deixaram as sacolas no telheiro para esse fim ao lado do prédio e atravessaram o terraço na direção do bar do *grillroom*. Quando passavam pelo solário, que costumava ser o bar das senhoras, antes que o clube abrisse o *grillroom* para mulheres, soaram batidas na vidraça, e uma voz aguda os chamou:

– Uh, uh, Alec, aqui dentro, por favor! – Era Alma, levantando-se de uma roda de senhoras agrupadas em torno de uma mesa comprida. Ela estava acenando com vigor. Daisy Green também acenou, com seu jeito autoritário, e as outras mulheres viraram a cabeça enchapelada e fixaram neles olhos de aço.

– Vamos dar no pé? – murmurou Alec, acenando para a mulher, enquanto continuava a se desviar na direção do *grillroom*.

– Acho que fomos capturados, sem chance de fuga – disse o major, dando um passo na direção das portas de vidro. – Mas não se preocupe, vou lhe dar apoio.

– Podíamos fazer uma mímica de que precisamos ir urgente ao banheiro.

– Deus do céu, homem – disse o major. – É só sua própria mulher. Vamos lá. Endireite as costas.

– Se eu me endireitar mais um pouco que seja, vou sentir espasmos no pescoço de novo – disse Alec. – Mas seja feita a sua vontade. Vamos enfrentar o inimigo.

– Precisamos da opinião de um cavalheiro – disse Daisy Green. – Conhece todo mundo?

Ela indicou as senhoras reunidas. Havia um ou outro rosto desconhecido, mas as mulheres em questão aparentavam estar com medo demais de Daisy para tentarem se apresentar.

– Vai demorar muito? – perguntou Alec.

– Precisamos resolver hoje qual vai ser o tema – disse Daisy – e temos uma ou duas ideias. Embora eu acredite que minha sugestão tem, digamos, uma boa aceitação, creio que deveríamos examinar todas as opções.

– Por isso queremos que o senhor escolha sua favorita – disse Grace.

– Apenas em caráter exclusivamente consultivo, é claro – disse Daisy, franzindo o cenho para Grace, que enrubesceu. – Para enriquecer nossas próprias deliberações.

– A verdade é que estávamos conversando sobre o baile lá no campo – disse o major. – Comentávamos como seria agradável trazer de volta o baile antigo. Sabe? Aquele tipo de festa com smoking e champanhe?

– Um tema do tipo de Noël Coward? – perguntou uma das senhoras desconhecidas. Era uma mulher meio jovem de cabelos ruivos e maquiagem espessa, que não conseguia esconder as sardas. O major se perguntou se havia uma ordem implícita de Daisy para que as mulheres mais jovens se enfiassem em chapéus feios como baldes e aparentassem mais idade para poderem participar dos comitês.

– Noël Coward *não* é um dos temas em exame – disse Daisy.

– Traje a rigor não é um tema – disse o major. – É o traje preferido das pessoas de boas maneiras.

Um enorme abismo de silêncio se abriu de um lado a outro da sala. A senhora mais jovem de chapéu feio deixou cair tanto o queixo que o major pôde ver uma obturação num dos seus molares posteriores. Grace deu a impressão de estar engasgando num lenço. O major teve uma rápida suspeita de que ela estivesse rindo. Daisy pareceu consultar algumas anotações na sua prancheta, mas as mãos se agarravam com as juntas esbranquiçadas à beira trabalhada da mesa.

– O que ele quer dizer é... – Alec parou de falar, como se tivesse acabado de perder uma explicação perfeitamente diplomática.

– Devemos considerar que o senhor reprova nossos esforços, major? – perguntou Daisy em voz baixa.

– É claro que não reprova – disse Alec. – Olhem, é melhor nos deixar fora disso, senhoras. Desde que o bar esteja aberto, estaremos satisfeitos, não é, Pettigrew?

O major sentiu um puxão discreto no braço. Alec estava ordenando a retirada. O major se afastou e olhou direto para Daisy.

– O que eu quis dizer, sra. Green, é que embora o tema do ano passado fosse extremamente criativo...

– Foi, muito criativo, muito divertido – interrompeu Alec.

– ... nem todos os convidados se comportaram com o decoro com o qual a senhora com toda a certeza contava.

– Dificilmente isso seria culpa do comitê – disse Alma.

– Certo, certo – concordou o major. – Entretanto, foi muito aflitivo ver senhoras do seu nível sujeitas à arruaça que é às vezes deflagrada pela licenciosidade percebida numa festa à fantasia.

– O senhor está absolutamente certo, major – disse Daisy. – Na realidade, acho que o major mencionou um ponto tão bom que deveríamos reconsiderar nossos temas.

– Obrigado – disse o major.

– Creio, sim, que um dos nossos temas, e apenas um, requer o decoro adequado e o comportamento elegante. Creio que podemos riscar "Melindrosas e almofadinhas", da mesma forma que "A dança escocesa".

– Ora, mas sem dúvida "A dança escocesa" está acima de qualquer censura – disse Alma. – E a quadrilha seria tão divertida.

– Com homens usando *kilts* e saindo para passear no mato? – disse Daisy. – Realmente, Alma, você me surpreende.

– Podemos sair para passear no mato lá em casa, se você quiser – disse Alec, piscando um olho para a mulher.

– Ora, cale a boca – disse ela. As lágrimas pareciam iminentes, com duas manchas vermelhas, ardendo nas faces.

– Creio que isso nos deixa com "Uma noite na corte mogol": um tema elegantíssimo – disse Daisy.

– Achei que o nome era "Loucura mogol", disse a mulher do chapéu de balde.

– Era apenas um título preliminar – disse Daisy. – "Noite na corte" transmitirá uma mensagem adequada de decoro. Precisamos agradecer ao major sua contribuição aos nossos esforços.

As senhoras aplaudiram, e o major, pasmo com a inutilidade de protestar, limitou-se a fazer uma pequena reverência.

– O major é indiano. É ele quem deve ser seu consultor – disse Alec, dando-lhe tapinhas nas costas. Era uma velha piada, desgastada por ter sido tão usada desde que ele era um garotinho, com orelhas grandes, sendo intimidado num parque desconhecido.

– É mesmo? – perguntou a senhorita Chapéu de Balde.

– Receio que Alec esteja querendo fazer graça – disse ele, com os lábios apertados. – Meu pai serviu na Índia, e por isso nasci em Lahore.

– Mas é impossível encontrar melhor cepa inglesa que a dos Pettigrew – disse Alec.

– Será que o senhor não tem algumas lembranças daquela época, major? – disse Daisy. – Tapetes ou cestos: acessórios que possamos pegar emprestados?

– Algum tapete de pele de leão? – perguntou a cabeça de balde.

– Não, sinto muito, mas não tenho – disse o major.

– Acho que deveríamos falar com a sra. Ali, a dona do mercadinho em Edgecombe – disse Alma. – Talvez ela possa preparar algumas especialidades indianas para nós, ou nos encaminhar para algum lugar onde possamos comprar ou pegar emprestados alguns acessórios baratos, como algumas daquelas estátuas com todos aqueles braços...

– Essa estátua seria a de Xiva – disse o major. – A divindade hindu.

– É, isso mesmo.

– Creio que a sra. Ali é muçulmana, como os mogóis, e talvez se ofenda com um pedido desses – disse ele, tentando refrear a irritação. De nada serviria deixar que as senhoras deduzissem existir qualquer interesse especial dele pela sra. Ali.

– Ah, bem, não seria nada bom ofender a única mulher vagamente indiana que conhecemos – disse Daisy. – Quem sabe ela consegue para nós alguns *barmen* adequados em termos étnicos.

– E encantadores de serpentes? – sugeriu a senhorita Chapéu de Balde.

– Conheço um pouco a sra. Ali – disse Grace. Houve uma movimentação geral de cabeças na sua direção, e ela começou a torcer o lenço entre os dedos debaixo dos olhares indesejados. – Sou muito interessada pela história local, e ela teve a gentileza de me mostrar todos os livros antigos da loja. Ela tem registros que remontam a 1820.

– Que emocionante – disse Alma, revirando os olhos.

– E se eu fosse conversar com a sra. Ali, e talvez pudesse importunar o major para ele me ajudar a só fazer pedidos adequados? – disse Grace.

– Ora... ora, tenho certeza de não saber o que é adequado e o que não é – disse o major. – Além do mais, acho que não deveríamos incomodar a sra. Ali.

– Bobagem – disse Daisy, radiante. – É uma ideia excelente. Vamos elaborar toda uma lista de ideias. E Grace, você e o major podem unir esforços para descobrir como abordar a sra. Ali.

– Se as senhoras tiverem terminado conosco – disse Alec –, tem gente nos esperando no bar.

– Agora vamos tratar dos arranjos florais – disse Daisy, dispensando-os com um gesto. – Estou pensando em palmeiras e talvez buganvílias...

– Vai precisar de sorte para conseguir buganvília em novembro – disse a senhora do chapéu de balde, enquanto o major e Alec saíam discretos da sala.

– Aposto cinco libras que elas vão esmagá-la como um besouro – disse o major.

– É a sobrinha de lorde Dagenham – disse Alec. – Parece que agora está morando lá no solar e assumindo todos os tipos de deveres sociais. Daisy está uma fera, e é melhor você se cuidar. Ela está descontando em todo mundo.

– Não me sinto nem um pouco intimidado por Daisy Green – mentiu o major.

– Vamos tomar aquele drinque – disse Alec. – Acho que merecemos um gim-tônica duplo.

O bar do *grillroom* era uma sala eduardiana de pé-direito alto, com portas duplas que davam para o terraço e para o buraco dezoito, na direção do mar. No lado leste, uma fileira de portas espelhadas escondia um anexo com palco, que era aberto na ocasião de grandes torneios, bem como no baile anual. Na extremidade oeste, a parede do longo bar de nogueira era coberta por lambris arqueados, nos quais quantidades de garrafas estavam dispostas abaixo de retratos de ex-presidentes do clube. Um retrato da rainha (retrato antigo, reproduzido com baixa qualidade e numa moldura dourada barata) estava diretamente acima de uns licores para após a refeição, de cores especialmente repugnantes, que ninguém jamais bebia. O major sempre considerou isso uma vaga traição.

A sala continha alguns aglomerados de poltronas arranhadas e amassadas em couro marrom, e um correr de mesas ao longo das janelas, que podiam ser reservadas apenas por intermédio de Tom, o *barman*. Isso impedia qualquer monopólio das mesas por parte das senhoras que tivessem a organização de telefonar com antecedência. Em vez disso, os sócios que começassem a jogar mais cedo davam antes uma passadinha para ver Tom, que largava o esfregão ou surgia da adega para inserir o nome deles no livro. Era a aspiração de muitos sócios tornar-se um dos poucos frequentadores regulares muito respeitáveis, cujos nomes eram escritos a lápis por Tom em pessoa. O major não era mais um desses. Desde o incidente do frango com molho, ele preferia persuadir Alec a se unir a ele para comer um sanduíche no bar ou num dos grupos de poltronas. Não só isso os protegia de uma abundância de molho talhado e pudins ralos, mas também os liberava dos encantos emburrados das garçonetes, selecionadas do manancial de mocinhas desmotivadas que era despejado anualmente pela escola local, e que se especializavam em demonstrar uma fúria contida. Parecia que muitas sofriam de alguma doença que provocava furos no rosto, e o major levara algum tempo para descobrir que normas do clube proibiam as moças de usar adereços, e os furos eram piercings desprovidos de decoração.

– Bom-dia, cavalheiros. O de sempre? – perguntou Tom, com um copo já colocado sob a mira da garrafa verde de gim.

– Acho melhor eu tomar um duplo – disse Alec, limpando ostensivamente a testa nua, de formato de melão, com o lenço de bolso. – Meu Deus, quase não conseguimos escapar com vida dali.

– Para mim, um caneco de cerveja, por favor, Tom – disse o major.

Eles pediram dois grossos sanduíches de queijo com presunto. Alec também incluiu no seu pedido um pedaço de rocambole de geleia, já que essa sobremesa só era oferecida às sextas e costumava acabar rápido. Encerrou o pedido com uma pequena salada.

Alec tinha uma crença inabalável de que era adepto da boa forma. Sempre pedia uma salada com o almoço, embora nunca comesse nada além do tomate da decoração. Ele insistia que somente bebia álcool quando estava comendo. Uma vez ou duas, tinha sido surpreendido num bar pouco conhecido, e o major o tinha visto rebaixado a consumir um ovo em conserva ou torresmos.

Eles mal tinham se sentado em bancos diante do bar quando entrou um grupo de quatro, rindo de algum incidente no último *green*. Padre Christopher e Hugh Whetstone, ele reconheceu, e se surpreendeu ao ver lorde Dagenham, que frequentava muito raramente o clube e cujo jogo deplorável proporcionava algumas situações bastante constrangedoras em termos de etiqueta. O quarto homem era um desconhecido, e algo nos seus ombros largos e na infeliz camisa de golfe cor-de-rosa sugeriu ao major que ele pudesse ser mais um americano. Dois americanos no mesmo número de semanas, refletiu ele, era algo que se assemelhava a uma grave epidemia.

– Shaw, major... como vão? – perguntou Dagenham, dando um tapa nas costas de Alec e depois segurando com firmeza o ombro do major. – Sinto muito por sua perda, major. É uma grande pena perder um homem bom como seu irmão.

– Obrigado, milorde – disse o major, levantando-se e inclinando a cabeça. – Muita bondade sua.

Era típico de lorde Dagenham simplesmente aparecer do nada e mesmo assim ter conhecimento de todas as notícias mais recentes do lugarejo. O major se perguntou se algum funcionário do solar lhe enviava faxes com regularidade para Londres. Ficou muito comovido com as palavras do lorde e com seu uso sempre respeitoso do posto do major. Teria sido tão fácil para o lorde chamá-lo de Pettigrew, mas ele nunca o fazia. Por sua vez, o major jamais se referia a ele com familiaridade, mesmo pelas suas costas.

– Frank, permita-me apresentar-lhe o major Ernest Pettigrew, que serviu no Royal Sussex, e o sr. Alec Shaw, que ajudava a gerir o Bank of England, nas horas vagas. Senhores, este é o sr. Frank Ferguson, de Nova Jersey, que está nos visitando.

– Muito prazer – disse o major.

– Frank trabalha no setor imobiliário – acrescentou lorde Dagenham. – Um dos maiores incorporadores de estações de lazer e instalações comerciais da Costa Leste.

– Ora, você está exagerando, DD – disse Ferguson. – É apenas um negócio de família que herdei de meu pai.

– Seu ramo é o da construção? – perguntou o major.

– Acertou na mosca, Pettigrew – disse Ferguson, dando-lhe um tapa nas costas. – Não adianta fingir que se é importante diante

de vocês, britânicos. Vocês farejam a classe social de um homem como um sabujo fareja um coelho.
– Não foi minha intenção insinuar nada... – disse o major, embaraçado.
– É... os Ferguson são isso mesmo, simples construtores tradicionais.
– O sr. Ferguson conseguiu remontar sua linhagem ao clã Ferguson de Argyll – disse Hugh Whetstone, que tentava extrair a genealogia de todas as pessoas que conhecia, para poder usá-la contra elas mais tarde.
– Não que tenham ficado muito felizes ao saber da história – disse Ferguson. – Meu antepassado simulou a própria morte na Crimeia e fugiu para o Canadá, deixando dívidas de jogo e alguns maridos em pé de guerra, ao que pude entender. Mesmo assim, eles ficaram muito felizes com minha oferta pelo castelo em Loch Brae. Vou estudar a possibilidade de reintroduzir as competições de tiro por lá.
– O major atira também. E atira bastante bem, se querem saber – disse lorde Dagenham. – Ele acerta um coelho a cem metros de distância.
– As pessoas do interior são espantosas – disse Ferguson. – Na semana passada, conheci um guarda-caça que pega esquilos com um mosquetão do tempo do rei James II. O major atira com que arma?
– Só com uma velha espingarda que pertenceu a meu pai – respondeu o major, tão contrariado por ser equiparado a algum velho aldeão excêntrico que não quis dar a Ferguson a satisfação de tentar impressioná-lo.
– Ele está sendo modesto como de costume – disse Dagenham. – O major atira com uma bela arma, uma Purdey, não é?
– Na realidade, uma Churchill – disse o major, ligeiramente irritado por Dagenham automaticamente mencionar o nome mais famoso. – Talvez menos conhecida – acrescentou ele, dirigindo-se a Ferguson –, mas eles fabricaram uma boa quantidade de armas primorosas.

– Nada se assemelha ao esmero com que é fabricada uma excelente arma inglesa – disse Ferguson. – Pelo menos, é o que eles dizem quando insistem na necessidade de um ano ou dois para fabricar um par sob encomenda.

– Acontece que posso ter a felicidade de reunir meu par. – O major não resistiu à oportunidade de dar essa informação diretamente a lorde Dagenham.

– Bem, é claro – disse lorde Dagenham. – Você herda a outra do seu irmão, não é mesmo? Parabéns, meu velho.

– Ainda não está tudo acertado – disse o major. – Minha cunhada, sabe...

– Ah, é correto esperar alguns dias. Muitos sentimentos depois de um funeral – disse padre Christopher. Ele dobrou sua compleição longa e angulosa por cima do bar. – Pode nos servir uma rodada, Tom? E você tem uma mesa para lorde Dagenham?

– Um par de Churchills iguais – disse o americano, sorrindo para o major com um interesse ligeiramente maior.

– É de 1946 ou por essa época. Feitas para o mercado indiano – disse o major, sem permitir que sequer uma sugestão de orgulho transparecesse através da modéstia.

– Eu adoraria vê-las em ação um dia – disse Ferguson.

– O major costuma vir dar uns tiros conosco – disse Dagenham. – Uma taça de Cabernet, por favor, Tom... e você, Frank, o que vai querer?

– Então, tenho certeza de vê-lo no dia 11 atirando lá na propriedade de DD.

Ferguson estendeu a mão, e o major foi forçado a um aperto de mãos exagerado e ridículo, como se os dois tivessem acabado de entrar em acordo para a venda de um cavalo. Dagenham deixou as próprias mãos bem enfiadas nos bolsos do paletó, com ar constrangido. O major prendeu a respiração. Estava consciente de certo grau de humilhação pessoal, mas também estava igualmente ansioso pelo lorde. Ele estava agora na terrível posição de ter de encontrar uma saída elegante para explicar ao convidado americano que o torneio de tiro em questão era estritamente para parceiros de negócios, que em sua maioria vinham de Londres apenas para passar o dia. Era consternador ver um bom homem ser tão constrangido pela ignorância dos desprovidos de boas maneiras. O major chegou a pensar em intervir para explicar ele mesmo a situação, mas não quis dar a entender que lorde Dagenham era incapaz de se livrar de situações embaraçosas em termos de etiqueta.

– É claro que você tem de vir, Pettigrew – disse por fim Dagenham. – Se bem que não vá ser um grande desafio. Só vamos atirar nos patos espantados do laguinho do morro.

O guarda-caça de Dagenham criava três variedades de patos num laguinho escondido num pequeno bosque que coroava um morro pouco elevado acima do lugarejo. Ele incubava ovos abandonados, alimentava pessoalmente os patinhos e fazia visitas diárias, muitas vezes trazendo a reboque estudantes encantados, de lá do solar, até os patos aprenderem a ir bamboleando atrás dele quando os chamava. Uma vez por ano, Dagenham realizava um torneio de tiro ao alvo no laguinho. O guarda-caça e alguns jovens ajudantes contratados para a ocasião espantavam os patos do laguinho com gritos e golpes na água, dados com ancinhos e tacos de críquete. As aves davam uma volta sobre o bosque, grasnando em protesto, e depois voltavam direto para a trajetória das armas, chamados para casa pelo assobio acolhedor do guarda-caça. A decepção do major por nunca ter sido convidado para esse torneio mais requintado, com seu encontro no início da manhã na escadaria do solar e grande desjejum em seguida, era ligeiramente mitigada pelo seu desdém por supostos esportistas que precisavam que aves silvestres fossem enxotadas direto para o cano da sua arma. Nancy costumava brincar dizendo que Dagenham deveria comprar os patos congelados e mandar o guarda-caça incluir um punhado de chumbo nas vísceras. Ele nunca tinha se sentido totalmente à vontade para rir com ela sobre isso, mas tinha concordado que sem dúvida aquela não era a disputa esportiva entre homem e presa à qual ele teria orgulho de ceder sua arma.

– Seria um prazer comparecer – disse o major.

– Ah, acho que Tom já preparou nossa mesa – disse Dagenham, sem dar atenção às expressões de esperança no rosto do vigário e no de Whetstone. – Vamos?

– Nos vemos então no dia 11 – disse Ferguson, sacudindo com vigor a mão do major mais uma vez. – Vou grudar em você como um urso no mel, para dar uma boa olhada nessas suas armas.

– Obrigado pelo aviso – disse o major.

– Você não tinha dito que havia alguma dificuldade com a arma? – perguntou Alec em voz baixa, enquanto mastigavam seus sanduíches e se recusavam a lançar olhares furtivos para o grupo de lorde Dagenham. Whetstone estava rindo mais alto que o americano para se certificar de que a sala inteira soubesse que ele estava à mesa. – O que você vai fazer se não conseguir apanhá-la?

O major agora se arrependia de ter comentado o testamento de Bertie com Alec. A menção tinha lhe escapado em algum lugar lá pelo buraco nove quando ele se viu dominado mais uma vez pela injustiça da situação. Nunca era uma boa ideia fazer confidências às pessoas. Elas sempre se lembravam e, quando o abordavam na rua anos depois, dava para ver que a informação ainda estava presa com firmeza ao seu rosto, presente no seu jeito de pronunciar seu nome e na pressão com que a mão delas segurava a sua.

– Tenho certeza de que não haverá problema quando eu explicar a situação – disse o major. – Pelo menos, ela deixará que eu use a arma nessa ocasião.

Marjorie sempre se deixava impressionar muito pelos títulos, e não tinha conhecimento de lorde Dagenham pertencer a um grupo empobrecido da pequena nobreza, com todo o solar, com exceção de uma ala, alugado a um modesto colégio interno para crianças de idade entre três e treze anos, e a maior parte das terras sem cultivo, produzindo apenas o subsídio da União Europeia. Ele tinha certeza de poder elevar o lorde às alturas de um conde e de fazer Marjorie ver o privilégio concedido à família inteira pelo convite. Uma vez que a arma estivesse nas suas mãos, ele ficaria perfeitamente feliz de prolongar qualquer discussão quanto à sua propriedade... talvez por um prazo indefinido. O major passou a comer o sanduíche mais rápido. Se se apressasse, talvez pudesse ver Marjorie naquela mesma tarde e resolver toda essa questão.

– Ah, major, eu tinha esperança de ainda apanhá-lo aqui. – Era Grace, parada constrangida junto do bar, segurando a bolsa grande nas mãos cruzadas, como um assento flutuante. – Consegui falar por telefone com a sra. Ali sobre o baile.

– Que bom – disse o major na voz mais neutra que conseguiu emitir, sem aparentar um desdém efetivo. – Então vocês já se acertaram? – Esperava que a mesa de Dagenham não estivesse num raio em que ele fosse ouvido.

– De início, ela pareceu bastante fria – continuou Grace. – Disse que realmente não era banqueteira. Fiquei muito decepcionada porque eu achava que nós duas nos dávamos bem.

– Podemos lhe oferecer um drinque, Grace? – disse Alec, ao lado do major, acenando para ela com a metade de um sanduíche. Uma migalha de picles escuro foi pousar perigosamente perto do braço do major.

– Não, obrigada – disse ela.

O major franziu o cenho para Alec. Não era gentil da parte dele fazer um oferecimento daqueles. Grace era uma daquelas raras mulheres que mantinham uma aversão feminina por estar no bar. Havia também a impossibilidade de uma senhora se empoleirar num banco alto com um mínimo de dignidade, e ela sentiria uma falta terrível da presença de outra mulher como acompanhante.

– Seja como for, depois aconteceu uma coisa estranhíssima. Mencionei seu nome, disse que o senhor e eu estávamos trabalhando nisso juntos, e ela de repente mudou de tom. Foi muito solícita.

– Bem, fico feliz por você ter conseguido o que precisava – disse o major, louco para encerrar a questão antes que Grace inferisse qualquer coisa das suas próprias observações.

– Eu não sabia que o senhor conhecia a sra. Ali...? – Ela estava hesitante, mas havia na sua voz uma pergunta muito clara, e o major tentou não se mostrar embaraçado:

– No fundo, não conheço – disse ele. – Quer dizer, compro muito chá com ela. Costumamos conversar bastante sobre chá, suponho. Na verdade, não a conheço bem.

Grace concordou com um gesto de cabeça, e o major sentiu somente uma leve culpa por renegar a sra. Ali desse modo. Por outro lado, tranquilizou-se, como Grace não pareceu achar nem um pouco estranho que sua própria amizade representasse tão menos que uns bate-papos comerciais informais sobre chá, era melhor ele deixar as coisas em paz.

– Seja como for, ela disse que ligaria para algumas pessoas que conhece na cidade e me daria algumas ideias e preços. Eu lhe disse que queríamos principalmente comida que não exigisse o uso de talheres, nada condimentado demais.

– Não daria certo acabar servindo cabeça de bode ao curry e olhos assados – disse Alec.

Grace não fez caso dele.

– Ela disse que me ligaria na semana que vem. E talvez organizasse uma degustação. Respondi que o senhor e eu adoraríamos comparecer.

– Eu? – disse o major.

– Fiquei com medo de ela voltar a me tratar com frieza, se eu dissesse que era só eu – explicou Grace. Para isso, o major não teve resposta.

– Pettigrew, parece que vocês dois são o comitê da alimentação – disse Alec. – Por favor, tente incluir discretamente um rosbife! Alguma coisa comestível em meio a todo aquele vindalho.

– Olhe, não há a menor possibilidade de eu ajudá-la – disse o major. – Quer dizer, com isso de perder meu irmão... tenho tanta coisa a providenciar... família e assim por diante.

– Entendo – disse Grace.

Ela olhou para ele, e ele leu nos seus olhos a decepção por ter se rebaixado a usar a desculpa do parente morto. Contudo, ele tinha tanto direito quanto qualquer pessoa a usar essa desculpa. As pessoas faziam isso o tempo todo. Estava implícito que havia um intervalo preciso de disponibilidade, tendo início num número razoável de dias após o funeral e avançando por não mais que dois meses. É claro que havia quem tirasse uma vantagem medonha disso, e um ano depois ainda estivesse arrastando o parente morto nas costas, exibindo-o para explicar atrasos no pagamento de impostos e o não comparecimento a consultas com o dentista: algo que o major jamais faria.

– Vou simplesmente precisar dar o melhor de mim – disse Grace, e seu rosto ficou abatido, como se a derrota fosse inevitável.

– Eu estava com medo de deixar Daisy na mão outra vez, mas é claro que isso não justifica que eu desrespeite sua enorme dor, major. Queira me perdoar. – Ela estendeu a mão e o tocou de leve no antebraço. De repente, ele se deu conta de estar ardendo lentamente de vergonha.

– Bem, olhe só, é provável que algum dia da semana que vem seja adequado – disse ele, com a voz rouca. E afagou a mão dela com delicadeza. – Até lá, já estarei com a maior parte das coisas resolvidas com a família.

– Ah, obrigada, Daisy vai ficar tão feliz.

– Sem dúvida não há necessidade disso – emendou ele. – Não podemos manter essa história entre nós?

Alec cutucou-o nas costelas com um cotovelo, e o major percebeu pelo delicado rubor de Grace que suas palavras estavam abertas à interpretação. Ele teria gostado de esclarecer o ponto, mas Grace já estava se retirando da sala, batendo com um quadril ossudo na quina de uma mesa, enquanto ia embora apressada. O major deu um gemido e olhou para o sanduíche que, agora, parecia tão apetitoso quanto dois capachos de borracha recheados com crina de cavalo. Afastou de si o prato e fez um sinal para Tom trazer outra cerveja.

Capítulo 7

Seu carro já estava estacionado diante do esguio chafariz de Marjorie, e um rosto na vidraça dupla da sacada acima da porta da frente tinha registrado sua presença, antes que a dúvida o dominasse. Ele deveria ter telefonado antes de vir. A ficção de que podia fazer uma visitinha a qualquer momento, porque era parte da família, somente poderia ser mantida se ele nunca levasse Marjorie a sério.

Logo depois do casamento de Bertie, ficou evidente que Marjorie não tinha a menor intenção de desempenhar o papel da nora zelosa e tinha procurado separar o casal do resto da família. No estilo moderno, eles formaram um núcleo de dois e se dedicaram a encher o apartamento minúsculo com mobília nova e feia, bem como com amigos do escritório de seguros de Bertie. De imediato, começaram a desafiar a tradição do almoço de domingo em família na Morada das Rosas e, em vez disso, se acostumaram a dar uma passadinha no final da tarde, quando recusavam uma xícara de chá, preferindo um coquetel. Sua mãe bebia chá, retesada com reprovação dominical, enquanto Marjorie os regalava com notícias sobre suas compras mais recentes. O major tomava um pequeno xerez, tentativa pegajosa e desagradável de criar uma ponte entre os dois lados. Nancy logo perdeu a paciência com eles. Começou a chamar Bertie e Marjorie de "Pettigrudes" e, para horror do major, a incentivar Marjorie a dar detalhes sobre o preço exato das suas aquisições mais recentes.

A porta da frente continuava fechada. Talvez ele tivesse apenas imaginado um rosto à janela, ou talvez elas não quisessem vê-lo e estivessem neste exato momento agachadas atrás do sofá, na esperança de que ele tocasse a campainha umas duas vezes e fosse embora. Ele tocou mais uma vez. Mais uma vez, ouviram-se os poucos compassos de *Joyful, Joyful*, ecoando longe nas profundezas da casa. Ele usou a aldraba, uma coroa de latão de ramos de videira com uma garrafa de vinho no meio, e fixou o olhar nos agressivos veios de carvalho da porta. Em algum lugar, outra porta se fechou, e por fim saltos vieram estalando no piso até a porta ser destrancada. Jemima estava trajando calças de moletom cinza e uma blusa preta de gola rulê sem mangas, com o cabelo todo puxado para trás por baixo de uma faixa elástica branca. Para o major, ela dava a impressão de estar vestida como algum tipo de freira atleta. Ela lhe lançou um olhar hostil, que poderia ter dirigido a um vendedor ambulante de aspiradores de pó ou a um catequista evangélico.

– Mamãe está esperando sua visita? – perguntou ela. – Acabei de conseguir que ela se deitasse por uns minutinhos.

– Sinto muito, mas vim, mesmo com o risco de não encontrar ninguém – disse ele. – Posso voltar mais tarde.

Ele olhou detidamente para ela. O rosto estava limpo da maquiagem costumeira, e o cabelo, escorrido. Estava parecida com a garota desengonçada e curvada que tinha sido aos quinze anos; emburrada, mas com os olhos claros e o queixo marcante de Bertie para compensar.

– Eu estava fazendo minha ioga de cura – disse ela. – Mas acho melhor você entrar enquanto estou aqui. Não quero que as pessoas incomodem mamãe, quando eu não estiver presente. – Ela deu meia-volta e entrou, deixando a porta para ele fechar.

– Imagino que você aceite um chá – disse Jemima quando chegaram à cozinha. Ela ligou a chaleira elétrica e se postou atrás do balcão de cozinha em forma de U, onde alguém tinha começado a organizar uma gaveta cheia de lixo. – Seja como for, mamãe vai acordar daqui a pouco. Ultimamente parece que ela não consegue ficar quieta.

Ela abaixou a cabeça e começou a apanhar pedaços de lápis usados, que juntou a um montinho entre uma porção de pilhas e um pequeno arranjo de barbantes de cores variadas.

– Nada do pequeno Gregory hoje? – perguntou o major, sentando-se numa cadeira à mesa do café da manhã, no canto da janela.

– Uma amiga minha está indo apanhá-lo na escola – disse ela. – Todas têm sido muito generosas, cuidando dele e trazendo saladas e comida. A semana inteira não precisei cozinhar.

– Um descanso bem conveniente, então – disse o major.

Ela lhe lançou um olhar fulminante. A chaleira começou a ferver. Apanhou duas canecas atarracadas, de formato irregular, num estranho tom de oliva, e uma caixa florida cheia de saquinhos de chá.

– Camomila, uma amora revigorante ou bardana? – perguntou.

– Se você tiver, vou querer chá de verdade – disse ele.

Ela se esticou para alcançar o alto de um armário e tirou de lá uma lata com saquinhos de chá simples. Deixou um numa caneca e serviu água fervente até a borda. Imediatamente desprendeu-se um cheiro de roupa molhada.

– Como vai sua mãe? – perguntou ele.

– Engraçado como as pessoas não param de me fazer essa pergunta. "Como vai a coitadinha da sua mãe?", perguntam, como se eu não passasse de um observador neutro.

– Como vão vocês duas? – experimentou ele, sentindo o queixo se contorcer, enquanto reprimia uma resposta mais ressentida. A insinuação geral de Jemima quanto à insensibilidade das pessoas não se estendia a perguntar ao major como *ele* estava indo.

– Ela anda muito agitada – confidenciou-lhe Jemima. – Veja só, talvez haja um prêmio do Real Instituto de Seguros e Ciências Atuariais. Eles ligaram há uns três dias, mas parece que ainda não podem confirmar. Está entre papai e algum professor universitário que criou um novo modo de compensar os riscos dos prêmios de seguro de vida de imigrantes do Leste da Europa.

– Quando vocês vão saber? – disse ele, perguntando-se por que o mundo sempre parecia esperar pela morte para demonstrar o reconhecimento a alguém.

– Bem, o outro candidato sofreu um AVC e está respirando por aparelhos.

– Que notícia mais triste.

– Se ele ainda estiver vivo no dia 23 deste mês, o encerramento do ano fiscal deles, é garantido que papai receba o prêmio. Parece que eles preferem que seja póstumo.

– É estarrecedor.

– É, horrível – concordou ela, bebericando o chá e puxando de lado o saquinho pela alça. – Cheguei a ligar para o hospital em Londres, que se recusou a me dar a menor informação sobre as condições dele. Eu lhes disse que era muita falta de consideração, levando-se em conta o sofrimento da coitada da minha mãe.

O major balançou seu próprio saquinho na xícara. A barriga bojuda do saquinho rolou na água marrom. Ele se descobriu sem saber o que dizer.

– Ernest, que bom vê-lo. Você deveria ter ligado para nos dizer que viria. – Marjorie entrou usando uma volumosa saia preta de lã e uma blusa preta e roxa adornada com babados, que dava a impressão de ter sido improvisada com tecidos da casa funerária. Ele se levantou, perguntando-se se as circunstâncias pediam que ele a abraçasse, mas ela foi sorrateira para detrás do balcão com Jemima; as duas ficaram olhando para ele como se tivesse vindo comprar selos no correio. Decidiu adotar um vigoroso tom de negócios.

– Sinto muito por invadir sua casa desse modo, Marjorie – disse ele. – Mas Mortimer Teale e eu começamos a trabalhar no inventário, e eu queria só esclarecer uma questãozinha ou duas com você.

– Você sabe, Ernest, que eu não tenho cabeça para essas coisas. Tenho certeza de que você pode deixar a maior parte a cargo de Mortimer. Ele é tão inteligente.

Ela pegou o emaranhado de barbante em meio às pilhas de lixo, mas o soltou de novo.

– Pode ser, mas ele não pertence à família e, portanto, pode não ser capaz de interpretar algumas minúcias, ou abrir espaço para algumas intenções, por assim dizer.

– Creio que o testamento de meu pai é muito claro – disse Jemima, com o olho vidrado como o de uma gaivota mirando um saco de lixo. – Não precisamos que ninguém perturbe mamãe levantando questões a respeito.

– Exatamente – disse o major. Ele respirou devagar. – É muito melhor resolver tudo dentro da família. Manter distância de qualquer inconveniência.

– Tudo é inconveniente de qualquer maneira – disse Marjorie, enxugando os olhos numa toalha de papel. – Não consigo acreditar que Bertie tenha feito uma coisa dessas comigo. – Ela irrompeu em soluços roucos e desagradáveis.

– Mamãe, não suporto quando você chora – disse Jemima.

Ela segurou a mãe pelos ombros, afagando-a ao mesmo tempo que a mantinha a distância do braço estendido. O rosto de Jemima estava contorcido numa expressão de angústia ou de aversão. O major não saberia dizer ao certo qual.

– Eu não pretendia perturbá-la – começou ele. – Posso voltar em outra hora.

– Qualquer coisa que você tenha a dizer a mamãe pode dizer agora, enquanto estou aqui – disse Jemima. – Não quero que as pessoas venham perturbá-la quando ela estiver sozinha e vulnerável.

– Ora, Jemima, não seja tão grosseira com seu tio Ernest, querida – disse Marjorie. – Ele é um dos nossos únicos amigos agora. Precisamos contar com ele para cuidar de nós.

Ela enxugou os olhos e fez uma boa simulação de um sorriso trêmulo. O major pôde ver um sinal de determinação de aço ardendo por trás do sorriso, mas ele tinha sido posto numa situação impossível. Sentia-se totalmente incapaz de conseguir pensar num jeito razoável de pedir a arma diante da viúva lacrimosa de seu irmão.

Ele viu a arma escapulindo de suas mãos, com a reentrância no veludo do estojo duplo permanentemente vazia, e a própria arma sem nunca poder ser reunida a seu par. Ele sentiu a própria solidão; sentiu que seguiria desprovido de mulher e família até ser reivindicado pelo chão gelado ou pelo calor conveniente da fornalha do crematório. Os olhos se encheram de lágrimas, e ele teve a impressão de sentir o cheiro de cinzas na miscelânea de fragrâncias da cozinha. Levantou-se mais uma vez da cadeira e resolveu nunca mais mencionar a arma. Preferia voltar sorrateiro para a própria lareira e tentar encontrar consolo em estar só. Talvez até mesmo encomendasse um estojo para uma arma única, algo com um simples monograma em prata e uma forração mais discreta que veludo vermelho-escuro.

– Não a perturbarei mais com esse assunto – disse ele, com o coração cheio do agradável calor do seu sacrifício. – Mortimer e eu providenciaremos toda a papelada necessária. Nada que não possamos resolver entre nós. – Ele se aproximou das duas e pegou a mão de Marjorie. Ela cheirava a unhas recém-pintadas de lilás e a um leve toque de laquê com perfume de alfazema. – Eu me encarregarei de tudo – prometeu ele.

– Obrigada, Ernest – disse ela, com a voz fraca, a mão forte.

– E as armas? – perguntou Jemima.

– Já vou indo – disse ele a Marjorie.

– Volte sempre – disse ela. – É para mim um grande alívio contar com seu apoio.

– Mas vamos resolver essa história das armas – insistiu Jemima, e já não foi possível deixar de lado sua voz.

– Não precisamos entrar nisso agora – disse Marjorie, entre lábios crispados. – Vamos deixar para mais tarde, certo?

– Você sabe que Anthony e eu precisamos do dinheiro imediatamente, mamãe. Escolas particulares não são baratas, e precisamos fazer um depósito antecipado para Gregory.

O major se perguntou se a enfermeira na clínica poderia ter se enganado quanto a seu eletrocardiograma estar perfeito. Estava sentindo no peito um aperto que parecia prestes a evoluir para dor a qualquer instante. Elas iam lhe negar até mesmo seu nobre sacrifício. Não lhe seria permitido retirar-se sem abordar o assunto; mas, em vez disso, ele seria forçado a verbalizar a renúncia à sua própria arma. A sensação no peito evoluiu não para dor, mas para raiva. Ele se empertigou em posição de sentido, um movimento que sempre o relaxava, e tentou manter uma calma impassível.

– Vamos deixar isso para mais tarde – repetiu Marjorie. Ela pareceu afagar a mão de Jemima, embora o major suspeitasse que de fato tivesse sido um forte beliscão.

– Se deixarmos para depois, ele só vai enfiar alguma outra ideia na cabeça – sussurrou Jemima, com uma voz que teria chegado às últimas fileiras do Albert Hall.

– Devo entender que vocês querem falar das espingardas do meu pai? – O major, furioso, tentou manter a voz tão calma e contida quanto a de um brigadeiro. – Naturalmente, eu não pretendia tocar no assunto neste momento difícil.

– É, temos bastante tempo pela frente – atalhou Marjorie.

– No entanto, já que vocês o mencionaram, talvez devêssemos ter uma conversa franca. Estamos aqui em família – disse ele. Jemima amarrou a cara. Marjorie olhou de um para o outro e contraiu os lábios algumas vezes antes de falar:

– Bem, Ernest, Jemima sugeriu que poderíamos nos dar muito bem agora, vendendo as armas de seu pai como um par. – Ele nada disse, e ela se apressou a prosseguir: – Quer dizer, se vendermos a sua e a nossa juntas, poderíamos sair ganhando bastante, e eu gostaria de ajudar Jemima com a educação do pequeno Gregory.

– A sua e a nossa? – repetiu ele.

– Bem, você tem uma, e nós temos outra – continuou ela. – Mas parece que, separadas, elas nem de longe atingem o mesmo valor.

Ela olhou para ele com os olhos muito abertos, determinada a fazer com que concordasse com ela. O major sentiu que sua visão oscilava entre o nítido e o turvo. Ele vasculhou a cabeça feito louco em busca de um jeito de escapar da conversa, mas o momento

do confronto se abatia sobre ele, e não conseguia encontrar alternativa a não ser dizer o que pensava:
– Já que vocês tocaram no assunto... eu tinha a impressão... de que Bertie e eu tínhamos um entendimento entre nós quanto ao destino, por assim dizer, das armas. – Ele respirou fundo e se preparou para investir direto contra as garras das mulheres carrancudas à sua frente. – Era meu entendimento... Era a intenção de nosso pai... que a arma de Bertie passasse para minhas mãos... e vice-versa... conforme determinassem as circunstâncias. – Pronto! As palavras tinham sido lançadas sobre elas como pedras a partir de uma catapulta. Agora, só lhe restava firmar sua posição e se preparar para o contra-ataque.
– Meu Deus, sei que você sempre foi louco para ter aquela espingarda velha – disse Marjorie. Por um instante, o coração do major teve um sobressalto com a confusão e o rubor da cunhada. Será que ele ainda teria condições de vencer?
– É por isso, mamãe, que não quero que você fale com ninguém sem eu estar presente – disse Jemima. – É bem provável que você doe metade dos nossos bens para qualquer um que peça.
– Ora, Jemima, não exagere – disse Marjorie. – Ernest não está tentando tirar nada de nós.
– Ontem você quase deixou aquela mulher do Exército da Salvação convencê-la a doar a mobília da sala de estar junto com os sacos de roupas. – Ela se virou para o major. – Ela não está em perfeitas condições mentais, como você pode ver, e eu não permito que as pessoas tentem fazer gato e sapato dela, mesmo que sejam parentes.
O major sentiu o pescoço inchar de cólera. Seria bem feito para Jemima se um vaso sanguíneo seu estourasse e ele caísse morto bem ali no piso da cozinha.
– Sua insinuação me ofende – gaguejou ele.
– Nós sempre soubemos que você estava atrás da arma do meu pai – disse Jemima. – Não bastou que você ficasse com a casa, com a porcelana, com todo o dinheiro...
– Olhe aqui, não sei de que dinheiro você está falando, mas...

– E ainda por cima todas aquelas vezes que você tentou levar meu pai na conversa para tirar dele a única coisa que meu avô lhe deu.

– Jemima, chega – disse Marjorie.

Ela teve a elegância de corar, mas se recusou a olhar para ele. O major queria lhe perguntar, com muita calma, se esse tópico, que ela obviamente tinha remoído muitas vezes com Jemima, também fora abordado com Bertie. Seria possível que Bertie tivesse nutrido tanto ressentimento ao longo de todos aqueles anos, sem nunca deixar transparecer?

– Eu realmente fiz ofertas em dinheiro a Bertie ao longo dos anos – admitiu ele, com a boca seca. – Mas achei que sempre foram no justo valor de mercado.

Jemima bufou com desdém, de modo desagradável, como um suíno.

– Tenho certeza de que foram – disse Marjorie. – Vamos todos ser razoáveis e tentar resolver isso juntos. Jemima diz que, se vendermos o par, obteremos um valor muito mais alto.

– Talvez eu mesmo pudesse lhes fazer alguma oferta adequada – disse o major, sem saber ao certo se parecia muito convincente.

As cifras já estavam girando na sua cabeça, e ele não conseguia ver de pronto como poderia se desfazer de uma soma substancial em dinheiro vivo. Vivia muito bem com a aposentadoria do Exército, alguns investimentos e um pequeno rendimento anual que tinha passado para ele de sua avó paterna e que, ele era forçado a admitir, não tinha sido considerado parte do espólio dos pais. Entretanto, fazer uso do capital era um risco que ele não gostava de correr, a não ser em caso de emergência. Poderia ele contemplar algum tipo de pequena hipoteca da casa? Isso provocou um arrepio de consternação.

– Eu não poderia aceitar dinheiro de você de modo algum – disse Marjorie. – Eu me recuso.

– Nesse caso...

– Precisamos simplesmente ser espertos e obter o maior preço possível – disse Marjorie.

– Acho que deveríamos ligar para os leiloeiros – disse Jemima.
– Pedir uma avaliação.
– Olhe só – disse o major.
– Sua avó uma vez vendeu um bule de chá na Sotheby's – disse Marjorie para Jemima. – Ela sempre tinha detestado o tal bule, enfeitado demais, mas aí revelou-se que era de Meissen, e eles conseguiram um bom dinheiro.
– É claro que se tem de pagar comissão e tudo o mais – disse Jemima.
– As Churchills do meu pai não vão ser oferecidas em leilão como equipamentos de alguma fazenda falida – disse o major, com firmeza. – O nome Pettigrew não sairá impresso num catálogo de leilão.

De vez em quando, lorde Dagenham enviava com o maior prazer peças do patrimônio da família Dagenham para leilão. No ano anterior, uma escrivaninha Jorge II de teixo marchetado tinha sido despachada para a Christie's. No clube, o major escutara com educação, enquanto lorde Dagenham se gabava do preço sem precedentes pago por algum colecionador russo, mas em segredo tinha sentido uma profunda consternação com a cena da larga escrivaninha, as pernas finas decoradas com volutas, presa com fita adesiva a um velho cobertor de feltro e colocada de tampo para baixo numa caminhonete de mudanças alugada.

– Você tem mais alguma sugestão? – perguntou Marjorie.

O major reprimiu o desejo de sugerir que elas duas considerassem a ideia de se transferirem para o inferno. Ele acalmou a voz a um tom adequado para apaziguar cães de grande porte ou crianças pequenas e zangadas.

– Gostaria de sugerir que vocês me dessem a oportunidade de me informar um pouco – disse ele, improvisando enquanto falava. – O fato é que acabei de conhecer um americano riquíssimo, colecionador de armas. Talvez eu pudesse deixar que ele as visse.

– Um americano? – perguntou Marjorie. – Quem?

– Acho difícil que o nome lhe seja familiar – disse o major. – Trata-se de... um industrial. – Pareceu-lhe que isso causaria uma impressão bem melhor do que "construtor".

– Uuui, parece que talvez dê certo – disse Marjorie.

– É claro que primeiro precisaria dar uma olhada na arma de Bertie. Receio ser provável que ela precise de algum trabalho de restauração.

– Quer dizer que nós simplesmente deveríamos lhe entregar a arma agora? – perguntou Jemima.

– Creio que seria o melhor a fazer – disse o major, não tomando conhecimento do seu sarcasmo. – É claro que vocês poderiam mandá-la ser restaurada pelo fabricante, mas eles vão lhes cobrar uma nota. Eu pessoalmente tenho condições de executar uma restauração sem cobrar nada.

– Muita gentileza sua, Ernest – disse Marjorie.

– É o mínimo que posso fazer por vocês – disse o major. – Bertie não esperaria menos que isso.

– Quanto tempo vai demorar? – perguntou Jemima. – A Christie's vai fazer um leilão de armas no mês que vem.

– Bem, se vocês quiserem se desfazer de mais de quinze por cento em comissões e ainda aceitar só o que o salão oferecer naquele dia... – disse o major. – Por mim, não consigo me ver entregando minha arma aos caprichos do mercado.

– Acho que devemos deixar Ernest cuidar desse assunto – disse Marjorie.

– Por sinal, vou comparecer ao torneio de tiro de lorde Dagenham no mês que vem – continuou o major. – Eu teria a oportunidade de mostrar a meu amigo americano o desempenho das armas como um par.

– Quanto ele se disporá a pagar? – perguntou Jemima, demonstrando que a tendência de sua mãe para conversar sobre dinheiro em público estava evoluindo com o passar das gerações. Sem dúvida, o pequeno Gregory haveria de se tornar um adulto que deixa a etiqueta de preço pendurada nas roupas e o adesivo do fabricante ainda grudado na janela do carro esporte alemão.

– Esse, minha cara Jemima, é um assunto delicado que será abordado da melhor forma depois que as armas tenham sido exibidas no ambiente que mais as favoreça.

– Vamos receber mais dinheiro porque vocês passaram o dia inteiro atirando em tetrazes na lama?
– Patos, minha cara Jemima, patos.

Ele tentou simular um risinho reprimido, para confirmar um ar de desinteresse, e se sentiu quase confiante de que a vitória seria sua. Havia tanta ganância brilhando naqueles dois pares de olhos. Por um instante, ele compreendeu a emoção de um mestre vigarista. Talvez ele tivesse o segredo que faria velhinhas acreditarem que tinham ganhado a loteria australiana ou que as levasse a enviar fundos para liberar contas bancárias na Nigéria. Os jornais estavam cheios desse tipo de relato, e muitas vezes ele tinha se perguntado como as pessoas podiam ser tão crédulas. Contudo, aqui e agora, tão perto que ele conseguia sentir o cheiro do óleo de lubrificação, estava a oportunidade de levar a arma de Bertie para o carro e ir embora.

– Minhas caras, cabe somente a vocês a decisão – disse ele, puxando a bainha do paletó em preparação para sair. – Não vejo nenhuma desvantagem para vocês em que eu faça a restauração da arma e depois permita que um dos colecionadores de armas mais ricos dos Estados Unidos veja o desempenho do par no cenário adequado de um torneio de tiro formal.

Ele via o torneio: os outros homens dando-lhe os parabéns enquanto ele, modesto, negava que a sua bolsa fosse a mais cheia de todas. "Creio que o cão confundiu esse belo pato selvagem seu acreditando que era meu, lorde Dagenham", talvez dissesse ele, e Dagenham naturalmente o aceitaria, sabendo muito bem que a ave tinha sido abatida pelas superiores Churchills gêmeas de Pettigrew.

– Você acha que ele pagaria à vista? – perguntou Jemima, chamando de volta toda a sua atenção.

– Imagino que ele possa ser tão dominado pelo aparato do evento que nos ofereça o valor que determinarmos, em dinheiro vivo ou barras de ouro. Por outro lado, pode ser que não o faça. Não prometo nada.

– Vamos experimentar, então – disse Marjorie. – Eu gostaria de obter o maior valor possível. Neste inverno, queria fazer um cruzeiro.
– Eu a aconselho a não se precipitar de modo algum, Marjorie – disse ele. Agora ele estava jogando: arriscando um prêmio já conquistado, só pela emoção do jogo.
– Não, não, você precisa levar a arma e fazer um bom exame, para a eventualidade de ser preciso mandá-la para algum lugar – disse Marjorie. – Não queremos perder tempo.
– Está no armário de botas, com os tacos de críquete – disse Jemima. – Vou correndo pegar.
O major afirmou a si mesmo que estava no todo dizendo a verdade. Ele realmente mostraria as armas a Ferguson, muito embora não tivesse a menor intenção de permitir sua venda. Além do mais, não se poderia esperar que ele agisse com total lisura com gente que guardava uma bela arma de caça jogada nos fundos de um armário de sapatos. Concluiu que estava fazendo o mesmo que salvar um cãozinho das agressões de um dono de ferro-velho.
– Pronto – disse Jemima, apontando para ele uma trouxa coberta com acolchoado. Ele a recebeu dela, procurando apalpar a coronha grossa e virando o cano para o chão.
– Obrigado – disse ele, como se lhe estivessem entregando um presente. – Muito obrigado.

Capítulo 8

Era só uma xícara de chá e um bate-papo. Enquanto armava a escada dobrável para ter uma visão melhor da prateleira do alto do armário de louça, o major se repreendeu por dar atenção exagerada aos preparativos, como se fosse alguma solteirona. Estava determinado a encarar com total despreocupação a visita da sra. Ali. Sua voz tinha lhe perguntado ao telefone, de forma diretíssima, se ele teria tempo no domingo para lhe transmitir suas opiniões sobre o livro de Kipling, cuja leitura ela acabava de terminar. Nas tardes de domingo, o mercadinho não abria, e ela insinuou que o sobrinho estava acostumado a que a tia tirasse algumas horas para si. Ele respondeu num tom calculadamente descuidado que a tarde de domingo poderia ser adequada e que talvez ele preparasse uma xícara de chá ou coisa semelhante. Ela disse que viria por volta das quatro, se fosse conveniente.

É claro que o grosso bule de cerâmica branca apresentou imediatamente uma feia lasca no bico e, apesar de ser areado diversas vezes, se recusou a ficar limpo por dentro. O major percebeu que ele já devia estar lascado havia algum tempo, e que seus olhos tinham se fechado para essas pequenas falhas para evitar a procura por um bule novo. Vinte anos antes, Nancy e ele tinham levado um ano inteiro para encontrar um recipiente simples que mantivesse bem o calor e não ficasse escorrendo quando o chá fosse servido. Ele chegou a pensar em ir correndo à cidade nos dias que lhe restavam, mas já sabia que seria impossível encontrar qualquer coisa entre as fileiras de bules espalhafatosos que proliferavam como cogumelos nas lojas dedicadas ao design para o lar. Ele podia vê-los agora: bules com asas invisíveis; bules com apitos para chamar aves; bules adornados com decalques borrados de senhoras em balanços e asas torcidas, equilibradas de modo estranho. Resolveu, em vez disso, servir o chá na baixela da sua mãe.

O bule de prata, com uma barriga gorda e lisa e um pequeno arremate de folhas de acanto em torno da tampa, fez com que suas xícaras parecessem imediatamente grosseiras e sem graça como camponeses. Ele cogitou usar a melhor porcelana, mas sentiu que não poderia transmitir uma imagem informal trazendo uma bandeja carregada de belas antiguidades, com filete de ouro na borda. Foi então que se lembrou das xícaras de Nancy. Eram apenas duas, compradas numa feira de bricabraque antes que eles dois se casassem. Nancy tinha admirado as xícaras brancas e azuis, extraordinariamente grandes, com o formato de sinos de boca para cima, acompanhadas por pires fundos o bastante para serem usados como cumbucas. Eram muito velhas, de quando as pessoas ainda derramavam o chá no pires para beber. Nancy conseguiu comprá-las barato porque não eram um par perfeito e não havia outras peças.

Uma tarde ela as usou para lhe servir chá, apenas chá, levando-as com cuidado para a pequena mesa de pinho posta junto da janela no seu quarto. A senhoria, que tinha sido convencida, pelo uniforme militar e pelo seu jeito calado, de que ele era um cavalheiro, permitia que ele visitasse o quarto de Nancy, desde que fosse embora antes do anoitecer. Eles faziam amor ao sol forte da tarde, sufocando risinhos por baixo da colcha de *batik*, sempre que a senhoria fazia ranger de propósito as tábuas do assoalho diante da porta. Mas naquele dia o quarto estava arrumado, o costumeiro entulho de livros e tintas tinha sido removido, e Nancy, com o cabelo preso para trás num rabo de cavalo frouxo, preparara chá nas belas xícaras translúcidas, que mantinham um calor escaldante na sua velha porcelana e faziam o chá barato reluzir como âmbar. Ela lhe serviu leite de um copinho, com cuidado para não respingar, os movimentos lentos como numa cerimônia. Ele levantou a xícara e soube, com uma súbita clareza que não o assustou tanto quanto ele poderia ter esperado, que estava na hora de pedir que ela se casasse com ele.

As xícaras tremeram nas suas mãos. Ele se curvou para colocá-las com cuidado no balcão, onde pareceram devidamente inertes. Nancy não tinha dado tratamento especial às xícaras, às vezes servindo manjar branco nelas por causa de seu formato propício. Ela teria sido a última a insistir em tratá-las como relíquias. Contudo, enquanto apanhava os pires, ele desejou poder perguntar-lhe se não havia problema em usá-las.

O major nunca tinha sido dessas pessoas que acreditam que os mortos ficam por perto, concedendo permissões e em geral prestando serviços de cão de guarda. Na igreja, quando o som do órgão crescia e o coro do hino transformava vizinhos irritantes numa efêmera comunidade de corações enaltecidos e vozes naturais, ele aceitava que ela se fora. E a imaginava no paraíso que lhe tinha sido ensinado na infância: um lugar gramado, com o céu azul e uma leve brisa. Ele já não conseguia visualizar os habitantes com nada tão ridículo quanto asas. Em vez disso, ele via Nancy caminhando num vestido reto e simples, segurando sapatos baixos na mão e com uma árvore frondosa ao longe, acenando para chamá-la. O restante do tempo, ele não conseguia se manter agarrado a essa visão, e ela simplesmente já se fora, como Bertie, e ao major restava lutar sozinho no horrível espaço vazio da descrença.

Bule de prata, xícaras azuis antigas, nada para comer. O major observou seus preparativos para o chá com alívio. A ausência de comida estabeleceria o correto tom informal, pensou. Ele tinha a vaga noção de que não era masculino preocupar-se com os detalhes tanto quanto vinha fazendo, e que preparar sanduichinhos seria questionável. Deu um suspiro. Essa era uma das coisas para as quais ele *precisava* estar atento, por morar sozinho. Era importante não deixar cair o padrão, não permitir que as coisas perdessem a nitidez. E, no entanto, havia aquele limite além do qual um homem poderia cair numa preocupação com detalhes, típica de mulheres. Ele olhou para o relógio. Ainda tinha algumas horas antes de a convidada chegar. Resolveu que talvez fizesse um esforço breve, masculino, de carpintaria para consertar a ripa quebrada na cerca do fundo do jardim e depois passaria um tempo dando a primeira boa olhada na arma de Bertie.

Estava sentado na copa, na mesma posição fixa, havia no mínimo dez minutos. Lembrava-se de ter entrado do jardim e tirado a arma de Bertie do invólucro acolchoado, mas depois disso começara a devanear até os olhos, focalizados na velha gravura do Castelo de Windsor na parede, começarem a ver movimento nas manchas marrons de umidade. O major piscou os olhos, e as manchas retomaram suas posições inertes no papel marcado. Ele disse a si mesmo que esses lapsos em momentos de senilidade de queixo caído não condiziam com seu posto anterior na hierarquia militar. Não queria acabar como o coronel Preston. Não tinha o interesse necessário por plantas de interiores.

Duas vezes por mês, às sextas, o major visitava seu ex-comandante, o coronel Preston, que agora estava preso a uma cadeira de rodas com uma combinação de Alzheimer e neuropatia das pernas. O coronel Preston se comunicava com uma grande samambaia de vaso chamada Matilda e também gostava de observar o papel de parede e pedir desculpas às moscas, quando colidiam com janelas fechadas. O coitado do coronel Preston somente conseguia ser instigado a alguma aparência de normalidade por sua mulher, Helena, uma bonita polonesa. Sacudido no ombro por Helena, o coronel costumava se virar imediatamente para uma visita e dizer, como se estivesse no meio de uma conversa mais longa: "Conseguiu sair pouco antes dos russos, sabe. Trocou os dossiês pela permissão para se casar." Helena balançava a cabeça numa simulação de desespero, afagava a mão do coronel e dizia: "Eu trabalhava na salsicharia do meu pai, mas ele se lembra de mim como Mata Hari." Helena mantinha o coronel sempre de banho tomado, em roupas limpas e com as numerosas medicações em dia. Depois de cada visita, o major assumia consigo mesmo o compromisso de se exercitar mais e fazer palavras cruzadas, para afugentar esse tipo de enfraquecimento do cérebro, mas ele também se perguntava, com certa ansiedade, quem lavaria sua nuca tão bem, se ele ficasse inválido.

À luz fraca da copa, o major endireitou os ombros e tomou a decisão de inicialmente fazer um levantamento de todas as gravuras na casa em busca de avarias e depois levá-las a um restaurador competente.

Ele voltou a atenção de novo para a arma de Bertie, sobre o balcão. Tentaria não perder mais tempo nenhum refletindo por que Bertie a teria negligenciado todos esses anos e o que significava a arma ter ficado esquecida num armário, enquanto Bertie rejeitava ofertas em dinheiro do próprio irmão. Em vez disso, concentrou a atenção num exame imparcial das peças que talvez precisassem de conserto.

Havia rachaduras na superfície da madeira, e a própria madeira estava cinza e seca. O arremate de marfim da coroa estava profundamente amarelado. Ele abriu o mecanismo e encontrou o tambor fosco, mas felizmente livre de ferrugem. O cano parecia reto, embora apresentasse um pequeno grupo de pontos de ferrugem, como se tivesse sido segurado por mão suarenta, sem ter sido enxugado. A gravação requintada, uma águia na qual se enroscavam flores de caquizeiro, estava negra de tão oxidada. Ele esfregou um dedo por baixo das garras agressivas da águia, e, como esperado, lá estava o monograma de um "P" reto e aprumado, que o pai tinha acrescentado. Esperava que não fosse sinal de arrogância sentir uma certa satisfação com o fato de que, embora marajás e seus domínios pudessem se apagar no esquecimento, os Pettigrew continuavam militando.

Ele abriu o estojo das armas, tirou dali as seções da sua própria espingarda, para comparação. Elas se uniram com estalidos bem azeitados. Dispondo as duas lado a lado, vivenciou uma momentânea perda da fé. Pareciam ser tudo, menos um par. Sua própria arma parecia gorda e polida. Ela quase respirava ali em cima da pedra. A de Bertie parecia um esboço, ou um modelo preliminar feito em materiais baratos para acertar a forma e depois ser descartado. O major guardou sua arma e fechou o estojo. Não voltaria a compará-las enquanto não tivesse dado tudo de si para restaurar a de Bertie até a melhor condição possível. Ele a afagou como se ela fosse um cachorrinho magro e perdido, encontrado numa vala gelada.

Enquanto acendia a vela para aquecer o óleo e tirava da gaveta o estojo de couro de instrumentos de limpeza, foi se sentindo muito mais animado. Bastava desmontar a arma por inteiro e trabalhar peça por peça, até poder remontá-la exatamente como deveria ser. Tomou a decisão de reservar uma hora por dia para o trabalho e imediatamente sentiu a calma que decorre de se ter uma rotina bem programada.

Quando o telefone tocou no início da tarde, a animação superou seu natural sentido de cautela, ao ouvir a voz de Roger do outro lado. Nem mesmo chegou a se irritar com a qualidade pior do que a de costume da ligação.

– Parece que você está ligando de um submarino, Roger – disse ele, reprimindo um risinho. – Acho que os esquilos andaram mascando os fios de novo.

– Na realidade, também pode ser por eu estar falando com o viva-voz – disse Roger. – Meu quiroprático não quer que eu segure mais o fone com o queixo, mas meu barbeiro diz que os fones de ouvido estimulam o acúmulo de oleosidade e a miniaturização dos meus folículos.

– Quê?

– Então estou tentando me safar com o viva-voz sempre que posso.

O ruído inconfundível de papéis sendo manuseados numa mesa, amplificado pelo microfone, lembrava uma das peças de Roger na escola primária, na qual as crianças simulavam tempestades agitando jornais.

– Você está ocupado com alguma coisa? – disse o major. – Pode me ligar outra hora, quando tiver terminado com a papelada.

– Não, não, é só um livro de fechamento de uma operação, que preciso ler para me certificar de que todas as casas decimais estejam no lugar certo desta vez – disse Roger. – Posso ler e conversar ao mesmo tempo.

– Quanta eficiência – retrucou o major. – Talvez eu devesse experimentar alguns capítulos de *Guerra e paz* enquanto conversamos.

– Olhe, papai, só liguei para lhe dar uma notícia empolgante. Sandy e eu podemos ter encontrado um chalé pela internet.

– Internet? Acho melhor você ter cuidado, Roger. Ouvi dizer que não se encontra nada, a não ser pornografia e vigarice nessa coisa.

Roger deu uma risada, e o major pensou em lhe contar o terrível caso do único envolvimento de Hugh Whetstone com a rede mundial, mas percebeu que a história só faria Roger rir ainda mais. Uma encomenda de livros do coitado do Hugh tinha resultado em seis cobranças mensais no seu cartão de crédito, sem nenhum aviso, pela taxa de associação a um website de amigos peludos, que acabou se revelando não ser uma das entidades de assistência a animais da sua mulher, mas um grupo com interesses nitidamente mais ocultos. Fosse como fosse, foi mais discreto deixar a história para lá. Ela circulou no lugarejo como um aviso amistoso, mas havia algumas pessoas que agora chamavam seus cães para junto de si, quando passavam por Whetstone na alameda.

– Papai, é uma oportunidade única. Essa senhora está com o chalé da tia para alugar com opção de venda, e não quer usar um corretor. Poderíamos economizar todos os tipos de taxas.

– Que bom – disse o major. – Mas, sem um corretor, vocês podem ter certeza de que o preço é justo?

– Essa é a questão – disse Roger. – Temos uma chance de fechar o negócio agora, antes que alguém a faça ver o valor real. Parece perfeita, papai, e fica só a alguns minutos daí, perto de Little Puddleton.

– No fundo, não entendo por que vocês precisam de um chalé – disse o major.

Ele conhecia bem Little Puddleton, um lugarejo cujo grande contingente de visitantes de fim de semana tinha gerado algumas lojas pretensiosas de cerâmica e uma cafeteria que vendia café de torração caseira a preços exorbitantes. Embora o lugarejo abrigasse excelente música de câmara num coreto no gramado, seu bar tinha passado a vender *moules frites* e pratinhos de jantar nos quais a comida vinha toda empilhada e numa perfeita forma redonda, como se tivesse sido moldada dentro de um cano. Little Puddleton era o tipo de lugar onde as pessoas compravam pés adultos de rosas antigas recém-hibridadas em todos os tons mais modernos e depois, no fim do verão, os arrancavam das jardineiras italianas esmaltadas e os jogavam na esterqueira como petúnias mortas. Alice Pierce, sua vizinha, não escondia suas incursões anuais pelas esterqueiras alheias e lhe tinha dado de presente no ano anterior um par de roseiras, sendo que um era uma rara híbrida rosa-chá negra que agora vicejava encostada na sua estufa.

– Você deve saber que você e sua amiga seriam perfeitamente bem-vindos aqui na Morada das Rosas – acrescentou ele.

– Nós conversamos sobre isso – disse Roger. – Eu disse a Sandy que havia bastante espaço e que eu tinha certeza de que você até cogitaria em isolar a parte de trás da casa para fazer um apartamento independente.

– Um apartamento independente? – repetiu o major.

– Mas Sandy disse que daria a impressão de que nós o estávamos despachando para um puxadinho nos fundos e que talvez fosse melhor ter um lugar só para nós por enquanto.

– Quanta consideração – disse o major. A indignação reduziu sua voz a um guincho.

– Olhe, papai, realmente gostaríamos que você viesse ver o chalé conosco e nos desse sua aprovação – disse Roger. – Sandy está de olho em algum estábulo perto de Salisbury também. Eu preferiria ficar perto de você.

– Obrigado – disse o major.

Ele sabia muito bem que Roger provavelmente queria dinheiro mais do que conselho, mas a verdade é que era igualmente provável que Roger pedisse dinheiro para o estábulo em Salisbury. Portanto, talvez ele quisesse mesmo estar mais perto de casa. O coração do major se enterneceu com essa chispa de afeto filial.

– A viagem de carro para Sussex é muito mais fácil, para não falar no fato de que, se eu computar alguns anos no seu clube de golfe agora, talvez tenha uma chance de ser aceito como sócio num clube de verdade no futuro.

– Acho que não estou entendendo – disse o major. A chispa de amor filial se apagou como uma chama-piloto numa súbita corrente de ar.

– Bem, se formos para Salisbury, vou ter de entrar na lista de espera para jogar golfe lá. Seu clube não é considerado de muito prestígio, mas o chefe do meu chefe joga em Henley, e ele disse de pronto que tinha ouvido falar de vocês. Chamou-os de um bando de bundões teimosos.

– E supostamente isso é um elogio? – perguntou o major, esforçando-se para acompanhar o papo.

– Olhe, papai, vai dar para você vir nos ajudar e conhecer a sra. Augerspier em Little Puddleton na quinta? – disse Roger. – Vamos só dar uma olhada geral, ver se detectamos madeira carunchada, esse tipo de coisa.

– Não sou especialista nesses assuntos – disse o major. – Não sei o que tem potencial.

– O potencial não é a questão – disse Roger. – A questão é a sra. Augerspier, a viúva. Ela quer vender o chalé para as pessoas *certas*. Preciso que você venha conosco e mostre seu lado mais distinto e encantador.

– Quer dizer que você quer que eu vá beijar a mão da pobre viúva, como algum gigolô do continente, para que ela se confunda e aceite sua oferta mesquinha por uma propriedade que provavelmente representa todas as suas economias? – perguntou o major.

– Isso mesmo – disse Roger. – Quinta às duas está bom para você?

– Às três seria melhor – disse o major. – Creio que tenho um compromisso na cidade na hora do almoço que pode se estender um pouco. – Fez-se um silêncio constrangedor. – Realmente não tenho como desmarcar – acrescentou. Era verdade. Por mais que não estivesse louco para acompanhar Grace na reunião com a banqueteira amiga da sra. Ali, ele tinha dito que sim ao seu pedido e não poderia encarar sua decepção se agora fosse tentar se esquivar.

– Acho que vou ter de ligar para ver se posso mudar nossa hora marcada – disse Roger. O tom na sua voz dizia que ele duvidava que o pai tivesse qualquer compromisso de importância especial, mas que seria generoso e faria a vontade do velho.

A sra. Ali estava na sala de estar, esperando que ele trouxesse o chá. Ele espiou pela porta e parou para observar que belo quadro ela apresentava, sentada ali na velha janela saliente, curvada sobre um velho livro de fotografias de Sussex. O sol entrava através da vidraça irregular, fazendo as partículas de poeira cintilarem e contornando seu perfil com uma leve pincelada dourada. Ela chegara toda envolta num xale rosa-escuro, que agora estava drapeado em torno dos ombros de um traje de crepe de lã de um azul escuro e suave como o entardecer.

– Leite ou limão? – perguntou ele. Ela olhou e sorriu.

– Limão e uma quantidade bastante embaraçosa de açúcar – disse ela. – E quando visito amigos com jardins, às vezes peço uma folha de hortelã.

– Uma folha de hortelã? – perguntou ele. – Hortelã comum? Mentrasto? Eu também tenho uma raridade invasora, roxa, semelhante a um repolho que minha mulher jurava ser hortelã, mas sempre tive medo de consumi-la.

– Parece muito interessante – disse ela. – Posso dar uma olhada nessa planta estranha?

– É claro – concordou o major, encarando com dificuldade a súbita mudança no programa. Ele estava guardando um convite para ver o jardim, para a eventualidade de uma súbita lacuna na conversa mais tarde. Se dessem a volta pelo jardim agora, o chá poderia passar do ponto e se tornar impossível de beber. E o que ele faria mais tarde, se ocorresse uma pausa interminável?

– Só uma espiadinha para não estragar o chá – acrescentou ela, como se tivesse lido seu pensamento. – Mas talvez mais tarde eu possa incomodá-lo para uma visita mais completa.

– Seria um prazer – disse ele. – Quer passar pela cozinha? Cruzando a cozinha e a despensa estreita, calculou ele, eles podiam ver o jardim lateral, que continha as ervas e um pequeno canteiro de groselhas, enquanto a vista geral dos jardins dos fundos ficava para ser apreciada mais tarde, a partir das portas duplas da sala de jantar. É claro que realmente havia apenas uma sebe baixa a separar as duas partes, mas, enquanto examinava os montinhos de hortelãs, a sálvia multicolorida e os últimos talos altos de borragem, a sra. Ali teve a gentileza de fingir não olhar por cima da sebe para as rosas e o gramado.

– Essa deve ser sua hortelã alienígena – disse ela, abaixando-se para esfregar entre os dedos a superfície franzida e enrugada de uma vigorosa planta arroxeada. – Realmente parece um pouco agressiva para uma xícara de chá normal.

– É, achei forte demais para qualquer coisa – disse o major.

– Ah, mas creio que seria excelente para perfumar um banho quente – disse a sra. Ali. – Muito revigorante.

– Um banho quente? – repetiu o major. Ele se atrapalhou para emitir algum outro comentário que se adequasse a uma conversa despretensiosa sobre banhos perfumados. De repente, compreendeu como era possível alguém se sentir nu mesmo vestido. – Mais ou menos como um saquinho de chá humano, não é? – disse ele. A sra. Ali riu e deixou a folha de lado.

– O senhor está totalmente certo – disse ela. – E também dá um trabalho terrível recolher do ralo todos os pedacinhos de folhas empapadas depois. – Ela se curvou para pegar duas folhas claras de hortelã-pimenta.

– Vamos entrar para tomar nosso chá enquanto está no ponto? – sugeriu ele, indicando a casa com a mão esquerda.

– Ah, o senhor machucou a mão? – perguntou ela.

– Não, não foi nada. – Ele se apressou a esconder a mão para trás. Tinha esperado que ela não visse o feio esparadrapo rosa espremido entre o polegar e o indicador. – Só dei uma marteladinha em mim mesmo, quando estava fazendo um pouco de carpintaria.

O major serviu para cada um deles uma segunda xícara de chá e desejou que houvesse algum modo de impedir que a luz do final da tarde continuasse a atravessar a sala de estar. A qualquer momento agora, as listras douradas atingiriam as estantes na parede dos fundos e refletiriam de volta para a sra. Ali a hora tardia. Ele temia que isso a levasse a parar de ler.

Ela lia com uma voz baixa e clara, com uma evidente admiração pelo texto. Ele quase tinha se esquecido de como era bom escutar. Durante os anos empoeirados de ensino na escola primária St. Mark, seus ouvidos tinham ficado entorpecidos, reduzidos a órgãos sem vibração pelas vozes monótonas de garotos que nada compreendiam. Para eles, "Et tu Brute" tinha o mesmo peso emocional do "Bilhetes, por favor" de um motorista de ônibus. Não fazia diferença o fato de muitos possuírem a pronúncia refinada e saborosa. Eles lutavam com a mesma determinação para truncar os textos mais preciosos. Às vezes, ele era forçado a implorar que desistissem, e isso eles encaravam como uma vitória sobre seu formalismo. Decidiu se aposentar no mesmo ano em que a escola permitiu que filmes fossem incluídos na bibliografia de ensaios literários.

A sra. Ali tinha marcado muitas páginas com pequenas tiras de papel laranja e, depois de alguma insistência por parte dele, concordou em ler os trechos que a interessaram. Para ele, Kipling nunca tinha parecido tão bom. Ela agora estava lendo um dos contos preferidos do major, "Velhos em Pevensey", que se desenrolava depois da conquista normanda e sempre a impressão de exprimir algo de importante sobre os alicerces do país.

– "Não penso em mim mesmo" – leu ela, repetindo as palavras do cavaleiro De Aquila, senhor do Castelo de Pevensey –, "nem em nosso rei, nem em suas terras. Penso na Inglaterra, em quem nem rei nem barão pensam. Não sou normando, sir Richard, nem saxão, sir Hugh. Inglês é o que sou."

O major engasgou com o chá, sorvendo-o com um ruído infeliz. Foi embaraçoso, mas serviu para sufocar o "Eu, eu!" que tinha subido aos seus lábios sem ser chamado. A sra. Ali levantou os olhos do livro e sorriu.

– Ele cria personagens de tanto idealismo – disse ela. – Ser tão encanecido e experiente como esse cavaleiro e mesmo assim ter tanta clareza em sua paixão e dever para com a terra. Será que isso chega a ser possível?

– É possível amar o próprio país acima de considerações pessoais? – perguntou o major.

Ele olhou para o teto, pensando numa resposta. No canto entre a janela e o hall de entrada, notou uma mancha marrom discreta, mas alarmante, que não estava ali na semana anterior. O patriotismo ficou momentaneamente suspenso no ar, diante de preocupações urgentes com o encanamento.

– Sei que a maioria das pessoas hoje em dia consideraria esse tipo de amor pelo país algo ridiculamente romântico e ingênuo – disse ele. – O patriotismo em si foi sequestrado por jovens desprezíveis com botas agressivas e dentes estragados, cujo único objetivo é elevar seu próprio padrão de vida. Mas acredito, sim, que existam uns poucos que continuam a acreditar na Inglaterra que Kipling amava. Infelizmente, não passamos de um punhado de velhotes empoeirados.

– Meu pai acreditava nesse tipo de coisa – disse ela por fim. – Exatamente como os saxões e os normandos se tornaram um único povo inglês, ele nunca deixou de acreditar que a Inglaterra, um dia, nos aceitaria também. Ele estava só esperando pela hora em que seria convidado a montar na sela e sair cavalgando, na ronda dos faróis, com De Aquila como um inglês de verdade.

– Parabéns para ele – disse o major. – Não que haja muita procura por quem vigie os faróis atualmente. Não, com bombas atômicas e assemelhados.

Ele suspirou. Era realmente uma pena ver a fileira de faróis que se estendia ao longo da costa sul da Inglaterra reduzida a fogueiras bonitinhas acesas para as câmeras de televisão na virada do milênio e no jubileu da rainha.

– Eu estava falando em termos metafóricos – disse ela.
– É claro que estava, minha cara – disse ele. – Mas como seria mais gratificante pensar nele cavalgando de verdade até o alto de Devil's Dyke, com o archote em chamas já preparado. O retinir dos arreios, o baque surdo dos cascos, os gritos dos ingleses seus companheiros e o cheiro do archote aceso levado junto do estandarte de São Jorge...

– Acho que ele já estaria satisfeito se não fosse deixado para trás de modo tão pouco cerimonioso quando os outros professores combinavam um encontro para tomar um drinque no bar local.

– Ah – disse o major. Gostaria de ser capaz de fazer algum comentário amenizador, algo que dissesse como ele próprio teria sentido orgulho de tomar um copo de cerveja com o pai dela. Entretanto, isso se tornava impossível, em razão do fato constrangedor de que nem ele nem nenhuma outra pessoa que conhecesse jamais tinha pensado em convidar o marido dela para um drinque no bar. É claro que isso se referia totalmente ao lado social, pensou ele, não tendo nada a ver com a cor. E além disso, o sr. Ali nunca tinha entrado no bar por si, nunca tinha tentado uma aproximação. De qualquer modo, era provável que ele fosse abstêmio. Nenhum desses pensamentos tinha a menor utilidade. Mentalmente, o major era uma carpa fisgada, com a boca se abrindo e fechando com o oxigênio inútil.

– Ele teria gostado desta sala, meu pai. – Ele viu o olhar da sra. Ali captar a lareira de canto, as estantes altas em duas paredes, o sofá confortável e as poltronas descombinadas, cada uma com uma mesinha lateral e um bom abajur de leitura à mão. – Muito me honra sua gentileza de me convidar para visitar sua casa.

– Não, não – disse o major, enrubescendo por conta de todas as vezes que nunca lhe passara pela cabeça fazer isso. – A honra é minha, é uma perda enorme eu não ter tido a oportunidade de convidar a senhora e seu marido. Perda enorme para mim.

– Muita gentileza sua – disse ela. – Gostaria que Ahmed tivesse visto esta casa. Sempre foi meu sonho que comprássemos um dia uma pequena casa, um verdadeiro chalé de Sussex, com a frente branca de madeira e muitas janelas dando para um jardim.

– Mas suponho que seja muito conveniente morar logo em cima da loja.

– Bem, nunca me incomodei de ali ser um pouco apertado – disse ela. – Mas com meu sobrinho morando junto... E depois, o espaço é mesmo muito pequeno para estantes como essas. – Ela sorriu, e ele ficou feliz por ela compartilhar com ele essa admiração.

– Meu filho acha que eu deveria me livrar da maior parte delas – disse o major. – Ele acha que preciso de uma parede livre para um home theater com uma televisão enorme.

Em mais de uma ocasião, Roger tinha sugerido que ele reduzisse sua coleção de livros, com o objetivo de modernizar a sala, e se oferecera para lhe comprar um aparelho de televisão do tamanho da sala para que ele "tivesse alguma coisa para fazer depois do jantar".

– Suponho que seja um fato da vida que a geração mais nova tente dominar e administrar a vida dos mais velhos – disse a sra. Ali. – Já não tenho vida própria, depois que meu sobrinho se mudou para cá. Por isso, o sonho de um chalé só meu despertou novamente na minha cabeça.

– Mesmo quando você está na sua própria casa, eles o rastreiam por telefone a qualquer hora – disse o major. – Acho que meu filho tenta organizar a minha vida porque ela é muito mais fácil do que a dele. Com isso, ele tem a sensação de estar no controle de alguma coisa num mundo que não está totalmente disposto a lhe dar uma posição de comando.

– Muita perspicácia sua – disse a sra. Ali, refletindo um pouco. – Que podemos fazer para neutralizar esse comportamento?

– Estou pensando em fugir para um chalé tranquilo num local secreto – disse o major – e mandar notícias para ele sobre meu estado geral por meio de cartões-postais reenviados a partir da Austrália.

– Quem sabe eu não me junto ao senhor? – disse ela, rindo.

– Saiba que seria muito bem-vinda – disse o major, e por um instante ele viu uma cabana baixa de telhado de colmo, enfurnada por trás de um morro coberto de tojo, com uma fina meia-lua de praia arenosa repleta de gaivotas selvagens. A fumaça saindo da chaminé indicava que um ensopado cheiroso tinha sido deixado no fogão a lenha. Ele e ela voltariam devagar de uma longa caminhada, para uma sala iluminada por abajures, cheia de livros, um copo de vinho sobre a mesa da cozinha...
Consciente de que estava sonhando de novo, ele abruptamente fez voltar sua atenção para a sala. Roger sempre se impacientava quando o pai começava a devanear. Parecia que ele encarava isso como um sinal de demência precoce. O major esperava que a sra. Ali não tivesse notado. Para sua surpresa, ela estava olhando pela janela, como se ela, também, estivesse imersa em planos agradáveis. Ele se sentou e apreciou seu perfil por um instante: o nariz reto, o queixo forte e, agora ele percebia, orelhas delicadas por baixo da cabeleira. Como se sentisse a pressão do seu olhar, ela voltou os olhos para ele.
– Posso lhe oferecer a visita completa ao jardim? – perguntou ele.

Os canteiros de flores lutavam contra o desmazelo do outono. Os crisântemos mantinham-se eretos em grupos de dourado e vermelho, mas a maioria das roseiras apresentava apenas frutos, e os tapetes de craveiros se espalhavam por cima do caminho como um cabelo azulado. A folhagem amarelecida dos lírios e os talos podados de rudbéquias nunca tinham parecido tão tristes.
– Receio que o jardim não esteja na sua melhor forma – disse ele, acompanhando a sra. Ali, enquanto ela seguia devagar pelo caminho de cascalho.
– Ah, mas é muito bonito – disse ela. – Aquela flor roxa no muro é como uma enorme pedra preciosa.
Ela apontou para o lugar onde uma clematite tardia exibia suas últimas cinco ou seis flores. As hastes eram de aspecto desagradável como arame enferrujado, e as folhas estavam crespas e franzidas,

mas as flores, do tamanho de um pires, brilhavam como veludo da cor de vinho em contraste com o velho muro de tijolos.

– Foi minha avó quem formou nossa coleção de pés de clematite – disse o major. – Não consegui descobrir o nome dessa aqui, mas sei que ela é rara. Quando estava plantada no jardim da frente, gerava furor entre os transeuntes interessados por jardinagem. Minha mãe era muito paciente com as pessoas que batiam à porta para pedir mudas de galho.

Teve um relance mental da imagem da tesoura comprida de cabo verde mantida na chapeleira e da mão de sua mãe se estendendo para pegá-la. Tentou evocar o resto da imagem, mas ela se desfez.

– Seja como for, os tempos mudaram – continuou. – No final da década de 1970, precisamos transferi-la para os fundos, quando apanhamos uma pessoa rondando o jardim à meia-noite, com uma tesoura de poda na mão.

– Roubo de plantas?

– É, foi praticamente uma epidemia – disse ele. – Parte de uma crise de maiores dimensões na cultura, é claro. Minha mãe sempre pôs a culpa na decimalização.

– É. Não é quase como um convite ao desastre, quando se pede às pessoas que contem por dezenas em vez de por dúzias? – disse ela, sorrindo para ele, antes de se virar para examinar o fruto de pele áspera numa das macieiras retorcidas no início do gramado.

– Sabe que minha mulher costumava rir de mim exatamente desse jeito? – disse ele. – Ela dizia que, se eu mantivesse minha aversão à mudança, corria o risco de reencarnar como uma pilastra de granito.

– Sinto muito, não quis ofendê-lo – desculpou-se ela.

– Não ofendeu de modo algum. Estou feliz por já termos avançado para um nível de... – Ele procurou a palavra certa, evitando "intimidade", como se ela estivesse contaminada pela luxúria. – Um nível acima da mera simpatia, talvez?

Agora eles estavam junto da cerca inferior, e ele percebeu que um dos pregos que tinha acrescentado estava curvado no meio, brilhando como prova da sua incompetência. Ele esperou que ela visse somente a paisagem mais além, onde o pasto de carneiros ia caindo por um pequeno recôncavo entre dois morros até um denso bosque de carvalhos. A sra. Ali encostou os braços na frágil travessa do alto e olhou para as árvores, que agora estavam se mesclando num tom suave de anil à luz que ia sumindo. O capim grosseiro no morro do oeste já estava escuro, enquanto o flanco do leste perdia o ouro das extremidades. A terra respirava névoa, e o céu mostrava a escuridão que se adensava no leste.

– Aqui é tão bonito – disse ela, por fim, apoiando o queixo numa das mãos.

– É só uma pequena vista – disse ele –, mas, por algum motivo, nunca me canso de sair para cá ao entardecer para assistir ao sol deixando os campos.

– Para mim, as melhores paisagens do mundo não são belas por serem vastas ou exóticas – disse ela. – Creio que sua força decorre do conhecimento de que elas não mudam. Você olha para elas e sabe que são as mesmas há milênios.

– E no entanto, como elas de repente podem se tornar novas outra vez, quando vistas através dos olhos de outra pessoa – disse ele. – Os olhos de uma nova amiga, por exemplo.

Ela se voltou para olhar para ele, com o rosto nas sombras, o momento suspenso entre os dois.

– É engraçado – disse ela – de repente deparar com a possibilidade de fazer novos amigos. A uma certa idade, a gente começa a aceitar que já fez todos os amigos aos quais tinha direito. Ficamos acostumados a eles como a um grupo estático, com algumas perdas, é claro. As pessoas mudam-se para longe, ocupam-se com a própria vida...

– Às vezes nos deixam para sempre – acrescentou o major, sentindo um aperto na garganta. – Terrível falta de consideração da parte deles é o que digo.

Ela fez um pequeno gesto, estendendo a mão como se fosse tocar na sua manga, mas desviou-a num círculo. Ele apertou a ponta do sapato no solo do canteiro, como se tivesse detectado um cardo.

Depois de alguns instantes, ela voltou a falar:
– Preciso ir agora, pelo menos temporariamente.
– Desde que prometa voltar – disse ele.
Os dois começaram a andar na direção da casa, com a sra. Ali puxando o xale mais para junto dos ombros, à medida que a luz ia sumindo do jardim.
– Quando Ahmed morreu, eu me dei conta de que nós dois tínhamos quase ficado sozinhos, ele e eu – disse ela. – Ocupados com o mercadinho, felizes na companhia um do outro, tínhamos parado de fazer muito esforço para manter os amigos.
– Acho que é comum cair numa espécie de rotina – concordou o major. – É claro que sempre tive Bertie. Ele era um enorme bálsamo para mim.
Enquanto dizia isso, o major percebeu que era verdade. Por mais que parecesse incongruente, levando-se em conta o pouco tempo que ele e Bertie tinham passado juntos nas décadas recentes, ele sempre tinha sentido que os dois continuavam próximos, como tinham sido, quando eram dois garotos de joelhos imundos socando-se mutuamente por trás da estufa. Também lhe ocorreu que talvez isso somente significasse que, quanto menos ele via as pessoas, mais generoso se sentia para com elas, e isso poderia explicar sua atual leve exasperação com os numerosos conhecidos que lhe davam os pêsames.
– O senhor tem sorte de ter muitos amigos no lugarejo – disse a sra. Ali. – Isso eu lhe invejo.
– Suponho que se possa descrever dessa forma – disse o major, abrindo o portão alto que levava direto para o jardim da frente. Ele se postou de um lado para deixar a sra. Ali passar.
– E agora, bem quando me é pedido que reflita sobre como e onde hei de passar o próximo capítulo da minha vida – continuou ela –, eu não só tive o prazer de conversar sobre livros com o senhor, mas também fui convidada pela srta. DeVere para ajudá-la e as suas amigas nessa história de baile num clube de golfe?
Ela deu à frase a entonação de uma pergunta, mas ele não saberia nem por onde começar a pensar no que ela estava perguntando

ou que resposta esperava. Sentia uma forte tendência a adverti-la para que se afastasse de qualquer ligação social daquele tipo.

– As senhoras são incansáveis – disse ele. Não pareceu ser um elogio. – Muitas, muitas boas obras, e todo esse tipo de coisa. – O sorriso da sra. Ali indicou que ela o compreendia.

– Disseram-me que o senhor sugeriu meu nome – disse ela.

– E Grace DeVere sempre foi muito cortês. Acho que estou me perguntando se essa não poderia ser uma pequena abertura para eu participar da comunidade. Uma forma de espalhar um pouco mais as raízes.

Eles já estavam junto do portão da frente, e o jardim e a alameda estavam quase escuros. Descendo o morro, uma faixa única de luz da cor de tangerina pairava baixo numa lacuna entre as árvores. O major percebeu que a sra. Ali estava presa ao lugarejo apenas por uma ligação das mais tênues. Mais um pouco de pressão por parte da família do marido, mais uma desfeita por parte de um morador ingrato do vilarejo, e ela poderia ser arrancada dali. A maioria das pessoas nem mesmo chegaria a perceber. Se percebessem, seria apenas para ter o prazer de se queixar de que a atitude carrancuda de proprietário do sobrinho era só mais um sinal de onde o mundo ia parar. Convencê-la a ficar, só pelo prazer de tê-la por perto, parecia totalmente egoísta. Ele não poderia, em sã consciência, incentivar nenhuma aproximação dela com Daisy Green e seu bando de senhoras. Seria mais fácil recomendar que entrasse para uma gangue ou que pulasse a cerca para dentro do cercado do urso-polar no zoológico de Regents Park. Ela olhou para ele, e ele soube que ela daria valor à sua opinião. Ele remexeu no trinco do portão.

– Pode ser que eu sem querer tenha me comprometido a cooperar também – disse por fim o major. – Vai haver uma degustação, e parece que concordei em comparecer. – Ele se deu conta de um leve aperto na própria voz. A sra. Ali pareceu achar graça.

– É uma enorme ajuda para Grace a senhora ter se disposto a pôr sua experiência à disposição dela – continuou ele. – No entanto, devo avisá-la de que o excesso de entusiasmo do comitê, associado a uma total ausência de conhecimento, pode produzir alguns efeitos bastante teatrais. Eu detestaria que a senhora se sentisse de algum modo ofendida.

– Nesse caso, direi a Grace para contar conosco – disse ela.

– Entre nós três, talvez possamos salvar o Império Mogol de ser destruído ainda mais uma vez.

O major mordeu a língua. Enquanto apertavam as mãos e prometiam voltar a se encontrar, ele não manifestou sua convicção de que Daisy Green poderia representar uma ameaça maior ao Império Mogol que a força reunida da Companhia das Índias Orientais e dos príncipes conquistadores da linhagem Rajput.

Capítulo 9

O palácio do Taj Mahal ocupava uma antiga delegacia de polícia no meio de um longo trecho da Myrtle Street. O prédio de tijolos aparentes ainda exibia a palavra "Polícia" entalhada no portal de pedra da porta da frente, mas ela estava parcialmente coberta por um luminoso de neon que piscava sem parar com as palavras "Bebidas – Para Viagem – Aberto à Noite". Um copo de martíni azul enfeitado com uma sombrinha amarela prometia uma sofisticação que o major considerava totalmente implausível.

Uma grande placa pintada trazia o nome do restaurante e oferecia almoço no sistema self-service aos domingos, carne abatida segundo os preceitos islâmicos e casamentos. Para poder entrar de ré numa vaga estreita entre uma caminhonete de bombeiro e uma lambreta, o major pôs o braço por trás do encosto do banco do passageiro, manobra que fez com que Grace se encolhesse e enrubescesse como se ele tivesse deixado a mão cair na coxa dela. A sra. Ali sorriu para ele dali de trás, onde tinha preferido se sentar depois do longo e ansioso monólogo de Grace sobre quem deveria se sentar onde e sobre os motivos pelos quais não fazia diferença para ela sentar atrás, só que o major não devia ir sozinho na frente, como um motorista de táxi. O major tinha tentado sugerir que eles fossem em carros separados, já que ele precisava se reunir com Roger logo depois, mas Grace manifestara uma necessidade imediata de visitar a famosa loja de fios de Little Puddleton, o Cantinho da Ginger, e tinha insistido em fazer daquilo tudo uma excursão. O major rezou para conseguir encaixar agora o carro na vaga num único movimento.

Uma mulher bem acolchoada, com rosto largo e sorridente e um xale ondulante mostarda, esperava em pé por eles no portal envidraçado. Os pés em sapatos de salto alto eram tão pequenos que o major se perguntou como ela conseguia se equilibrar, mas, quando avançou para ir ao encontro deles, ela se movimentou com a leveza de um balão de hélio. Acenou com a mão gorducha, cheia de anéis pesados, e sorriu.

– Ah, e aqui está minha amiga, a sra. Rasool, para nos receber – disse a sra. Ali. Ela retribuiu o aceno e se preparou para saltar do carro. – Ela e o marido possuem dois restaurantes e uma agência de viagens. São empresários de enorme sucesso.

– É mesmo? – Grace parecia impressionada pela mulher que agora subia e descia na ponta dos pés diante da sua porta. – Imagino que isso exija muita energia.

– Ah, sim, Najwa tem muito entusiasmo. – A sra. Ali riu. – Dos empresários que conheço, ela é também a mais obstinada, mas não a deixem saber que eu lhes contei. Ela sempre finge que o marido é quem está no comando.

A sra. Ali saltou do carro e imediatamente desapareceu num enorme abraço mostarda.

– Najwa, gostaria de lhe apresentar o major Pettigrew e a srta. Grace DeVere – disse a sra. Ali, ainda de braços dados com a amiga.

– Meu marido, o sr. Rasool, e eu estamos encantados com a honra de sua presença em nosso restaurante e salão de festas – disse a sra. Rasool, cumprimentando-os com um entusiasmado aperto de mãos. – Somos uma autêntica pequena empresa, tudo muito funcional, aprendido na prática e de fabricação própria, sabe, mas fornecemos refeições para quinhentos talheres, e tudo sai fumegante, direto do fogo. Vocês precisam entrar para ver com os próprios olhos... – E ela já estava entrando majestosa no restaurante, com um aceno para que eles a acompanhassem. O major manteve a porta aberta para as senhoras e entrou por último.

Algumas mesas estavam ocupadas no restaurante cavernoso. Duas mulheres almoçando junto da janela fizeram para a sra. Ali um cumprimento de cabeça, mas somente uma sorriu. O major sentiu que outros fregueses lançavam olhares sub-reptícios. Ele se concentrou em examinar o piso de ladrilhos e procurou não se sentir deslocado.

Os ladrilhos mostravam cicatrizes da antiga delegacia de polícia. O contorno de uma mesa de registro de ocorrências atravessava o meio do salão como uma planta baixa e, nos fundos, diversos reservados espaçosos haviam sido construídos em cubículos que poderiam no passado ter sido celas ou salas de interrogatório. Levantando os olhos, ele percebeu que as paredes eram de um laranja alegre: sem dúvida as latas de tinta tinham no rótulo "Manga" ou "Caqui", e cortinas de seda de um tom vivo de açafrão adornavam as grandes janelas de moldura de ferro, que ainda tinham barras na parte inferior. Do ponto de vista do major, o impacto do salão grandioso era prejudicado apenas pelo uso exagerado de flores, obviamente de plástico, em gritantes tons químicos. Elas caíam em guirlandas de rosas lilases e cor-de-rosa de um lado a outro do teto e transbordavam de urnas de cimento dispostas no chão. Lírios d'água cor de laranja boiavam no chafariz central, acumulando-se junto do ladrão como carpas mortas.

– Como tudo isso aqui é alegre – disse Grace, esticando o pescoço para ver os gigantescos candelabros de ferro, com seus colares de hera e lírios duros. Seu verdadeiro prazer com todas as cores parecia incongruente, pensou o major, numa mulher que preferia *tweeds* da cor de cogumelos marrons. A apagada blusa preta e vinho com as meias verde-escuras de hoje a teriam deixado invisível em qualquer mata ligeiramente úmida.

– É, receio que meu marido faça muita questão de ser generoso com os arranjos florais – disse a sra. Rasool. – Por favor, venham comigo para eu apresentá-los.

Ela os foi levando para um reservado espaçoso nos fundos, protegido em parte por um painel de madeira entalhada e mais uma enorme cortina de seda. Quando iam se aproximando, um homem magro, com pouco cabelo e uma camisa engomada a ponto de parecer uma concha, levantou-se de onde estava sentado com um casal idoso. Ele lhes fez uma reverência discreta.

– Sr. Rasool, esses são nossos convidados, o major Pettigrew e a sra. DeVere – disse a sra. Rasool.

– Sejam muito bem-vindos – disse o sr. Rasool. – E permitam que eu lhes apresente meus pais, os fundadores de nossa empresa, o sr. e a sra. Rasool. – O casal de velhos levantou-se e fez uma reverência.

– É um prazer conhecê-los – disse o major, inclinando-se com dificuldade por cima da mesa larga para apertar as mãos. Os Rasool balançaram a cabeça e murmuraram um cumprimento. O major achou que eles se assemelhavam a duas metades de uma noz, encantadores em sua simetria enrugada.

– Sentem-se conosco, por favor – disse o sr. Rasool.

– Precisamos cansar sua mãe e seu pai com uma longa reunião? – disse a sra. Rasool ao marido. Seu tom contido e a sobrancelha erguida deram ao major a impressão de que os velhos não tinham sido convidados.

– Meus pais sentem-se honrados de poder ajudar com clientes tão importantes – disse o sr. Rasool, dirigindo a palavra ao major e se recusando a olhar nos olhos da mulher. Ele se deixou escorregar para o banco acolchoado, fixo na parede, ao lado da mãe e acenou para que eles se sentassem do outro lado do reservado.

– Juntem-se a nós.

– Bem, espero que a sra. Ali tenha explicado que estamos com um orçamento rígido – disse Grace, avançando ao longo do banco, como se ele fosse feito de velcro.

O major tentou permitir que a sra. Ali entrasse no meio, tanto para ser cortês como porque detestava se sentir confinado, mas a sra. Rasool indicou que ele deveria se sentar ao lado de Grace. Ela e a sra. Ali se sentaram nas cadeiras de fora.

– Ora, por favor, por favor – disse o sr. Rasool. – Não há necessidade de falar sobre negócios. Esperamos que antes vocês apreciem nossas humildes ofertas. Minha mulher mandou fazer algumas pequenas provas de comida para vocês, e minha mãe também.

Ele bateu palmas, e dois garçons saíram pelas portas da cozinha, trazendo bandejas de prata cobertas com tampas bojudas de prata. Eles vieram acompanhados de um par de músicos, um com um atabaque e o outro com algum tipo de sitar, que se sentaram em banquinhos baixos perto do reservado e começaram uma animada canção atonal.

— Trouxemos músicos para vocês — disse a sra. Rasool. — E creio que ficarão muito felizes com as decorações que conseguimos obter.

Ela agora parecia resignada à presença dos sogros. O major teve certeza de que as negociações entre as gerações eram uma característica de todos os negócios familiares, mas considerou que a óbvia competência da sra. Rasool devia acrescentar uma dose extra de irritação. A velha agitou o dedo e falou depressa com a sra. Rasool:

— Minha mãe insiste que em primeiro lugar nossos convidados devem comer — disse o sr. Rasool. — É um insulto discutir negócios sem oferecer hospitalidade. — A mãe amarrou a cara para o major e Grace, como se eles já tivessem cometido algum desrespeito.

— Bem, talvez só uma provinha — disse Grace, tirando da bolsa um caderno pequeno e uma fina caneta de prata. — Eu realmente não como muito no almoço.

Os pratos chegaram depressa, pequenas cumbucas de comida fumegante, numa névoa de cores, e perfumadas com especiarias que eram conhecidas e ao mesmo tempo era impossível nomear de pronto. Grace beliscou todas elas, crispando os lábios, com determinação, diante de alguns dos bocados mais escuros e picantes. O major achou engraçado como ela anotava tudo, com a letra se tornando mais esforçada à medida que a comida e diversas doses de ponche a deixavam sonolenta.

— Como se escreve *"gosht"*? — perguntou ela pela terceira vez. — E este aqui é de que carne?

— Cabrito — disse o sr. Rasool. — É o ingrediente mais tradicional.

— *Gosht* de cabrito? — Grace movimentou o maxilar em torno das palavras com dificuldade. Ela piscou várias vezes, como se tivessem acabado de lhe dizer que estava comendo carne de cavalo.

– Mas o de frango também é muito popular – disse a sra. Rasool. – Podemos lhe servir mais um copo do ponche?

O major tinha detectado um levíssimo odor de zimbro no primeiro copo de ponche, que a sra. Rasool lhes apresentara como uma bebida refrescante ligeiramente alcoólica para a hora do almoço. Ele veio numa jarra de vidro cheia de arabescos, adornada com fatias de pepino, pedaços de abacaxi e sementes de romã. Mas uma entortada do dedo, quando ela pediu a segunda rodada, devia ter sido um sinal para agilizar os procedimentos com um saudável acréscimo de gim. Os pepinos ficaram positivamente translúcidos com o choque, e o próprio major sentiu um desejo de adormecer, imerso nos aromas da comida e na luz iridescente das cortinas de seda. Os Rasool e a sra. Ali beberam apenas água.

– A tradição de meus pais é servir esse prato no estilo de mesa de família ou de bufê – disse o sr. Rasool. – Uma grande travessa de cerâmica, com todos os acompanhamentos em pequenas cumbucas de prata ao redor: sementes de girassol, fatias de caqui e *chutney* de tamarindo.

– Eu me pergunto se não seria um pouco condimentado demais para ser o prato principal – disse Grace, pondo a mão abaulada em torno da boca como se estivesse criando um pequeno megafone. – O que o senhor acha, major?

– Quem não achar esse prato delicioso é um pateta – disse o major, fazendo que sim, com veemência, para a sra. Rasool e a sra. Ali. – No entanto... – Ele não sabia ao certo como exprimir sua firme convicção de que o pessoal do clube de golfe teria um ataque se fosse servido um prato principal à base de arroz, em vez de uma generosa placa de carne congelada. A sra. Rasool ergueu uma sobrancelha para ele.

– No entanto, talvez ele não seja à prova de patetas, por assim dizer? – perguntou ela.

O major conseguiu apenas sorrir, num vago pedido de desculpas.

– Entendo perfeitamente – disse a sra. Rasool.

Ela deu um aceno, e um garçom se apressou a entrar na cozinha. Os músicos pararam abruptamente, como se o aceno os incluísse. Eles saíram da sala atrás dos garçons.

– É sem dúvida um sabor muito interessante – disse Grace. – Não queremos complicar as coisas.

– É claro que não – disse a sra. Rasool. – Tenho certeza de que vocês aprovarão nossa alternativa mais popular.

O garçom voltou correndo, com uma salva de prata que continha uma porção individual de formato perfeito de *Yorkshire pudding*, com uma fatia perfumada de carne rosada. Tudo, num laguinho de molho da cor de vinho e acompanhado por uma colherada de batatas amarelas temperadas com cominho e uma folha de alface prendendo fatias de tomate, cebola vermelha e carambola. Um fiapo de vapor subiu da carne enquanto eles a contemplavam num silêncio espantado.

– É perfeito – disse Grace, num sopro de voz. – As batatas são picantes?

O velho sr. Rasool resmungou alguma coisa para o filho. A sra. Rasool deu uma risada aguda que foi quase um chiado.

– De modo algum. Vou lhes dar fotos para vocês levarem – disse ela. – Creio que concordamos quanto aos espetinhos de frango, pastéis fritos e asas de frango como petiscos, depois a carne; e sugiro pão de ló com frutas e creme para a sobremesa.

– Pão de ló? – repetiu o major. Ele estava esperando uma degustação de sobremesas.

– Uma das tradições mais agradáveis que vocês nos legaram – disse a sra. Rasool. – Incrementamos a nossa com geleia de tamarindo.

– Rosbife e pão de ló – disse Grace, atordoada pela comida e pelo ponche. – E tudo mogol autêntico, mesmo?

– Claro que sim – disse a sra. Rasool. – Todos ficarão felicíssimos de comer como o imperador xá Jahan, e ninguém vai achar picante demais.

O major não conseguiu detectar o menor indício de zombaria no tom da sra. Rasool. Ela parecia perfeitamente feliz em poder

atender ao freguês. O sr. Rasool também concordou e fez alguns cálculos no seu caderno preto. Somente o casal de idosos parecia muito severo.
– Agora, e a música? – perguntou a sra. Rasool. – Precisam ouvir mais do sitar, ou prefeririam contratar um conjunto de música dançante?
– Ah, por favor, basta de sitar – disse Grace.
O major deu um suspiro de alívio, quando a sra. Rasool e Grace começaram a falar da dificuldade de encontrar um conjunto musical tranquilo que conhecesse todas as melodias preferidas por todos e ao mesmo tempo conseguisse conferir um ar exótico à noite.
O major achou que não estava obrigado a participar da conversa. Em vez disso, aproveitou a tranquilidade relativa para se debruçar sobre a mesa e falar com a sra. Ali:
– Quando eu era menino em Lahore, nossa sobremesa especial sempre foi *rasmalai* – sussurrou ele. Era o único prato local que ele se lembrava de sua mãe permitir na casa branca e fresca. Na maior parte do tempo, eles comiam pudins com geleia e tortas de carne com molho espesso, como todos os seus amigos. – Nossa cozinheira sempre usava pétalas de rosa e açafrão na calda, e havia uma cabra no quintal que dava o leite para o queijo. – Ele viu uma imagem de relance da cabra, um bicho mal-humorado com uma perna traseira torta e pedaços de bosta sempre presos no rabo esfiapado. Parecia que ele também se lembrava de que havia um garoto, mais ou menos da mesma idade que ele, que morava no quintal e cuidava da cabra. O major decidiu não compartilhar essa lembrança com a sra. Ali. – Sempre que peço *rasmalai* agora, parece que o sabor nunca é exatamente como eu me lembro.
– Ah, as comidas da infância – disse a sra. Ali, abrindo um sorriso. – Creio que a impossibilidade de recriar esses pratos seja devida mais a uma infeliz teimosia da memória que a qualquer falha inerente ao preparo, mas nós continuamos a buscá-los. – Ela se voltou para a sra. Rasool e tocou-lhe a manga. – Najwa, será que o major poderia provar um pouco do famoso *rasmalai* caseiro de sua sogra? – perguntou.

Apesar dos protestos do major de que não poderia comer mais nada, os garçons trouxeram cumbucas de queijo fresco boiando numa calda rosa forte.

– Minha sogra faz essa sobremesa pessoalmente – disse a sra. Rasool. – Ela gosta de manter uma pequena participação na cozinha.

– A senhora deve ter muitos talentos – disse Grace para a velha, falando alto e devagar como com uma pessoa surda. – Sempre desejei ter tempo para cozinhar. – A velha lhe lançou um olhar furioso.

– É principalmente uma questão de ficar olhando o soro escorrer do queijo – disse a sra. Rasool. – Mas isso permite que ela fique de olho em tudo o mais que acontece na cozinha, não é mesmo, mamãe?

– Meus pais nos dão uma ajuda enorme – acrescentou o sr. Rasool, afagando o braço da mulher com um pouco de hesitação.

O major pegou uma colherada da sobremesa e sentiu o prazer do queijo macio e da calda leve: um arrepio de reconhecimento na leveza, no paladar que era mais fragrância que sabor.

– É quase isso – disse ele, baixinho, para a sra. Ali. – Muito parecido mesmo.

– Uma delícia – disse Grace, franzindo os lábios em torno de uma colherinha minúscula de queijo. – Mas para mim a sobremesa de pão de ló é uma ideia melhor. – Ela afastou o prato e bebeu mais do copo de ponche. – Agora, o que vocês podem nos sugerir para a decoração?

– Estive examinando a questão, como a sra. Ali pediu – disse a sra. Rasool –, e lamento dizer que tudo seria muito caro.

– Foi então que nos deparamos com uma feliz coincidência – acrescentou o sr. Rasool. – Uma grande amiga se ofereceu para ajudar.

– É mesmo? – disse Grace. – Porque nosso orçamento, como vocês sabem...

– Eu sei, eu sei – disse o sr. Rasool. – Portanto, permitam que eu lhes apresente minha amiga, a sra. Khan. É a mulher do dr. Khan, um especialista no Hill Hospital. Uma das nossas famílias mais proeminentes. Ela tem sua própria empresa de decoração.

Quando ele acenou, o major olhou e viu as duas senhoras da mesa da janela se levantarem. A mais velha retribuiu o aceno e falou com a companheira, que saiu apressada do restaurante.

– Saadia Khan? – perguntou a sra. Ali, baixinho. – Você tem certeza de que é uma boa ideia, Najwa? – Najwa Rasool deu um sorriso desgostoso.

– Meu marido insiste que ela está louca para ajudar.

– Ah, sim, a sra. Khan deu a entender que talvez ajudasse sem cobrar – disse o sr. Rasool. – Creio que seu marido tem muitos amigos entre os sócios de seu respeitado clube.

– É mesmo? – disse Grace. – Não conheço esse nome. Dr. Khan, não é?

– Isso mesmo, homem muito proeminente. A mulher se dedica a muitas iniciativas de caridade. Ela tem grande interesse pelo bem-estar de nossas jovens.

A sra. Khan avultou impressionante acima da mesa. Usava um costume de *tweed* com um pesado broche de ouro na lapela e um único anel em cada mão: um, uma aliança simples de ouro, e o outro, uma enorme safira engastada num grosso anel de ouro. Ela portava uma bolsa grande e dura, bem como um guarda-chuva bem enrolado. O major achou que seu rosto parecia bastante liso para a idade. O cabelo, em camadas laqueadas, fez com que ele se lembrasse da ex-primeira-ministra da Grã-Bretanha. Tentou se levantar e deu uma batida dolorosa com a coxa na beira da mesa, enquanto se esforçava para sair do banco e se postar ao lado da cadeira da sra. Ali. Ele piscou diversas vezes. Os Rasool também se levantaram, e foram feitas as apresentações:

– Muito prazer, major. Chame-me de Sadie, todos chamam – disse a sra. Khan, com um grande sorriso que não enrugou nenhuma outra parte do rosto. – E, srta. DeVere, acho que nos conhecemos naquele terrível *garden-party* da Câmara de Comércio no ano passado.

– É, foi, é claro – disse Grace, numa voz que transmitia sua total ausência de uma lembrança dessas.

A sra. Khan debruçou-se totalmente por cima da sra. Ali para apertar a mão de Grace.

– Tanta gente se acotovelando, mas meu marido e eu achamos que precisamos apoiar esse tipo de instituição básica – acrescentou a sra. Khan. Ela deu um passo atrás e pareceu ver a sra. Ali pela primeira vez.

– Ora, Jasmina, você também está por aqui? – perguntou ela.

O major reconheceu que o uso do prenome da sra. Ali era uma desfeita proposital, mas ficou muito grato por finalmente ouvi-lo. Parecia encantador, mesmo vindo de uma fonte tão grosseira e mal-intencionada.

– Saadia – disse a sra. Ali, inclinando mais uma vez a cabeça.

– Puxa, deve ser uma delícia para você poder se liberar do balcão da loja – acrescentou a sra. Khan. – Um pequeno recreio, longe das ervilhas congeladas e dos jornais.

– Você tem algumas amostras de tecido para nos mostrar? – perguntou a sra. Rasool.

– Tenho – disse a sra. Khan. – Minha assistente, Noreen, e sua sobrinha estão trazendo.

Eles observaram enquanto a companheira de almoço da sra. Khan e uma mulher mais jovem passavam com dificuldade pela pesada porta do restaurante com braçadas de catálogos de amostras e uma pequena caixa com tecidos. Atrás vinha um garotinho, carregando um catálogo grande, precariamente equilibrado nos braços. O major reconheceu-o de imediato como o menino do Passeio. Sentiu o rosto ficar vermelho como o de uma criança diante da possibilidade de que ele e a sra. Ali acabassem expostos. É claro que houve apenas um chá bebido em público, não algum tipo de libertinagem. Mesmo assim, enquanto o pequeno grupo atravessava devagar a vastidão do restaurante, passando pelo corredor de rostos curiosos, ele se sentia desgraçado porque sua amizade particular estava a ponto de ser descoberta. O major não conseguiu se mover. Pôde apenas agarrar o encosto da cadeira da sra. Ali e tentar adivinhar os sentimentos da cabeça lustrosa a seu lado.

— Ai, ai, ai, a sobrinha trouxe o menino — disse a sra. Khan num sussurro alto para a sra. Rasool. — Vou me livrar dele de uma vez... o que ela estava pensando?
— Não seja boba — disse a sra. Rasool, pondo a mão na manga da sra. Khan. — Vai dar tudo certo.
— Estou tentando ajudar, pelo menos por Noreen — disse a sra. Khan. — Mas a moça é muito difícil. — Ela lançou para o major e Grace um olhar constrangido.
— Que menino adorável — exclamou Grace, enquanto as mulheres deixavam a carga pesada numa mesa próxima, e o garoto lutava para fazer o mesmo. — Como ele se chama?
Houve um silêncio brevíssimo, como se ninguém tivesse pensado em apresentações. A mulher chamada Noreen aparentou estar apavorada. Ela bateu no cabelo fino e grisalho com a mão nervosa e disparou um olhar na direção da sra. Khan, cujos lábios estavam comprimidos numa linha estreita.
— Eu não podia simplesmente deixá-lo no carro — disse a moça, também olhando para Saadia Khan, mas com uma expressão tão feroz quanto a de sua tia era mansa.
— Creio que ele se chama George — disse a sra. Ali, desfazendo a tensão. Ela se levantou e foi até o menino para apertar sua mão outra vez. — Tivemos o prazer de nos conhecermos no parque. Você conseguiu levar a bola até sua casa?
A jovem amarrou a cara e levantou George, escanchando-o no quadril.
— Naquele dia ele conseguiu, mas no dia seguinte ele a perdeu num bueiro a caminho das lojas.
Ela nada disse ao major, dando-lhe apenas um curto cumprimento de cabeça. Hoje ela estava usando um vestido preto, comprido e sem forma, por cima de leggings. O estilo era prejudicado apenas pelos tênis violentamente vermelhos que se amarravam acima do tornozelo. O cabelo estava parcialmente escondido por um lenço de cabeça de tecido elástico. Era óbvio que tinha feito um esforço para se trajar de modo mais conservador, mas pareceu ao major que tinha acrescentado, com a mesma determinação,

uma dose de resistência teimosa. Ela parecia tão deslocada no restaurante quanto tinha parecido no Passeio, quando gritou com a mulher do chá.

– Jasmina, creio que Amina e George são do seu território, lá para o norte – disse a sra. Khan, com um sorriso sedoso. – Talvez suas famílias se conheçam.

O major não poderia dizer se a sra. Ali estava zangada ou se estava achando graça. Ela comprimiu os lábios, como se estivesse reprimindo um risinho, mas seus olhos faiscaram.

– Creio que não, Saadia – respondeu ela. O major detectou um esforço determinado para evitar o nome Sadie. – O lugar é grande.

– Na realidade, acho que a senhora talvez tenha um sobrinho da minha idade que morava lá – interveio Amina. A tia Noreen tremia como uma folha num vendaval repentino e remexeu nos catálogos de tecidos. – Quem sabe eu não frequentei a escola com ele?

– Bem, talvez, mas ele viajou já faz algum tempo – disse a sra. Ali. Havia na sua voz um toque de cautela que o major não tinha ouvido antes. – Ele passou um período no Paquistão, estudando.

– E agora eu soube que ele está morando com você – disse a sra. Khan. – Que sorte ter a chance de se mudar para Sussex. Minha obra de caridade trabalha bastante nessas cidades do norte, onde há muitos, muitos problemas.

Ela deu um tapinha no braço de Amina, como se Amina constituísse a maior parte deles. A jovem abriu a boca e olhou de uma mulher para a outra como se estivesse tentando se decidir entre dizer mais alguma coisa para a sra. Ali e dar uma resposta virulenta a Sadie Khan. Antes que pudesse falar, sua tia lhe deu um puxão brutal no braço, e ela voltou a calar a boca, virando-se para ajudar a desenrolar um tecido pesado. O major viu que as duas lutavam com o tecido numa discussão silenciosa.

– Vamos passar para a decoração? – disse a sra. Rasool, nitidamente constrangida com a conversa. – Por que não nos mostra os tecidos para caminhos de mesa primeiro, sra. Khan?

A sra. Khan, a sra. Rasool e Grace logo estavam debatendo os méritos relativos de tecidos translúcidos e iridescentes em tom pastel e os damascos pesados, esplendorosos, com sua profusão de motivos *paisley*. Amina e sua tia Noreen desenrolavam tecidos e viravam páginas do catálogo de amostras em silêncio, a primeira com a boca crispada. O major recuperou seu lugar, e os garçons trouxeram copos com chá quente. Sem dar atenção aos Rasool idosos, o major ficou olhando a sra. Ali convidar George para subir no seu colo.

Ela lhe passou a colher de chá mergulhada no mel, e ele lhe deu uma lambida cautelosa.

– George gosta de mel – disse ele, com uma expressão séria. – É orgânico? – A sra. Ali riu.

– Bem, George, nunca vi ninguém injetar antibióticos em abelhas – disse o major, que em termos gerais era favorável a medicar o gado que estivesse doente e não via nada de errado numa salutar aplicação de esterco devidamente curtido. George franziu o cenho para ele, e, por um instante, o major se lembrou do sobrinho carrancudo da sra. Ali.

– Minha mãe diz que orgânico é melhor. – Ele passou a colher por toda a extensão da língua. – Minha avó punha mel no chá, mas ela morreu – acrescentou ele.

A sra. Ali baixou a cabeça até o alto da dele e deu um beijinho no seu cabelo.

– Isso deve deixar você e sua mãe tristes – disse ela.

– Nos deixa solitários – disse George. – Agora estamos solitários no mundo.

– Você está querendo dizer "sozinhos"? – perguntou o major, consciente de que estava sendo pedante. Ele resistiu ao impulso de perguntar por um pai. Hoje em dia, era melhor não perguntar. E, fosse como fosse, parecia improvável que existisse um pai.

– Pode me dar mais mel? – perguntou George, encerrando o assunto com a franqueza brusca de uma criança.

– Claro que posso – disse a sra. Ali.

– Gosto de você – disse George.
– Rapazinho, você tem muito bom gosto – disse o major.

Grace voltou radiante para o reservado e transmitiu ao major a boa notícia de que a sra. Khan iria lhes emprestar tapeçarias para paredes e cortinas, além de lhes cobrar o preço de custo do tecido usado para os caminhos de mesa, que quase com certeza acabariam manchados.

– É uma instituição tão antiga e importante na região – disse a sra. Khan. – E meu marido tem tantos amigos que são sócios que é um prazer ajudar da forma que for possível.

– Tenho certeza de que sua ajuda será apreciada – disse o major. Ele ergueu as sobrancelhas para Grace, que lhe deu um sorriso inexpressivo. – Talvez, Grace, você queira obter uma aprovação final da presidente do seu comitê.

– Como? Ah, sim, é claro que eu deveria – disse Grace. – Embora eu tenha certeza de que elas vão adorar tudo.

– Meu marido e eu teremos prazer em nos reunir com seus colegas se necessário – disse a sra. Khan. – Como nós já conhecemos tantos deles, ficaríamos encantados de ajudar a entrosá-los com o fantástico serviço de banquetes da família Rasool. Posso lhes afirmar que usei os serviços da sra. Rasool em muitas ocasiões para meus próprios eventos.

O major captou a imagem da sra. Rasool revirando os olhos para a sra. Ali. A sra. Ali sufocou um risinho e pôs George no chão. Ele voltou correndo para a mãe.

– Parece ótimo – disse Grace, de um jeito meio indefinido.

Enquanto o major e a sra. Khan trocavam um aperto de mãos, ele não pôde deixar de sentir pena dela. Por maior que fosse a proeminência do marido, ou a generosidade do casal, ele considerava totalmente improvável que Daisy ou o comitê de seleção de sócios tivesse o menor interesse em contemplar a ideia da entrada deles para o clube. Ele só esperava que tivessem a decência de recusar a generosa oferta dos Khan e mantivessem os assuntos devidamente separados, pagando pelo serviço. Decidiu que mais tarde teria uma palavrinha com Grace.

Capítulo 10

A caminho de Little Puddleton, Grace preferiu sentar no banco traseiro do carro, onde se esparramou num ângulo estranho, e, depois de alguns instantes de trânsito pesado na saída da cidade, declarou que estava se sentindo só um pouquinho enjoada.

– Quer que eu dê uma parada? – perguntou o major, se bem que só conseguisse uma pálida simulação de sinceridade. Já eram quase três horas, e ele não queria decepcionar Roger, chegando atrasado. Ele acelerou, assim que a estrada ficou livre, e fez o carro pesado transpor sem esforço a crista do morro.

– Não, não, vou só descansar os olhos – disse Grace num leve sussurro. – Já vou melhorar.

– Tenho uns lencinhos umedecidos de água de colônia na bolsa – disse a sra. Ali.

Ela remexeu na sacola e passou para Grace uma pequena bolsa bordada com pedras. A suave fragrância de flores no álcool invadiu o carro.

– É fantástico – disse Grace. – Num piscar de olhos, vou estar perfeita. E mal posso esperar para lhe mostrar os novos fios de alpaca, sra. Ali. Será o ponto alto da nossa tarde.

– Devo me converter às alegrias do tricô – disse a sra. Ali, sorrindo para o major.

– Meus pêsames – disse ele.

Enquanto faziam a descida longa e lenta para entrar em Little Puddleton, o major tentou manter uma boa velocidade e não dar atenção aos gemidos abafados provenientes do banco traseiro.

Ele tinha certeza de que Grace se sentiria muito melhor uma vez que ele as deixasse diante da loja de artesanato. A mera visão de todos aqueles fios coloridos, sem dúvida, a reanimaria. O campo do lugarejo era manicurado de modo tão obsessivo quanto o major se lembrava. Mourões de madeira com uma caiação recente sustentavam uma corrente à altura dos joelhos em torno dos limites da grama cortada rente. Placas de bronze avisavam o público para não pisar na grama, a não ser nas tardes de concerto. Caminhos de cascalho seguiam em curva para um lado e para outro como algum estranho diagrama de Venn. Num lado, o coreto dava vista para o laguinho em elipse, no qual flutuavam três cisnes aparentemente alvejados. Havia somente três, e era um fascínio para o major tentar calcular qual era o que sobrava e por que ele permanecia por ali. Os chalés e as casas do lugarejo se aninhavam amistosamente. Um exército de plantas submetidas a topiaria, em vasos de terracota, montava guarda diante de portas em cor pastel. Jardineiras de janela transbordavam com folhagens pitorescas. Janelas cintilavam com vidraças duplas sob medida.

As lojas ocupavam uma pequena rua que seguia a partir do campo. O major parou o carro diante do Cantinho da Ginger. As vitrines transbordavam com uma cornucópia de capas de almofadas, esperando para serem bordadas em ponto de cruz, casas de bonecas aguardando pintura e mobília, e cestos de meadas de lã num arco-íris.

– Cá estamos – disse o major, no que esperou ser um tom alegre, estimulante. – Podemos combinar de eu voltar daqui a uma hora?

Veio somente um gemido do banco traseiro. No espelho, ele viu de relance um rosto cinzento no qual o batom cor-de-rosa de Grace se destacava como tijolos novos.

– Ou posso tentar ser mais rápido – disse ele. – Meu filho só quer que eu dê uma olhada num chalé com ele. Parece que ele acha que eu poderia ajudar a causar boa impressão.

– Grace, acho que você vai se sentir muito melhor ao ar livre – acrescentou a sra. Ali, que tinha se virado no banco e olhava para trás preocupada. – Vou ajudá-la a saltar do carro.

– Não, não – sussurrou Grace. – Não posso saltar aqui na frente de todo mundo.

Na opinião do major, a estrada estava praticamente deserta. O próprio Cantinho da Ginger parecia ter somente um par de senhoras olhando as mercadorias.

– Que devemos fazer? – perguntou ele à sra. Ali. O relógio no campanário da igreja estava apontando as três horas, e o major começava a entrar em pânico: – Já estão me esperando no Chalé das Macieiras.

– Por que não vamos para lá? – disse a sra. Ali. – O senhor entra, e eu fico caminhando com Grace na alameda. Concorda com isso, Grace? – Veio mais um gemido indecifrável do banco traseiro.

– Não seria melhor vocês se sentarem no campo? – perguntou o major, horrorizado. – Há alguns bancos agradáveis junto do laguinho.

– Ela poderia sentir frio – disse a sra. Ali. – Seria melhor se ficássemos perto do carro, creio eu. – Ela olhou para ele com uma expressão bastante severa. – Se nossa presença por perto não for prejudicar sua boa impressão, é claro.

– De modo algum – disse o major, que já podia imaginar as sobrancelhas erguidas de Roger. Ele esperava que talvez pudesse estacionar a uma pequena distância do chalé e ir até lá andando.

O Chalé das Macieiras ficava no final de uma pequena alameda, que terminava numa porteira de cinco travessas e num campo. Antes que tivesse tempo para parar e estacionar, o major já tinha chegado. O Jaguar de Sandy estava parado do lado do campo, deixando um espaço para outro carro bem na frente do portão de entrada do chalé. O major não teve escolha a não ser a de estacionar ali. Por cima da sebe, ele via os cabelos castanhos de Roger junto do cabelo louro brilhante de Sandy. A copa de um chapéu de feltro marrom indicava a presença de uma terceira pessoa: a viúva Augerspier, supôs ele. Seu filho estava olhando para o telhado do chalé, fazendo que sim, como se tivesse algum conhecimento da avaliação de colmo estragado.

– Chegamos – disse o major. – Espero não demorar muito. Vou deixar o carro destrancado para vocês.

– É, por favor, vá em frente – disse a sra. Ali. – Grace vai se sentir muito melhor depois de uma caminhada, tenho certeza.

Quando o major saiu do carro, Grace ainda estava gemendo. Ele entrou apressado pelo portão do chalé, torcendo para que os gemidos não chegassem muito longe no ar parado da tarde.

A sra. Augerspier era de Bournemouth. Seu rosto era comprido, fixado numa leve expressão carrancuda, com lábios que pareciam mais finos pelo azedume. Ela usava um costume rígido de lã preta. Seu chapéu exibia penas pretas que se estendiam em fileiras cerradas de um lado ao outro da testa funda.

– Ah, meu pai foi coronel na vida militar – disse ela, quando apresentada. Ela não especificou em que arma. – Mas ele fez fortuna foi com os chapéus – acrescentou. – Depois da guerra, era grande a demanda por chapéus europeus. Meu marido assumiu a empresa quando meu pai morreu.

– Da carreira militar à chapelaria – disse o major. Roger lançou-lhe um olhar de censura, como se o pai tivesse feito alguma ofensa, e então voltou um largo sorriso para o corvo morto na testa da viúva.

– Sem dúvida, já não se fazem chapéus como antigamente – disse ele.

Roger segurou o sorriso, como se estivesse esperando que tirassem uma foto. Seus dentes pareciam maiores e mais brancos do que o major se lembrava, mas talvez fosse só uma ilusão causada pelo esticado artificial dos lábios.

– Você tem toda a razão, meu rapaz – disse a viúva. – Quando me casei, eu tinha um chapéu totalmente coberto com penas de cisne. Mas agora é claro que não se pode tirar as asas. É uma pena terrível.

O major pensou em cisnes amputados patinhando no laguinho de Little Puddleton.

– Esse aí é um chapéu antigo de verdade? – perguntou Sandy. – Não posso deixar de mandar uma foto para minha amiga editora da revista *Vogue*.

– É, acho que agora ele é – disse a viúva, inclinando a cabeça num ângulo sedutor, enquanto Sandy tirava fotografias com seu celular minúsculo. – Meu pai o fez para o enterro de minha mãe. Ela estava tão linda. E depois ele me deu o chapéu como uma lembrança dela. No mês passado, eu o usei no enterro de minha tia.

– Ela pegou um lencinho debruado de renda e assoou o nariz.

– Meus pêsames – disse Roger.

– Ela jamais conseguiu usar um chapéu direito – continuou a viúva. – Não era uma dama do mesmo nível que minha mãe. Mamãe sempre se recusou a usar o telefone, sabe? E ela espantava com uma vassoura qualquer vendedor que se apresentasse à porta da frente, em vez de a porta de serviço.

– E fazer chapéus não envolvia a venda? – perguntou Sandy. – Ela fazia o marido entrar pela porta dos fundos também?

– É claro que não – disse a viúva. As penas estremeceram, e Roger pareceu ligeiramente enjoado. – Ora, meu pai fazia chapéus para a nobreza.

– Será que agora podemos ver o interior do chalé? – perguntou Roger, tentando lançar um olhar furioso para Sandy, sem que a viúva visse. – É claro que Sandy adoraria conversar sobre chapéus horas a fio, sra. Augerspier, mas gostaríamos de ver o chalé à luz do sol da tarde.

Até onde o major pudesse verificar, o chalé era úmido e imprestável, uma encrenca. O reboco formava bolhas suspeitas em alguns cantos. As vigas pareciam carcomidas, e o piso do andar inferior aparentava ser feito de pedras irregulares para calçadas de jardim. Uma lareira de canto tinha mais fuligem do lado de fora da viga de carvalho do que no canal de fumaça. As janelas eram originais, mas os caixilhos estavam empenados e torcidos como se o vidro feito à mão fosse saltar das esquadrias pesadas de chumbo ao menor sopro do vento.

– Até me seria possível vender alguma mobília aos novos moradores – disse a sra. Augerspier, alisando um paninho de renda no encosto de uma poltrona esfarrapada. – Se eu conseguir as pessoas do tipo certo, é claro.

O major perguntou-se por que Roger fazia que sim com tanto entusiasmo. Os pertences da tia falecida resumiam-se a mobília barata de pinho, bugigangas de casa de praia e uma coleção de pratos com cenas de filmes famosos. Aparentemente não havia um único item que se adequasse ao gosto de Roger e Sandy, e, no entanto, seu filho tudo examinava.

Na cozinha grande e vazia, uma extensão retilínea da década de 1950, com vigas baratas acrescentadas a um teto de gesso com textura, o major, por uma porta aberta, deu uma espiada no interior de uma despensa encardida e contou onze caixas de sopa desidratada de galinha nas prateleiras, que do contrário estariam vazias. Parecia muito triste que a vida tivesse se reduzido gradualmente até restar tão pouco. Ele fechou a porta em silêncio, para esconder a prova.

– Bem, eu não mudaria nada – disse Sandy em voz alta para a sra. Augerspier. – Só que talvez eu encaixasse um refrigerador de tamanho americano normal naquele canto dos fundos.

– Minha tia sempre achou o refrigerador perfeitamente adequado – disse a sra. Augerspier, abrindo as cortinas quadriculadas por baixo do balcão para mostrar uma pequena geladeira verde com uma borda enferrujada. – Mas a verdade é que os jovens hoje insistem em toda essa comida pronta.

– Ah, nós vamos sair comprando em todas as lojas de produtores locais – disse Roger. – Não há nada que se compare a legumes frescos, não é mesmo?

– Com um preço horrivelmente exagerado, é claro – disse a viúva. – Calculado para roubar os turistas de fim de semana de Londres. Eu me recuso a comprar nelas.

– Ah – disse Roger, lançando um olhar de desamparo para o major, que apenas sufocou uma risada.

– Esta é uma mesa muito boa – continuou a sra. Augerspier, batendo no plástico. A mesa ainda estava coberta com um oleado quadriculado. – Eu me disporia a vender a mesa.

– Acho que vamos encomendar uma mesa de carvalho feita à mão e um par de bancos tradicionais ingleses – disse Sandy, abrindo as torneiras opacas da pia e examinando o filete de água marrom que se apresentava. – Um amigo meu, diretor de arte, conhece um marceneiro maravilhoso.

– Eu gostaria de imaginar que a mesa vai ficar aqui – disse a viúva, como se não tivesse ouvido. – Acho que combina.

– Claro que sim – concordou Roger. – Em vez disso, poderíamos ter uma mesa de carvalho na sala de jantar, não é mesmo, Sandy?

– Vou lhes mostrar a sala de jantar – disse a viúva. – Mas ela já tem uma mobília moderna muito elegante. – Ela destrancou a porta e acenou para que eles a seguissem. Roger a acompanhou. Quando o major deu um passo atrás para deixar Sandy passar, ouviram a viúva dizer: – Eu me disporia a pensar em vender a mobília da sala de jantar.

– Você acha que a tia morreu na cama aqui? – sussurrou Sandy, com um sorriso, quando passou. – E você acha que ela vai nos deixar comprar o colchão? – O major não conseguiu reprimir uma risada.

Quando eles se preparavam para subir pela escada torta para o andar de cima, Roger lançou-lhe um olhar como um terrier Jack Russell louco para urinar. O major reconheceu um apelo e ficou satisfeito de descobrir que ainda conseguia ler a comunicação facial do filho.

– Minha cara sra. Augerspier – disse o major –, eu estava me perguntando se a senhora consentiria em me mostrar o jardim. Tenho certeza de que esses jovens podem dar uma olhada no andar superior sozinhos. – A viúva aparentou desconfiança.

– Seria ótimo – disse Sandy, simpática. – Adoraríamos conversar sobre tudo isso enquanto olhamos.

– Geralmente não deixo as pessoas seguirem desacompanhadas – disse a sra. Augerspier. – Não se pode confiar em ninguém hoje em dia.

– Se me permite responder pela total integridade desses dois jovens em particular – disse o major. – Seria muita gentileza sua agradar-me com sua companhia.

Ele estendeu um braço e resistiu ao impulso de alisar o bigode. Receava que seu sorriso deliberadamente encantador pudesse dar uma impressão de malícia.

– Suponho que seja razoável – disse a viúva, aceitando seu braço. – São tão poucas as oportunidades para uma conversa refinada hoje em dia.

– A senhora primeiro – disse o major.

Em comparação com o cheiro de mofo do chalé, o ar pareceu oxigênio puro. O major respirou fundo, com gratidão, e foi recompensado com a fragrância de buxo e pilriteiro, com um toque de folhas úmidas de carvalho no fundo. A sra. Augerspier virou à direita ao longo das lajes musgosas e se encaminhou para o trecho principal do jardim, que subia suavemente para um lado do chalé. À sombra de um pequeno caramanchão na outra ponta, a sra. Ali estava sentada com Grace que, o major percebeu com alarme, estava jogada de olhos fechados no banco de teca, coberto de líquen. A sra. Ali parecia estar tomando seu pulso.

– As pessoas são tão grosseiras de insistir em vir sem marcar hora – disse a sra. Augerspier, apressando-se pelo gramado afora.

– E nunca são do tipo adequado – acrescentou ela.

– Ah, elas não estão aqui por causa da casa – disse o major, mas a viúva não estava escutando.

– A casa não está disponível – gritou ela, agitando as mãos como se estivesse enxotando galinhas recalcitrantes. – Peço-lhes que saiam daqui agora.

Grace abriu os olhos e voltou a se encolher no banco. A sra. Ali bateu de leve na sua mão e se levantou, dando um passo adiante, como para protegê-la da figura raivosa e saltitante que vinha atravessando o gramado às pressas.

– Tudo bem, sra. Augerspier – disse o major, afinal conseguindo alcançá-la. – Elas estão comigo.

Grace lançou-lhe um olhar de gratidão, mas a sra. Ali continuou a olhar para a viúva.

– Minha amiga Grace precisava se sentar – disse ela. – Achamos que ninguém fosse se incomodar. – Grace soluçou ruidosamente e afundou o rosto no lenço.

– Bem – disse a viúva –, é só que eu vejo as pessoas mais esquisitas entrando aqui vindo da estrada. Um casal foi direto para a cozinha e depois disse que achava que a casa estava vazia.

– Agora que já nos identificamos, seria talvez possível um copo d'água? – pediu a sra. Ali.

– É claro que sim – disse a sra. Augerspier. – Esperem aqui, e eu vou lhes trazer. – Ela voltou apressada para a casa, deixando atrás de si um silêncio, todos embaraçados.

– Mulher horrorosa – disse por fim o major. – Sinto muito. Eu deveria ter levado vocês duas direto para casa.

– Ah, não, por favor, estou me sentindo muito melhor – sussurrou Grace. – Acho que só tive uma pequena reação a alguns condimentos.

– Receio que não estejamos contribuindo para a boa impressão que seu filho desejava causar – disse a sra. Ali.

– Ah, de modo algum, de modo algum – disse o major. – Nem mesmo pensem nisso. Roger ficará felicíssimo de ver vocês duas.

Ele girou a bengala distraído e já tinha arrancado a cabeça de três dálias tardias antes de se dar conta. Ergueu os olhos para ver Roger se aproximando pelo gramado com um copo d'água transbordando sobre a mão. Seu filho tinha uma expressão preocupada que se assemelhava muito a uma cara amarrada.

– A sra. Augerspier disse que uma das suas amigas precisava de um copo d'água – disse Roger. Com a voz mais baixa, ele acrescentou: – Você convidou gente para vir junto?

– Você se lembra da srta. DeVere, Roger? – disse o major, passando o copo d'água para Grace. – E essa é a sra. Ali, do mercadinho do lugarejo.

– É um prazer conhecê-lo – disse a sra. Ali. – Desculpe nossa intromissão.

– Não se preocupe – disse Roger, com indiferença. – Só preciso pegar meu pai emprestado por alguns minutos.

– Eu me lembro de quando você era um menininho, Roger... – disse Grace, enxugando os olhos. – Um menino tão adorável, com todo aquele cabelo rebelde.

– Ela está bêbada? – sussurrou Roger para o major. – Você veio com uma mulher embriagada?

– Claro que não – disse o major. – É só alguma consequência de nosso almoço indiano bastante lauto.

– Você se lembra daquela vez em que vocês, garotos, saíram para fumar charuto no bosque? – perguntou Grace. – A coitada da sua mãe tinha certeza de que você estava preso dentro de uma geladeira abandonada em algum barranco.

– Lamento, mas preciso voltar correndo, senhoras – disse Roger, já lhes dando as costas.

Enquanto o major descobria que estava sendo empurrado de volta para a casa, ele ouviu a voz de Grace continuar a divagar:

– Roubaram os charutos do casaco do vigário durante o serviço e vomitaram a alma...

– Roger, você foi muito grosseiro – disse o major.

– Grosseiro? – disse Roger. – Como você pôde trazê-las para cá? A sra. Augerspier agora está toda nervosa. Ela não para de olhar pela janela.

– Olhar o quê? – perguntou o major.

– Não sei. Mas nós deixamos de ser as pessoas do tipo certo e passamos a ser um bando esquisito com um circo de agregados. Pelo amor de Deus, uma é paquistanesa, e a outra está alta... Onde você estava com a cabeça?

– Você está sendo ridículo – disse o major. – Não permito que minhas amigas sejam submetidas a tanta grosseria.

– Você prometeu me ajudar – disse Roger. – Imagino que eu não seja tão importante quanto suas amigas. E desde quando você considera lojistas seus amigos? Agora virou grande amigo do leiteiro?

– Como você sabe muito bem, não temos leiteiro em Edgecombe St. Mary há vinte anos – respondeu o major.

– Não faz diferença, papai, não faz diferença – disse Roger.

Ele abriu a porta do chalé e se postou de lado, como se estivesse esperando para fazer entrar uma criança rebelde. O major estava enfurecido por ser forçado a entrar.

Sandy estava sentada no sofá desconjuntado, com um sorriso fixo no rosto. A sra. Augerspier estava mais uma vez espiando pela janela.

– É só que ando tão nervosa desde aquele casal na semana passada – disse ela, levando a mão ao coração. Sandy fez que sim, demonstrando compaixão.

– A sra. Augerspier estava agora mesmo me falando de um casal muito grosseiro que veio ver o chalé na semana passada.

– Eu só lhes disse que, como estavam acostumados a um clima mais ameno, eu achava que iam considerar o chalé úmido demais. A reação deles foi totalmente absurda.

– De onde eles eram? – perguntou Roger.

– A senhora não disse que eram de Birmingham, sra. Auger? – perguntou Sandy, com olhos arregalados de inocência.

– Mas originalmente eles eram das ilhas: das Índias Ocidentais – disse a sra. Augerspier. – Tanta grosseria, e de médicos ainda por cima. Eu lhes disse que iria denunciá-los ao Conselho de Medicina.

– Por isso, é natural que a sra. Augerspier esteja se sentindo um pouco intimidada na presença de desconhecidos – disse Sandy. – Mas só enquanto ela não os conhece.

– Uma dama sente-se bem na presença de todas as pessoas, desde que tenha sido devidamente apresentada – opinou a sra. Augerspier. – Tenho orgulho de afirmar que não tenho em mim uma gota de preconceito.

O major olhou para Roger, cuja boca estava aberta, fazendo leves movimentos, mas sem emitir som. Sandy estava impassível. Ela até parecia estar se divertindo.

– Sra. Augerspier, a senhora é muito sincera – disse Sandy. – Mal posso esperar para saber suas opiniões sobre... bem... sobre tudo.

– Devo admitir que, para uma americana, você é muito educada – disse a sra. Augerspier. – Sua família é da Europa?
– Roger, vocês acabaram de olhar? – perguntou o major.

Ele esperava que seu tom fosse abrupto o bastante para registrar sua reprovação da viúva, sem criar um confronto direto. A sra. Augerspier deu-lhe um sorriso indefinido que indicou que, embora ele tivesse evitado qualquer grosseria, seu fracasso em transmitir uma reprimenda tinha sido total.

– Realmente não deveríamos ocupar demais seu tempo – disse Roger. Ele se aproximou para dar um tapinha no ombro de Sandy.
– Terminou, querida?

O major retraiu-se com o uso descuidado do termo afetuoso, o equivalente verbal a jogar nas mãos de um desconhecido as chaves da casa da família.

– Eu poderia me mudar para cá agora mesmo – disse Sandy. – E então, sra. Auger, o que decidiu? Acha que somos adequados?

A sra. Augerspier sorriu, mas os olhos se estreitaram de um jeito desagradável.

– É importante que eu encontre exatamente as pessoas certas... – começou ela.

Sandy voltou-se para olhar para Roger e bateu de leve na sua mão, como uma mãe com um menino pequeno que se esqueceu das boas maneiras.

– Ah, sim, eu ia me esquecendo – disse Roger. Ele enfiou a mão no bolso do casaco e com um floreio tirou um envelope pardo.
– Minha noiva e eu tomamos a liberdade de trazer um cheque administrativo no valor de seis meses de aluguel, só para a eventualidade de a senhora nos permitir ficar com o chalé de imediato.

Ele abriu o envelope e entregou um cheque à sra. Augerspier, que pareceu ficar fascinada.

– Roger, você tem certeza de que não está sendo impulsivo demais? – perguntou o major, com a mente ainda se esforçando para processar a palavra "noiva". Ele preferiu se concentrar em observar a viúva examinar a frente e o verso do cheque. Os olhos dela tremiam de prazer. Ela franziu os lábios e amarrou a cara para ele.

– Bem, creio que poderia concordar com seis meses em caráter estritamente experimental – disse ela. – Mas não terei tempo para realizar conserto algum, vocês sabem. Já vou gastar todas as minhas forças só embalando os pertences pessoais de minha tia querida.

– Estamos satisfeitos com o chalé no estado em que se encontra – disse Sandy.

A viúva pôs o cheque no bolso do paletó, tendo o cuidado de empurrá-lo até o fundo.

– Vou levar alguns dias para decidir de quais objetos pessoais eu seria capaz de me desfazer.

– Leve todo o tempo necessário – disse Roger, dando-lhe um aperto de mãos. – Agora, o que acha de todos nós irmos tomar um chá em algum lugar para fechar o negócio?

– Ótima ideia – disse a sra. Augerspier. – Creio que há um hotel aqui que oferece um maravilhoso chá à tarde... agora, onde foi que pus meu contrato de aluguel?

Na opinião pessoal do major, mascar urtigas picantes e ajudar a engoli-las com um caneco de água suja talvez fosse mais agradável que ver a viúva balançando suas penas diante de uma montanha de creme chantili.

– Major, o senhor dá a impressão de ter algum compromisso urgente – disse Sandy, piscando um olho para ele. Roger levantou a cabeça e lançou para o major um olhar suplicante.

– Creio mesmo que devo levar as senhoras para casa – disse o major. – Grace está péssima.

A porta abriu-se e a sra. Ali olhou pelo vão.

– Desculpem a interrupção – disse ela. – Só queria que vocês soubessem que Grace já está muito melhor.

O major experimentou uma sensação de pânico. Fez um esforço imenso para se impedir de abanar a cabeça para a sra. Ali. Devia, porém, ter tido algum pequeno espasmo involuntário, porque ela habilmente mudou sua ênfase:

– Mesmo assim, creio que seria preferível levá-la para casa o mais cedo possível, major.

Ela estendeu a mão com o copo d'água vazio, que a viúva se apressou a tirar dela.

– Já terminamos, já terminamos – disse a sra. Augerspier. Ela ficou parada junto da porta enquanto Sandy e Roger assinavam o contrato e tiravam a cópia a papel carbono. – É claro que o senhor deve levar sua amiga para casa. Nem em sonho eu pensaria em arrastá-lo para tomar chá conosco.

Lá fora na alameda, esperando que a viúva trancasse a casa, Roger estava tão entusiasmado que não parava de tagarelar:

– Não é maravilhoso? Quer dizer, esse não é o chalé mais maravilhoso que existe? Não dá para acreditar que conseguimos ficar com ele...

– Benzinho, é um lixo – disse Sandy –, mas é o nosso lixo, e posso transformá-lo em alguma coisa razoável.

– Ela preferia o outro lugar – disse Roger. – Mas eu lhe disse que simplesmente sabia que este seria o lugar certo.

– Vocês vão voltar à nossa casa depois? – perguntou o major.

– Talvez pudéssemos conversar sobre o noivado.

Esperava que Roger captasse o tom ácido na sua voz, mas ele apenas abriu um sorriso.

– Desculpe, papai, precisamos voltar para Londres – disse ele.

– Mas vamos vir passar um fim de semana muito em breve.

– Esplêndido – disse o major.

– É, tem uma coisa ou duas, como minha velha escrivaninha e o baú de carvalho no sótão, que pensei que cairiam muito bem no chalé.

– Eu detenho o poder de veto sobre todos os itens de mobília – disse Sandy. – Não vou ser forçada a tolerar móveis feios só porque você entalhou neles suas fantasias de menino.

– É claro – disse Roger. – Por aqui, sra. Auger.

A viúva descia pelo caminho, enrolada num volumoso casaco de *tweed* sobre o qual via-se o que parecia ser uma raposa morta antiquíssima.

– Prazer em conhecê-las, senhoras – gritou Sandy, acenando para a sra. Ali e Grace, que já estavam no carro do major. Com a sra. Augerspier cerimoniosamente instalada nos domínios do banco da frente, e Sandy aconchegada atrás, Roger acelerou o motor até os pássaros saírem da sebe em revoada.

O major apreciou que as senhoras se mantivessem caladas a caminho de casa. Estava cansado e seu maxilar doía. Percebeu que seus lábios estavam cerrados com força.

– Algum problema, major? – perguntou a sra. Ali. – O senhor parece contrariado.

– Ah, não, estou bem. Mas foi um longo dia.

– Seu filho alugou o chalé, não foi? – perguntou ela. – Ele parecia tão animado.

– Ah, sim, sim, tudo assinado e sacramentado – disse o major. – Ele está muito feliz.

– Que bom para o senhor – disse ela.

– Simplesmente foi tudo um pouco apressado – disse o major, fazendo uma curva veloz à direita diante de um trator para entrar com o carro no atalho de mão única de volta para Edgecombe St. Mary. – Parece que eles estão noivos. – Ele olhou para Grace ali atrás, esperando que ela não começasse a gemer de novo. O som tornava dirigir tão difícil. – Está se sentindo melhor?

– Muito melhor, obrigada – disse Grace, cujo rosto ainda estava cinzento e abatido. – Dou-lhe meus parabéns, major.

– Só espero que eles saibam no que estão se metendo – disse o major. – Toda essa história de alugar chalés juntos. Parece tão precipitada.

– Parece que é assim que todos fazem hoje em dia, mesmo nas melhores famílias – disse Grace. – Não deixe que ninguém o faça se sentir mal por isso.

Ele ficou imediatamente irritado, tanto pela sugestão como pelo jeito de seu lenço esvoaçar como uma pomba presa no espelho retrovisor, enquanto ela se abanava.

– Com o tempo, eles devem poder comprar o chalé – disse o major. – Roger me diz que vai ser um ótimo investimento.

– Quando o verdadeiro amor se associa a motivos financeiros nítidos – disse a sra. Ali –, todas as objeções devem ser eliminadas.

– Esse é um ditado na sua cultura? – perguntou Grace. – Parece muito apropriado.

– Não, estou só provocando o major – disse a sra. Ali. – Creio que as circunstâncias podem se revelar menos importantes que o fato de que a vida deu uma volta e trouxe mais para perto seu filho e uma futura nora, major. É uma oportunidade a ser aproveitada, não é, srta. DeVere?

– Ah, sem dúvida – disse Grace. – Quem dera eu tivesse filhos para eles poderem vir morar perto de mim. – Sua voz tinha um toque de uma dor não relacionada a problemas digestivos.

– Procurei encarar a presença de meu sobrinho por esse ângulo – disse a sra. Ali. – Se bem que os jovens nem sempre tornem as coisas fáceis.

– Vou seguir seu conselho e tentar aproveitar essa nova proximidade com meu filho – disse o major, enquanto acelerava para escapar da periferia de Little Puddleton. – E mantenho a esperança de que ele queira mais de nossa relação do que uma boa parte de minha mobília antiga.

– Você precisa levar seu filho e a noiva ao baile, major – disse Grace. – Apresentá-los a todos. As pessoas sempre ficam tão descontraídas e acessíveis quando estão fantasiadas, não acha?

– É, mas acho que muitas vezes elas não se lembram de você no dia seguinte – disse o major. A sra. Ali riu.

– Creio que vou usar meu vestido de chá da era vitoriana mais uma vez – disse Grace. – Talvez eu consiga emprestado um chapéu de colonizador inglês ou algo semelhante.

– Se você se interessar, para mim seria um grande prazer emprestar-lhe um sári ou um conjunto de túnica e xale – disse a sra. Ali. – Tenho algumas peças muito formais, que nunca uso, guardadas em algum lugar no sótão.

– Tem mesmo? – disse Grace. – Puxa, seria uma surpresa para as senhoras no clube, não seria? Euzinha em total esplendor como marani.

– Com sua altura, acho que um sári lhe cairia muito bem – acrescentou a sra. Ali. – Vou escolher algumas peças e deixá-las para você experimentar.

– É muita gentileza sua – disse Grace. – Seria bom você vir tomar um chá comigo e assim poder dizer o que acha... Pode ser que eu pareça uma perfeita pateta.

– Eu adoraria – disse a sra. Ali. – Geralmente estou livre nas tardes de terça ou de domingo.

O major sentiu que seu maxilar voltava a se retesar, à medida que ia se apagando a visão de mais um domingo conversando sobre Kipling. Ele disse a si mesmo que devia se alegrar com o fato de a sra. Ali estar fazendo outros amigos no lugarejo, mas seu coração protestava diante da ideia de que ela entrasse na casa de qualquer outra pessoa.

Capítulo 11

Se havia uma característica que o major desprezava nos homens era a inconstância. O hábito de mudar de opinião por capricho, ou pelo mais leve sinal de oposição: a adoção e o abandono de *hobbies*, com as consequentes bolsas de tacos de golfe sem uso na garagem e roçadeiras enferrujadas encostadas em barracões, as manobras de políticos que acabavam causando ondulações perturbadoras pelo país inteiro. O sentido de ordem do major execrava esse tipo de descontrole. Contudo, nos dias seguintes à sua excursão com a sra. Ali e Grace, ele se descobriu pessoalmente tentado a mudar de direção. Não apenas tinha se deixado ser arrastado a uma situação ridícula no que dizia respeito ao baile, mas talvez estivesse se comportando como um pateta também com relação à sra. Ali. Tinha imaginado sua amizade com ela como algo isolado do resto do lugarejo, e, no entanto, agora cá estava ela, mergulhando nas atividades normais das outras senhoras do lugar. É claro que um chá não indica uma assimilação total pela máquina social feminina, mas o fato o deprimia de qualquer maneira.

À medida que a tarde de domingo arrastava suas horas cansativas, ele estava sozinho, sentado com a obra-prima de Kipling, *Kim*, fechada no colo, e tentava não imaginá-la rindo com sua xícara de chá, enquanto Grace desfilava e girava num mar de trajes bordados e aplicações de lantejoulas. Na terça, quando ficou sem leite, ele evitou o mercadinho, preferindo dirigir até o posto para abastecer, e comprou o leite de um refrigerador ao lado de um mostruário de latas de óleo. Quando Alec ligou para falar sobre o golfe na quinta, ele tentou se esquivar, queixando-se de uma leve dor nas costas.

– Se você ficar sentado, ela só vai piorar – disse Alec. – Uma partida tranquila é o melhor que existe para ajudar a desenferrujar. O que acha de nove buracos e almoço?

– A verdade é que não estou me sentindo muito sociável – disse o major. Alec bufou, com uma sonora gargalhada.

– Se você está preocupado em se deparar com as senhoras do comitê do baile, eu não me preocuparia. Daisy carregou Alma para Londres para olhar fantasias. Eu disse a Alma que, se ela pegar para mim qualquer coisa acima de um chapéu de colonizador inglês, vou chamar os advogados.

O major deixou-se convencer. Seja como for, que vão para o inferno as mulheres, pensou ele, enquanto ia procurar a bolsa de golfe. Como era melhor concentrar a atenção nas amizades masculinas, que eram o alicerce de uma vida tranquila.

Preparativos para "Uma noite na corte mogol" estavam em exibição plena e vulgar, quando o major chegou cedo para o jogo. No anexo para lá do *grillroom*, onde geralmente ficavam dispostos os recipientes de chá e café para os golfistas matinais, não havia recipiente algum à vista. Em vez disso, todas as mesas haviam sido tiradas do caminho para criar espaço para ensaios diante do palco. As garotas que serviam o almoço, com a cara ainda mais amarrada pela concentração, estavam empenhadas em lançar lenços para o ar com os braços e bater com os pés no chão como se quisessem esmagar lacrainhas. Estavam usando tornozeleiras com guizos, cujo marulho ininterrupto e irritante denunciava o fato de que nem uma única dançarina estava se movimentando no mesmo ritmo que qualquer outra. Amina, a jovem do restaurante Taj Mahal, parecia estar ensinando o grupo. George estava empoleirado no alto de uma pilha alta de cadeiras, desenhando com um gordo lápis de cor num grosso caderno de desenho.

– Cinco, seis, sete... segurem o oito para duas batidas... pã, pã! – gritou Amina lá da frente, liderando o grupo, com passos graciosos, enquanto as mulheres se arrastavam pesadas atrás dela. O major achou que talvez fosse melhor ela se virar para ver as alunas, mas a verdade era que talvez fosse doloroso demais olhar para os rostos suados e a variedade de pés grandes por qualquer período mais longo. Enquanto ele esquadrinhava, em vão, a sala inteira em busca de um recipiente de chá, procurando permanecer invisível, um grito se ergueu de uma garota maior na fileira de trás:

– Não vou fazer isso, se as pessoas não pararem de entrar aqui olhando para a gente. Nos disseram que os ensaios iam ser fechados.

– É, nós estamos descalças aqui – disse outra garota.

A trupe inteira olhou com raiva, como se o major tivesse invadido o vestiário feminino. George tirou os olhos do livro e acenou. A pilha de cadeiras oscilou.

– Desculpem, só estou procurando o chá – disse o major.

As garotas continuaram a olhar furiosas. Tendo sido liberadas de seus outros deveres para fazer o que fosse que estavam realmente fazendo, elas não tinham a menor intenção de atender a um sócio do clube.

– Meninas, nós só temos duas semanas para preparar isso – disse Amina, batendo palmas. – Vamos fazer um intervalo para tomar um chá e depois vamos conversar sobre como sentir o ritmo.

O major não tinha esperado ouvir um tom de tanta autoridade vindo de alguém tão desarrumado e esquisito. Ainda mais surpreendente foi como as garotas, obedientes, passaram pelas portas de vaivém para a cozinha, arrastando os pés quase sem resmungar. O major tentou não pensar naquela quantidade de pegadas suarentas no piso da cozinha.

– Major Pettigrew, acertei? – disse Amina. – O senhor não estava no Taj Mahal com a srta. DeVere e aquela sra. Ali?

– Bom ver você e George outra vez – disse o major, acenando para o menino, sem responder aos detalhes da sua pergunta. –

Posso saber o que você está tentando fazer com nossas adoráveis mocinhas do serviço de almoço?

– Estou tentando lhes ensinar algumas coreografias básicas da dança folclórica, para elas apresentarem no grande baile – disse Amina, com uma risada sarcástica. – Sadie Khan contou à srta. DeVere que eu danço, e elas me pediram para ajudar.

– Ai, que pena, sinto muito mesmo – disse o major. – Não posso acreditar que ela a tenha atraído para uma empreitada tão impossível.

– Se fosse fácil, eu não teria vindo – disse Amina, com uma feia expressão de raiva passando de relance pelo seu rosto. – Não aceito caridade.

– Não, é claro que não – disse ele.

– Ora, a quem estou enganando? Eu precisava mesmo do dinheiro – disse Amina. – Elas não são tão ruins, se não se pedir que façam mais do que três passos diferentes. Por isso, vamos balançar muito os quadris, e estou pensando em trazer echarpes maiores.

– É, quanto mais véus, melhor, creio eu – disse o major. – Os pés descalços já serão bastante alarmantes.

– E então, o senhor conhece bem a sra. Ali? – perguntou ela, de supetão.

– A sra. Ali tem um mercadinho muito bom – disse o major, respondendo à pergunta direta com uma evasiva automática. – Tantos dos nossos mercadinhos locais estão se perdendo hoje em dia. – Houve uma pausa breve. – Devo supor que você é bailarina por profissão? – acrescentou ele, com a intenção de mudar de assunto.

– Dança, ioga, aeróbica. A dança não paga muito bem. Por isso, eu ensino – disse ela. – E o senhor acha que ela é simpática, a sra. Ali?

– É evidente que você é muito boa no que faz – disse o major. As garotas do almoço estavam voltando para a sala em fila, e ele sentiu a multiplicidade de orelhas tentando ouvir a conversa.

– Eu esperava que o senhor pudesse me dizer mais a respeito dela – disse Amina. – Estive pensando em ir até lá para vê-la. Ouvi dizer que ela quer um auxiliar de meio expediente na loja.

– É mesmo? – disse o major, que simplesmente não conseguia vê-la com o avental do mercado, empilhando latas de argolinhas de macarrão e sendo gentil com senhoras idosas. Por outro lado, ela dificilmente poderia ser pior que o sobrinho carrancudo. – Posso lhe dizer que a sra. Ali é uma mulher adorável. Um mercadinho muito bom – disse ele, mais uma vez.

– É claro que não é o que quero fazer a longo prazo, trabalhar no comércio. – Ela parecia estar falando consigo mesma, pensou o major. – E teria de ser na hora da escola, ou eu precisaria levar George junto.

– Espero que consiga o emprego. – Ele desviou o olhar para a porta e ergueu uma sobrancelha para reconhecer um imaginário conhecido que estivesse passando: um Alec invisível que o ajudasse a escapar da sala. – Preciso ir andando para encontrar meu parceiro.

– O senhor acha que poderia nos dar uma carona depois do jogo? – perguntou a jovem. O major sabia que devia responder, mas descobriu que não fazia ideia de como lidar com um pedido tão ousado de uma desconhecida. Ficou simplesmente de olhos fixos nela. – É só que são dois ônibus diferentes daqui até Edgecombe – acrescentou ela. – É provável que precisemos pedir carona na estrada.

– Bem, eu não poderia permitir que você fizesse isso – disse o major. – Não é seguro pedir carona, principalmente com o menino.

– Obrigada, então – disse ela. – Vou esperar para ir com o senhor.

– Posso me demorar um pouco – começou ele.

– Ah, tenho muito trabalho por aqui – disse ela, enquanto as garotas, de postura relaxada, voltavam em fila da cozinha. – Eles nos ofereceram um almoço e depois poderemos esperar pelo senhor no saguão.

Alguns rostos se levantaram atentos quando ela disse isso, e o major teve a horrível sensação de ser apanhado marcando um encontro ilícito. Ele fugiu dali com a rapidez possível, determinado a recolher sua bolsa de tacos e esperar discretamente lá fora até Alec chegar.

– Ah, aí está você – disse Alec. – Algum motivo para você estar molengando numa sebe? E percebe que a antiguidade dessa sua bolsa o denuncia de longe?

– Não estou molengando – disse o major. – Estou apenas aproveitando alguns momentos de solidão bucólica, junto com minha bolsa de golfe muito ilustre, que você cobiça e da qual, portanto, se sente obrigado a zombar.

Os dois olharam para a bolsa, uma bolsa de couro bem cuidada que havia pertencido ao pai do major e portava um pequeno pedaço de couro gravado em alto-relevo com as palavras Lahore Gymkhana Club. Ela descansava num antigo carrinho de rodas de madeira com alça de bambu e era uma fonte de certo orgulho para o major.

– Achei que você talvez estivesse evitando o secretário. Soube que ele está à sua procura.

– Por que ele estaria à minha procura? – disse o major quando se encaminhavam para o primeiro *tee*.

– É provável que queira esclarecer o assunto de seu filho – disse Alec. – Ouvi dizer que houve algum tipo de mal-entendido quando ele veio aqui no outro dia.

– Meu filho? – surpreendeu-se o major.

– Você não soube que ele esteve aqui? – perguntou Alec, com as sobrancelhas se esticando como dois coelhos se levantando de um cochilo.

– Bem, sim, não, é claro... quer dizer, nós conversamos sobre a possibilidade de ele se tornar sócio – disse o major.

– Ele deu uma passada no domingo. Por acaso, eu estava aqui. Acho que o secretário só ficou um pouco surpreso. Você não tinha dito nada para ele, e então... – Alec parou de falar, remexendo na cabeça dos tacos para escolher o primeiro a usar. O major detectou um pequeno constrangimento em sua expressão. – Veja bem, Pettigrew, ele é seu filho, de modo que talvez fosse melhor você ter uma conversa com ele.

– Do que você está falando? – perguntou o major. Estava com uma sensação no estômago, como se estivesse descendo num elevador vagaroso. – Isso foi no domingo passado?

Roger ligara para pedir desculpas por não vir fazer uma visita, mas eles tinham ficado presos o dia inteiro para conseguir que a viúva Augerspier se mudasse do chalé. Estavam exaustos demais, dissera ele, para fazer qualquer coisa além de voltar direto para Londres.

– É, na tarde de domingo. A verdade é que ele pareceu achar que bastava assinar algum papel e pronto – disse Alec. – Deixou o secretário bem irritado, diria eu.

– Puxa vida. – O major mirou longe pelo *fairway* com o taco.

– Acho que me esqueci de mencionar o assunto. Vou ter de amenizar as coisas.

– Creio que já está tudo resolvido – disse Alec. – A sobrinha de lorde Dagenham, Gertrude, chegou, e foi beijinho para lá, beijinho para cá, e assim por diante. O secretário pareceu perfeitamente apaziguado.

– Muito simpático da parte dela – disse o major. – Quer dizer, mal conheço a mulher. Suponho que minha ajuda com o baile seja valorizada no final das contas.

– Ao mesmo tempo, talvez você queira dizer a Roger que não permitimos essas cabeças de taco modernosas.

– Ele trouxe tacos? – perguntou o major, sem conseguir esconder a consternação na voz.

– Ah, tenho certeza de que ele não esperava poder jogar – disse Alec em tom diplomático. – Provavelmente estava pensando em mostrar seu kit ao pessoal da loja, só que, como era domingo, a loja estava fechada.

– Sem dúvida foi isso – concordou o major, perguntando-se consternado se não havia um limite para o egocentrismo de Roger.

– Vou ter uma conversa com ele. – Atacou a bola com uma força que a disparou num arco alto para cair no mato do lado direito do *fairway*.

– Ai, quanto azar – disse Alec, e o major se perguntou se ele queria dizer azar no golfe ou azar na descendência. Para o major, as duas opções estavam certas para esse dia.

Amina e George não estavam no *grillroom* quando o major terminou sua partida. Sem muito empenho, ele olhou pelas mesas e achou que talvez conseguisse evitar aquela obrigação com uma passada veloz pelo saguão.

A voz dela chegou a seus ouvidos através das portas do saguão, fazendo com que alguns sócios levantassem a cabeça de suas sobremesas de chocolate.

– Nenhum puxa-saco sem fibra, de gravata-borboleta, manda meu filho esperar junto da entrada dos serviçais.

– Não é "dos serviçais", é entrada "de serviço" – corrigiu o pequenino secretário do clube, um homem de olhos de suíno que usava o blazer verde do clube como se fosse um paramento religioso e agora estava pulando de um pé para o outro com uma raiva inconveniente. – A entrada principal é exclusiva para sócios e seus convidados, não para trabalhadores.

– Ninguém diz ao meu filho que ele é um serviçal, nem um "trabalhador"! – Amina estava segurando George atrás de si e agora deixava cair sua pesada bolsa de ginástica no chão, bem diante dos pés do secretário. Chocado, ele saltou para trás. – Fomos chamados para ajudar, e ninguém vai nos tratar como lixo.

– Mocinha, você é uma contratada – gaguejou o secretário. – Não fale comigo com tanta insolência, ou eu a demitirei por justa causa.

– Então me demita, seu velho ranzinza – disse Amina. – É melhor ser rápido. Pela cor do seu rosto, parece que vai cair morto a qualquer instante.

O rosto do secretário tinha na realidade enrubescido até um púrpura incomum, que se estendia pelo couro cabeludo por baixo do cabelo ralo, de um louro avermelhado. Era gritante o contraste com sua gravata. O major ficou petrificado de horror pela discussão. A gafe de Roger já era suficiente para lhe valer um severo sermão por parte do secretário, e agora seu nome estava associado à grosseria dessa moça. Fazia trinta anos que ele não era exposto a um confronto daqueles.

– Exijo que você saia do recinto imediatamente – disse o secretário a Amina. Com o peito inflado até sua capacidade máxima, ele dava ao major a impressão de um esquilo gorducho.

– Por mim, está ótimo – disse Amina. Ela levantou a bolsa e a jogou por cima do ombro. – Vamos, George, vamos sair daqui.

– Segurou a mão do menino e saiu empertigada pela porta da frente.

– Mas essa porta é para sócios... – veio o grito fraco do secretário.

O major, que estava paralisado no mesmo lugar, agora se dava conta de que, para os fregueses do restaurante às suas costas, ele talvez parecesse estar se escondendo por trás da porta do *grillroom*. Fingiu que estava vendo as horas no relógio de pulso, deu então batidas nos bolsos como se estivesse procurando algum item esquecido e girou nos calcanhares para voltar através do *grillroom* e sair para o terraço. Sua única esperança era enfiar a garota e o filho no carro e ir embora sem ninguém ver.

Amina estava à sua espera no estacionamento, encostada num poste de concreto, protegendo o peito com os braços. Ele percebeu que o casaco que ela usava não era suficiente para o frio e que o cabelo dela tinha começado a murchar no chuvisco gelado. George estava agachado aos pés dela, tentando proteger o livro da chuva. Não havia como se esquivar dela, e o major acenou como se nada tivesse acontecido. Amina levantou a enorme bolsa de ginástica por cima do ombro magro e foi até o carro dele.

– Achei que você tivesse ido embora – disse ele, ao abrir o carro. – Procurei por toda parte.

– Fui expulsa – disse ela, jogando a bolsa pesada e ruidosa no porta-malas em cima dos tacos de golfe. – Um puxa-saco de gravata-borboleta sugeriu que esperássemos na entrada dos serviçais.

– Puxa, tenho certeza de que ele não pretendia ofendê-la – disse o major, que não tinha absolutamente nenhuma certeza disso.

– Sinto muito se você se sentiu... – ele procurou pela palavra certa: "excluída" e "indesejada" eram exatas demais para fornecer a indefinição confortável que ele buscava – ... mal.

– Não se preocupe. Não tenho espaço na minha cabeça para aguentar velhotes inofensivos que tentam fazer com que eu me sinta mal – disse Amina, cruzando os braços. – Aprendi a ver a diferença entre as pessoas que podem realmente ferir a gente e aquelas que só querem se sentir superiores.

– Se eles são inofensivos, por que enfrentá-los? – perguntou o major, pensando mais uma vez na fúria da mulher do chá à beira-mar.

– Porque são valentões, e estou ensinando George a não tolerar valentões, certo, George? – disse ela.

– Valentões não têm cérebro – repetiu George do banco traseiro. O arranhado do lápis no papel indicava que ele ainda estava desenhando.

– Eles esperam que a gente vá embora de mansinho, tire o chapéu ou sei lá o quê – disse Amina. – Quando se dá o devido troco, ficam todos agitados. Aposto que o senhor nunca experimentou isso, não é mesmo?

– Não, acho que fui criado para acreditar na cortesia acima de tudo – disse o major.

– Deveria experimentar qualquer hora – disse ela. – Pode ser divertido de verdade.

Havia um tom de exaustão na sua voz que fez o major duvidar se ela achava tão divertido quanto afirmava. Seguiram em silêncio por um tempo, e então ela mudou de posição no assento para olhar para ele.

– O senhor não vai me fazer perguntas sobre George, vai? – perguntou ela em voz baixa.

– Não é da minha conta, mocinha. – Ele tentou excluir do seu tom qualquer tipo de julgamento.

– As mulheres sempre perguntam – continuou ela. – Tia Noreen está tendo crises de enxaqueca com todas as senhoras escandalizadas que aparecem para uma visitinha e para fazer perguntas a meu respeito.

– Coisa terrível, a enxaqueca – disse o major.

– Os homens nunca perguntam, mas dá para ver que eles criaram na cabeça uma história inteira sobre mim e George.

Ela se virou e pôs os dedos onde a chuva escorria de lado pelo vidro da janela. O primeiro impulso do major foi o de alegar que nunca havia pensado no assunto, mas ela era muito observadora. Ficou pensando que comentário verdadeiro poderia fazer.

– Não vou falar por homens, ou mulheres, em geral – disse ele, depois de um instante. – Mas, por mim, acredito que atualmente haja um excesso de confissões mútuas, como se compartilhar nossos problemas de algum modo fizesse com que eles desaparecessem. É claro que o verdadeiro resultado é só aumentar o número de pessoas que têm de se preocupar com um dado assunto. – Ele fez uma pausa, enquanto pegava uma entrada difícil à direita, para atravessar a estrada movimentada e seguir o atalho de uma estradinha estreita. – Eu, particularmente, procuro nunca sobrecarregar os outros com a história de minha vida e não tenho a menor intenção de me meter na vida dos outros – acrescentou.

– Mas as pessoas julgam os outros o tempo todo... e, quando não se conhece a história inteira...

– Minha cara, nós somos perfeitos desconhecidos, não somos? – disse ele. – É claro que faremos julgamentos superficiais e possivelmente equivocados um sobre o outro. Por exemplo, tenho certeza de que você já me classificou como um velhote ranzinza também, não é mesmo? – Ela não disse nada, e ele achou que detectou um sorrisinho culpado. – Mas não temos nenhum direito de exigir mais que isso um do outro, temos? – continuou ele. – Quer dizer, tenho certeza de que sua vida é muito complicada, mas tenho uma certeza igual de não existir incentivo algum para eu refletir sobre ela, e você não tem o direito de exigir isso de mim.

– Acho que todo mundo tem o direito de ser tratado com respeito – disse ela.

– Ah, bom, é por aí. – Ele sacudiu a cabeça. – Os jovens estão sempre exigindo respeito, em vez de tentar conquistá-lo. No meu tempo, o respeito era algo que se lutava para obter. Algo a ser dado, não tomado.

– Sabe, o senhor até pode ser um velhote ranzinza – disse ela, com um leve sorriso –, mas por algum motivo gosto do senhor.

– Obrigado – disse ele, surpreso.

Ficou igualmente surpreso ao descobrir que isso era do seu agrado. Havia alguma coisa nessa jovem espinhosa de que ele também gostava. Não ia lhe dizer isso, porém, para que ela não encarasse como um convite para lhe contar mais alguma coisa sobre sua vida. Foi com uma sensação de alívio que ele parou o carro diante da loja da sra. Ali para que os passageiros saltassem.

– Eles têm quadrinhos? – perguntou George.

– Estou sem dinheiro. Trate de se comportar, e pode ser que, quando estivermos em casa, eu lhe faça um bolo – disse Amina.

– Boa sorte – gritou o major pela janela quando Amina parou na frente da loja, segurando George pela mão. O rosto que ela voltou para ele estava totalmente pálido e assustado. Começou a lhe ocorrer uma suspeita de que ela não estava indo à loja para uma simples entrevista para emprego. Fosse o que fosse que ela estivesse planejando, Amina parecia estar com mais medo da sra. Ali do que do secretário do clube.

Ele tinha voltado para casa e posto o chá no bule, mas ainda não o servira na xícara, quando sua inquietação por ter deixado a jovem estranha e o filho na soleira da sra. Ali foi agravada pela horrível sensação de que essa era a terceira quinta-feira do mês. Ele foi olhar no calendário, e seus temores se confirmaram. Na terceira quinta-feira de cada mês, a empresa de transportes mudava todos os ônibus da tarde para alguma outra tarefa misteriosa. Nem mesmo a administração distrital tinha conseguido obter uma resposta clara a respeito do seu paradeiro. A empresa dizia apenas que se tratava de uma "racionalização" do serviço para permitir "o aumento da presença em mercados desassistidos". Como num dia normal os ônibus vinham a Edgecombe somente de duas em duas horas, o major e outros tinham manifestado a opinião de que seu lugarejo em si era desassistido, mas a questão não foi resolvida. Embora sua vizinha, Alice, tivesse sugerido protestos na escadaria da prefeitura, ele e a maioria dos outros líderes do lugarejo tinham se contentado em se recolher ao conforto de seus carros. Alec chegara a comprar um com tração nas quatro rodas, alegando que o considerava um recurso vital para a comunidade agora que não se podia contar com os ônibus para alguma emergência.

O major tinha certeza de que Amina dissera a verdade a George quando avisou que estava sem dinheiro. Ele tinha certeza de que ela não teria como pagar um táxi. Com enorme relutância, mesclada com curiosidade, ele abafou o bule e foi apanhar o casaco. Pelo menos, teria de se oferecer para levar os dois de volta à cidade.

Através da distorção da vitrine laminada, ele podia ver a sra. Ali apoiando-se no balcão como se estivesse se sentindo um pouco fraca. O sobrinho mantinha a postura rígida, o que não era de estranhar, mas estava com os olhos fixos, mais além dos ombros do major, em algum ponto distante do lado de fora da vitrine. Amina olhava para as botas de um carmim vibrante, com os ombros caídos como a corcunda de uma velha, transmitindo a mensagem da derrota. Não se tratava de entrevista para emprego. O major começava a pensar em ir embora de fininho quando foi atingido por uma voz alta:

– Major, uh, uh! – Ele deu meia-volta e foi agraciado com a visão de Daisy, Alma, Grace e a sobrinha de lorde Dagenham, Gertrude, apinhadas no Mercedes de Daisy, com tantas sacolas e embrulhos gordos e transbordantes que as quatro pareciam bibelôs de porcelana embalados numa caixa para presente. – Que felicidade encontrá-lo. Exatamente quem nós queríamos ver – acrescentou Daisy, enquanto as quatro faziam o possível para sair do carro sem

derrubar as compras na rua. Não foi das cenas mais respeitáveis.
O major segurou a porta para Alma e tentou não olhar para seus joelhos gordos quando se curvou para salvar um turbante grande de cetim amarelo que quase tinha caído numa poça.

– Vejo que para Alec já está tudo resolvido – disse ele.

– Que felicidade encontrá-lo – repetiu Daisy. – Não podíamos esperar para lhe falar do plano empolgante que nos ocorreu.

– Ele envolve você! – disse Alma, como se o major fosse gostar da ideia.

– Major, estivemos debatendo se nossa dança folclórica seria suficiente para definir o tema para nossa noite – disse Daisy. – E então hoje cedo, enquanto tomávamos o café da manhã no solar de lorde Dagenham, ocorreu-nos uma proposta encantadora.

– Foi um café da manhã adorável, Gertrude – disse Alma para a sobrinha. – Uma forma deliciosa de começar o dia.

– Obrigada – disse Gertrude. – Estou mais acostumada a pegar um sanduíche de bacon nas estrebarias do que a receber outras senhoras. Sinto muito pelos arenques.

– Bobagem – disse Alma. – Foi totalmente minha culpa devorá-los tão depressa.

– Eu estava me preparando para a manobra de Heimlich, mas tenho mais experiência com cavalos engasgados.

– Senhoras, senhoras – disse Daisy. – Será que podemos nos concentrar? – Ela fez uma pausa para aumentar o efeito. – Chegamos a um acordo sobre uma sequência de cenas, de muito bom gosto, e estávamos estudando um meio de torná-las pertinentes.

– Ah, Grace, conte você para ele... em parte a ideia foi sua – acrescentou Alma.

– Ah, não, não – disse Grace. Ela estava um pouco afastada das outras, mudando o peso de um pé para o outro. O major achava essa inquietação nervosa irritante numa mulher sensata sob outros aspectos. – Estávamos só conversando sobre ligações locais com a Índia, e eu por acaso mencionei seu pai. Não foi minha intenção sugerir nada.

– Meu pai? – perguntou o major.

– Se me permitem explicar – disse Daisy, calando Grace com o levantar de uma sobrancelha –, fomos relembradas da história de seu pai e de sua bravura a serviço do marajá. Decidimos reproduzir o feito em três ou quatro cenas. Será o núcleo perfeito de nossa apresentação.

– Não, não, não – disse o major, sentindo-se desnorteado com a ideia. – Meu pai estava na Índia nos anos trinta e início da década de 1940.

– E daí? – disse Daisy.

– O Império Mogol foi extinto por volta de 1750 – respondeu o major, com a exasperação suplantando a cortesia. – Como vocês veem, não dá para encaixar.

– Bem, é tudo a mesma coisa – disse Daisy. – É tudo Índia, não é?

– Mas não é a mesma coisa de modo algum – disse o major. – Os mogóis: nos lembram xá Jahan e o Taj Mahal. Meu pai serviu na época da Separação. Foi o fim dos ingleses na Índia.

– Muito melhor assim – disse Daisy. – Basta mudar de "mogol" para "marajá" e comemorar como demos a independência à Índia e ao Paquistão. Alvorada de uma nova era e tudo o mais. Creio que é a única opção perspicaz.

– Isso resolveria o problema da fantasia para muita gente – disse Alma. – Eu estava tentando contar a Hugh Whetstone que os chapéus de colonizador inglês só foram desenvolvidos plenamente no século dezenove, mas ele não quis saber. Se acrescentarmos um elemento de "Últimos Dias", vão poder usar seus vestidos de verão no estilo "Charles Dickens", se preferirem.

– Se bem que "Últimos Dias" seja o que causou nossos problemas no ano passado – sugeriu Grace.

– Não precisamos ser tão específicos – retrucou Alma.

– A "Separação" foi em 1947 – disse o major. – As pessoas usavam uniformes e vestidos curtos.

– Não estamos tentando ser rigorosos em termos históricos, major – disse Daisy. – Agora, entendo que você está de posse das espingardas de seu pai. E algum tipo de uniforme de gala? Entendo que ele era no mínimo coronel, não era?

– Vamos precisar encontrar alguém mais jovem que você, major, para fazer o papel dele, é claro – disse Alma. – E vamos precisar de alguns homens para fazerem a turba assassina.

– Quem sabe Roger, seu filho, não faria esse papel? – disse Gertrude. – Seria muito adequado.

– De uma turba assassina? – perguntou o major.

– Não, do coronel, é claro – disse Gertrude.

– Tenho certeza de que as garotas do almoço têm uns namorados de aspecto assassino para compor nossa turba – disse Daisy.

– Meu pai era um homem muito reservado – disse o major. Ele quase gaguejou com a impressão de que todos ao seu redor estavam perdendo o juízo. Que as senhoras pudessem imaginar que ele ou Roger consentiriam em aparecer em qualquer tipo de montagem teatral estava fora do alcance da sua compreensão.

– Meu tio acha que é uma história maravilhosa – acrescentou Gertrude. – Ele quer presenteá-lo com algum tipo de placa de prata ao final dos discursos da noite. Reconhecimento da altiva história dos Pettigrew e assim por diante. Vai ficar tão decepcionado se eu tiver de lhe contar que o senhor recusou a homenagem. – Ela olhou-o com os olhos bem abertos, e o major percebeu que ela mantinha o celular pronto para fazer uma chamada a qualquer instante. Não sabia o que dizer.

– Talvez devêssemos dar ao major algum tempo para digerir a ideia – sugeriu Grace. Seus pés pararam de se mexer e se fincaram no chão enquanto ela o defendia. – É uma honra considerável, afinal de contas.

– Certo, certo – disse Daisy. – Não vamos dizer mais nada por ora, major. – Ela olhou para a vitrine da loja e acenou para a sra. Ali lá dentro. – Vamos entrar e garantir a ajuda da sra. Ali para o baile, vamos lá, pessoal?

– Ora, aquela é Amina, a garota que está ensinando nossas garçonetes a dançar – disse Gertrude, também olhando pela vitrine. – Eu me pergunto o que ela pode estar fazendo aqui em Edgecombe.

– Ah, é uma comunidade pequena – disse Alma, com a certeza absoluta reservada aos ignorantes. – Todos eles são aparentados de uma forma ou de outra.

– Talvez agora não seja a melhor hora – disse o major, ansioso para poupar a sra. Ali de um ataque pelas senhoras. – Acho que eles têm negócios em comum.

– É a oportunidade perfeita para falar com as duas – disse Daisy. – Todos entrando, entrando, entrando!

O major foi obrigado a segurar a porta aberta e se descobriu sendo levado para o interior da loja junto com as senhoras. Estava muito apertado em torno da área do balcão, e o major se percebeu tão perto da sra. Ali que foi difícil levantar o chapéu.

– Sinto muito – sussurrou ele. – Não consegui dissuadi-las de vir.

– Quem há de vir virá – disse ela, com a voz cansada. – Não temos o poder de impedi-los. – Ela olhou para Amina, com quem Daisy estava falando.

– Que sorte você estar aqui também – disse Daisy. – Como está indo a dança?

– Considerando-se que todas elas são desajeitadas e não têm o menor sentido de ritmo, até que estava indo bastante bem – disse Amina. – Mas acho que o gerente do seu clube não vai me deixar entrar lá de novo por um bom tempo.

– Você está falando do secretário? – perguntou Gertrude. – É, ele estava totalmente apoplético ao telefone. – Ela parou para dar um risinho. – Mas não se preocupe com o carinha. Eu lhe disse que ele precisava ter mais paciência, levando em conta suas circunstâncias desafortunadas e nossa necessidade premente de seus talentos.

– Minhas circunstâncias? – disse Amina.

– Você sabe, mãe solteira e tudo o mais – disse Gertrude. – Receio ter exagerado um pouco, mas nós esperamos que você continue, sim. Acho que podemos aprovar um aumento no pagamento, já que o projeto vai ter uma abrangência maior.

– Você está dançando por dinheiro? – perguntou o sobrinho da sra. Ali.

– Estou só ensinando algumas coreografias – disse ela. – Você não deve encarar isso como dança.

Ele não disse mais nada, porém sua expressão ficou mais carrancuda, e o major se assombrou mais uma vez com o jeito que tanta gente tem de se dispor a gastar tempo e energia julgando mal os outros.

– Ah, ela está ensinando todas as nossas garotas a balançar os quadris – disse Alma. – Uma manifestação tão maravilhosa da sua cultura.

Ela sorriu para a sra. Ali e o sobrinho. Ele ficou de uma cor feia de cobre e a ira faiscava por baixo da sua pele.

– Agora, sra. Ali, estávamos nos perguntando se conseguiríamos convencê-la a comparecer ao baile.

– Bem, não sei – disse a sra. Ali. Um prazer súbito e tímido iluminou seu rosto.

– Minha tia não dança em público – disse Abdul Wahid.

O major podia dizer que a voz do rapaz borbulhava de raiva, mas Daisy apenas olhou para ele com uma condescendência adequada para atendentes de loja que pudessem desavisadamente esquecer as boas maneiras.

– Não estávamos contando com ela para dançar – disse ela.

– Queríamos uma espécie de deusa das boas-vindas, localizada no nicho onde mantemos o cabide de chapéus – explicou Alma. – E a sra. Ali é tão essencialmente indiana, ou pelo menos essencialmente paquistanesa, no melhor sentido.

– Na verdade, sou de Cambridge – disse a sra. Ali com a voz serena. – Enfermaria 3 do hospital municipal. Nunca viajei além da Ilha de Wight.

– Mas ninguém saberia disso – disse Alma.

– A sra. Khan acha que precisamos de alguém para receber as pessoas e guardar chapéus e casacos – disse Daisy. – Como ela e o marido, o dr. Khan, virão como convidados, não poderão fazer isso. Ela sugeriu a senhora. – O rosto da sra. Ali empalideceu, e o major sentiu o ódio vir subindo até sua própria garganta.

– Minha tia não trabalha em festas – começou o sobrinho, mas o major pigarreou tão alto que o rapaz parou, surpreso.

– Ela não estará disponível – disse ele, percebendo que seu rosto ficava vermelho.

Todos o olharam, e o major se sentiu dilacerado entre o desejo de sair correndo para a porta e a necessidade urgente de defender a amiga.

– Já convidei a sra. Ali para a festa como minha convidada – continuou ele.

– Que incrível – disse Daisy, fazendo uma pausa, como se tivesse a maior expectativa de que ele reconsiderasse a questão.

O sobrinho da sra. Ali olhou para o major, como se ele fosse um inseto estranho encontrado na banheira. Alma não conseguiu disfarçar uma expressão de choque. Grace virou para o outro lado e pareceu de repente estar interessada em uma manchete importante na prateleira de jornais da região. A sra. Ali corou, mas manteve o queixo para o alto e olhou direto para Daisy.

– Tenho certeza de que a sra. Ali acrescentará um tom decorativo à sala, de qualquer modo – disse Gertrude, intrometendo-se sem rodeios, mas com boa acolhida, no silêncio constrangedor.

– Será para nós um prazer tê-la como embaixadora em missão especial, representando tanto o Paquistão como Cambridge.

Ela sorriu, e o major pensou que talvez ele tivesse subestimado a personalidade da moça ruiva. Ela parecia ter alguma autoridade e um toque de diplomacia que poderia acabar por enlouquecer Daisy. Ele mal podia esperar por esse dia.

– Então, não resta mais nada a fazer aqui – disse Daisy com a voz ressentida. – Precisamos repassar os planos e precisamos ligar para o major para organizar a busca na sua casa por uniformes militares, e assim por diante.

– Eu ligo para Roger. Ele e eu podemos nos dedicar ao major – disse Gertrude, dando-lhe um sorriso de conspiração. – É minha tarefa atrair os mais jovens para a apresentação e, como sócio novo, tenho certeza de que Roger está louco para ajudar.

– Nunca entendi por que é tão difícil conseguir envolver os homens – disse Alma, quando as senhoras saíram conversando alto sobre os planos até chegarem ao carro.

– Obrigada por ter pensado rápido, major – disse a sra. Ali. Para sua surpresa, parecia que ela o estava pastoreando também na direção da porta. – O senhor precisava de alguma coisa antes de ir embora? Vou fechar a loja um pouco.

– Só vim ver se Amina precisava de uma carona de volta para a cidade – disse o major. – Não há ônibus de tarde hoje.

– Eu não sabia disso – disse Amina. Ela olhou para a sra. Ali. – É melhor eu ir, se o major se dispõe a nos levar para casa.

– Não, você deve ficar para nós conversarmos mais um pouco – disse a sra. Ali.

– Ela deveria ir embora, de volta para a mãe – disse Abdul Wahid numa voz baixa, feroz.

– Minha mãe morreu há dois meses – disse Amina, falando só para ele. – Trinta anos na mesma rua, Abdul Wahid, e somente seis pessoas compareceram ao enterro. Por que você acha que isso aconteceu? – Sua voz falhou, mas ela se recusou a desviar os olhos.

– Onde está George? – perguntou o major, para romper o silêncio doloroso.

– George está lá em cima, para não atrapalhar – respondeu a sra. Ali. – Encontrei uns livros para ele olhar.

– Lamento que sua mãe tenha tido de suportar essa vergonha – disse o sobrinho. – Mas não foi minha culpa.

– É o que sua família diria – disse a garota, com as lágrimas agora escorrendo pelas faces magras. Ela apanhou a mochila. – George e eu vamos embora agora, e você nunca mais vai ser perturbado por nós.

– Por que você tinha de vir aqui, afinal de contas? – perguntou ele.

– Eu precisava vir para ver com meus próprios olhos que você não me ama. – Ela enxugou o rosto com o punho da camisa, e uma mancha suja fez com que ela parecesse uma criancinha. – Nunca acreditei neles quando diziam que você foi embora por sua própria decisão, mas agora vejo que você é o produto de sua família, Abdul Wahid.

– É melhor você ir embora – disse ele, mas sua voz ficou embargada quando virou o rosto para outro lado.

– Não, não, você fica e nós vamos subir para estar com George e comer alguma coisa – disse a sra. Ali. – Não vamos deixar as coisas assim. – Ela parecia alvoroçada. Mordeu o lábio inferior e depois projetou para ele um sorriso que era dolorosamente falso.

– Obrigada pelo oferecimento, major, mas está tudo bem aqui. Vamos tomar nossas próprias providências.

– Se a senhora tem certeza – disse o major. Ele sentia um fascínio inadequado, como o de um motorista que desacelerasse para espiar um acidente na estrada. A sra. Ali aproximou-se da porta, e ele não teve escolha a não ser ir atrás. Num sussurro, ele acrescentou: – Fiz mal em trazê-la aqui?

– Não, não, estamos felizes por eles estarem aqui – disse ela, em voz alta. – Revelou-se que eles podem ser aparentados conosco.

Um último pedaço do quebra-cabeça encaixou no lugar, e o major viu na sua mente uma imagem do pequeno George de cara amarrada e tão parecido com Abdul Wahid. Abriu a boca para falar, mas o rosto da sra. Ali era uma máscara de cortesia exausta, e ele não quis dizer alguma coisa que estragasse o frágil verniz.

– Parentes a mais são úteis, creio eu. Mais parceiros para o bridge em festas de família ou mais um doador de rim – murmurou ele. – Parabéns.

Um pequeno sorriso iluminou por um instante seu rosto cansado. Ele desejou poder segurar sua mão e lhe pedir que desabafasse com ele, mas o sobrinho ainda estava olhando furioso.

– Obrigada também por sua mentirinha cavalheiresca sobre o baile, major – acrescentou a sra. Ali. – Tenho certeza de que a intenção das senhoras era boa, mas fico feliz por recusar o pedido delas.

– Espero que a senhora não demonstre que sou mentiroso, sra. Ali – respondeu ele, tentando falar baixo. – Seria para mim uma honra e um prazer acompanhá-la ao baile.

– Minha tia não sonharia em comparecer – disse Abdul Wahid, em voz alta. Seu maxilar tremia. – Não é correto.

– Abdul Wahid, você não vai tentar me dar lição sobre o que é correto – disse a sra. Ali em tom áspero. – Eu governo minha própria vida, muito obrigada. – Ela se voltou para o major e estendeu a mão. – Major, eu aceito seu gentil convite.

– Estou muito honrado – disse ele.

– E espero que possamos continuar a discutir literatura – disse ela com a voz clara. – Senti muita falta do nosso compromisso de domingo.

Ela não sorriu quando disse isso, e o major sentiu uma pontada de decepção por ela o estar usando para ferir o sobrinho. Enquanto erguia o chapéu para se despedir, percebeu que a tensão tinha voltado. Ou talvez tensão não fosse a palavra certa. Enquanto se afastava dali, pensou que era mais parecido com um desespero de baixa intensidade. Ele parou na esquina e olhou para trás. Tinha certeza de que as três pessoas na loja tinham pela frente muitas horas de conversa dolorosa. A vitrine nada revelava, a não ser reflexos fragmentados, cintilantes, da rua e do céu.

Capítulo 12

Não era a temporada de críquete, e por isso o major ficou confuso por um instante com o som abafado de arcos sendo fincados na relva. O som ressoava ao longo da subida gramada do campo no fundo do jardim e espantou alguns pombos do pequeno bosque no morro. O major, levando uma caneca de chá e o jornal da manhã, desceu até a cerca para investigar.

Não tinha muito a ver: somente um homem alto de botas de borracha e um impermeável amarelo, consultando um teodolito e uma prancheta enquanto outros dois, seguindo suas instruções, mediam distâncias com passos e martelavam pinos de madeira de ponta laranja no capim grosseiro.

– Major, não deixe que o vejam – disse uma voz incorpórea num sussurro audível. O major olhou ao redor.

– Estou me mantendo escondida – continuou a voz, que agora ele reconhecia como a de Alice, sua vizinha.

Ele foi até a sebe, espiando para ver onde ela estava.

– Não olhe para mim – disse ela, num tom de exasperação. – É provável que já o tenham avistado. Então basta ficar olhando para lá e para cá como se estivesse sozinho.

– Bom-dia, Alice – disse o major, bebendo um pouco de chá e "olhando para lá e para cá" da melhor forma possível. – Algum motivo para nos ocultarmos tanto?

– Se formos empreender alguma ação direta, não vai ser bom que eles vejam nosso rosto – explicou ela, como para uma criança pequena.

Ela estava sentada num banquinho dobrável de acampamento no espaço reduzido entre sua própria esterqueira e a sebe que dividia seu jardim do campo. Parecia não se incomodar com o leve cheiro azedo de legumes em decomposição. Arriscando um rápido olhar de relance, o major viu um tripé e um telescópio enfiados no verde da sebe. Também percebeu que os esforços de Alice para ser discreta não se estendiam às roupas, que incluíam um suéter magenta e calça laranja em algum tipo de cânhamo frouxo.

– Ação direta? – perguntou o major. – Que tipo de...

– Major, estão fazendo o levantamento topográfico para construção de casas – disse Alice. – Eles querem cobrir de concreto esse campo inteiro.

– Mas isso não pode ser verdade – disse o major. – Essa terra é de lorde Dagenham.

– E lorde Dagenham pretende ganhar um bom dinheiro com a venda da terra e a construção de casas nela – disse Alice.

– Talvez ele só esteja instalando uma nova drenagem.

O major sempre descobria que se tornava deliberadamente mais cauteloso e racional quando estava perto de Alice, como se o entusiasmo confuso dela pudesse se infiltrar na própria consciência dele. Gostava de Alice, apesar dos cartazes feitos à mão para várias causas que ela colava nas janelas e da aparência descuidada tanto de seu jardim como de sua pessoa. Ambos pareciam sofrer de um excesso de ideias conflitantes e de um compromisso com o movimento orgânico.

– Drenagem uma ova – disse Alice. – Nosso serviço secreto sugere que há uma conexão americana.

O major sentiu um aperto nas entranhas. Tinha a triste certeza de que ela estava com a razão. Atualmente estava ocorrendo um lento extermínio por todos os cantos da Inglaterra, com vastas extensões de campos sendo divididas em pequenos retângulos, como currais de carneiros, preenchidos com casas idênticas de tijolos bem vermelhos. O major piscou forte, mas os homens não desapareciam. Sentiu um desejo repentino de voltar para a cama e enfiar a cabeça debaixo das cobertas.

– Como eles já viram seu rosto, bem que você podia ir interrogá-los – disse Alice. – Ver se eles resistem a um confronto direto.

O major deu a volta para entrar no campo e pediu para falar com o encarregado. Foi encaminhado ao homem alto, de óculos, camisa social e gravata por baixo da capa amarela, que pareceu totalmente simpático ao trocar com ele um aperto de mãos, mas se recusou educadamente a explicar sua presença.

– Receio que o assunto seja totalmente confidencial – disse ele. – O cliente não quer alarde.

– É perfeitamente compreensível – disse o major. – A maioria das pessoas por aqui tem uma aversão bastante ridícula por qualquer tipo de mudança; e elas podem ser irritantes.

– Bem, é isso mesmo – disse o homem.

– Quando eu for atirar com lorde Dagenham no dia 11, vou precisar lhe pedir para dar uma olhadinha pessoalmente nas plantas – disse o major. – Tenho grande interesse pela arquitetura, na qualidade de amador, é claro.

– Não posso prometer que terei as plantas arquitetônicas até lá – disse o homem. – Sou apenas o engenheiro. Precisamos cobrir todos os campos altos, e depois virão os estudos do trânsito para a zona comercial, o que leva tempo.

– É claro, a zona comercial vai exigir alguns meses, imagino. – O major estava se sentindo bem fraco. Às suas costas, podia sentir o olho de Alice vigiando pelo telescópio. – O que devo dizer às pessoas se elas perguntarem?

– Quando insistem muito, digo que é drenagem – disse o homem. – Todo mundo é favorável à drenagem.

– Muito obrigado – disse o major, dando meia-volta. – Direi a lorde Dagenham que você está com tudo sob controle.

– E diga às pessoas que não tentem arrancar minhas estacas – disse o homem. Ele inclinou a cabeça com o zumbido de um pequeno avião que se aproximava e apontou com o polegar para o céu. – Fotos aéreas de todas as áreas completadas. Geralmente se antecipam aos vândalos locais.

De volta ao seu próprio portão, o major sentiu uma pequena pontada de dor. Vinha se sentindo melhor nos últimos dias, e foi uma surpresa descobrir que a dor pela perda do irmão não tinha ido embora, mas estava apenas escondida em algum lugar, aguardando para atacá-lo numa ocasião exatamente como essa. Sentiu que os olhos se enchiam de lágrimas e fincou as unhas da mão livre na palma da outra mão para conter o choro. Tinha a aguda noção da presença de Alice, agachada por trás da sebe.

– Meu informante está de volta – disse Alice, falando num telefone celular. O major teve certeza de que ela teria preferido um rádio transmissor e receptor. – Colho as informações imediatamente.

– Receio que você esteja com a razão – disse o major, tendo o cuidado de não olhar para baixo, na direção dela. Em vez disso, contemplava as fachadas dos fundos, iluminadas pelo sol, das casas espalhadas como uma quantidade de vacas dormindo ao longo da periferia do campo. – São casas, sem dúvida, e algum componente comercial.

– Meu Deus, é uma cidade nova inteira – disse Alice ao telefone. – Não temos um minuto a perder, é claro. Precisamos agir de imediato.

– Se alguém lhe perguntar, por favor, diga-lhes que informei que era uma drenagem – disse o major, preparando-se para voltar para casa para tomar uma segunda xícara de chá. Estava se sentindo muito mal.

– Você não pode simplesmente dar as costas e ir embora – disse Alice. Ela se levantou, com o aparelho ainda grudado na orelha. Ele se perguntou com quem ela estaria falando e imaginou um grupo de hippies envelhecidos, com jeans rasgados e carecas incipientes. – Você precisa se juntar a nós, major.

– Estou tão contrariado quanto você – disse ele. – Mas ainda não temos todos os fatos. Deveríamos entrar em contato com a administração distrital para descobrir em que pé estamos no que diz respeito a permissões e assim por diante.

– Certo, o major chefiará as comunicações – disse Alice para o celular.

– Não, na verdade... – começou o major.

– Jim quer saber se você poderia criar alguns cartazes – disse Alice.

– Isso seria criativo demais para mim – disse o major, perguntando-se quem era Jim. – Não sou dado a pincéis atômicos.

– O major reluta em se juntar a nós oficialmente – disse Alice para o celular. – Com as ligações que tem, talvez ele pudesse ser nosso homem não oficial lá dentro. – Veio um pouco de conversa, nervosa, pelo aparelho. Alice olhou para o major, dos pés à cabeça.

– Não, não, ele é totalmente confiável. – Ela se virou, e o major mal podia ouvir o que ela dizia por trás da larga cortina do cabelo crespo. Ele se inclinou na direção dela. – Estou disposta a responder por ele – ouviu-a dizer.

O major considerou ligeiramente ridículo, porém comovente, que Alice Pierce respondesse por ele. Não podia ter certeza se seria capaz de fazer o mesmo por ela, se lhe fosse pedido. Sentou-se no braço do banco que se abrigava à sombra da sebe divisória e deixou a cabeça pender sobre o peito com um suspiro. Alice fechou o celular, e ele sentiu que ela o estava olhando.

– Sei que você ama este lugarejo mais do que ninguém – disse ela. – E sei o quanto a Morada das Rosas significa para você e sua família.

Ela falou com uma delicadeza incomum. Ele voltou-se para olhar para ela e ficou enternecido ao ver que era totalmente genuíno.

– Obrigado – disse ele. – Você também já está há bastante tempo na sua casa.

– Consegui ser muito feliz aqui – disse ela. – Mas são só vinte anos, o que praticamente não conta neste lugarejo.

– Isso faz com que eu me sinta velho e bobo. Supunha que o progresso nunca atingiria este nosso cantinho do mundo – disse ele.

– Não tem a ver com o progresso. Tem a ver com a ganância.

– Recuso-me a acreditar que lorde Dagenham entregaria suas terras desse modo – disse o major. – Ele sempre apoiou o campo. Pelo amor de Deus, ele gosta de atirar.

Alice balançou a cabeça como que achando incrível sua ingenuidade.

– Todos nós somos a favor de preservar o campo, até sabermos quanto dinheiro podemos ganhar fazendo um puxadinho aqui, subindo um cômodo acolá ou construindo nos fundos do jardim. Todo mundo é verde, exceto em relação a seu próprio pequeno projeto, que eles nos garantem que não fará muita diferença... e de repente lugarejos inteiros estão exibindo janelas no sótão, garagens para dois carros e anexos para a sogra. – Ela passou as mãos pela cabeça, afofando a cabeleira crespa e a alisando para trás.

– Todos nós temos tanta culpa quanto Dagenham. É só que ele está numa escala maior.

– Ele tem a obrigação de administrar o patrimônio – disse o major. – Tenho certeza de que há de se dar conta disso e mudar de opinião.

– Quando isso falhar, nós vamos lutar – disse ela. – Não se desiste enquanto não se investir contra os buldôzeres e não se for jogado na cadeia.

– Admiro seu entusiasmo – disse o major. Ele se levantou e lançou o resto do chá sobre uma dália morta. – Mas não posso, em sã consciência, ajudá-la com qualquer tipo de perturbação da ordem pública.

– Perturbação da ordem pública? Isso aqui é uma guerra, major – disse Alice, reprimindo um risinho. – Guarneçam as barricadas e atirem os coquetéis molotov!

– Faça o que você tiver de fazer – disse o major. – De minha parte, vou escrever uma carta severa ao secretário de Planejamento.

Naquela tarde, o major foi andando até a caixa do correio com sua carta e ficou algum tempo parado, com o envelope na mão. Talvez tivesse sido direto demais no seu pedido. Tinha eliminado a palavra "exigimos" de vários lugares para substituí-las por "solicitamos", mas ainda assim achava que estava pondo o secretário de Planejamento em situação difícil. Ao mesmo tempo, temia que Alice não visse com bons olhos se ele fosse excessivamente cortês. Por isso, tinha acrescentado uma frase ou duas sobre a necessidade de transparência e a responsabilidade da administração distrital pela preservação do patrimônio da terra. Tinha cogitado usar "terra sagrada", mas, para evitar confusão com searas de propriedade da Igreja, optara no último instante por "terra dos antepassados". Também pensara em enviar cópia da carta diretamente a lorde Dagenham, mas decidiu que poderia deixar para mais tarde, talvez para uma data posterior à competição de tiro ao pato, sem nenhum comprometimento moral sério. O ato de inserir uma carta dobrada em papel de boa qualidade num envelope novo sempre lhe dava prazer, e agora, ao olhar para o envelope, ele concluiu que suas palavras estavam organizadas de modo apropriado e que a carta era adequadamente concisa e séria. Pôs o envelope na caixa com satisfação e teve esperança de que toda a questão se resolvesse de modo amistoso entre homens razoáveis. Tendo despachado a carta, ele estava livre para olhar para a loja do lugarejo e, como se tivesse sido atingido por uma ideia repentina, decidiu entrar e perguntar como iam a sra. Ali e o sobrinho.

Dentro da loja, a sra. Ali estava sentada ao balcão enfiando pequenos quadrados de seda nas cestas de ráfia que costumava encher com velas de sândalo e saquinhos de sais de banho de eucalipto e angélica. Embaladas em celofane e com um laço de seda, elas eram um presente muito procurado. O major tinha comprado duas no ano anterior para dar a Marjorie e Jemima no Natal.

– Elas têm boa saída, creio eu – disse ele, a título de cumprimento. A sra. Ali espantou-se, como se não tivesse prestado atenção à campainha. Talvez, pensou ele, ela não esperasse vê-lo.

– É, são a compra preferida de última hora de quem se esqueceu totalmente da pessoa que deveria ser presenteada – disse a sra. Ali. Ela parecia agitada, girando uma cesta completa na ponta dos dedos longos e finos. – O pânico dá lucro, suponho eu.

– Ontem a senhora me pareceu um pouco aflita – disse ele. – Vim ver se está tudo bem.

– As coisas estão... difíceis – disse ela, por fim. – Difíceis, mas possivelmente também muito positivas.

Ele esperou que ela se estendesse, descobrindo que sentia uma curiosidade que lhe era totalmente desconhecida. Não mudou de assunto, como teria feito se Alec ou algum outro amigo tivesse ousado fazer alguma insinuação a respeito de uma dificuldade pessoal. Simplesmente aguardou, na esperança de que ela continuasse.

– Terminei de lustrar as maçãs – disse uma vozinha. O menino, George, veio dos fundos da loja, com uma flanela limpa numa das mãos e uma pequena maçã verde na outra. – Esta é muito menor que as outras – acrescentou ele.

– Então, ela é pequena demais para vender – disse a sra. Ali. – Você gostaria de comê-la para mim?

– Gostaria, sim – disse George, com o rosto se abrindo num largo sorriso. – Vou lavar.

Ele foi andando até os fundos da loja. A sra. Ali acompanhou-o com o olhar, e o major observou enquanto seu rosto se abrandava num sorriso.

– Eu diria que a senhora tem um jeito especial para lidar com crianças – disse o major. – No entanto, no caso de suborno declarado, seria melhor eu guardar minha opinião.

Sua intenção era a de fazê-la rir, mas, quando ela ergueu os olhos, seu rosto estava sério. Ela passou as mãos pela saia, e ele percebeu que elas tremiam.

– Preciso lhe contar uma coisa – começou ela – que não deveria contar a ninguém. Mas, se eu o fizer, talvez ajude a tornar os fatos reais...

Sua voz foi se calando, e ela examinou o dorso das mãos como se estivesse procurando o pensamento perdido entre as veias de um azul apagado.

– Não precisa me dizer nada – disse ele. – Mas pode ter certeza de que qualquer coisa que a senhora resolva me contar será mantida em total sigilo.

– Estou um pouco confusa, como o senhor pode ver – disse ela, olhando para ele novamente com apenas uma sombra de seu sorriso habitual. Ele esperou. – Amina e George ficaram conosco ontem à noite – começou ela. – Revelou-se que George é meu sobrinho-neto. Ele é filho de Abdul Wahid.

– É mesmo? – disse o major, simulando ignorar o fato.

– Como eu pude não ter adivinhado, não ter sentido? – disse ela. – E no entanto, agora, com uma palavra de Amina, estou ligada a esse menino por um amor profundo.

– A senhora tem certeza de que é a verdade? – disse o major.

– É só que há casos, sabe? As pessoas tiram vantagem mesmo e assim por diante.

– O pequeno George tem o nariz do meu marido. – Ela piscou, mas uma lágrima escapou e escorreu pelo lado esquerdo da face.

– Estava bem ali, mas eu não conseguia ver.

– Portanto, devo lhe dar parabéns? – perguntou o major, sem que tivesse sido sua intenção formular a frase como uma pergunta.

– Eu lhe agradeço, major – disse ela. – Mas não posso evitar o fato de que isso cobre minha família de vergonha, e eu entenderia se o senhor preferisse não continuar nossa amizade.

– Tolice. Ideia semelhante nunca me passou pela cabeça.

Ele sentiu que enrubescia com a pequena mentira. Estava dando o melhor de si para sufocar o desejo inconveniente de escapulir da loja e se livrar do que era, não importava de que modo se encarasse, uma história ligeiramente sórdida.

– Esse tipo de humilhação não deveria acontecer em boas famílias – disse ela.

– Ah, isso acontece há milênios – interrompeu o major, sentindo a necessidade de transmitir uma falsa confiança a si mesmo tanto quanto a ela. – Os vitorianos foram piores que o resto, naturalmente.

– Mas a vergonha parece realmente tão insignificante em comparação com essa criança linda.

– As pessoas sempre se queixam do afrouxamento dos padrões morais – prosseguiu o major. – Mas minha mulher sempre insistiu que as gerações anteriores eram igualmente tolerantes. Eram apenas mais dissimuladas.

– Eu sabia que Abdul Wahid foi mandado embora porque estava apaixonado por alguma garota – disse ela. – Mas nunca soube que havia uma criança.

– E ele sabia? – perguntou o major.

– Ele diz que não. – Seu rosto se ensombreceu. – Uma família dispõe-se a fazer muitas coisas para proteger seus filhos, e receio que a vida tenha se tornado muito difícil para essa jovem. – Fez-se silêncio enquanto o major procurava, em vão, por algumas palavras úteis para reconfortá-la. – Seja como for, eles estão aqui agora, Amina e George, e preciso corrigir as coisas.

– O que a senhora vai fazer? – perguntou o major. – Quer dizer, a senhora praticamente não sabe nada sobre essa jovem.

– Sei que devo mantê-los aqui, enquanto descobrimos o que fazer – disse a sra. Ali, com o queixo erguido num atraente arco de decisão. Ele reconheceu uma mulher dedicada a uma missão.

– Eles ficarão comigo pelo menos uma semana, e, se Abdul quiser continuar a dormir no carro, é isso o que terá de fazer.

– Dormir no carro?

– Meu sobrinho insiste que não pode dormir debaixo do mesmo teto com uma mulher não casada, por isso dormiu no carro – disse a sra. Ali. – Ressaltei para ele a óbvia incoerência de seu raciocínio, mas sua nova religiosidade permite que ele seja teimoso.

– Mas por que eles precisam ficar aqui? – perguntou o major.

– Não podem simplesmente fazer visitas?

– Receio que, se voltarem para a cidade, possam desaparecer de novo – disse ela. – Amina parece ser muito impetuosa e diz que sua tia está praticamente histérica com as pessoas fazendo perguntas sobre ela.

– Suponho que alugar um quarto na hospedaria não seja permitido – disse o major. O encarregado do Carvalho Real oferecia dois quartos floridos no sótão e um robusto desjejum completo, servido na área ligeiramente abafada do bar.

– Abdul Wahid ameaçou ir à cidade pedir uma cama ao imame, o que significaria que nossa história se tornaria o assunto para a comunidade inteira. – Ela cobriu o rosto com as mãos e disse baixinho: – Por que ele precisa ser tão teimoso?

– Olhe só, se for realmente importante para a senhora mantê-los todos aqui, o que acha de seu sobrinho ficar alguns dias na minha casa? – O major se surpreendeu com o oferecimento, que pareceu brotar por vontade própria. – Tenho um quarto a mais... para mim não seria incômodo algum.

– Ai, major, seria esperar demais – disse a sra. Ali. – Eu não poderia abusar tanto da sua gentileza.

Seu rosto, no entanto, tinha se iluminado com a expectativa. O major já estava decidido a acomodar o rapaz no antigo quarto de Roger. O quarto de hóspedes era bastante frio, já que era voltado para o norte, e a cama tinha alguns furos suspeitos numa perna que ele vinha querendo examinar. Não seria nada bom que um hóspede caísse da cama por causa de carunchos.

– Olhe, realmente não vai me dar nenhum trabalho – disse ele.
– E, se ajudar a resolver esse problema, será um prazer ser útil.

– Ficarei lhe devendo, major. – Ela se levantou do banco, chegou mais perto e pôs a mão no braço dele. – Não tenho como expressar minha gratidão.

O major sentiu o calor se espalhar para cima pelo braço. Manteve-se imóvel, como se uma borboleta tivesse pousado no seu ombro. Por um instante, nada existia além da sensação da respiração dela e da visão do seu próprio rosto nos seus olhos escuros.

– Bem, está tudo certo. – Ele apertou rapidamente a sua mão.

– O senhor é um homem espantoso – disse ela, e ele se deu conta de lhe ter inspirado um sentimento de confiança e gratidão que tornaria completamente impossível para um homem honrado tentar beijá-la em qualquer momento em breve. Ele se amaldiçoou por ser tão tolo.

Já estava escuro quando Abdul Wahid bateu à porta da Morada das Rosas. Trazia alguns pertences bem enrolados num pequeno tapete de oração atado com uma tira de lona. Ele dava a impressão de estar acostumado a enrolar toda a sua vida nessa trouxa simples.

– Entre, por favor – disse o major.

– O senhor é muito gentil – disse o rapaz, que continuava com a mesma cara amarrada de costume.

Ele retirou os sapatos marrons desgastados e os colocou abaixo da chapeleira do hall. O major sabia que esse era um sinal de respeito para com sua casa, mas se sentia embaraçado pela intimidade dos pés de um desconhecido em meias úmidas. Teve uma súbita visão das senhoras do lugarejo deixando marcas das meias finas em círculos como os de danças de bruxas no seu assoalho bem encerado. Ele se alegrou por seus próprios pés estarem abrigados em resistentes chinelos de lã.

Ao conduzi-lo ao andar superior, o major decidiu por fim levar o sobrinho ao quarto de hóspedes voltado para o norte. O quarto de Roger, com seu velho tapete azul e a boa escrivaninha com luminária, de repente pareceu luxuoso e confortável demais para esse rapaz de expressão dura.

– Este quarto serve? – perguntou ele, dando um chute sorrateiro na perna fraca da cama para se assegurar de que ela era resistente e nenhum pó caía dos furos dos carunchos. O colchão fino, a cômoda de pinho e a solitária gravura de flores numa parede pareciam adequadamente monacais.

– O senhor é muito gentil. – Abdul Wahid colocou seus poucos pertences na cama, com delicadeza.

– Vou apanhar uns lençóis e deixar que você se acomode – disse o major.

– Obrigado – disse Abdul Wahid.

Quando o major voltou com a roupa de cama e com um cobertor fino de lã que havia selecionado, em vez de um edredom de seda, Abdul Wahid já tinha se instalado. Na cômoda estavam arrumados um pente, uma saboneteira e um exemplar do Alcorão. Uma grande toalha de prato de algodão, estampada com caligrafia, tinha sido pendurada cobrindo o quadro. O tapete de orações estava no assoalho, parecendo pequeno em comparação com a vastidão de tábuas corridas desgastadas. Abdul Wahid estava sentado à borda da cama, com as mãos nos joelhos, olhando para o nada.

– Espero que você não sinta frio – disse o major, pondo a pilha na cama.

– Ela sempre foi tão linda – sussurrou Abdul Wahid. – Nunca consegui pensar direito na sua presença.

– A janela chocalha um pouco se o vento vem por esse canto da casa – acrescentou o major, indo apertar o fecho. Sentia que estava um pouco perturbado por ter o rapaz dramático dentro de sua casa, e, por temer dizer alguma coisa errada, decidiu bancar o anfitrião alegre, benevolente.

– Eles me prometeram que eu me esqueceria dela, e eu me esqueci – disse o rapaz. – Mas agora ela está aqui, e minha cabeça não parou de girar o dia inteiro.

– Talvez seja um sistema de baixa pressão. – O major espiou pela vidraça em busca de sinais de nuvens de tempestade. – Minha mulher sempre tinha dores de cabeça quando o barômetro caía.

– É um enorme alívio estar na sua casa, major – disse Abdul Wahid. O major voltou-se, surpreso. O rapaz tinha se levantado e agora se curvava ligeiramente diante dele. – Estar novamente num santuário, longe de vozes de mulheres, é um bálsamo para minha alma angustiada.

– Não posso prometer que vá durar – disse o major. – Minha vizinha, Alice Pierce, gosta muito de cantar música *folk* para as plantas do jardim. Acredita que faz com que elas cresçam, ou sei lá o quê. – O major muitas vezes tinha se perguntado como uma interpretação ululante de *Greensleeves* estimularia uma produção maior de framboesas, mas Alice insistia que funcionava muito melhor que fertilizantes químicos, e ela realmente produzia vários tipos de frutas em quantidades suficientes para tortas. – Nenhuma noção de tom, mas entusiasmo à vontade – acrescentou ele.

– Nesse caso acrescentarei um pedido por chuva às minhas orações – disse Abdul Wahid. O major não pôde determinar se esse comentário teve intenção humorística ou não.

– Vejo você de manhã – disse ele. – Costumo preparar um bule de chá por volta das seis.

Ao deixar o hóspede e prosseguir para a cozinha, ele sentiu nos ossos a exaustão de uma reviravolta tão estranha nos acontecimentos. E, no entanto, não pôde deixar de registrar um certo enlevo, por ter mergulhado direto no centro da vida da sra. Ali de uma forma tão extraordinária. Tinha agido com espontaneidade. Tinha feito valer seus próprios desejos. Sentiu-se tentado a comemorar a própria ousadia com um bom copo de uísque, mas, quando chegou à cozinha, decidiu que um bom copo d'água com bicarbonato de sódio seria mais prudente.

Capítulo 13

A manhã de sábado estava ensolarada e o major, no jardim dos fundos, transferia com um forcado uma pilha de folhas para um carrinho de mão quando a voz alta do filho vindo da casa o sobressaltou, fazendo com que se empertigasse e deixasse cair toda a carga, praguejando à meia-voz. Não tendo nenhuma ideia de que Roger realmente cumpriria a ameaça de lhe fazer uma visita, o major não lhe dissera que haveria um hóspede na casa. Pelos gritos contínuos, acompanhados do que pareceu uma cadeira sendo derrubada, o major supôs que talvez precisasse correr se quisesse poupar tanto Roger como seu hóspede de uma escaramuça.

Enquanto corria na direção da porta, ele amaldiçoava Roger por nunca se dar ao trabalho de ligar, mas sempre aparecer sem aviso quando estava com vontade. O major teria gostado de instituir algum sistema racional de notificação anterior a cada visita, mas parecia que nunca encontrava as palavras certas para dizer a Roger que a casa de sua infância já não estava disponível para ele a qualquer hora. Ele desconhecia a existência de alguma etiqueta consagrada que determinasse a partir de quando um filho deveria ser privado do privilégio de ir e vir sem cerimônia, mas sabia que, nesse caso, essa hora já tinha passado havia muito tempo.

Agora ele ficaria entalado com Roger de cara amarrada, como se fosse o dono da casa, enquanto o major e seu hóspede seriam os intrusos. Quando ele chegou à porta dos fundos, Roger saía ofegante, com o rosto vermelho e furioso e os dedos a postos sobre o celular.

– Tem um homem na casa dizendo que está ficando aqui – disse Roger. – Sandy está dando corda para ele falar, mas estou com a polícia na discagem rápida.

– Ai, meu Deus, não ligue para a polícia – disse o major. – Esse é só Abdul Wahid.

– Abdul o quê? – perguntou Roger. – Quem é esse cara afinal? Quase bati nele com uma cadeira da sala de jantar.

– Você enlouqueceu? – perguntou o major. – Por que supôs que meu hóspede é algum tipo de intruso?

– E isso é mais absurdo do que supor que meu pai de repente se tornou amigo de metade da população do Paquistão?

– E você deixou Sandy sozinha com meu "intruso"? – perguntou o major.

– Deixei, ela o está mantendo ocupado, conversando sobre roupas feitas à mão – disse Roger. – Ela sacou que a echarpe era alguma peça tribal antiga e conseguiu acalmá-lo. Dei uma saidinha só para verificar se ele estava dizendo a verdade.

– Isso é que é cavalheirismo – disse o major.

– Bem, você mesmo disse que ele não é perigoso – disse Roger.

– Afinal, quem é esse cara, e o que ele está fazendo aqui?

– Acho que não é da sua conta – respondeu o major. – Estou simplesmente ajudando uma amiga, hospedando seu sobrinho por uns dias, no máximo umas duas semanas. Ela queria convidar a noiva para vir morar com eles e... É um pouco complicado.

Ele não se sentia em terreno firme. Era difícil defender seu convite quando ele próprio não entendia totalmente aonde a sra. Ali estava tentando chegar ao mudar Amina e George imediatamente para o apartamento acima da loja. Ela lançara um olhar faminto para o pequeno George, e o major só foi reconhecer aquele olhar mais tarde. Era o mesmo que Nancy às vezes dava para Roger, quando achava que ninguém estava olhando. Havia olhado para ele daquela maneira no dia em que nasceu e tinha olhado para ele exatamente do mesmo modo quando estava definhando numa cama de hospital. Naquele quarto com cheiro de água sanitária, com sua trêmula lâmpada fluorescente e seu ridículo friso de papel de parede novo, transbordando com malvas-rosa de cor púrpura, Roger tinha tagarelado sem parar sobre seus próprios interesses como de costume, como se uma alegre recitação das suas perspectivas de promoção pudesse apagar a realidade de que ela estava morrendo; e ela o contemplava como que para marcar o rosto do filho a fogo na mente que ia se apagando.

– Isso é ridículo – disse Roger, falando num tom tão autoritário que o major se perguntou como o filho reagiria a um golpe veloz do cabo do ancinho nas canelas. – Seja como for, Sandy e eu estamos aqui agora, e você pode nos usar como desculpa para se livrar dele.

– Seria uma grande grosseria eu "me livrar" dele – disse o major. – Ele aceitou meu convite, um convite que eu poderia não ter feito se soubesse que vocês viriam este fim de semana.

– Mas eu disse que faríamos uma visita em breve – disse Roger.

– Eu lhe disse no chalé.

– Ai de mim! Se eu planejasse meus fins de semana em torno da esperança de que você cumpriria uma promessa de fazer uma visita, eu seria um velhote solitário, sentado no meio de uma torre crescente de roupa de cama limpa e bolo que não foi comido – disse o major. – Pelo menos, Abdul Wahid apareceu quando foi convidado.

– Olhe, tenho certeza de que ele é um camarada perfeitamente legal, mas todo cuidado é pouco na sua idade – disse Roger. Ele parou e olhou ao redor como se quisesse detectar algum enxerido. – Há muitos casos de idosos enganados por vigaristas.

– O que você quer dizer com "idosos"?

– É preciso ter um cuidado especial com os estrangeiros.

– Isso também se aplicaria aos americanos? – perguntou o major. – Porque estou avistando um deles agora.

Sandy estava parada à porta. Parecia estar examinando as longas cortinas, e o major desejou que a estampa de papoulas não tivesse se desbotado para um tom de ferrugem ao longo das bordas.

– Não seja ridículo – disse Roger. – Os americanos são exatamente como nós.

Enquanto o filho recebia Sandy com um beijo nos lábios e um braço em volta da cintura, restou ao major ficar boquiaberto diante de uma rejeição tão peremptória de qualquer distinção de caráter nacional entre a Grã-Bretanha e a gigantesca nação empreendedora do outro lado do Atlântico. O major encontrava muita coisa a admirar nos Estados Unidos, mas também sentia que a nação ainda estava na tenra infância, com seu nascimento tendo precedido o reinado da rainha Vitória por não mais que cerca de sessenta anos. Excessivamente generosos – ele ainda se lembrava das latas de chocolate em pó e dos lápis de cera de colorir distribuídos em sua escola, mesmo alguns anos depois da guerra –, os Estados Unidos brandiam seu poder imenso no mundo com uma confiança irresponsável que fazia com que ele pensasse num bebê que está aprendendo a andar e conseguiu se apoderar de um martelo.

Estava disposto a admitir que talvez fosse preconceito seu, mas o que se esperava pensar de um país onde a história ou bem era preservada em parques temáticos por funcionárias que usavam toucas franzidas e saias compridas por cima dos tênis, ou bem era demolida para aproveitamento das tábuas largas de madeira?

– Tudo bem com você, querida? – perguntou Roger. – Afinal, Abdul está aqui a convite de meu pai.

– É claro – disse Sandy. Ela se voltou para o major. – Ernest, sua casa é adorável.

Ela estendeu a mão longa, e o major a segurou, percebendo que as unhas agora estavam cor-de-rosa com largas pontas brancas. Ele levou um instante para se dar conta de que elas tinham sido pintadas de modo que se assemelhassem a unhas, e deu um suspiro diante da extraordinária extensão das vaidades femininas. Sua mulher, Nancy, tinha lindas unhas ovais, como avelãs, e nunca tinha feito com elas nada além de dar um polimento com um pequeno instrumento de manicure. Ela as mantinha curtas, para melhor enfiá-las no solo do jardim ou para tocar piano.

– Obrigado – disse o major.

– Quase dá para sentir o cheiro dos séculos – disse Sandy, que estava perfeitamente trajada para uma versão literária do meio rural ou talvez para uma tarde em Tunbridge Wells. Usava sapatos marrons de salto alto, calça clara bem passada, uma camisa com uma estampa de folhas do outono e um pulôver de cashmere envolvendo seus ombros. Não parecia pronta para escalar a escada de entrada no lugarejo e atravessar pastagens encharcadas para chegar ao bar para almoçar. Uma maldade inconsequente levou o major a sugerir de imediato que eles fizessem exatamente isso.

– Que acham de comemorar a agradável surpresa de sua visita? – disse ele. – Pensei em irmos andando para almoçar no Carvalho Real.

– A verdade é que trouxemos o almoço – disse Roger. – Compramos mantimentos num lugar novo maravilhoso em Putney. Trazem tudo da França de avião para entrega no dia seguinte.

– Espero que goste de trufas em pó – disse Sandy, rindo. – Roger fez com que moessem tudo, menos as madalenas.

– Você não gostaria de convidar esse camarada Abdul para se juntar a nós, como um pedido de desculpas? – acrescentou Roger, como se fosse o major que tivesse provocado uma ofensa.

– Não é cortês chamá-lo de Abdul. Significa "servo" – disse o major. – Formalmente, você deveria usar o nome inteiro, Abdul Wahid. Significa servo de Deus.

– Ele se incomoda com isso? – disse Roger. – E a tia deve ser a sra. não sei como se chama do mercadinho? Aquela que você levou ao chalé para apavorar a sra. Augerspier?

– Aquela sua sra. Augerspier é uma mulher desagradável...

– Isso já se sabe, papai.

– Só porque já se sabe não quer dizer que não se deva dizer em voz alta, sabia? Ou, no mínimo, que nos recusemos a fazer negócios com uma pessoa dessas.

– De nada adianta ser hostil e acabar perdendo um negócio lucrativo, não é mesmo? – perguntou Roger. – Quer dizer, é muito

mais gratificante derrotá-los ficando com a parte mais vantajosa da negociação.
– Qual é a fundamentação filosófica que sustenta essa ideia? – perguntou o major.

Roger fez um aceno indefinido com a mão, e o major percebeu que ele girava os olhos para Sandy ver.

– Ah, é puro pragmatismo, papai. Chama-se de mundo real. Se nos recusássemos a negociar com os de moral questionável, o volume das transações cairia pela metade, e os bons, como nós, acabariam pobres. E então, onde estaríamos todos nós?

– Num pequeno trecho de terra firme e seca conhecido como superioridade moral? – sugeriu o major.

Roger e Sandy foram buscar sua cesta e, enquanto o major tentava não pensar em trufas, que sempre tinha evitado porque fediam como virilhas suadas, Abdul Wahid saiu da casa. Como de costume, ele estava carregando um par de textos religiosos empoeirados enfiados parcialmente debaixo do braço e exibia a expressão carrancuda que o major agora compreendia ser o resultado de pensar demais, em vez de mera antipatia. O major gostaria que os rapazes não pensassem tanto. Sempre parecia resultar em movimentos revolucionários absurdos ou, como no caso de alguns de seus antigos alunos, na produção de poesia muito ruim.

– Seu filho veio para ficar – disse Abdul Wahid. – Eu deveria deixar sua casa.

– Ah, não, não – respondeu o major, que estava se acostumando ao estilo abrupto de Abdul Wahid falar e já não o considerava ofensivo. – Não há necessidade de você sair às pressas. Já lhe disse: o quarto é seu pelo tempo que você quiser.

– Ele trouxe junto a noiva – disse Abdul Wahid. – Devo dar-lhe parabéns. Ela é linda.

– É, mas, por outro lado, é americana. Sem dúvida, não há motivo para você partir.

Ele achava totalmente ridículo que o rapaz fugisse em disparada de todas as mulheres solteiras que conhecesse.

— O senhor vai precisar do quarto de hóspedes — disse Abdul Wahid. — Seu filho foi muito claro ao dizer que eles ficarão com o senhor por alguns fins de semana até o chalé deles se tornar habitável.

— Ah, eles ficarão? — disse o major, sem conseguir pensar em nenhuma resposta imediata.

Ele duvidava que o quarto de hóspedes seria necessário nesse caso, mas tinha consciência de que essa informação apenas apressaria a partida de Abdul Wahid, enquanto colocaria a si mesmo na posição constrangedora de ter de fazer referência direta às providências do filho para dormir.

— Eu deveria voltar para a loja, e Amina e George deveriam voltar para sua tia na cidade — disse Abdul Wahid, com a voz firme. — Toda essa ideia de que nós dois podemos voltar a nos unir é pura tolice.

— Muitos tolos mais tarde foram chamados de gênios — disse o major. — Não há pressa alguma para tomar decisões, certo? Parece que sua tia acha que a família vai acabar concordando. E ela adora o pequeno George.

— Minha tia conversou com o senhor sobre esse assunto? — perguntou Abdul Wahid.

— Eu conheci seu tio — disse o major, mas sentiu a mentira na frase e não pôde olhar para Abdul Wahid.

— Minha tia sempre desafia os limites normais e necessários da vida real. Ela vê essa atitude quase como um dever — disse ele. — Mas eu vejo apenas complacência, e, se eu não encerrar essa confusão, receio que minha tia dessa vez fique com o coração partido.

— Olhe, por que você não fica para almoçar, e nós poderíamos caminhar juntos até o vilarejo? — perguntou o major. Estava preocupado com a possibilidade de Abdul Wahid estar certo. Se a sra. Ali insistisse em investir em George todos os seus sonhos de filhos e netos, ela talvez sofresse uma decepção. No entanto, ele relutava em permitir que o rapaz precipitasse alguma crise. Além disso, descobria que adoraria impor seu hóspede a Roger, ou talvez impor um ao outro, na esperança de sacudi-los para que

saíssem de sua inércia moral. – Eu realmente gostaria que você conhecesse meu filho direito.
Abdul Wahid deu um balido estranho, e o major percebeu que ele estava de fato rindo.

– Major, seu filho e a noiva lhe trouxeram um banquete de patês, presuntos e outros produtos aparentados do porco. Quase não consegui escapar da cozinha com minha fé intacta.
– Tenho certeza de que podemos lhe fazer um sanduíche de queijo ou alguma outra coisa – disse o major. Abdul Wahid mexeu com os pés, e o major insistiu no convite: – Eu gostaria muito de tê-lo à mesa conosco.
– Naturalmente acatarei sua vontade – disse ele. – Tomarei um chá, se me permitir.

Na cozinha, uma toalha desconhecida de aniagem listrada de azul tinha sido posta na mesa. Os melhores copos de vinho, os que o major tirava do armário no Natal, estavam arrumados ao lado de pratos de plástico num verde-limão medonho. Um balde de gelo que ele nunca tinha usado continha uma garrafa de água gaseificada sendo resfriada no que pareciam ser todos os cubos de gelo de todas as suas bandejas de plástico. Mostardas estranhas tinham sido transferidas para suas lavandas de porcelana, enquanto um vaso desconhecido, semelhante a uma raiz de árvore, continha um buquê de calas amarelas, que tinham se abaixado até a mesa numa profunda reverência. Sandy estava enfiando mais calas emurchecidas entre os bibelôs sobre o console da lareira. Eles tinham acendido um fogo desnecessário, porém bonito, e o major se perguntou se teriam comprado também a lenha em Putney. Roger estava fritando alguma coisa no fogão.

– Seu paletó pegou fogo, Roger – perguntou o major –, ou você está só cozinhando alguma coisa feita de *tweed*?
– Só algumas fatias de trufas salteadas com *foie gras* e azedinha – disse Roger. – Comemos num restaurante na semana passada, e estava tão maravilhoso que pensei em experimentar eu mesmo fazer. – Ele mexeu na frigideira, que começava a ficar preta. – Só

que o aroma não está parecido com o da receita do chef. Eu talvez devesse ter usado gordura de ganso, em vez de banha de porco.

– Vamos ser quantos para o almoço? – perguntou o major. – Algum ônibus de excursão está prestes a chegar?

– Bem, papai, eu me planejei para deixar sobras – disse Roger.

– Assim, você terá comida para a semana.

Ele despejou o conteúdo da frigideira numa cumbuca rasa e largou a frigideira preta a chiar na pia, onde ela continuou a fumegar.

– Ernest, você tem um saca-rolha? – perguntou Sandy, e a indignação do major com a sugestão de que ele precisava que lhe fornecessem comida foi deixada de lado pela necessidade de evitar um mal-entendido cultural.

– Abdul Wahid consentiu em se sentar à mesa conosco. Por isso, talvez eu ponha água na chaleira para um chá e faça para nós todos uma boa jarra de limonada – disse o major.

Sandy parou, aninhando uma garrafa de vinho no quadril.

– Ah, é o que digo, será que precisamos... – começou Roger.

– Por favor, não se incomodem com minha presença – disse Abdul Wahid. – Bebam o que quiserem.

– Muito bem, meu velho – disse Roger. – Se todos simplesmente demonstrassem esse nível de boas maneiras, poderíamos solucionar a crise do Oriente Médio amanhã.

Ele curvou os lábios num sorriso inexpressivo, exibindo dentes brancos demais para serem naturais.

– Venha e se sente ao meu lado, Abdul Wahid – disse Sandy. – Quero lhe fazer mais perguntas sobre a tecelagem tradicional no Paquistão.

– Não vou ser de muita ajuda – disse Abdul Wahid. – Fui criado na Inglaterra. No Paquistão, eu era considerado inglês e turista. Comprei meu cachecol em Lahore, numa loja de departamentos.

– Nada é melhor que um simples copo de água gelada e cristalina – disse o major, que ainda estava vasculhando a pequena gaveta junto do fogão em busca de um saca-rolha. Sandy passou para ele a garrafa de vinho quando se sentou ao lado de Abdul Wahid.

– Ora, papai, você sem dúvida não vai deixar passar um bom Margaux 1975 – disse Roger. – Escolhi especialmente para você.

Dois bons copos de um clarete respeitável no meio do dia não faziam parte da programação normal do major. Ele precisou admitir que eles conferiram uma atmosfera promissora a um almoço que, de outro modo, teria sido excessivamente formal. O rosto de Sandy, com a maquiagem impecável, parecia suave na névoa criada pela luz da lareira e pelo vinho. As ordens arrogantes de Roger – ele os tinha obrigado a girar o vinho no copo e a enfiar o nariz, como se nunca tivessem provado um bom vinho antes – eram quase enternecedoras. O major se perguntava se o filho agia com toda essa veemência diante de seus amigos em Londres e se eles toleravam seu entusiasmo ou simplesmente riam, pelas suas costas, de seus esforços ineficazes de tentar mandar em todo o mundo. Abdul Wahid não dava o menor sinal de escárnio. Parecia menos inflexível que de costume – talvez deslumbrado, pensou o major, pela visão de Sandy, loura e extremamente bem-arrumada. Ele alternava goles de sua limonada e do chá, e respondia às poucas perguntas de Sandy com as respostas mais corteses.

Roger fez questão de não dar atenção ao convidado e tagarelava sem parar sobre o novo chalé. No período de uma semana, ele e Sandy pareciam ter conseguido contratar os serviços de um carpinteiro e de uma equipe de pintores.

– E não se trata de qualquer pintor, não – disse Roger. – Eles são muito requisitados, por galerias e restaurantes. Sandy os conheceu por intermédio de um amigo no trabalho. – Ele fez uma pausa e segurou a mão de Sandy, com um sorriso amoroso. – Ela é a rainha dos bons contatos.

– Muitos contatos, poucos amigos – disse Sandy. O major detectou uma ponta de tristeza que pareceu genuína. – É tão revigorante ficar apenas sentado à toa com a família e amigos, como estamos fazendo agora.

– E onde está sua família? – perguntou Abdul Wahid. A pergunta abrupta sobressaltou o major, tirando-o da sua crescente sonolência.

– Estamos espalhados por toda parte – disse ela. – Meu pai mora na Flórida, minha mãe se mudou para Rhode Island. Tenho um irmão no Texas, e minha irmã se mudou com o marido para Chicago no ano passado.

– E qual é sua religião, se me permite perguntar?

– Deus do céu, a família de Sandy é rigorosamente anglicana – disse Roger, atropelando as palavras. – Conte para meu pai da vez que sua mãe conseguiu tirar uma fotografia com o arcebispo da Cantuária.

– É, minha mãe uma vez chegou a ficar de tocaia diante de um sanitário masculino para conseguir tirar uma foto com o arcebispo – disse Sandy. Ela revirou os olhos. – Acho que ela imaginou que isso pudesse compensar os atos do resto da família. Parece que agora somos um budista, dois agnósticos e os outros, pura e simplesmente ateus.

– Anglicanos não praticantes – disse Roger.

– A palavra "ateu" já transmite essa impressão, Roger – retrucou o major.

– Roger não gosta de conversar sobre religião, não é mesmo? – disse Sandy. Ela começou a enumerar assuntos nos dedos: – Nada de religião, nem política, sexo apenas por indiretas... não é de admirar que vocês, britânicos, tenham tanta obsessão pelo clima, querido.

O major encolheu-se mais uma vez com o termo afetuoso. Supôs que teria de se acostumar com ele.

– Acho importante que conversemos sobre nossas diferentes religiões – disse Abdul Wahid. – Mas, na Grã-Bretanha, guardamos esse assunto entre quatro paredes, varrido para baixo do carpete. Não encontrei ninguém que se disponha a sentar e conversar sobre o assunto.

– Ah, meu Deus, um muçulmano ecumênico – disse Roger. – Você tem certeza de que está falando sobre a religião certa?

– Roger! – disse Sandy.

– Tudo bem – disse Abdul Wahid. – Prefiro esse tipo de franqueza. Não posso defender minha religião de evasivas e da cortesia que esconde o desdém.

O major sentiu uma necessidade urgente de mudar de assunto:
– Vocês dois já marcaram a data do casamento, ou iam fazer dela uma surpresa também? – perguntou ele.
Roger baixou os olhos e esfarelou pão na beira do prato. Sandy tomou um longo gole de vinho, o que o major observou com prazer, como uma possível fissura na sua fachada de perfeição. Houve um momento de silêncio.
– Ah, nossa, não – disse Roger, por fim. – Não temos nenhum plano de nos casar tão cedo, ou eu teria lhe contado.
– Nenhum plano? – perguntou o major. – Acho que não estou entendendo.
– Quer dizer, uma vez que se esteja casado, as pessoas começam a imaginar "pai de família"; e, antes que se perceba, toda a sua carreira cheira a fraldas iminentes – disse Roger, girando a rolha do vinho nos dedos. Ele a usou para organizar a pilha de migalhas de pão, formando um bolinho minúsculo. – Já vi o casamento fixar as pessoas no posto que ocupavam na ocasião.
Sandy prestava muita atenção ao copo de vinho e nada disse.
– O casamento é uma parte maravilhosa da vida – disse o major.
– É, a aposentadoria também – disse Roger. – Mas, com relação aos dois, o melhor é adiá-los o máximo possível.
– Você não tem medo de que isso sugira diletantismo e falta de fibra moral? – disse o major, com o maior esforço para conter sua indignação. – Toda essa falta de compromisso hoje em dia, ela não cheira a fraqueza de caráter?
– Como alguém que foi fraco – disse Abdul Wahid, com a voz baixa –, posso lhe assegurar que não é um caminho que leva à felicidade.
– Ai, eu não quis falar de você, Abdul Wahid – disse o major, horrorizado por ter involuntariamente ofendido o convidado. – De modo algum.
– Olhe, Sandy é dona do próprio nariz e não vê problema algum – disse Roger. – Fale para eles, Sandy.
– Na realidade, a ideia foi minha – disse Sandy. – Minha firma mantinha toda essa história de visto, suspensa por um fio. Por

isso, assumir um noivado com um cidadão britânico pareceu a solução ideal. Não é minha intenção ofendê-lo, Abdul Wahid.

– Não estou ofendido – disse Abdul Wahid. Ele piscou algumas vezes e respirou fundo. – É só que às vezes, quando ficamos escolhendo quais normas seguir, mais tarde descobrimos que, nesse processo, deixamos de lado alguma coisa preciosa.

– Mas todo mundo adia o casamento se puder – disse Roger. – Quer dizer, é só olhar para a família real.

– Não vou tolerar que você seja desrespeitoso, Roger – reagiu o major. A moda atual de trocar histórias e piadas, como se a família real fosse o elenco de uma novela de televisão, era para ele de um terrível mau gosto.

– Preciso voltar para a loja agora.

Abdul Wahid levantou-se da mesa e curvou a cabeça para o major e para Sandy. O major ergueu-se para acompanhá-lo.

– Espero que voltemos a vê-lo – disse Sandy.

– Qual é o problema dele? – disse Roger, quando o major voltou.

– Abdul Wahid acabou de descobrir que tem um filho – disse o major. – É um aviso para todos nós de que arranjos românticos pouco ortodoxos não são desprovidos de consequências.

– Concordo que você está com a razão, pelo menos quando se trata das classes operárias e dos estrangeiros – disse Roger. – Totalmente desligados quanto a métodos contraceptivos e tudo o mais. Mas nós não somos como eles, Sandy e eu.

– A espécie humana é toda igual quando se trata de relações românticas – disse o major. – Uma espantosa ausência de controle de impulsos associada a uma miopia total.

– Olhe, vamos ver como nos saímos com o chalé, papai – disse Roger. – Quem sabe, talvez daqui a seis meses estejamos prontos para um compromisso.

– De casamento?

– Ou pelo menos de comprar uma casa juntos – disse Roger. Sandy acabou de tomar seu copo de vinho e não disse nada.

Depois do almoço, Roger quis fumar um charuto no jardim. O major fez um bule de chá e tentou dissuadir Sandy de lavar a louça.

– Por favor, não tire a mesa – disse ele. Ainda considerava todos os oferecimentos de ajuda na cozinha um constrangimento e um sinal de pena.

– Mas eu adoro lavar louça – disse Sandy. – Sei que você provavelmente me considera uma ianque horrorosa, mas estou tão apaixonada pelo fato de que as pessoas aqui conseguem morar em casinhas mínimas e fazer o serviço doméstico sem aparelhos complicados.

– Eu deveria salientar que a Morada das Rosas é considerada bastante espaçosa – disse o major. – E gostaria que você soubesse que possuo a última palavra em ferro a vapor.

– Você não manda passar a roupa fora?

– Eu tinha uma mulher que vinha aqui em casa – disse o major – quando minha mulher adoeceu. Mas ela passava os vincos das minhas calças até eles brilharem. Eu parecia uma droga de chefe de banda de música.

Sandy riu, e o major não se encolheu tanto. Ou estava se acostumando com ela, ou ainda estava sob o efeito do clarete.

– Pode ser que eu não me dê ao trabalho de comprar uma lava-louça para o chalé – disse Sandy. – Talvez mantenhamos as coisas autênticas.

– Do jeito que meu filho usa as panelas, acho que vocês vão precisar de uma – disse o major, cutucando com um garfo a frigideira queimada e falando alto para que Roger, que vinha voltando do jardim, registrasse o comentário.

– Fui ao clube na semana passada – disse Roger, pegando o pano de prato seco que o major lhe ofereceu, mas então resolvendo se sentar à mesa, em vez de ajudar.

– Eu soube – disse o major. – Por que não me ligou para eu levá-lo lá e apresentá-lo corretamente?

– Desculpe. Na verdade, eu estava só de passagem. E, como tinha sido sócio júnior todos aqueles anos, pensei que poderia simplesmente dar uma olhada e ver como estava a situação – disse Roger.

– E exatamente qual era a situação? – perguntou o major.

– Aquele velho secretário é um perfeito palerma – disse Roger.
– Mas deparei com Gertrude Dagenham-Smythe, e ela resolveu tudo. Contei a Sandy como foi divertido ver o secretário do clube bajulando Gertrude daquele jeito. Seria impossível ele apanhar mais depressa um formulário de inscrição de sócios.
– Vou precisar preencher um formulário de recomendação, naturalmente – disse o major. – Você não deveria ter contrariado o secretário.
– Na verdade, Gertrude disse que ia pedir ao tio para me recomendar – disse Roger, entregando-se a um enorme bocejo.
– Lorde Dagenham?
– Quando ela se ofereceu, achei que seria bom ser recomendado por alguém na posição mais alta possível na cadeia alimentar.
– Mas você nem a conhece – disse o major, que ainda pensava em Gertrude como a senhora do chapéu de balde.
– Estivemos com Gertrude algumas vezes na cidade – disse Sandy. – Ela se lembrou imediatamente de Roger. Brincou dizendo que teve uma paixonite por ele um verão, quando ela veio em visita.
O major teve uma súbita visão de uma garota alta e magra com queixo largo e óculos verdes que não parava de aparecer na alameda num verão. Lembrou-se de Nancy convidá-la a entrar algumas vezes.
– Eu me lembro de Roger sendo muito grosseiro com ela – disse o major. – Seja como for, está fora de cogitação. Simplesmente não dá certo não ser recomendado pela própria família.
– Se você insiste – disse Roger, e o major pôde apenas ficar furioso ao perceber que tinha sido posto na posição de implorar para não ser excluído da ascensão social de Roger. – Você se lembra de como ela vivia aparecendo do nada do meio da sebe e me entregando presentes? – prosseguiu Roger. – Ela era sem graça como uma traseira de ônibus, e eu precisava espantá-la com uma zarabatana.
– Roger! – disse o major. O status da jovem como sobrinha de lorde Dagenham bastava para conferir-lhe alguma distinção, se não beleza.

– Ah, mas agora ele é muito atencioso com ela – disse Sandy. – Ela pediu a ajuda dele para o baile do clube de golfe, e ele concordou imediatamente. Ainda bem que não sou do tipo ciumento.

– Não estou nem um pouco satisfeito com o baile – disse o major. – Há algumas ideias ridículas por aí que você precisa me ajudar a reprimir.

– Conte comigo – disse Roger. – Não quero que nenhuma tolice prejudique o tema central: a glória do nome Pettigrew.

– Mas é exatamente isso que precisamos reprimir – disse o major. – Não gosto de nosso nome na boca de todos, como divertimento barato.

– Mas de que outro modo conseguiríamos que nosso nome estivesse na boca de todos tão rápido? – perguntou Roger. – Eles me pediram que fizesse o papel de vovô Pettigrew. É uma sorte inacreditável. – Ele bocejou novamente.

– É um ultraje – disse o major.

– É um empurrão na minha carreira social, e não vai lhe custar nada – disse Roger. – Você ia querer me negar essa chance?

– Vamos parecer ridículos – disse o major.

– Todo mundo parece ridículo no interior – disse Roger. – A questão é unir-se a eles para não suspeitarem de você.

O major sentiu-se tentado a premiar o egocentrismo do filho com um golpe na orelha dado com a frigideira recém-areada.

– Seu pai é simplesmente fantástico – disse Sandy, enquanto tomavam chá na sala de estar. – É tão bom conhecer alguém de verdade, para variar.

– Nós conhecemos esta semana um dos maiores colecionadores de arte da Europa – disse Roger. – Um russo, com uma casa inteira à beira de Regents Park.

– Creio que seu pai não teria gostado muito dela – disse Sandy.

– Ele tem seis Picassos e manípulos de ametista em todas as torneiras dos banheiros – disse Roger. – Dez minutos de bate-papo com ele, e Sandy já tinha uma encomenda de um guarda-roupa inteiro para sua namorada.

– Eu realmente admiro quem não faz as coisas pela metade – disse Sandy.

– Você deveria ligar para ela, querida, e ver se consegue extrair um convite para almoçar – disse Roger.

– Ai, meu Deus, Roger, almoço não – disse Sandy. – Almoços exigem conversa. Acho que não consigo aguentar uma hora inteira escutando a mulher catalogar todas as bolsas.

– Valeria a pena, se acabássemos na lista de pessoas convidadas para a tenda particular deles na feira de arte – disse Roger. – Se conseguirmos manobrar direitinho, poderíamos estar num iate no mar Negro no próximo verão; ou pelo menos ser convidados para um fim de semana em Poole.

– No meu tempo, acho que nunca sentíamos a necessidade de "manobrar" nossos contatos sociais desse modo – disse o major.

– Parece um pouco canhestro.

– Ora, vamos, o mundo sempre foi assim – disse Roger. – Ou você está no jogo, fazendo os bons contatos, ou estará no ostracismo social, contentando-se em fazer amizade... bem, com donos de mercadinhos.

– Você está sendo muito grosseiro – disse o major, sentindo o rosto enrubescer.

– Creio que seu pai está certo – disse Sandy. – Para ser interessante, é preciso ter contatos em todos os tipos de classe. Desse jeito, você mantém as pessoas desprevenidas.

– Sandy é uma verdadeira mestra em fazer amizades – disse Roger. – Ela convence todo mundo de que realmente gosta deles.

– Eu realmente gosto de todos eles – disse Sandy, corando. – Está bem, talvez eu não goste do russo. Pode ser que precisemos alugar uma canoa, se você quiser férias em algum barco.

– Ela consegue o que quiser da mulher do meu chefe. Num instante, não consigo tomar um cafezinho com meu chefe; no instante seguinte, ele me convida para atirar com ele e um cliente – disse Roger. – Nunca subestime o poder da máfia feminina.

– Acho que me lembro de um menino se debulhando sobre um pica-pau e jurando nunca mais pegar numa arma – disse o major.

– Você vai realmente atirar? – Ele se inclinou na direção de Sandy e lhe serviu mais chá. – Depois disso, nunca mais consegui que ele saísse para atirar comigo – acrescentou ele.

– É, como se "traga o pica-pau" fosse um baita convite – disse Roger. – Era minha primeira vez e eu acertei numa ave ameaçada. Nunca me deixaram esquecer isso.

– Ora, você precisa aprender a descartar essas coisas, meu filho – disse o major. – Os apelidos só pegam nas pessoas que deixam que isso aconteça.

– Meu pai. – Roger revirou os olhos. – Grande adepto da escola de compaixão dos banhos gelados e censuras causticantes.

– Agora Roger vai atirar – disse Sandy. – Tivemos de passar três horas na Jermyn Street, comprando o traje correto.

– Um traje? – perguntou o major. – Eu poderia ter lhe emprestado uma calça de golfe e um paletó.

– Comprei tudo que eu precisava, obrigado – disse Roger. – Menos uma arma, é claro. Eu tinha esperança de pegar emprestadas a sua e a do tio Bertie.

O pedido foi apresentado sem tropeços. O major pôs na mesa a xícara e o pires, e ficou examinando a expressão plácida do filho, com curiosidade e fúria, em partes iguais.

Roger não deixava transparecer o menor sinal de que compreendia a afronta do pedido. Para ele, não tinha maior importância do que pedir emprestado um par de botas de borracha durante um temporal. O major avaliou como poderia dar uma resposta que fosse forte o suficiente para causar uma impressão em Roger.

– Não.

– Como assim? – disse Roger.

– Não, você não pode pegar as armas emprestadas – disse o major.

– Por que não? – perguntou Roger, com os olhos arregalados.

O major estava prestes a responder, quando reconheceu que o filho o estava atraindo para dar explicações. E as explicações simplesmente abririam negociações.

– Não vamos debater o assunto diante da nossa convidada – disse o major. – Está fora de cogitação.

Roger levantou-se tão depressa que derramou chá no pires.

– Por que você sempre tenta me derrubar? – perguntou ele.

– Por que nunca se dispõe a me apoiar? É da minha carreira que estamos falando.

Ele largou a xícara de chá com violência e se virou para olhar para a lareira, com as mãos tensas unidas atrás das costas.

– Tenho certeza de que seu anfitrião preparou algumas armas de reserva perfeitamente adequadas – disse o major. – Além do mais, como novato, ficaria ridículo você atirar com um par tão valioso. Pareceria absurdo.

– Obrigado, pai – disse Roger. – Legal você ser franco como sempre a respeito das minhas limitações.

– Tenho certeza de que seu pai não teve essa intenção – disse Sandy, dando a impressão de ter se lembrado de repente do motivo pelo qual conhecidos de negócios eram, afinal de contas, preferíveis à família.

– Só estou tentando impedir que você pareça tolo – disse o major. – Seja como for, que tipo de torneio de tiro vai ser? Se os alvos forem de argila, eles costumam ter exatamente o equipamento adequado.

– Não, na realidade é um tipo de evento campestre – disse Roger.

Ele parou de falar como se relutasse em dizer mais, e uma horrível premonição se abateu sobre o major. Ele chegou a pensar em enfiar os dedos nas orelhas para não ter de ouvir as palavras seguintes de Roger.

– Eu disse a Roger que você ficaria feliz por ele – disse Sandy. – Mas ele passou a semana inteira preocupado com a possibilidade de você se ofender por ele, depois de todos esses anos, ser convidado em vez de você.

– Vou atirar com lorde Dagenham na semana que vem – disse Roger. – Sinto muito, papai, mas simplesmente aconteceu, e eu não pude recusar.

– É claro que não – disse o major.

Ele estava procurando ganhar tempo enquanto avaliava suas opções. Perguntou-se rapidamente se Roger e ele poderiam passar o dia inteiro sem que um fosse forçado a admitir a presença do outro. Então examinou as vantagens de não dizer nada agora, e depois fingir surpresa ao encontrar Roger no dia, mas descartou a ideia, pois não podia confiar em Roger ter uma reação impecável diante de uma mentira dessas.

– Eu quis perguntar a Gertrude sobre a possibilidade de acrescentar uma pessoa, mas acho que há um limite para o número de armas que podem ser incluídas – disse Roger. – Achei que não seria cortês pressioná-los.

Ele corou, e o major viu, com certo assombro, que o constrangimento acerca dos parentes corria nos dois sentidos entre as gerações. Sentiu-se mortificado com a ideia de Roger brandindo uma espingarda por aí, e por um instante viu a si mesmo explicando um pavão morto no gramado. Entretanto, o major admitiu que seria vã qualquer tentativa de esconder sua ligação com Roger. Simplesmente teria de ficar de olho nele.

– Ora, não precisa se preocupar comigo – disse o major, finalmente. – Meu velho amigo Dagenham me convidou há algum tempo para ajudar a reforçar a linha. – Ele fez uma pausa, para maior impacto. – Disse que precisava de uns velhotes para mostrar aos camaradas de Londres como se faz.

– Fantástico – disse Sandy. – Fico tão feliz por tudo estar resolvido. – Ela se levantou. – Se me dão licença – acrescentou, dando o aceno indefinido que o major acreditava ser o sinal feminino universal para dizer que se vai tirar um momento para retocar a maquiagem.

– Estou ansioso para dar às velhas Churchills um bom dia de trabalho – continuou o major, também se levantando quando Sandy deixou a sala. – Você deveria ficar grudado em mim, Roger, assim vou poder jogar algumas aves a mais na sua bolsa, se você precisar.

Ao fechar a porta depois que Sandy passou, Roger parecia estar revoltado, e o major achou que talvez tivesse exagerado. O filho nunca tinha sido capaz de enfrentar uma boa provocação.

– Na verdade, há um americano que está interessado em comprá-las, e vou exibi-las da melhor forma possível – disse ele.

– Você vai mesmo vendê-las? – perguntou Roger, parecendo instantaneamente mais animado. – É uma notícia excelente. Jemima estava começando a se preocupar com a possibilidade de você fugir com elas.

– Você anda conversando com Jemima pelas minhas costas?

– Ora, não é bem assim – disse Roger. – É mais... Desde o funeral, você sabe, achamos que poderia ser útil a gente se manter em contato, já que nós dois temos pais para cuidar. Ela tem a mãe, com quem se preocupar, e eu, bem, você está com ótima aparência agora, mas tio Bertie também estava. Nunca se sabe quando vai ser preciso eu tomar uma atitude e cuidar das coisas.

– Estou sem palavras para expressar minha gratidão por sua preocupação – disse o major.

– Você está sendo sarcástico – disse Roger.

– E você está sendo interesseiro – disse o major.

– Papai, não seja injusto – disse Roger. – Não sou como Jemima.

– Não é mesmo? – perguntou o major.

– Olhe, tudo o que peço é que, quando você vender as armas, considere me dar um pouco do lucro inesperado do qual você nem mesmo precisa – continuou Roger. – Você não faz ideia de como é dispendioso fazer sucesso na cidade. As roupas, os restaurantes, as festas na casa de fim de semana. É preciso investir para avançar hoje em dia, e, com total franqueza, é embaraçoso só tentar me manter à altura de Sandy.

Ele se sentou e relaxou os ombros. Por um instante, pareceu um adolescente amarfanhado.

– Talvez você precise moderar um pouco suas expectativas – disse o major, com preocupação genuína. – A vida não se resume a festas deslumbrantes e a conhecer gente rica.

– É isso o que eles dizem às pessoas que não convidam – disse Roger, afundando na melancolia.

– Eu jamais compareceria a um evento para o qual tivesse sido necessário recorrer à adulação para obter um convite – disse o major.

Enquanto dizia isso, ele se tranquilizou com a lembrança de não ter feito nada com o objetivo de ser convidado. Tinha sido, lembrou-se ele, um gesto totalmente espontâneo de lorde Dagenham. Sandy voltou descendo a escada, e eles pararam de falar. Um toque de água-de-colônia e de batom revigorou o ar na sala, e o major registrou que deveria abrir as janelas com maior frequência. Ele trabalhava muito para manter o lugar limpo e brilhando, mas talvez, pensou, um certo ar viciado fosse inevitável, quando se mora sozinho.

– Devíamos ir andando se quisermos falar com os pintores antes que eles saiam – disse Sandy.

– Você tem razão – concordou Roger.

– Vocês disseram a Abdul Wahid que provavelmente ficariam aqui? – perguntou o major.

Roger e Sandy trocaram um olhar cauteloso. O major sentiu-se como um menininho, cujos pais estão tentando excluí-lo de uma conversa adulta.

– Eu expliquei, sim, para ele que precisaríamos de um lugar para ficar enquanto o chalé está em reforma – disse Roger. – Ele compreendeu perfeitamente que não seria conveniente todos nós ficarmos aqui, se pensarmos no uso dos banheiros e assim por diante.

– Você está absolutamente certo – disse o major. – Como eu disse a Abdul Wahid, você e Sandy ficarão muito mais satisfeitos lá na hospedaria.

– Espere aí – disse Roger.

– Você precisa pedir o quarto azul ao encarregado, minha cara – disse o major a Sandy. – Ele tem uma cama de dossel e, creio eu, uma daquelas banheiras de hidromassagem que vocês, americanos, apreciam tanto.

– Não vou ficar na droga da hospedaria – disse Roger, no rosto a própria imagem da indignação. É claro que não era nobre sentir prazer no constrangimento dos nossos próprios descendentes, mas Roger tinha sido muito presunçoso e precisava ser refreado com firmeza.

– É verdade que a banheira reverbera na ponta do bar onde ficam os fregueses – disse o major, como se estivesse refletindo profundamente sobre o assunto.

Ele percebeu que Sandy estava tendo dificuldade para manter a expressão séria. O riso repuxava-lhe os lábios, e seus olhos o avaliavam.

– Você não vai querer que minha noiva compartilhe esta casa com um caixeiro desconhecido vindo do Paquistão – explodiu Roger.

– Entendo perfeitamente – disse o major. – É uma pena que eu já o tivesse convidado para ficar aqui, e receio não me ser possível expulsá-lo, só porque meu filho não aprova.

– Pelo que se sabe, ele poderia ser um terrorista – disse Roger.

– Ai, Roger, pelo amor de Deus, vá ver seus pintores antes que eles precisem sair correndo para fazer uns retoques no Vaticano ou sei lá onde – disse o major, com a voz mais áspera do que tinha pretendido.

Ele levou a bandeja de chá para a cozinha. Houve uma discussão abafada na sala de estar, e então a cabeça de Roger apareceu à porta da cozinha para dizer que ele e Sandy estavam de saída, mas de fato voltariam para passar a noite. O major apenas fez que sim, a título de resposta.

Estava triste com sua própria explosão. Queria sentir o tipo de ligação forte com Roger que Nancy tivera. A verdade era que agora, sem a mulher para administrar o espaço que ocupavam como família, ele e Roger pareciam ter pouco em comum. Se não houvesse nenhum laço de sangue, o major sentia agora que ele e Roger teriam pouca razão para continuar a sequer se conhecer. Sentou-se à mesa e sentiu a carga dessa admissão sobre os ombros, como se fosse um pesado casaco molhado. No mundo reduzido, sem Nancy, sem Bertie, parecia muito triste ser indiferente ao próprio filho.

Capítulo 14

– Para que serve esse negócio de plástico aqui? – perguntou George, entregando ao major um disco recortado com desenhos complexos que vinha com a pipa adquirida especialmente para a expedição da tarde.

– É provável que seja só parte da embalagem – disse o major, que tinha improvisado da melhor forma possível, já que as instruções de montagem eram em chinês. A pipa barata, roxa e verde, adejou junto da sua mão. Ele soltou a trava rudimentar do carretel e o passou para George. – Pronto para soltar?

George pegou o carretel e começou a andar para trás, para longe do major, pelo capim aparado pelos coelhos. O parque, cheio de famílias nesse belo domingo, ocupava toda a parte superior do largo promontório a oeste da cidade. O lugar era bom para soltar pipa, mas não tão bom para bolas, muitas das quais estavam naquele exato momento descendo em disparada, lá onde o terreno se inclinava abruptamente, de um lado mergulhando para os campos e do outro para a borda do alto penhasco. Placas avisavam às pessoas que a escarpa de greda branca estava sendo constantemente lascada pela ação do mar e das intempéries. Pequenas cruzes e buquês de flores mortas faziam uma referência cifrada para as muitas pessoas que todos os anos escolhiam esse ponto para mergulhar para a morte nas rochas pontiagudas lá embaixo. Todas as mães no parque pareciam sentir a necessidade de gritar para que os filhos permanecessem longe do perigo. Formava-se assim um coro de fundo mais alto que o mar.

– Eddie, saia de perto da beira! – gritou uma mulher, de um banco próximo. Seu filho girava os braços como um moinho de vento, enquanto corria para lá e para cá atrás de um cachorrinho.

– Eddie, estou lhe avisando. – No entanto, ela não se dava ao trabalho de se levantar do banco, onde estava absorta comendo um sanduíche enorme.

– Se têm tanto medo pelos filhos, por que insistem em vir? – perguntou o major, entregando a pipa à sra. Ali para que ela a lançasse. – Pronto, George?

– Pronto! – disse George.

A sra. Ali atirou a pipa para o alto, onde ela pairou adejando um instante e então, para imensa satisfação do major, subiu para o céu.

– É isso mesmo! – gritou o major, enquanto George corria para trás, dando mais linha. – Mais linha, George, mais linha.

– Não vá longe demais, George! – gritou a sra. Ali, com uma súbita ansiedade.

Ela então tapou a boca com a mão e virou para o major os olhos arregalados, cheios de desculpas.

– Não, a senhora também? – disse ele.

– Receio que seja alguma astúcia da natureza – disse ela, rindo. – O vínculo universal entre todas as mulheres e as crianças aos seus cuidados.

– Mais parece uma histeria universal – disse o major. – São centenas de metros daqui até a borda.

– O senhor não acha nem um pouco desnorteante? – perguntou a sra. Ali, examinando a grama lisa que se estendia até a queda abrupta. – Quase consigo sentir a terra girando debaixo dos meus pés.

– Esse é o poder do lugar – disse o major. – Ele atrai as pessoas para cá.

Ele olhou lá para o penhasco verde e a enorme bacia do céu e do mar, procurando pela citação adequada:

> *– Desprovida de sebe ou cerca armada,*
> *Meio selvagem e totalmente mansa,*
> *A beira do abismo é pela relva disfarçada*
> *Como quando aqui chegaram os romanos.*

– Imagino que as mulheres romanas também gritavam para os filhos terem cuidado – disse a sra. Ali. – Isso é Kipling?
– É – disse o major, tirando do bolso um pequeno volume vermelho de poemas. – Chama-se "Sussex", e eu esperava compartilhá-lo com a senhora na hora do nosso chá hoje.

Ela ligara para cancelar a leitura planejada, explicando que tinha se proposto a levar o pequeno George para passear de tarde. O major, recusando-se a passar um segundo domingo decepcionado, descobriu-se perguntando se poderia ir junto.

– Incrível que tenhamos chegado a pensar em ler esse livro dentro de casa – disse a sra. Ali. – Sua força é muito maior aqui fora, onde foi criado.

– Então talvez devêssemos andar por aí atrás do menino George, e eu poderia ler em voz alta o resto do texto – disse o major.

Depois que a poesia tinha sido lida, a pipa tinha sido lançada para o ar algumas dezenas de vezes e George tinha corrido até suas perninhas ficarem exaustas, o major sugeriu que fossem tomar um chá. Eles se acomodaram, com o chá e um prato de bolos, numa mesa abrigada no terraço do bar, que tinha sido absurdamente construído bem em cima do promontório. As faces da sra. Ali estavam acaloradas pela caminhada, mas ela parecia um pouco tensa. George engoliu um pão doce quase inteiro e tomou um copo de limonada bastante choca, antes de se afastar para apreciar um cachorrinho que passeava na guia ali perto.

– Meu sobrinho sugeriu que viéssemos aqui – disse a sra. Ali. – Ele diz que vem aqui o tempo todo depois da mesquita, porque aqui consegue imaginar que Meca está logo ali depois do horizonte.

– Acho que a França talvez esteja no meio do caminho – disse o major, apertando os olhos na direção do horizonte e tentando imaginar o rumo certo para a Arábia Saudita. – Mas em termos espirituais há alguma coisa na borda da Terra que faz com que nos sintamos mais perto de Deus. Uma sensação que nos leva a pensar na nossa própria pequenez, creio eu.

– Fiquei muito feliz por ele querer que George visse o lugar – disse ela. – Parece ser um bom sinal, não acha?

O major achava que teria sido um sinal melhor se o rapaz tivesse pessoalmente mostrado o lugar a George, mas não quis estragar a tarde da sra. Ali.

– Preciso agradecer-lhe novamente por ter acolhido meu sobrinho – disse ela. – Isso permitiu que George e Amina ficassem conosco e permitiu que Abdul Wahid conhecesse o próprio filho.

O major verificou a cor do chá e deu uma mexida, insatisfeita, no bule.

– Fico feliz por ele não ser contra a presença de Amina na loja.

– Uma loja é um lugar estranho – disse a sra. Ali. – Sempre achei que ela representa um minúsculo espaço livre, num mundo com muitos limites.

– Portanto, mais complicado do que a simples venda de ovos e o trabalho mesmo nos feriados importantes.

– Um lugar de concessões – acrescentou ela. – É muito difícil descrever em palavras.

– As concessões costumam se formar a partir do fato de não serem mencionadas – disse o major. – Creio que a compreendo perfeitamente.

– Eu jamais poderia falar sobre isso com meu sobrinho – disse ela. – No entanto, vou lhe confidenciar que ponho minhas esperanças em que o espaço da loja permita a Abdul Wahid ver onde está seu verdadeiro dever.

– A senhora acredita que ele a ama? – perguntou o major.

– Sei que foram muito apaixonados antes – disse ela. – Sei também que a família se esforçou muito para separá-los.

– Parece que ele acredita que, apesar do seu empenho, a família do seu falecido marido nunca aceitará Amina – disse ele enquanto servia o chá.

A sra. Ali aceitou uma xícara de chá, com a ponta dos dedos tocando nos dele na borda do pires. O major sentiu um salto nas veias que só podia ser felicidade. Ela pareceu ficar ansiosa com sua pergunta e hesitou, bebendo um pouco do chá e devolvendo com cuidado a xícara para a bandeja, antes de responder:
– Receio que eu tenha sido muito egoísta – disse ela.
– Não posso permitir que a senhora sugira uma coisa dessas – disse o major.
– É verdade – continuou ela. – Contei a Abdul Wahid que escrevi para a família dele... e realmente escrevi. – A essa altura, ela fez mais uma pausa. Envolveu o peito com os braços e deixou o olhar perdido na paisagem. Ela não olhou para o major quando continuou a falar: – Mas a cada dia que passa, por um motivo ou outro, estou sempre ocupada demais para enviar a carta.

Ela remexeu numa pequena bolsa e tirou dali um envelope fino, muito dobrado e marcado. Voltando-se para o major, ela o segurou com o braço estendido. O major apanhou-o dos seus dedos com delicadeza.

– Uma carta que não foi enviada é um peso enorme – disse ele.
– A cada dia, eu sinto um peso maior – disse ela. – Sinto o peso de saber que as coisas não podem continuar como estão. Mas, ao mesmo tempo, todos os dias sinto uma leveza da qual eu quase tinha me esquecido.

Ela olhou para George, que estava agachado na grama, conversando com o menino do cachorrinho enquanto o cachorrinho pulava para alcançar os joelhos dos dois.

– Por quanto tempo a senhora poderá continuar a adiar a conversa necessária?

– Eu estava esperando que o senhor me garantisse que eu posso adiá-la para sempre – disse ela. – Receio que a carta prejudique tudo. – Ela se voltou para ele, com um sorriso esperançoso pairando nos lábios.

– Minha cara sra. Ali...
– Receio que tirem tudo de mim – disse ela, em voz baixa.

O major sentiu vontade de jogar a carta ofensiva na lixeira mais próxima, junto com os pratos de papel e as embalagens grudentas de sorvete.

— Se ao menos fosse possível não tomar conhecimento da opinião deles — disse ele.

— Não resolveria — disse a sra. Ali. — Sei que meu sobrinho, que tem suas próprias dúvidas a superar, não será capaz de prosseguir sem a bênção do pai. — Ela pegou de volta o envelope e o enfiou na bolsa novamente. — Talvez vejamos uma caixa de coleta no caminho de volta.

— Espero que sua carta encontre uma reação mais amistosa do que a senhora imagina — disse o major.

— Minha religião permite, sim, um ou outro milagre — disse a sra. Ali. — Minha esperança é que eles vejam que foram injustos. É claro que, se isso não funcionar, estou disposta a negociar em termos mais materiais.

— Realmente não deveria ser necessário negociar com a própria família, como um vendedor de carros usados.

O major deu um suspiro. Com reconhecida covardia, ele tinha deixado de atender dois telefonemas de Marjorie, finalmente descobrindo uma utilidade para o identificador de chamadas do seu telefone. Sentia que não tinha como adiar um confronto inevitável acerca das armas, do mesmo modo que a sra. Ali não podia ter esperanças de deter a fúria da família.

— Alguém precisa defender os direitos de George — disse ela. — No Islã não é permitido deixar que uma criança carregue nos ombros o peso da vergonha de um dos pais. George teve de presenciar o enterro da avó, evitado por todos, com exceção de um punhado de pessoas. Foi uma enorme desonra.

— Terrível — disse o major.

— Receio que a família de meu marido tenha agravado a vergonha espalhando certas inverdades — disse a sra. Ali. — Sei que Abdul Wahid entende isso, e creio que isso o ajudará a decidir corrigir a situação.

— Ele parece gostar mesmo dela e do menino — disse o major.

– Que bom o senhor dizer isso – disse a sra. Ali. – Eu estava com esperança de que o senhor conversasse com ele por mim. Acho que ele precisa da perspectiva de um homem sobre esse assunto.

– Na realidade, acho que não me cabe – começou o major, horrorizado com a ideia de falar sobre questões tão íntimas. Ele não teria conseguido abordar um assunto daqueles com seu próprio filho, muito menos com o rapaz teimoso e reticente que no momento ocupava seu quarto de hóspedes.

– Com sua formação militar, o senhor entende melhor que a maioria dos homens o conceito de honra e de orgulho – disse a sra. Ali. – Afinal de contas, sou mulher e abandonaria todo e qualquer fragmento de orgulho para manter comigo esse menino. Abdul Wahid sabe disso e, portanto, desconfia da minha capacidade para enxergar seu ponto de vista.

– Não sou conhecedor da religião que sustenta seu sentido de dever – disse o major. – Eu não teria como lhe dar instruções. – Contudo, ele sentiu que sua oposição à ideia se dissolvia diante da satisfação calorosa de ouvir o elogio da sra. Ali.

– Peço-lhe apenas que converse com ele como um homem honrado conversa com outro – disse a sra. Ali. – Abdul Wahid ainda está explorando sua relação com a religião. Todos nós escolhemos isso e aquilo e tornamos nossa religião só nossa, não é mesmo?

– Não consigo imaginar os vários aiatolás ou mesmo o arcebispo da Cantuária concordando com a senhora – disse o major.

– Creio que não esteja sendo nada ortodoxa.

– Estou sendo realista – disse a sra. Ali.

– Eu não fazia ideia de que comerciantes fossem tão hereges – disse o major. – Estou perplexo.

– O senhor vai falar com ele por mim? – perguntou ela, com os olhos castanhos, determinada.

– Farei qualquer coisa que a senhora peça – disse ele, lendo no seu rosto a gratidão. Ele se perguntou se também não estava vendo alguma felicidade. Voltou-se para o outro lado e se ocupou

cutucando com a ponta da bengala uma erva daninha grande, enquanto acrescentava: — Saiba que estou a seu inteiro dispor.
— Vejo que o cavalheirismo sobrevive — disse ela.
— Desde que não envolva nenhum torneio, considere-me seu cavaleiro — disse ele.

Exatamente quando o major estava pensando que não conseguia se lembrar, nos anos recentes, de nenhuma tarde de domingo mais agradável, uma mulher atravessou o gramado abaixo deles e puxou o menino e seu filhote para longe de George. Eles se afastaram na direção do estacionamento como se estivessem indo embora, mas a menos de cem metros de distância a mulher parou e sacudiu o garoto pelo braço, com a cara zangada bem perto do rosto do menino, enquanto falava com ele. O garoto então foi liberado para correr de novo com seu cachorro. George, que tinha se levantado e ficara olhando enquanto eles iam embora, agora voltava para a mesa, devagar, de ombros caídos.

— O que houve, George? — perguntou a sra. Ali. — Aquela mulher foi grosseira com você?

George deu de ombros.

— Fale de uma vez — disse o major, procurando evitar uma aspereza excessiva na voz. — Qual é o problema?

— Não foi nada — disse George, com um suspiro. — A mãe dele só disse que ele não podia brincar comigo.

— A ignorância de certas pessoas — disse o major, levantando-se do banco. Agora ele via que se tratava da mulher que mais cedo estava gritando, a mãe de Eddie. Ele teria corrido atrás dela, só que ela era muito grande e, embora lenta e pesadona, era provável que fosse belicosa.

— Sinto muito, George — disse a sra. Ali. Ela pôs uma das mãos no braço do major como se quisesse detê-lo, e o major voltou a sentar-se.

— Lá em casa também, ninguém brinca comigo.

— Sem dúvida, você deve ter muitos amigos — disse o major. — Belos rapazinhos iguais a você.

George lançou-lhe um olhar de pena, como se ele mesmo fosse o velho; e o major, uma criança inexperiente.
— Se você tem mãe, mas não tem pai, eles não brincam com você — explicou ele.
— Posso comer outro pãozinho?

O major ficou tão atordoado que passou o prato sem pensar. Foi só quando George afundou o rosto na cobertura de açúcar que ele se lembrou de como nunca tinha permitido ao próprio filho mais do que uma única guloseima na hora do chá e tinha às vezes, a intervalos adequadamente aleatórios, feito o filho passar sem nenhuma guloseima, para impedir que ele se tornasse mimado. Nesse caso, mais um pão doce pareceu o único remédio à mão.

— Ora, George, sua mãe e sua tia Noreen o amam tanto, e sua vovó também o amava muito — disse a sra. Ali, dando a volta à mesa correndo, para se ajoelhar no concreto ligeiramente sujo e abraçar o menino. — E eu o amo muito também. — Ela beijou seu rosto e afagou-lhe o cabelo, enquanto George se contorcia e tentava impedir que o pãozinho se enredasse nos cabelos compridos da sra. Ali. — Você não pode se esquecer disso quando as pessoas forem cruéis.

— Você me parece um camaradinha muito inteligente — disse o major, quando a sra. Ali liberou George dos abraços. O menino olhou-o meio desconfiado, e ele desistiu de dar o conselho que tinha pretendido, de não se deixar atingir por palavras. Em vez disso, estendeu a mão para pegar a mão suja e grudenta de George e disse:

— Seria uma honra para mim se você me considerasse seu amigo.
— Tá bem — disse George, com um aperto de mãos. — Mas do que mais você brinca além de soltar pipa?

A sra. Ali deu uma risada, enquanto o major fazia o maior esforço para manter uma expressão grave e pensativa.

— Você já jogou xadrez? — perguntou ele. — Acho que eu poderia lhe ensinar.

Na volta para casa, George dormiu no banco traseiro, cansado de tanto correr e lotado de pão doce. O major escolheu o percurso mais bonito possível. A sra. Ali parecia extasiada com as encostas altas e chalés aconchegantes das alamedas de menor movimento. Ela avistou uma velha caixa redonda de coleta postal numa encruzilhada, e ele parou o carro para ela poder enviar sua carta. Ele prendeu a respiração, enquanto ela ficou ali parada um instante, com a carta na mão, a cabeça baixa, pensativa. Ele nunca tinha imaginado com tanta clareza as consequências do envio de uma carta: a impossibilidade de recuperá-la da boca de ferro da caixa de coleta; a inevitabilidade de seu avanço constante através do sistema postal; a passagem de malote para malote e de funcionário para funcionário até que um homem solitário numa van parasse perto de uma porta e enfiasse uma pequena pilha na caixa de correspondência. De repente, pareceu horrível que não se pudesse retirar o que tinha sido dito, que não se permitisse aos pensamentos nada da amenização possível quando se fala cara a cara. Quando ela deixou a carta na caixa, todo o sol pareceu sumir daquela tarde.

A questão de como começar uma conversa informal, destinada a persuadir um rapaz a aceitar a orientação de um estranho a respeito de decisões que alterariam sua vida, atormentou o major por alguns dias. Mesmo que fosse possível encontrar as palavras adequadas, parecia haver poucas oportunidades. Abdul Wahid levantava-se muito cedo e saía sem sequer tomar uma xícara de chá. Na maioria dos dias, ele voltava tarde, já tendo jantado na loja, e subia discretamente para o quarto, onde lia algo de sua pequena pilha de livros religiosos. Sua chegada à casa costumava ser assinalada somente por um pequeno sinal de agradecimento deixado na mesa da cozinha: um pouco de alguma nova combinação de chás num embrulhinho de papel vegetal, um pacote de amanteigados, um saquinho de maçãs. O único toque estranho era a visão dos sapatos vazios dispostos à noite junto da porta dos fundos, assim como o leve toque de loção pós-barba com perfume de limão no banheiro, que Abdul Wahid deixava limpo e impecável todas as manhãs. O major perdeu a esperança de encontrar uma brecha e, para cumprir a promessa feita à sra. Ali, começou a deixar o bule preparado e uma chaleira aquecida no fogão, enquanto ficava à espreita na sua própria despensa, para emboscar seu hóspede quando ele entrasse pela porta dos fundos.

Uma noite, quando caía uma chuva pesada, uma oportunidade se ofereceu. Abdul Wahid demorou-se no hall dos fundos com a necessidade de sacudir e pendurar a jaqueta impermeável gotejante. Os sapatos deviam estar totalmente encharcados, pois o major o ouviu enchê-los com jornal amassado tirado da cesta da reciclagem. Transferindo a chaleira para uma boca mais quente do fogão, o major pôs o bule no meio da mesa e tirou do armário duas canecas grandes.

– Não quer me acompanhar numa caneca de chá quente? – perguntou ele, quando Abdul Wahid entrou na cozinha. – A noite não está fácil lá fora.

– Não quero lhe dar nenhum trabalho, major – disse Abdul Wahid, hesitando. Ele parecia estar tremendo de frio. O pulôver fino que usava por cima da camisa não chegava a ser adequado, pensou o major. – Sua hospitalidade já é mais do que mereço.

– Você me faria um enorme favor, se quisesse se sentar um pouco – disse o major. – Passei o dia inteiro sozinho, e me agradaria um pouco de companhia.

Atiçou o fogo na lareira, como se a questão estivesse resolvida. Quando se curvou sobre as achas fumegantes, ele se deu conta de que sua sugestão de solidão era verdadeira. Apesar dos esforços para manter uma vigorosa estrutura de tarefas a cumprir, partidas de golfe, visitas e reuniões, às vezes havia dias como aquele, cheios de chuva e marcados por uma sensação persistente da falta de partes na sua vida. Quando a lama fina corria nos canteiros de flores, e as nuvens bloqueavam a luz, ele sentia saudades da mulher. Sentia saudades até mesmo de Roger e de como a casa vibrava com os sapatos ruidosos de garotos encardidos subindo e descendo a escada. Agora ele se arrependia das inúmeras vezes em que repreendera Roger e seus amigos: não tinha dado o devido valor à alegria na bagunça que faziam.

Abdul Wahid sentou-se à mesa da cozinha e aceitou uma caneca de chá.

– Obrigado. Não falta água lá fora hoje.

– É, nem um pouco agradável – concordou o major, perguntando-se se eles ficariam muito tempo presos na inevitável etapa da conversa sobre o tempo.

– Engraçado que o senhor esteja cansado de passar o dia sozinho – disse Abdul Wahid –, enquanto eu estou cansado de ficar ali no movimento da loja cheia de pessoas a tagarelar o dia inteiro. Eu adoraria trocar de lugar com o senhor e ter tempo para mim mesmo, para ler e pensar.

– Não se apresse em trocar de lugar com um velho – disse o major. – A juventude é uma época maravilhosa de vigor e ação. Época para possibilidades e para fazer amigos e ganhar experiência.

– Tenho saudade de quando era estudante – disse Abdul Wahid.

– Sinto falta das conversas apaixonadas com meus amigos e principalmente das horas entre os livros.

– A vida costuma mesmo atrapalhar nossa leitura – concordou o major.

Eles tomaram o chá em silêncio, enquanto as achas crepitavam e espirravam nas chamas da lareira.

– Sinto muito por deixar o senhor com seus dias solitários, major, mas decidi me mudar de volta para o mercadinho – disse Abdul Wahid por fim. – Já o incomodei demais com minha presença.

– Você tem certeza? – perguntou o major. – Saiba que sua permanência aqui é muito bem-vinda. Roger e Sandy não têm nenhuma intenção verdadeira de me visitar mais do que algumas noites, eu lhe garanto. E você tem total acesso a qualquer livro nas minhas estantes.

– Obrigado, major, mas decidi morar num pequeno anexo que temos atrás da loja – disse Abdul Wahid. – Ele tem um banheiro e uma pequena janela. Assim que eu remover o que parece ser um trator inútil e vários ninhos de galinhas, acredito que uma pintura o transformará num quarto igual ao que eu ocupava na universidade. Será um santuário até que as coisas se resolvam.

– Então você ainda não recebeu notícias da família – disse o major.
– Chegou uma carta – respondeu Abdul Wahid.
– Ah – disse o major. Abdul Wahid olhava fixamente para o fogo sem dizer nada. Por isso, depois de um silêncio interminável, o major acrescentou: – Boas notícias, espero.
– Parece que as objeções morais podem ser superadas – disse Abdul Wahid. Ele amarrou a cara como se estivesse sentindo algum gosto de azedo.
– Bem, isso é fantástico – disse o major. – Não é? – Estava intrigado com o rapaz parecer tão infeliz. – Logo você poderá estar com seu filho, e talvez até mesmo morar na mesma casa, em vez de morar no galinheiro.

Abdul Wahid levantou-se e foi para perto da lareira, onde se agachou e estendeu as palmas das mãos para as chamas.
– Acho que o senhor não aprovaria tão rápido se fosse com seu filho – disse ele.

O major franziu o cenho enquanto tentava abafar o reconhecimento imediato de que o rapaz estava com a razão. Ele se atrapalhou em busca de uma resposta que fosse verdadeira, mas também útil.
– Não é minha intenção ofendê-lo – acrescentou Abdul Wahid.
– De modo algum – disse o major. – Você não está errado, pelo menos não em tese. Eu me sentiria infeliz de pensar em meu filho enredado numa situação semelhante; e muita gente, além de mim, pode ser acusada de certa sensação de superioridade de que isso nunca aconteceria na sua família.
– Foi o que imaginei – disse Abdul Wahid, com uma careta.
– Agora, não vá você se ofender – disse o major. – O que estou tentando dizer é que é assim que todos se sentem em tese. Mas aí vem a vida e lhe entrega algo concreto, algo concreto como o pequeno George, e as teses são forçadas a desaparecer.
– Eu não esperava que eles concordassem com nada que minha tia propôs – disse ele. – Calculei que fossem facilitar minha decisão.

– Eu não fazia ideia de que você não queria se casar com Amina – disse o major. Ele pôs a caneca de chá na mesa, para salientar mais sua atenção à conversa. – Parece que cheguei a uma conclusão precipitada que não existia.

– Não que eu não queira me casar com ela – disse Abdul Wahid, voltando para sua cadeira. Ele uniu a ponta dos dedos e soprou nelas devagar. – Quando estou com ela, fico perdido. Ela tem uns olhos. E além disso sempre foi tão engraçada e indomável. Ela é como um raio de luz, ou talvez uma pancada na cabeça.

Ele sorriu como se estivesse se lembrando de alguma pancada específica.

– Suspeito que para mim isso seja muito parecido com o amor – disse o major.

– Não se espera que nos casemos por amor, major – disse Abdul Wahid. – Não quero ser um desses homens que moldam e torcem as normas de sua religião como um cesto barato, para justificar sua vida confortável e satisfazer todos os desejos do corpo.

– Mas sua família deu a permissão? – disse o major. – Foi-lhe dada uma chance.

Abdul Wahid olhou para ele, e o major se preocupou ao ver uma tristeza desoladora no seu rosto.

– Não quero ser a causa de minha família se rebaixar a ser hipócrita – disse ele. – Eles me mandaram embora por causa da religião. Eu não gostei, mas compreendi e os perdoei. Agora receio que retirem suas objeções, para obter vantagem financeira.

– Sua tia se ofereceu para apoiar a união – disse o major.

– Se a religião não vale mais do que o preço de um mercadinho num lugarejo feio, qual é o objetivo da minha vida, de qualquer vida? – perguntou Abdul Wahid, relaxando o corpo na cadeira.

– Ela renunciará à loja – disse o major.

Não deu à frase a entonação de pergunta, porque já sabia a resposta. O fato de Abdul Wahid, numa única frase, desfazer tanto do sacrifício da tia quanto da beleza bucólica de Edgecombe St. Mary enfureceu o major a ponto de fazê-lo gaguejar. Ele contemplou Abdul Wahid por um bom tempo e viu nele mais uma vez um rapaz antipático e desagradável.

– Ela entregará a loja, o que é um presente enorme e generoso da parte dela – acrescentou Abdul Wahid, abrindo as mãos num gesto de conciliação. – Resta só determinar a questão de onde ela vai morar. – Ele deu um suspiro. – Mas a que *eu* vou renunciar ao aceitar?

– Poderia ser um bom começo renunciar a sua extrema arrogância – disse o major, sem conseguir disfarçar a raiva cáustica nas suas palavras. Abdul Wahid arregalou os olhos, e o major sentiu a felicidade cruel de tê-lo chocado.

– Não entendo – disse ele, com a testa franzida.

– Olhe só, é muito bonito e conveniente enxergar o mundo em preto e branco – disse o major, procurando abrandar um pouco seu tom. – É uma paixão especial de jovens ansiosos por se desfazer dos mais velhos, empoeirados. – Ele parou para organizar os pensamentos em alguma frase curta o suficiente para a capacidade de atenção de um jovem. – Entretanto, a rigidez filosófica geralmente vem associada a uma total falta de instrução ou de verdadeira experiência do mundo, e ela costuma ser agravada com estranhos cortes de cabelo e uma aversão a banhos. Não é o seu caso, é claro. Você é muito asseado.

Abdul Wahid pareceu confuso, o que foi um avanço em relação à cara amarrada.

– O senhor é muito estranho – disse ele. – Está dizendo que é errado, idiota, levar uma vida de fé?

– Não, acho admirável – disse o major. – Mas creio que uma vida de fé deve começar por uma lembrança de que a humildade é a primeira virtude diante de Deus.

– Eu vivo com a maior simplicidade possível – disse Abdul Wahid.

– Isso eu admiro em você, e foi revigorante para meu próprio ânimo ver um jovem que não é consumido por desejos materiais.

– Quando o major disse isso, a lembrança de Roger e da sua ambição espalhafatosa deu-lhe um gosto amargo na boca. – Só estou lhe pedindo que reflita, e apenas reflita, se suas ideias vêm de um lugar tão humilde quanto sua rotina diária.

Abdul Wahid olhou para o major, agora com algum divertimento transparecendo nos seus olhos. Ele deu mais uma das suas risadas curtas, tossidas.

– Major, por quantos séculos vamos precisar escutar os ingleses nos mandando ser humildes?

– Não foi isso o que eu quis dizer de modo algum – disse o major, horrorizado.

– Estou só brincando – disse Abdul Wahid. – O senhor é um homem sábio, major, e vou refletir sobre seu conselho com muito cuidado... e humildade. – Ele terminou o chá e se levantou da mesa para ir para o quarto. – Mas preciso lhe perguntar: o senhor realmente entende o que significa estar apaixonado por uma mulher inadequada?

– Meu caro rapaz – disse o major. – Existe algum outro tipo de mulher?

Capítulo 15

O sol estava vermelho, envolto num halo de névoa e mal conseguia aparecer acima das sebes, enquanto os passos do major atravessavam ruidosos o capim endurecido pelo gelo. Ele tinha resolvido ir a pé pelos campos até o solar, com a intenção de chegar antes dos outros participantes do torneio de tiro. Num arbusto escuro de azevinho, um tordo trucilava um solo para os morros da cor de aquarela.

O major tinha esperado demais pela ocasião para apressar seu início ou para chegar num barulho forte de escapamento fumegante e cascalho espalhado. Não que ele temesse que seu Rover causasse uma impressão inadequada entre os cintilantes veículos de luxo e as picapes de tração nas quatro rodas da turma de Londres. Não sentia nenhuma inveja superficial. Simplesmente preferia apreciar o ritual da caminhada. Sentia o balanço das armas, abertas e aninhadas na dobra do cotovelo. A de Bertie estava agora bem azeitada até mostrar um brilho profundo, quase à altura da pátina da sua própria arma. Ele apreciava o rangido das costuras do seu velho casaco de tiro, bem como o peso dos bolsos. O algodão encerado se avolumava com cartuchos de latão carregados de chumbo. Uma velha bolsa de caça atravessava-lhe o tórax com sua alça e fivela e batia num quadril. Era provável que hoje ela não carregasse nenhuma caça. Dagenham sem dúvida faria com que os patos fossem recuperados e levados aos atiradores pelos batedores, mas era gratificante afivelá-la, e a bolsa era um espaço útil para guardar uma barra nova envolta em papel-alumínio de Kendal Mint Cake, sua marca registrada de lanche em todos os torneios de tiro a que comparecia. O tablete de açúcar comprimido com sabor de óleo de menta, que ele encomendava pelo correio da empresa original em Cúmbria, era um alimento limpo e ideal para ser oferecido, ao contrário dos sanduíches de presunto, todos esmagados, que alguns fazendeiros tiravam da bolsa e ofereciam para repartir com dedos manchados de pólvora. Ele tinha certeza de que hoje não haveria sanduíches amassados nem chá morno.

Quando lançou as botas por sobre uma escada e saltou por cima de um trecho de lama, ele se entristeceu com a impossibilidade de a sra. Ali vê-lo agora, trajado como um caçador-coletor. Kipling teria se vestido de maneira muito semelhante, pensou ele, para caçar animais grandes com Cecil Rhodes. Ele quase podia vê-los, esperando mais adiante que ele os alcançasse para poderem avaliar sua opinião sobre as mais recentes dificuldades de Cecil em organizar uma nova nação.

O major de imediato repreendeu a si mesmo por essa fantasia momentânea. A época dos grandes homens, quando uma única mente provida de inteligência e visão poderia mudar o destino do mundo, estava acabada havia muito tempo. Ele tinha nascido numa época muito inferior, e nenhuma quantidade de devaneios mudaria os fatos. Nem um par de belas armas haveria de tornar um homem maior, lembrou-se ele, resolvendo manter-se humilde o dia inteiro, apesar dos elogios que sem dúvida receberia.

Na periferia do que restava das terras do solar, ele entrou por uma curta aleia de olmos, meio escura com os galhos emaranhados, que consistiam no que restava de um passeio que, no passado, tinha mais de um quilômetro e meio. Estava claro que os olmos não viam os serviços de um especialista em árvores havia uma década. Debaixo dos pés, o capim tinha sido pisoteado pelos cascos de ovelhas e cheirava a esterco e musgo. Entre as árvores, umas gaiolas toscas de arame e uma geringonça de plástico presa a um pequeno gerador davam provas da criação de patos por parte do guarda-caça. As gaiolas agora estavam vazias. E na primavera seriam preenchidas de novo com ovos incubados manualmente e patinhos. O guarda-caça, que também era encarregado da manutenção geral da casa e das terras, não estava à vista. O major ficou desapontado. Tinha esperado por uma conversa sobre o estado do bando deste ano e sobre a disposição da linha para o dia de hoje. Tinha acalentado uma leve ideia de que, depois de uma conversa dessas, ele pudesse se aproximar do pátio principal de cascalho com o guarda-caça a reboque e assim mostrar para os caras de Londres de imediato que ele era um especialista local. Um farfalhar num muro de azaleias excessivamente exuberantes reanimou suas esperanças, mas, quando ele armou um sorriso e reuniu palavras adequadas para um cumprimento informal, um menino pequeno e pálido saiu da sebe e ficou olhando petrificado para as armas do major.

– Olá, e então quem é você? – disse o major. Ele tentou não parecer impressionado com o uniforme escolar malcuidado do garoto, que apresentava o colarinho da camisa puído, a gravata pegajosa e um agasalho de moletom em vez de um pulôver ou blazer decente. O menino parecia ter cerca de cinco ou seis anos, e o major se lembrou de discutir com Nancy sobre mandar Roger estudar fora aos onze anos. Ela teria muito a dizer, pensou ele, sobre essa escola e seus pequenos alunos. Ele falou com cuidado com o garoto: – Não é uma boa ideia brincar de esconde-esconde quando está na hora de começar um torneio de tiro – disse ele. – Você se perdeu?

O menino berrou. Era um berro como uma serra elétrica cortando ferro corrugado. Assustado, o major quase deixou cair as armas.

– Preste atenção, não há necessidade de continuar gritando desse jeito – disse ele.

O menino não conseguia ouvi-lo com a perturbação dos seus próprios uivos. O major recuou uns passos, mas não conseguiu chegar a ir embora dali. Os berros do menino pareciam prendê-lo em ondas sonoras. Lá no alto, uma revoada de patos subiu como um elevador emplumado para o céu. O laguinho era ali perto, e os gritos do menino tinham lançado em voo toda a brigada de patos.

– Fique quieto, agora – disse o major, tranquilo, porém tentando encontrar um tom mais alto de autoridade. – Não vamos assustar os patos.

O rosto do menino começou a ficar roxo. O major perguntou-se se deveria correr até a casa, mas receou que o menino viesse atrás.

– O que está acontecendo? – perguntou uma voz feminina, conhecida, do outro lado da sebe. Depois de algumas farfalhadas, Alice Pierce conseguiu sair do lado de cá, com alguns gravetos presos nas flores de fio encaroçado laranja e roxo que compunham um enorme poncho de lã. O cabelo de Alice estava em parte controlado por uma echarpe enrolada de um verde brilhante; e, por baixo do poncho, o major viu de relance calças largas verdes sobre botas pretas gastas, de pele de carneiro. – O que você está fazendo aqui, Thomas? – perguntou ela ao menino, enquanto o segurava delicadamente pelo braço. O menino fechou a boca com firmeza e apontou para o major. Alice franziu o cenho.

– Graças a Deus que você está aqui, Alice – disse o major. – Ele simplesmente começou a berrar sem nenhum motivo.

– Você não acha que um desconhecido com um par de espingardas enormes poderia ser motivo suficiente?

Ela ergueu uma sobrancelha simulando surpresa enquanto abraçava forte o menino junto do seu poncho largo. O menino gemia baixinho, e o major esperava que ele estivesse sendo consolado, em vez de sufocado. Não estava disposto a discutir com Alice.

– Por que você não está no ônibus, Thomas? – perguntou ela, afagando o cabelo do menino.

– Sinto muito, rapazinho – disse o major. – Eu não tinha intenção de assustá-lo.

– Eu não sabia que o senhor estaria aqui, major – disse Alice, com ar preocupado.

– Você quer dizer atirando? – perguntou o major. – Imagino que você não aprove.

Alice não disse nada. Ela só franziu o cenho como se estivesse repensando alguma coisa.

– E você, o que está fazendo aqui? – perguntou o major. – Está de acompanhante das crianças?

– Na verdade, não – disse Alice, com evidente intenção de não ser precisa. – Quer dizer, seria melhor eu levar Thomas imediatamente de volta para a diretora.

Ouviu-se mais um farfalhar na sebe, e lorde Dagenham surgiu, com o guarda-caça.

– Que barulho infernal foi esse? – perguntou Dagenham.

– As armas do nosso major assustaram Thomas – disse Alice.

– Mas está tudo bem agora... Já somos amigos, não é, Thomas?

O menino olhou para o major por baixo do braço de Alice e lhe mostrou a língua.

– Todos eles deveriam estar no ônibus há dez minutos – disse Dagenham. – Meus convidados estão chegando agora.

– Ninguém se machucou – sugeriu o major.

– Tenho certeza de que não é tão simples assim – disse Alice, empertigando-se. – É compreensível que as crianças estejam todas perturbadas hoje.

– Deus do céu, eu lhes estou dando um passeio ao boliche e sorvete no píer – disse Dagenham. – Por que cargas-d'água elas deveriam ficar perturbadas?

Alice semicerrou os olhos de um modo que o major reconheceu ser perigoso.

– Elas sabem dos patos – sussurrou ela, levando o menino embora. Ele foi com ela, mas a choramingação recomeçou. – Elas são pequenas, mas não são idiotas, sabia? – acrescentou em voz mais alta.

– Vai ter sopa de pato no jantar – disse Dagenham, baixinho. Alice lançou-lhe um olhar de puro veneno enquanto ela e o menino voltavam a desaparecer pela sebe. – Graças a Deus que foi só você, major. Poderia ter sido muito embaraçoso com outra pessoa.

– Que bom que cheguei antes, então – disse o major, decidido a considerar o comentário de Dagenham um elogio.

– Achei que fossem manifestantes do maldito piquete "Salvem Nosso Lugarejo", que está mais adiante na estrada – disse Dagenham. – É o cúmulo da falta de educação eles se atirarem na frente dos carros de meus convidados daquele jeito. Tive medo de que tivessem se infiltrado nas minhas terras.

– Espero que ninguém tenha se machucado – disse o major.

– Ah, não, essas limusines têm uma grade frontal bastante sólida – disse Dagenham. – Praticamente sem um arranhão.

– Bom saber disso – disse o major, distraído, enquanto se preocupava com a possibilidade de Alice estar se "infiltrando" e com o que mais ela poderia estar aprontando.

– Vamos então direto para a casa? – disse Dagenham. – Espero que a essa altura a mulher de Morris a tenha deixado totalmente arejada. – Morris, o guarda-caça, fez que sim.

– Começamos a abrir as janelas por volta das cinco da manhã – disse ele. – A diretora não gostou nem um pouco, mas eu lhe disse que ninguém nunca foi prejudicado por um pouco de ar puro.

Enquanto seguiam na direção da casa, Dagenham comentou:

– Eu não fazia ideia de que alunos pagantes cheirassem mal. Pensei mesmo que a escola seria preferível a um asilo, mas me equivoquei. – Ele suspirou e enfiou as mãos nos bolsos. – Pelo menos, com os queridos velhinhos, você pode mantê-los sedados, e ninguém se importa. As crianças são tão alertas. Aquela professora de arte é a pior. Ela incentiva as crianças. Sempre colando seus quadros nos corredores. Fita adesiva e furos de percevejos por todo o reboco. Eu disse à diretora que eles deveriam aprender algo de útil, como grego ou latim. Não me importo se eles só têm cinco ou seis anos. Nunca é cedo demais para aprender.

Ele parou de falar e endireitou os ombros para respirar fundo o ar frio da manhã. O major sentiu-se constrangido, pensando que deveria dizer alguma coisa em defesa de Alice – pelo menos, levar ao seu conhecimento que ela era uma amiga e vizinha. Contudo, não conseguiu pensar em como fazer isso sem ofender lorde Dagenham. Por isso, não disse nada.

Quando os três homens surgiram no pátio do solar georgiano de pedra de tom suave, o major deu-se conta de que realizara seu desejo. Havia um pequeno grupo de homens tomando café e mastigando alguma coisa, e os últimos dos carros de luxo estavam virando na entrada de automóveis, bem a tempo de vê-lo chegar com o guarda-caça e o dono da casa. O momento teria sido perfeito, a não ser por duas incongruências. Uma era o velho ônibus verde que ia saindo pelos mesmos portões, as janelas cheias de rostos amassados contra o vidro, rostos de crianças pequenas e raivosas. Alice Pierce seguia a passos vigorosos atrás delas, acenando. A outra foi a visão de Roger, saindo do carro de alguém, trajado num casaco de atirador duro e novo, com uma pequena etiqueta ainda balançando a partir da bainha. Pareceu que Roger não viu o próprio pai, mas tratou de cumprimentar os convidados que enchiam um segundo carro. Aliviado, o major decidiu também não ver Roger. Ele tinha uma vaga esperança de que na próxima meia hora o casaco de Roger e seus calções de fustão grosso de algodão no mínimo adquirissem algumas rugas respeitáveis em torno dos cotovelos e dos joelhos.

– Bom-dia, major. O senhor vai entrar para uma xícara de chá e um pãozinho de bacon antes de começarmos, não vai? – O major descobriu a sobrinha de Dagenham ao seu lado, com um ar ligeiramente ansioso. – Receio ter exagerado um pouco no leve desjejum.

Ela o puxou para dentro do majestoso saguão de entrada, onde um fogo aceso na lareira de mármore branco apenas lançava uma ilusão de calor sobre o frio que subia do piso de pedras brancas e pretas, e viajava sem nenhum obstáculo, entrando e saindo pelas vidraças finas e velhas das janelas enormes. Não havia mobília no ambiente, com exceção de duas imensas cadeiras de madeira entalhada, pesadas demais, ou talvez apenas trabalhadas com excessivo mau gosto, para alguém se dar ao trabalho de removê-las.

De um lado, uma mesa de bufê continha uma bandeja, transbordando com pirâmides de pãezinhos de bacon. Uma grande travessa oval de salsichas e um cesto de *muffins* inchados no estilo americano completavam a refeição leve. Um enorme samovar e várias garrafas térmicas de café estavam dispostos como se aguardassem uma multidão algumas vezes maior que o grupo ali reunido, que parecia somar cerca de vinte ao todo. O cheiro de *tweed* úmido mesclava-se com os odores não de todo eliminados de repolho e água sanitária, típicos de instituições.

– Parece que meu tio achou que esbanjei um pouco, considerando-se que vai haver um café da manhã completo depois do torneio – disse Gertrude.

– Parece que eles estão se empanturrando – disse o major.

Realmente, os banqueiros londrinos que restavam enchiam o prato como se não tivessem comido nos últimos dias. Perguntando-se como eles pretendiam manusear um cano de espingarda pesada com o estômago tão cheio, o major aceitou apenas uma xícara de chá e o menor pãozinho que conseguiu encontrar. Enquanto o saboreava, um Bentley de cor creme estacionou junto da porta aberta e desovou Ferguson, o americano.

O major parou de mastigar quando captou a imagem de Ferguson dando apertos de mãos em algumas pessoas na escadaria. O americano usava um casaco de atirador de um estampado escocês que o major desconhecia. Um marrom-arroxeado ofuscante, riscado por linhas verde e laranja, o tecido de lã em si era de uma espessura mais semelhante à de um cobertor do exército do que a de um *tweed* simples. Com o casaco, o americano usava calções avermelhados e meias de cor creme com botas novas reluzentes. Ele usava uma boina de um verde forte demais e um cachecol amarelo enfiado numa camisa de seda creme. Parecia o apresentador de um circo, pensou o major, ou um ator em baixa representando um proprietário rural em uma reapresentação de verão de alguma peça do repertório de Oscar Wilde. Acompanhava-o como uma sombra um rapaz pálido, em roupas impecavelmente amarrotadas, mas com botas exageradamente brilhantes, que usava um elegante chapéu de feltro, em vez de uma boina. Fez-se um silêncio momentâneo quando eles entraram majestosos na sala. Até mesmo os banqueiros interromperam a comilança para olhar. Ferguson tirou a boina e deu um aceno geral com ela.

— Bom-dia a todos — disse ele. Avistou Dagenham e agitou a boina para ele como um cachorro se exibindo com um coelho. — Ouça uma coisa, DD, espero que não tenham sido os nossos patos que acabei de ver levantar voo por sobre as chapadas na direção da França.

Houve um rumor geral de risos por toda a sala à medida que os homens ali reunidos pareceram tomar uma decisão em grupo de não dar atenção ao traje bizarro de Ferguson. Houve um palpável afrouxamento da tensão e um movimento deliberado de olhar para outro lado e voltar a formar pequenos grupos de conversa. Dagenham foi ligeiramente mais lento que os demais para apagar do rosto o ar de espanto, enquanto apertava a mão de Ferguson e era apresentado ruidosamente ao jovem companheiro, um certo sr. Sterling. O major considerou que esse era um sinal de que as boas maneiras ainda corriam nas veias de lorde Dagenham.

— E então, o que acha da roupa nova? — Ferguson deu uma meia-volta para permitir uma visão melhor do seu traje. — Estou ressuscitando o antigo tartã da família.

— Muito esportivo — disse Dagenham, tendo a elegância de parecer um pouco nauseado.

— Sei que é um pouco exagerado para um dia de tiro aos patos no sul, mas quis verificar o impacto. Estou pensando em começar toda uma linha de trajes próprios para atirar.

Ele levantou os braços para mostrar faixas laterais em tecido elástico verde que faziam lembrar um colete ortopédico. O major engoliu mal o chá e começou a tossir, engasgado.

— Ah, aqui está o major — disse Ferguson, dando dois passos largos, com a mão estendida. O major foi forçado a controlar a tosse, passar o pãozinho de bacon para o pires e dar o aperto de mãos, tudo num único movimento. — O major é da velha escola. Diga aí,

major, o que acha das faixas de neopreno para absorver a transpiração. – Com a mão livre, ele deu um tapa nas costas do major.
– Será que elas ajudam a nadar atrás dos patos? – perguntou o major.
– É isso o que adoro nesse cara, Sterling – disse Ferguson. – Seu humor sarcástico. Não existe outro igual, major.
– Obrigado – respondeu o major, que não pôde deixar de se dar conta de que muitos ouvidos estavam sintonizados na conversa. Sentiu que estava sendo avaliado e que havia uma vibração de aprovação no recinto. Percebeu que Roger franzia o cenho com uma indagação de um homem mais velho. Esperava que estivessem perguntando a seu filho quem era o cavalheiro muito distinto que estava rindo com Dagenham e Ferguson.
– Falando em não existir outro igual, o que acha de me deixar dar uma olhada nessas suas Churchills? – disse Ferguson.
– Ah, sim, todos estamos loucos para dar uma olhada nas famosas Churchills da família Pettigrew: um presente do marajá, cheio de gratidão – disse Dagenham. – Vamos nos preparar para começar, senhores?
O major, que sonhava com um momento como esse havia anos, descobriu-se cercado pela pequena multidão que o acompanhou até a estante temporária, onde tinham deixado suas armas. Muitas mãos se ofereceram para um aperto, não que ele tivesse a menor esperança de distinguir um banqueiro de casaco impermeável do seguinte, e a certa altura ele se descobriu trocando um aperto de mãos com o próprio filho.
– Pai, se tiver um minuto, gostaria que você viesse conhecer meu chefe, Norman Swithers – disse Roger, apontando para um homem redondo, bem-nutrido, num uniforme de atirador amarrotado e meias de propaganda de algum banco, que acenou e conseguiu levantar as faces pendentes num breve sorriso. O habitual ar de condescendência de Roger parecia ter sido substituído por uma atitude de respeito genuíno, e o major sentiu um triunfo momentâneo ao se permitir ser conduzido para ser apresentado ao

homem. O momento logo foi interrompido quando Roger acrescentou: – Por que você não me disse que era tão amigo de Frank Ferguson?

Uma linha tinha sido estabelecida por trás de uma sebe à altura da cintura que seguia ao longo de um campo estreito a leste da margem do laguinho. Bosques fechados sombreavam o lado oposto do campo. O campo em si proporcionava uma rota de voo para os patos chegarem ao pequeno lago artificial, que era quase circular e orlado no lado oeste por um bosque de árvores esparsas, com a vegetação baixa densa e descuidada. Por trás desse bosque, apareciam os topos da aleia de olmos, onde os patinhos eram criados. Enquanto desciam até a sebe, o major pôde ver que tanto o lago quanto o bosque estavam apinhados de patos. Cordas verdes separavam os estandes, e, no que o major considerou um afastamento significativo das normas habituais, o sorteio dos lugares usando um saco tinha sido abandonado e, em vez disso, nomes tinham sido escritos com marcador em estacas de madeira para mostrar a cada homem qual era sua posição. Tinham sido fornecidos um banquinho dobrável e um engradado para os animais abatidos, além de rapazes, recolhidos de fazendas da região, que estavam a postos para atuar como carregadores. Como exigia a etiqueta, a conversa cessou quando os homens se aproximaram de seus postos.

– Boa sorte! – sussurrou Roger, nervoso, de seu próprio lugar perto do laguinho.

O major prosseguiu ao longo da linha de tiro na direção da extremidade mais favorecida. Ele estava ao mesmo tempo satisfeito e contrariado por encontrar seu próprio nome num lugar excelente, vizinho ao de Ferguson. Não lhe agradou de todo a perspectiva dos olhos vidrados de Ferguson fixos nas suas Churchills a manhã inteira. Ele receava que o americano pudesse ser grosso a ponto de lhe pedir que as emprestasse. O major cumprimentou com a cabeça seu carregador jovem e ruivo, antes de passar em silêncio para ele uma espingarda e uma caixa de cartuchos.

– Tudo bem por aí, Pettigrew? – perguntou lorde Dagenham em voz baixa, dando-lhe uma palmada nas costas ao passar. – Mostre ao nosso amigo americano como é que se faz, está bem?

Enquanto as espingardas montadas esperavam em silêncio, o major inspirou o ar frio e sentiu seu ânimo levantar voo. O capim do campo tinha começado a soltar vapor com o sol mais forte, e a adrenalina do esporte que estava por se iniciar começou a vibrar nas suas extremidades. Ele pensou na sra. Ali ainda bem aninhada na cama, sonhando por trás das cortinas floridas. Ela logo despertaria ao som dos tiros a explodir acima do vale. Permitiu-se imaginar a si mesmo entrando a passos vigorosos no mercadinho no final do dia, cheirando a pólvora e a couro aspergido de chuva, com um magnífico pato nos tons do arco-íris não cabendo em sua bolsa de caça. Seria um oferecimento primal de alimento do homem para a mulher, e uma declaração de intenções satisfatoriamente primitiva. Ele refletiu, porém, que hoje em dia nunca se podia ter certeza de quem se sentiria ofendido ao lhe ser entregue um pato selvagem morto, sangrando com o peito cheio de chumbo destruidor de dentes e com o pescoço pegajoso de baba de cachorro.

Um forte matraquear proveniente do outro lado do laguinho lançou os patos a voar quase verticalmente. Era Morris, o guarda-caça, malhando o interior de um velho barril de óleo com um taco de críquete – um sinal de alarme com o qual todos os patos tinham aprendido a voar dali. Para o sul, por trás do bosque, eles desapareceram. Seus gritos, semelhantes a dobradiças velhas, foram sumindo. O major colocou cartuchos na sua arma. Quando levou a espingarda ao ombro, teve a sensação de que o mundo inteiro estava prendendo a respiração. Tomou o cuidado de inspirar e expirar lentamente, relaxando os ombros e os dedos.

O som dos patos recomeçou ao longe e foi crescendo até um coro de gritos chegar em ondas ao campo ali embaixo, seguido das batidas urgentes das asas. O esquadrão inteiro fez a curva sobre o bosque e começou a descida ao longo do campo, direto para o lago que era seu lar. A primeira espingarda roncou, e logo toda a linha estava atirando para a massa indistinta de asas. O cheiro de pólvora pairava sobre a linha, e pequenas trouxas começavam a cair com baques surdos no capim grosseiro. O major perdeu seu tiro contra um pato gordo quando Ferguson, não tendo acertado nele, atirou mais uma vez bem fora da sua própria linha de tiro. O major esperou uma fração de segundo pela passagem do pato seguinte. Mirando no alvo, ele avançou a arma sem tropeços mais adiante, apertou o gatilho, absorveu o coice forte no ombro enquanto acompanhava o tiro e viu com satisfação quando a ave caiu morta. Ferguson acertou um segundo pato que estava voando no limite mínimo do que qualquer bom esportista consideraria uma altura razoável. O major ergueu muito a própria espingarda e com esforço acertou um tiro difícil numa ave que tinha subido muito alto e se afastava um pouco. A ave caiu no outro lado do campo, e o major reparou nela antes de estender a mão para entregar a arma vazia para seu carregador e pegar sua segunda arma, a de Bertie. Ele errou o terceiro tiro, mas a arma funcionou sem problemas e deu às suas mãos a impressão de estar perfeitamente equilibrada e sólida. Ele pensou em tudo que essas espingardas tinham significado para seu pai. Pensou em Bertie e em como eles dois tinham vivido talvez tão separados quanto essas duas armas nos últimos anos perdidos. Acompanhou outro pato, mas não atirou. Não soube dizer se foi porque o bando já estava raleando ou se porque estava dominado por forte emoção. Ferguson atirou num retardatário, que vinha batendo as asas devagar no final da fila como se estivesse resignado com a própria morte.

Fortes espadanadas no laguinho indicaram que muitos patos tinham conseguido passar pela barragem e estavam brigando a respeito de suas opções, como políticos. Em questão de alguns minutos, Morris bateria na lata de óleo novamente, e todos sairiam voando para repetir sua missão suicida. Enquanto isso, os jovens contratados saíam para vasculhar o campo, competindo cheios de entusiasmo para recolher os pequenos corpos verdes e azuis, e jogá-los por cima da sebe para o atirador certo. O rapaz ruivo deu uma piscada de olho para o major, quando jogou o pato de Ferguson aos seus pés.

– Creio que este aqui foi na realidade derrubado por você – disse o major, apanhando-o pelo pescoço e o entregando ao americano.

– Receio que eu tenha invadido seu espaço aéreo no caso desse aí – disse Ferguson, com o rosto animadíssimo, ao pegar o volume morto e o atirar no engradado. – Não pude suportar que ele me derrotasse.

– Nenhum problema. Aqui mantemos as coisas bastante informais – disse o major, com a intenção de ser cortês, sem deixar de fazer uma clara censura.

– Você precisa vir atirar comigo na Escócia, para mostrar a eles como não se estressar – disse Ferguson. – Meu próprio carregador gritou comigo diante de meus convidados por eu ter atirado fora da linha.

– Meu pai é grande conhecedor da arte de atirar – disse Roger, surgindo do nada, com a mão já estendida. – Roger Pettigrew. É um prazer conhecê-lo.

– Ai, meu Deus, mais uma geração de Pettigrew – disse Ferguson, com um aperto de mãos. – Como alguém pode sobreviver às investidas de humor?

– Ah, Roger alega não ter nenhum – disse o major, verificando e recarregando a arma. Ele limpou as mãos no trapo especial que mantinha no bolso do casaco de atirador. – Ele acha que o humor prejudica a noção de importância de um homem.

– Trabalho com Chelsea Equity Partners – disse Roger. – Fizemos uma subscrição para vocês no acordo da usina de efluentes do Tâmisa.

– Ah, um dos rapazes do Norm Maluco – disse Ferguson. O major não conseguiu imaginar o que o chefe taciturno e imponente de Roger poderia ter feito para merecer um apelido tão ofensivo, a não ser, talvez, que ele usasse meias ridículas todos os dias. – Eu não fui apresentado a você no jantar de fechamento? – continuou Ferguson. – Você estava com um braço quebrado de um acidente de mergulho nos recifes da Grande Barreira de Corais.

O major assistiu com uma satisfação angustiada, enquanto o rosto do filho passava por diversas contorções, que indicavam sua propensão a aceitar a sugestão de Ferguson.

– Não, na verdade eu não estava no jantar – disse Roger, com a honestidade ou o medo da descoberta triunfando. – Mas espero que façamos outro em breve. – O major deu um suspiro de alívio.

– Bem, pode ser que eu tenha um negócio para você antes do que você espera – disse Ferguson, pondo um braço em torno dos ombros de Roger. – Acho que você é o homem certo para negociar para mim minha próxima aquisição.

– Sou mesmo? Quer dizer, estou a seu dispor – disse Roger, radiante.

– O vendedor é bastante teimoso – disse Ferguson, dando um largo sorriso para o major. – Com esse, acho que não vai se tratar somente de preço.

Roger demonstrava satisfação como se estivesse sendo encarregado de comprar um pequeno país, e o major ficou irritado com o dois.

– Acho que o sr. Ferguson tem esperança de que você consiga me persuadir a lhe vender minhas armas – disse o major. – Posso lhe garantir, Ferguson, que você terá a total cooperação de Roger nesse assunto.

– Quê... ah, sim, é claro. – Roger enrubesceu. – Você é o comprador americano.

– Sem dúvida é o que espero ser – disse Ferguson. – Consiga para mim esse negócio, rapaz, e eu tratarei de fazer com que o Norm Maluco o ponha no comando de toda a equipe de negociação.

O taco de críquete voltou a ressoar no barril; e, na cacofonia dos patos em fuga, os homens ao longo de toda a linha pararam abruptamente de conversar.

– É claro, seria um prazer ajudá-lo em qualquer coisa que seja necessária – disse Roger, demorando-se ali, enquanto Ferguson lutava para enfiar cartuchos na espingarda.

– Roger, vá para sua posição – disse o major, num sussurro, rígido. – Converse depois.

– Ah, certo, preciso acertar mais um par de patos – disse Roger. Pelo seu tom, o major teve certeza de que ele, até o momento, não tinha acertado em nada.

– Não se esqueça de prever a velocidade do voo – disse o major, e o filho fez que sim, aparentando uma gratidão momentânea pelo conselho, enquanto se afastava apressado.

– Rapaz compenetrado – disse Ferguson. – Ele sabe atirar?

– Acertou uma ave de primeira na sua estreia – disse o major, pedindo intimamente perdão ao pica-pau morto, havia tanto tempo.

– No meu primeiro tiro, acertei o traseiro do guia – disse Ferguson. – Custou a meu pai uma fortuna calar a boca do cara, e ele descontou cada centavo no meu couro. Melhorei a mira rapidinho depois disso.

– Aí vêm eles – disse o major, perguntando-se se mais algumas surras não poderiam ter impedido o americano de se apropriar das aves dos outros.

Quando as espingardas foram erguidas, e o bando de patos barulhentos veio fazendo a curva por cima das árvores distantes, o major avistou algum movimento na parte inferior da sua visão. Mudando o foco, ele viu com horror que pequenos vultos estavam surgindo de toda a extensão do bosque e começando a atravessar o campo, correndo aos tropeções.

– Não atirem, não atirem! – gritou o major. – Crianças no campo!

Ferguson acionou o gatilho e derrubou um pato do céu. Um ou dois outros tiros soaram, e houve gritos no campo, com crianças uniformizadas se abaixando e correndo em zigue-zague. Um grupo de adultos, alguns carregando cartazes que não podiam ser lidos a uma distância daquelas, veio marchando, num movimento de flanco, da direção do bosque. Alice Pierce, em todo o seu esplendor laranja e verde, largou seu cartaz, desgarrou-se do grupo e começou a gritar e a agitar as mãos, enquanto corria na direção das crianças.

– Não atirem! – berrou o major, largando a própria arma e fazendo menção de empurrar para cima o cano da arma de Ferguson.

– Que droga é essa? – disse Ferguson, tirando um enorme protetor de ouvidos laranja.

– Crianças no campo! – gritou o major.

– Não atirem! – berrou Morris, o guarda-caça.

Ele soltou seus cães para saírem correndo ao longo da sebe, o que pareceu atrair a atenção do grupo de atiradores mais do que a quantidade de crianças correndo e chorando.

– Mas, afinal, o que está acontecendo? – perguntou Dagenham, do seu lugar na linha de tiro. – Morris, o que eles estão fazendo?

Morris deu um sinal, e os peões saíram correndo para tentar cercar as crianças, como ovelhas rebeldes. O major viu um rapaz musculoso prender ao chão um menino magricela de um modo nem um pouco delicado. Alice Pierce deu um grito de fúria e se atirou sobre o rapaz como uma rocha lanuda. Houve um grito geral de indignação dos adultos no campo, que começaram a perseguir os jovens peões, brandindo seus cartazes, como forcados. Os cães latiam e se desviavam, tentando abocanhar tornozelos, até o apito ensurdecedor de Morris os chamar de lá. O major reconheceu o estalajadeiro, correndo bem perto da sebe. Ele portava um cartaz que dizia: "Não nos destruam!" Uma mulher que o major agora reconhecia horrorizado como sendo Grace, num casaco razoável e elegantes luvas de couro marrom, batia num jovem com seu cartaz, que dizia: "Paz, Sim; Progresso, Não." Isolados perto do laguinho, afastados da confusão generalizada, estavam dois vultos, que o major quase teve certeza de serem o vigário e Daisy. Eles não portavam cartazes e pareciam estar discutindo um com o outro.

– Porcaria, os manifestantes estão se descontrolando – disse Ferguson. – Vou chamar o pessoal da segurança. – Ele remexeu no bolso e enfiou um fone no ouvido.

– Morris, avise a essa gente que eles estão invadindo propriedade alheia – gritou Dagenham. – Quero todos presos.

– E se nós simplesmente atirássemos neles? – disse um banqueiro em algum ponto da linha. Seguiu-se um coro de aprovação, e um ou dois homens apontaram a arma para o campo.

– Calma aí, senhores – disse Morris, percorrendo a sebe.

– Tem idiotas demais querendo acabar com nosso estilo de vida hoje em dia! – gritou uma voz forte.

Alguém atirou para o alto com os dois canos da espingarda. Houve gritos no campo à medida que peões e manifestantes paravam de lutar para se jogar ao chão. O major ouviu vivas e vaias provenientes da linha de atiradores. As crianças continuavam a perambular, a maioria chorando. Thomas estava no meio do campo. Seu berro ininterrupto, semelhante a uma sirene, parecia destruir o sistema nervoso central dos patos, e eles voavam para lá e para cá pelo campo, dando voltas esquisitas, a esmo.

– Vocês enlouqueceram? – gritou o major. Ele deixou sua arma e começou a cruzar as cordas verdes, agitando as mãos e segurando pelo braço os homens que não tinham desengatilhado suas armas. – Recolham as armas. Recolham as armas. – Ele tinha uma vaga consciência de Morris estar fazendo o mesmo que ele do outro lado da sebe.

– Cuidado com quem você está empurrando – disse Swithers. O major entendeu que era ele quem tinha atirado para o alto. Ele lhe lançou um olhar fulminante de desdém, e Swithers teve a cortesia de ficar um pouco envergonhado e abaixar a arma.

– Pelo amor de Deus, homem, há mulheres e crianças ali – disse o major. – Baixem as armas, todos.

– Ninguém está atirando em ninguém – disse Roger, com um leve toque de escárnio, destinado a informar a todos que ele não era responsável pelos atos do pai. – Só tentando dar um sustinho neles. Não há necessidade de se perturbar.

– Morris, quero esses invasores presos agora – disse Dagenham, com o rosto vermelho de raiva e constrangimento. – Não fique só aí parado agitando os braços, homem. Faça o que deve fazer.

– Enquanto esses senhores não guardarem as armas, não vou poder ficar ligando para a polícia – disse Morris. Ele se voltou para o campo e deu um assovio fortíssimo, que fez os peões levantarem a cabeça da terra. – Venham para cá, rapazes. Deixem as crianças em paz agora.

– Sugiro uma imediata retirada para a casa – disse Ferguson, aproximando-se de lorde Dagenham. – Acalmar os ânimos e assim por diante.

– Imagine se vou ser forçado a me retirar das minhas próprias terras – disse Dagenham. – O que Morris está fazendo agora? – acrescentou ele quando o guarda-caça se afastou para ir ao encontro de seus homens.

Os manifestantes comemoraram sem muito ânimo e começaram a se levantar do chão. Os banqueiros reuniram-se numa roda, com as espingardas abertas por cima do braço. Ouviu-se um murmúrio baixo de discussão.

– Se me dão licença para concordar com o sr. Ferguson, voltar para a casa não seria uma questão de retirada – disse o major. – Seria a perfeita posição de superioridade moral: manter a paz e garantir a segurança de mulheres e crianças, e assim por diante.

– Eles mataram nossos patinhos – veio um uivo de uma criança, exibindo uma carcaça ensanguentada.

Os manifestantes abandonaram os cartazes e trataram de tentar reunir as crianças num grupo meio disperso. Do bosque, surgiu apressado o vulto da diretora, seguido de um homem que era bem possivelmente um motorista de ônibus.

– Eu realmente acho que seus convidados vão estar melhor na casa – disse o major.

– Ele tem razão – disse Ferguson.

– Ora, está bem – concordou lorde Dagenham. – Por favor, todos de volta para a casa. O desjejum está servido.

Os banqueiros foram-se dali trotando, gratos pelo pretexto. O major viu que Roger estava à frente do grupo que partia.

– Major Pettigrew, você está aí? – ouviu-se o nítido chamado de Alice Pierce, que vinha se aproximando resoluta da sebe, agitando um lenço branco grande e bastante encardido. Quando ela chegou mais perto, o major pôde ver que estava tremendo.

– Estou aqui, Alice, e lorde Dagenham também – disse o major. – Você está em total segurança. – Lorde Dagenham bufou, mas não o contradisse.

– Ai, major, as pobres crianças – disse ela. – A diretora diz que elas fugiram do ônibus e que ela não tinha a menor ideia de que viriam para cá.

– Ai, faça-me o favor – disse lorde Dagenham. – Vou processar todos vocês por negligência, por deixarem crianças inocentes se meterem num tumulto desses.

– Negligência? – disse Alice. – Vocês atiraram nelas!

– Nós não atiramos nelas – discordou Dagenham. – Pelo amor de Deus, mulher, elas entraram correndo na frente das armas. Além do mais, vocês todos são invasores.

– As crianças não são invasoras, elas moram aqui – disse Alice.

A diretora veio apressada dizer que era preciso levar as crianças para casa imediatamente e talvez chamar o médico.

– Nós só paramos um instante para o piquete – disse ela. – E então Thomas começou a passar mal e vomitou em cima do motorista do ônibus, e com isso descemos um minuto e, antes que percebêssemos, todas elas saíram correndo do ônibus e se espalharam. E nós não sabíamos onde procurar. – Ela fez uma pausa para respirar, apertando a mão ossuda contra o peito estreito. – Elas sempre se afeiçoam demais aos patos, seja porque os alimentam todos os dias, seja porque os mantêm aquecidos na sala de aula, debaixo de lâmpadas, mas nunca tivemos um problema como este.

Alice apresentava um ar cuidadosamente neutro. O major não teve dúvidas quanto a quem tinha usado suas aulas de arte para transmitir algumas lições da vida real para as crianças.

– Alguém levou os pobrezinhos a fazer isso – disse o motorista do ônibus. – Quem vai pagar a lavagem a seco da minha roupa?

– Vou ajudá-la a levar as crianças de volta para a escola – disse Alice à diretora.

– Não posso permitir que voltem para dentro da casa. Estou oferecendo um desjejum para meus convidados – disse Dagenham, colocando-se entre a diretora e o caminho para a casa. – Ponham as crianças de volta no ônibus.

O major pigarreou e atraiu o olhar de Dagenham.

– Posso sugerir, lorde Dagenham, que as crianças, sob os bons cuidados da diretora, recebam sua permissão para comer alguma coisa nos quartos e depois descansar?

– Ah, está bem – disse lorde Dagenham. – Mas, pelo amor de Deus, diretora, que entrem pela porta dos fundos e que se mantenham quietas.

– Vamos – disse Alice, e ela e a diretora partiram para escoltar as crianças pelo caminho até a casa.

Dagenham estava observando o campo, onde os manifestantes tinham se reorganizado em fileiras. Eles agora começavam a avançar contra a sebe, repetindo "Abaixo Dagenham" e "Vão depenar outro lugar". Este último o major achou bastante interessante e se perguntou quem o teria bolado.

– Onde está a droga da polícia? – disse Dagenham. – Quero que prendam essa gente.

– Se você não se importar, DD, é melhor deixar a polícia fora disso – disse Ferguson. – Não precisamos desse tipo de atenção. Não que estejamos fazendo algo de errado, veja bem, mas não é dessa publicidade que o projeto precisa neste exato momento.

– Ele deu um tapinha nas costas de Dagenham. – Você nos proporcionou momentos estimulantes. Agora venha nos oferecer um bom café da manhã.

– E o que faço com eles? – perguntou Dagenham, indicando com a cabeça os manifestantes, que avançavam lentamente na direção da cerca.

– Ah, deixe que protestem e se livrem das toxinas – disse Ferguson. – Meus rapazes vão mantê-los longe da casa e tirar muitas fotos. Geralmente, descubro ser melhor deixar que as pessoas acreditem que estão fazendo diferença.

— Você fala como alguém com muita experiência – disse o major.

— Não se pode construir um milhão de metros quadrados hoje em dia sem mexer na casa de marimbondos do lugar – disse Ferguson, sem o menor sinal de ter percebido a leve repulsa na voz do major. — Tenho todo um sistema de controle, contenção e técnica para simplesmente fazer desaparecer os protestos.

— Major, é bom tê-lo por perto – disse Dagenham. – Ferguson, acho que devíamos convidar o major para a reunião da apresentação depois do café da manhã. Vai poder ficar, major?

— Seria um enorme prazer – disse o major, intrigado acerca do que poderia ser digno de uma apresentação, mas sentindo uma pequena expansão de orgulho no peito por ser convidado.

— Nisso eu concordo com você – disse Ferguson. – E pode ser que o major queira que aquele seu filho brilhante assista também.

Enquanto voltavam andando para casa para a refeição, com os gritos dos manifestantes cada vez mais fracos atrás deles, o prazer do major foi diminuído apenas pelas fisgadas de uma pequena preocupação com a possibilidade de Alice Pierce não aprovar. Ele não costumava buscar a aprovação de Alice para nada, de modo que a sensação foi nova e totalmente inesperada. Eles passaram por dois guardas de segurança vestidos de preto, sentados numa grande quatro por quatro. Ferguson fez um gesto com a cabeça, e o veículo que estava aguardando com o motor ligado se colocou atravessado no caminho atrás deles. A contenção dos moradores tinha obviamente começado.

O café da manhã, consumido numa elegante sala de estar que dava para o terraço, foi substancial e acompanhado por grandes quantidades de Bloody Mary e de ponche quente. Na longa mesa do bufê, os pãezinhos de bacon tinham sido substituídos por tigelas fumegantes contendo bacon, linguiça e ovos mexidos, com uma posta inteira de salmão defumado e uma tábua de mármore com frios e queijos picantes. Um enorme lombo duplo de boi, cercado por batatas assadas e por porções individuais de massa assada no sumo da carne, não se envergonhava de estar exposto numa magnificência digna do cardápio de um jantar, sob uma lâmpada térmica, sendo cortado em grossas fatias sangrentas por um garçom de luvas brancas. Uma torre de frutas cortadas e uma tigela de iogurte mergulhada em gelo estavam praticamente intactas.

Gertrude não se sentou para comer, mas não parou de entrar e sair a passos pesados, verificando como estava o serviço dos garçons temporários e dando apertos de mãos aqui e acolá. Ela murmurou um pedido de desculpas ao major pelo ligeiro rosado da carne. No entanto, lorde Dagenham foi o único que se queixou, devolvendo sua fatia malpassada para a cozinha para ser posta no micro-ondas até ficar de um marrom escuro e fosco. Os banqueiros faziam tanto barulho, superando uns aos outros na extensão e na obscenidade de suas piadas, que a festa não foi perturbada de modo algum pela presença de crianças no andar superior.

– Não sei por que me incomodei todos esses anos em despachar as crianças para a beira-mar às minhas custas – disse Dagenham por cima da sobremesa de frutas e das bombas de chocolate que se seguiram ao bufê do café da manhã. – Nunca pensei que poderia simplesmente trancafiá-las com um sanduíche de presunto e alguns lápis de cor. – Ele riu. – Não que me incomode ser generoso, é claro. É só que nossos recursos hoje em dia são tão corroídos pelas constantes exigências do governo.

– Os moradores do lugarejo ali na alameda – disse Gertrude, ao entrar de novo – agradeceram muito os sanduíches de presunto e os copos de ponche, tio.

– O que você está querendo dizer ao mandar comida para eles? – perguntou Dagenham.

– Na realidade, foi Roger Pettigrew, que mencionou que talvez fosse um gesto simpático, levando-se em conta o confronto anterior – disse ela, sorrindo para onde Roger estava à mesa. Ele ergueu um copo na sua direção.

– Muito sagazes esses tais de Pettigrew – disse Ferguson, piscando para o major.

– O policial achou que foi um sinal de grande consideração – acrescentou Gertrude. – Ele está lá com eles, comendo um sanduíche, e quem quer que o tenha chamado é educado demais para fazer alguma queixa enquanto come.

– Eu lhe disse que Gertrude era uma garota esperta, Ferguson – disse Dagenham. – A mãe dela, minha irmã, era uma mulher fantástica. Ninguém gostava dela como eu.

Ele enxugou o canto do olho com o guardanapo. Para o major foi inesperada essa afirmação: era de conhecimento geral no lugarejo que May Dagenham fugira com um cantor quando ainda era muito jovem e tinha sido repudiada pela família. Gertrude não demonstrou nenhuma reação clara ao comentário do tio, mas seus lábios se comprimiram com mais firmeza, e o major viu alguma faísca de expressão nos seus olhos, que lhe pareceu poder ser raiva. Naquela expressão, ele viu mais uma vez a menina desajeitada que ficava à toa na alameda, com a bata sem forma e as leggings, esperando para se encontrar por acaso com Roger. Ele olhou pela mesa para o próprio filho, que estava regalando os colegas com alguma história exagerada de como Swithers tinha empurrado um *caddie* para dentro de um obstáculo de água. Pelo menos dessa vez, o major descobriu que compreendia mais seu filho. Ele podia ser detestável, mas sua ambição demonstrava alguma centelha de vida, alguma recusa a se curvar diante da adversidade. Achou isso preferível à dor muda de Gertrude.

– A família é tudo para vocês, britânicos – disse Ferguson. – Ainda tenho esperança de arrumar uma um dia desses. – Isso provocou mais risadas ao redor da mesa, e o grupo do café da manhã seguiu adiante para cafés e charutos.

Depois da refeição, que se prolongou tanto a ponto de se tornar um almoço, de modo quase imperceptível, a maioria dos banqueiros foi embora. Roger estava se despedindo de Gertrude, quando Swithers lhe deu um tapinha no ombro e indicou com certa grosseria que ele deveria ficar. Roger pareceu satisfeito e foi direto falar com o major:

– Preciso ficar para alguma história sigilosa com Ferguson – disse ele. – Só nós, banqueiros experientes. Acho que ele vai revelar seu próximo projeto. – Seu peito pareceu se inflar, e o major achou que ele fosse explodir de satisfação. – Você tem carona para voltar para casa? – acrescentou Roger.

– Eu mesmo fui convidado para ficar, obrigado – disse o major, cuidando para manter um tom neutro e não reivindicar crédito pelo convite feito a Roger, para não estragar o óbvio prazer do filho.

– Verdade? Imagino que você não consiga entender grande coisa – disse Roger. – Fique perto de mim e tentarei lhe explicar alguns termos técnicos, se quiser.

– Foi exatamente isso o que eu disse a lorde Dagenham e seu colega americano, quando eles me perguntaram se você deveria ser convidado – disse o major. Ele se sentiu ligeiramente envergonhado por abandonar tão depressa as boas intenções, mas disse a si mesmo que o ar passageiro de consternação no rosto do filho era para o próprio bem de Roger. – Vamos acompanhar os outros?

A mesa no meio da antiga leiteria de pedra estava coberta com uma capa de náilon cheia de protuberâncias, que ocultava alguma coisa grande e horizontal. Praticamente não havia lugar para os convidados remanescentes se espremerem ao longo das bordas, onde o major percebeu que o traseiro irradiava imediatamente para o resto do corpo um frio enregelante, proveniente das paredes de pedra. Um aquecedor malcheiroso, de idade indeterminada, ardia feroz num canto, mas não conseguia mais do que amenizar um pouco o gelo.

– Peço perdão pelas acomodações, senhores, mas este recinto proporciona mais privacidade que a casa – disse lorde Dagenham. – Com a aprovação do sr. Ferguson... ou eu deveria dizer com a aprovação de lorde Ferguson, senhor de Loch Brae – e nesse ponto Ferguson piscou um olho e acenou como que para abdicar da honraria, com uma modéstia que não conseguiu disfarçar seu prazer –, vou lhes revelar de uma vez o maior avanço na incorporação imobiliária da região rural inglesa desde o lugarejo totalmente planejado de Sua Alteza Real em Poundbury. – Ele e Ferguson seguraram a capa de tecido e a puxaram delicadamente de cima da mesa. – Vejam o Enclave de Edgecombe no século vinte e um. O que se revelou foi uma maquete do lugarejo. O major logo viu as dobras e vincos da paisagem tão conhecida. De um lado, a maquete terminava numa subida para as chapadas; do outro, ela se espalhava em terras planas cultiváveis. Ele pôde ver o campo do lugarejo e o bar, que parecia ter sido pintado de verde-claro e de onde se alastravam para um lado algumas construções pustulentas. Ele pôde ver a alameda que levava à Morada das Rosas e até mesmo discernir seu próprio jardim, orlado com miniaturas de sebes felpudas e provido de uma única árvore de maquete. No lugarejo, porém, parecia ter brotado um excesso de versões do Solar Dagenham. Elas produziam um estranho efeito de espelho, com casas quase idênticas, cada uma exibindo uma longa entrada para automóveis, quadrados de jardins formais, calçamento em blocos em volta, com carros em miniatura, e até mesmo um laguinho redondo, perfeito com a superfície pintada de prateado e três patos em cada um. Havia um solar desses no campo atrás de sua própria casa e outro no lugar onde deveria ter estado o ponto de ônibus. Parecia que o ponto de ônibus e a estrada principal tinham desaparecido, transferidos para a beira da maquete, onde confundiam-se com as terras cultiváveis. O major espiou mais de perto o campo do lugarejo, procurando o mercadinho. A vitrine de vidro laminado tinha sumido, e a loja, ligeiramente reconhecível por trás de uma nova vitrine saliente com portas de um azul forte esverdeado, dizia "Harris Jones e Filhos, Fornecedores de Comestíveis Finos e *Pâtisserie*". Um cesto de vime de maçãs e uma antiga carrocinha de ferro contendo vasos de flores estavam dispostos junto da porta nova de vidro martelado. Uma casa de chá, um armarinho e uma loja de caça e pesca tinham sido acrescentados. O major ficou petrificado.

– Com os olhos voltados para o futuro dos bens da família Dagenham – disse Ferguson –, meu bom amigo lorde Dagenham perguntou-me como seria possível realizar um empreendimento imobiliário nas terras, com a finalidade de reforçar os alicerces financeiros da propriedade e ao mesmo tempo preservar o melhor da região rural inglesa. – Eu disse a ele: nada de shopping centers! – disse Dagenham. O pequeno grupo de banqueiros riu.

– Só pude responder a essa pergunta quando tive a oportunidade de adquirir o castelo de Loch Brae e vivenciar pessoalmente o que significa administrar uma grande propriedade rural. – Nesse ponto, Ferguson parou para pôr uma das mãos sobre o coração, como se estivesse jurando fidelidade. – Ser responsável por todos aqueles arrendatários e pela própria terra que clama por nossa proteção. – Agora os banqueiros pareceram ficar intrigados, como se ele tivesse começado a falar em outro idioma. – E assim, juntos, tivemos uma visão da incorporação do mais alto luxo, sem nada semelhante no Reino Unido. Aproveitando a disponibilidade da permissão de planejamento para novas propriedades rurais significativas em termos arquitetônicos, minha empresa, a Residências St. James, construirá todo um lugarejo de prestigiosos solares e reformará o lugarejo para atender a essas propriedades.

Quando ele parou para respirar, os banqueiros se ergueram e se agacharam para observar de ângulos melhores o lugarejo no tampo da mesa. Estes não eram os exercícios de ginástica mais fáceis depois de uma refeição tão substancial, e houve muitos bufidos e arquejos entre as perguntas.

– Onde está o corredor comercial?
– Haverá ligação com uma autoestrada?
– Qual vai ser o custo por metro quadrado em comparação com Tunbridge Wells?
– Senhores, senhores, meu colega, o sr. Sterling, e eu teremos prazer em responder a todas as suas perguntas. – Ele sorria, como se o negócio já estivesse fechado. – Tenho pastas com informações para todos lá na casa. Permitam-me sugerir que terminem de

olhar a maquete, e nos reuniremos novamente na casa, para falar sobre cifras num lugar menos frio.

O major demorou-se junto da maquete, depois que o último banqueiro tinha saído. Sozinho com seu lugarejo, ele mantinha as mãos dentro dos bolsos do casaco para resistir à tentação de arrancar todos os solares minúsculos e cobrir os lugares vazios com um remanejamento das árvores de escova de arame.

– Charuto? – Ele se voltou e encontrou Dagenham ao seu lado.

– Obrigado – disse ele, aceitando o charuto e o fogo.

– É claro que você está estarrecido com tudo isso – disse Dagenham, semicerrando os olhos para olhar a maquete como um aprendiz de arquiteto. Sua atitude era tão natural que o major não conseguiu desdizê-lo.

– Eu diria que não esperava – disse o major, num tom cuidadoso. – É totalmente inesperado.

– Vi sua carta para o camarada do planejamento – disse Dagenham. – Comentei com Ferguson, o major ficará estarrecido. Se não conseguirmos convencê-lo do que estamos fazendo, melhor desistir.

O major enrubesceu, confuso por se ver confrontado com essa prova de sua deslealdade.

– A verdade é que eu mesmo estou estarrecido – disse Dagenham. Ele se curvou e levou a ponta de um dedo a um solar, empurrando-o ligeiramente mais para dentro de um arvoredo. Semicerrou os olhos novamente e recuou, olhando para o major com um sorriso amargo. – O problema é que, mesmo que eu me dispusesse a me enterrar aqui o ano inteiro, não conseguiria salvar o lugar, não a longo prazo.

Ele andou até a janela e a abriu um pouco, soprando a fumaça para o pátio da estrebaria.

– É uma pena – disse o major.

– Propriedades como a minha estão em crise em todo o país – disse Dagenham. Seu suspiro pareceu conter uma derrota genuína, e o major, olhando para seu perfil, viu que o queixo se retesava e o rosto se entristecia. – Não se consegue fazer a manutenção das propriedades com os subsídios para a agricultura; não se pode sequer cortar a própria madeira sem autorização; a caça está proibida; e os torneios de tiro estão sob ataque de todos os lados, como você acabou de ver. Somos forçados a abrir casas de chá ou parques temáticos, oferecer excursões de fim de semana para turistas de baixa renda ou permitir festivais de rock no gramado. Resultado: embalagens grudentas de sorvete por toda parte e carros estacionados nos campos mais baixos.

– E o Patrimônio Nacional? – perguntou o major.

– Ah, sim, eles costumavam aparecer, não é? Sempre pairando por perto, esperando para se apropriar da nossa casa e deixar nossos herdeiros com um apartamento de serviços no sótão – disse Dagenham, com malevolência. – Só que agora eles também querem uma dotação em dinheiro. – Ele parou e então acrescentou: – Ouça o que lhe digo, major, estamos agora nas últimas décadas dessa guerra de desgaste com o fisco. Muito em breve, as famílias de grandes proprietários rurais estarão exterminadas... tão extintas quanto o dodô.

– A Grã-Bretanha sairá empobrecida com isso – disse o major.

– Você é um homem de enorme compreensão, major. – Dagenham pôs a mão no ombro do major e pareceu mais animado. – Não pode imaginar como são poucas as pessoas com quem eu realmente posso falar a respeito desse assunto. – Ele passou as mãos para a beira da maquete, onde as deixou bem separadas enquanto olhava atentamente ali para baixo, como Churchill examinando um mapa da guerra na Europa. – Talvez você seja a única pessoa com condições de me ajudar a explicar isso ao lugarejo.

– Entendo as dificuldades, mas não sei ao certo se consigo explicar como todo esse empreendimento de luxo preserva o que você e eu amamos – disse o major. Ele examinou a maquete novamente e não pôde impedir o desdém de crispar seus lábios. – As pessoas não se sentirão tentadas a insistir que isso aqui é semelhante ao tipo de arrogância de novos-ricos que está matando a

Inglaterra? – Ele se perguntou se tinha conseguido se expressar com cortesia suficiente.

– Ah, essa é a beleza de meu plano – disse Dagenham. – Esse lugarejo estará disponível somente para os ricos tradicionais. Estou construindo um refúgio para todas as famílias de proprietários que estão sendo forçados a sair de suas propriedades pelo fisco, pelos políticos e pelos burocratas da União Europeia.

– Todos vão vir para Edgecombe St. Mary? – perguntou o major. – Por quê?

– Porque não têm outro lugar para ir, não entende? – disse Dagenham. – Estão sendo expulsos de seus próprios imóveis, e aqui eu lhes ofereço um lugar para chamar de seu. Uma casa e uma terra onde eles terão outras famílias que vão contribuir para a manutenção, bem como um grupo de vizinhos com valores semelhantes aos deles. – Indicou um grande celeiro novo nos limites de uma das fazendas do lugarejo. – Teremos gente suficiente para manter um canil decente para cães de caça e uma estrebaria compartilhada aqui – disse ele. – E mais adiante, atrás da escola atual, vamos fundar uma pequena escola técnica, onde ensinaremos aos moradores todas as profissões úteis, como construção e acabamento, manejo de estrebaria, formação e manutenção de sebes, funções do mordomo e administração de propriedades. Nós os formaremos para prestar serviços nas propriedades e teremos uma oferta constante de mão de obra. Está conseguindo visualizar? – Ele endireitou uma árvore junto do campo do lugarejo. – Teremos o tipo de loja que realmente queremos ter no lugarejo, e instituiremos um comitê arquitetônico para examinar todas as fachadas. Vamos nos livrar daquela fachada medonha no estilo de minimercado e incluir um chef de verdade no bar, talvez até chegar a conseguir uma estrela no *Michelin*.

– E as pessoas que já moram no lugarejo? – perguntou o major.

– Vamos manter todas elas, é claro – disse Dagenham. – Queremos autenticidade.

– E a sra. Ali da lojinha? – perguntou o major.

Sentiu o rosto quente quando fez a pergunta. Ficou olhando fixo para a maquete para disfarçar seus sentimentos. Dagenham encarou-o, pensativo. O major lutava para manter-se neutro, mas temia que seus olhos estivessem vesgos com o esforço.

– Veja bem, é exatamente sobre esses pontos que você poderia me aconselhar, major. Você é mais próximo das pessoas do que eu e poderia me ajudar a entender as nuanças dessa natureza – disse Dagenham. – Seja como for, estávamos procurando pelo elemento multicultural correto, e tenho certeza de que poderíamos ser flexíveis onde quer que você tenha, digamos, algum interesse. – Com uma fisgada de decepção, o major reconheceu a universal sugestão de uma troca de favores. Foi mais sutil que alguns subornos que ele tinha recusado numa carreira de nomeações no exterior em lugares onde esse tipo de coisa era considerado normal; mas ali estava, mesmo assim, como uma víbora descorada. Ele se perguntou quanta influência teria para oferecer em troca de seu apoio e não pôde deixar de olhar fixamente e por um bom tempo para a casa escarrapachada no campo por trás da Morada das Rosas. – Posso lhe assegurar que nada disso é de pedra e cal por enquanto – continuou Dagenham. Ele riu e, com a ponta de um dedo, pôs de cabeça para baixo uma das casas da maquete. – Mas quando estiver concretizado, será com o melhor calcário branco de Lincolnshire.

Um barulho ali fora atraiu a atenção deles para o vão da porta. Um vulto de verde estava desaparecendo pela quina da casa.

– Eu me pergunto quem poderia ser esse aí – disse Dagenham.

– Talvez um dos peões acabando a limpeza – sugeriu o major, que tinha quase certeza de que tinha sido Alice Pierce, sem o poncho gritante. Ele precisou reprimir um risinho ao imaginar que o traje de Alice mais espalhafatoso do que de costume tivesse sido uma forma premeditada para distrair a atenção, e que por baixo ela estivera usando roupas de um verde pardacento, adequadas para atividades sorrateiras, como as de uma unidade de assalto numa selva estrangeira.

– É uma dificuldade terrível tentar manter essa maquete enorme só entre nós. – Dagenham pegou do chão a cobertura. – Ferguson não quer revelar nada antes que seja necessário. – O major ajudou-o e ficou aliviado ao ver o lugarejo destruído ser engolido pela onda do tecido cinzento.

– E realmente não há outra saída? – perguntou o major. Dagenham deu um suspiro.

– Talvez, se Gertrude não insistisse tanto em ser sem graça, nós pudéssemos ter tentado levar nosso amigo americano à solução mais antiquada.

– Você quer dizer o casamento? – perguntou o major.

– A mãe dela era tão bonita, sabe – disse ele. – Mas o que Gertrude gosta mesmo é de retirar esterco nas cocheiras. No meu tempo, isso teria bastado, mas hoje em dia os homens esperam que a esposa seja tão deslumbrante quanto a amante.

– É um absurdo – disse o major. – Como é que eles vão distinguir uma da outra?

– Esse é exatamente meu modo de pensar – disse Dagenham, sem perceber o toque de ironia do major. – Vamos nos dirigir para casa e ver se Ferguson já fisgou alguma oferta de financiamento?

– É provável que eles estejam garantindo casas para si mesmos – disse o major, quando saíram dali. Sentia tristeza com essa perspectiva.

– Ai, Deus do céu, nenhum banqueiro vai ter aprovação para morar aqui – disse Dagenham. – Se bem que eu receie que tenhamos de engolir Ferguson. – Ele riu e pôs um braço em torno do ombro do major. – Se você me apoiar nisso, major, eu me certificarei de que Ferguson não acabe ficando com a casa atrás da sua!

Enquanto atravessavam o pátio rumando para a casa, Roger saiu à procura de Dagenham. Parecia que os banqueiros estavam impacientes, querendo falar com ele. Depois de um aperto de mãos, Dagenham entrou apressado, e o major ficou sozinho com o filho.

– Esse projeto vai ser fundamental para minha carreira, papai – disse Roger. Ele estava segurando uma pasta de cartolina gravada com o brasão da família Dagenham e as palavras "Edgecombe St. Mary, Enclave da Inglaterra". – Ferguson está me dando tanta atenção que meu chefe vai ter de me pôr no comando da equipe para esse empreendimento.

– Esse projeto vai destruir seu lar – disse o major.

– Ora, papai, vamos poder vender a Morada das Rosas por uma fortuna quando tudo estiver construído – disse Roger. – Pense em todo aquele dinheiro.

– Não há nada mais prejudicial ao caráter que o dinheiro – disse o major, inflamado. – E lembre-se, Ferguson só está sendo simpático porque ele quer comprar minhas armas.

– É a pura verdade – disse Roger. Pela testa franzida, aparentou estar pensando muito. – Olhe, ele mencionou que convidaria a nós dois para ir à Escócia em janeiro para caçar faisões. Preciso que você me prometa que não lhe venderá as armas de modo algum antes disso.

– Achei que você estava louco para vender – disse o major.

– Ah, estou – respondeu Roger, quase girando nos calcanhares para ir embora. – Mas, assim que você as vender, ele nos largará de mão como uma batata quente. Precisamos resistir o máximo que pudermos.

– E Marjorie e Jemima? – perguntou o major, enquanto o filho se afastava veloz na direção da casa.

– Se necessário, entraremos com uma queixa na vara de sucessões, só para retardar o processo – gritou Roger, agitando a mão. – Afinal de contas, papai, todo mundo sabe que a arma de tio Bertie supostamente deveria ser sua.

Com esse comentário extraordinário, Roger desapareceu; e o major, sentindo-se atordoado com a surpresa, achou melhor recolher as armas e se retirar para casa.

Capítulo 16

Seu plano tinha sido trazer para a sra. Ali uma dúzia de rosas de hastes longas, envoltas em papel de seda e com um laço de cetim, carregadas descontraidamente num braço dobrado. Mas agora que sua missão era apanhá-la junto com Grace, no chalé de Grace, as rosas pareceram inadequadas. Ele se contentou em levar para cada uma delas uma rosa solitária da cor de damasco, com a haste marrom longa e fina.

Tinha corrido para o carro para evitar ser visto por Alice Pierce, cujo protesto no torneio de tiro foi acompanhado de um esforço de porta em porta em busca de assinaturas para uma petição contra a Residências St. James, bem como de manifestações contrárias a cada aparição pública de lorde Dagenham ou de Ferguson. O esforço não estava tendo sucesso. O vigário, que de repente tinha sido visto consultando um arquiteto a respeito da restauração do campanário, obra protelada havia muito tempo, recusara-se a falar do púlpito, alegando a necessidade de a igreja oferecer amor e conforto espiritual a todos os lados na disputa. Muitas pessoas, o major inclusive, tinham aceitado de bom grado cartazes que recomendavam "Salvem nosso Lugarejo", mas só a metade considerou cortês exibi-los. O major pôs o seu na janela lateral, onde ele alardeava sua mensagem para a garagem, não para a rua. Alice continuava a percorrer o lugarejo apressada, com seu bando de seguidores, em sua maioria desconhecidos que pareciam gostar de casacos de crochê. Aparentemente ela não percebia que, mesmo onde tinha o apoio dos moradores, era meticulosamente evitada por qualquer um que planejava comparecer ao baile do clube de golfe.

Arrumando a gravata-borboleta e dando uma última ajeitada no smoking, o major bateu no compensado frágil da porta da frente de Grace, numa imitação do estilo georgiano. Foi a sra. Ali quem a abriu, com a luz se derramando sobre a soleira, deixando-lhe o vulto e o rosto um pouco sombreados. Ela sorriu, e ele achou que detectou o brilho de batom.

– Major, não quer entrar? – disse ela, dando meia-volta, ofegante e apressada.

Enquanto ela voltava para a sala da frente, suas costas foram parcialmente reveladas em contraste com o caimento profundo de um vestido de baile. Por baixo de uma estola de *chiffon* meio solta, suas omoplatas estavam bem delineadas, e a pele bronzeada refulgia entre o tecido escuro do vestido e o coque baixo na nuca. Na sala da frente, ela fez uma meia pirueta no tapete diante da lareira, e o tecido do vestido ondulou em torno dos tornozelos, indo pousar na ponta dos sapatos. Era um vestido azul-escuro de veludo de seda. O decote profundo estava em parte escondido pelo movimento da estola de *chiffon*, mas as clavículas da sra. Ali estavam delicadamente visíveis alguns centímetros acima do decote. O tecido cobria o volume do busto e descia para uma cintura levemente franzida, onde cintilava um antigo broche de diamantes.

– E Grace, ainda está se arrumando? – perguntou ele, sem conseguir confiar em si mesmo o suficiente para fazer algum comentário sobre o vestido e, no entanto, sem se dispor a olhar em outra direção.

– Não, Grace teve de ir cedo para ajudar na organização. A sra. Green a apanhou faz pouco tempo. Receio que seja só eu.

A sra. Ali estava quase gaguejando, e um rubor começou a atingir as maçãs de seu rosto. O major achou que ela parecia uma garota. E desejou ainda ser um rapaz, com a índole impetuosa de um rapaz. Seria possível perdoar a um rapaz uma tentativa desajeitada de dar um beijo, mas não, temia ele, a um homem de cabelo raleando e já sem o mesmo vigor do passado.

– Eu não poderia estar mais feliz – disse o major. Como também não sabia como lidar com as duas rosas pendentes na sua mão, ele as ofereceu para ela.

– Uma é para Grace? Eu podia deixar para ela num vaso.

Ele abriu a boca para dizer que ela estava belíssima e merecia braçadas de rosas, mas as palavras se perderam em conferência em algum canto, rejeitadas pelas partes da sua mente que se dedicavam o tempo todo a evitar o ridículo.

– Receio que tenham começado a murchar – disse ele. – Seja como for, a cor não combina com o vestido.

– Gostou? – disse ela, baixando os olhos para o tecido. – Emprestei uma roupa a Grace, e ela insistiu que eu pegasse algum traje dela em troca.

– É muito bonito – disse ele.

– Pertenceu à tia-avó de Grace, que era considerada muito desajuizada e morava sozinha em Baden Baden, segundo ela com dois terriers cegos e uma sucessão de amantes. – Ela voltou a olhar para cima, com ar preocupado. – Espero que a estola seja suficiente.

– A senhora está perfeita.

– Sinto-me muito nua. Mas Grace me disse que o senhor sempre usa smoking, e eu só quis usar alguma coisa que... que combinasse com o seu traje. – Ela sorriu, e o major sentiu que se livrava de mais alguns anos. O desejo de garoto de lhe dar um beijo voltou a crescer. – Além do mais – acrescentou ela –, um *shalwar kameez* para mim não é exatamente um traje.

O major chegou a um meio-termo espontâneo consigo mesmo e estendeu a mão para pegar a dela. Ele a levou aos lábios e fechou os olhos enquanto beijava seus dedos. Seu cheiro era de água de rosas e algum perfume refrescante e cítrico que poderia, pensou ele, ser de flor de limeira. Quando ele abriu os olhos, ela estava com a cabeça voltada para o outro lado, mas não tentou puxar a mão que ele segurava.

– Espero não tê-la ofendido – disse ele. – O homem é inconsequente diante da beleza.

– Não me ofendi – disse ela. – Mas talvez fosse melhor seguirmos para o baile.

– Se temos mesmo que ir – disse o major, passando direto, com teimosia, pelo medo do ridículo.

– Apesar de que qualquer um se contentaria em ficar sentado a contemplá-la do outro lado desta sala vazia a noite inteira.

– Se insistir em me fazer tantos elogios, major – disse a sra. Ali, corando mais uma vez –, minha consciência vai me forçar a trocar de roupa, e vestir um pulôver preto grande e talvez um chapéu de lã.

– Nesse caso, vamos sair imediatamente para tirarmos de cogitação essa opção horrível – disse ele.

Sandy esperava por eles debaixo do pórtico minúsculo do chalé Augerspier. Quando pararam o carro, ela veio descendo da casa, segurando firme em volta do corpo um grande casaco de lã. Seu rosto, à luz fraca do carro quando ela entrou no banco traseiro, parecia mais de marfim do que de costume, e o vermelho-sangue do batom estava gritante. O cabelo brilhante estava puxado numa quantidade de ondulações laqueadas, com o acabamento de uma fita estreita abaixo de uma orelha. Um babado de *chiffon* prateado espiava a partir da gola virada para o alto de seu casaco grosso. O major achou que ela parecia uma boneca de porcelana.

– Desculpe, eu não queria que o senhor tivesse de vir tão longe me buscar – disse ela. – Eu disse a Roger que pegaria um táxi.

– Nem pense nisso – disse o major, que tinha ficado extremamente aborrecido com o pedido de Roger. – É inconcebível que você tivesse de chegar desacompanhada.

O filho alegara a necessidade de chegar cedo para um ensaio geral. Ele insistiu que Gertrude achou sua ajuda crucial para dirigir a trupe de amigos das moças que tinham concordado em atuar na apresentação, em troca de um lanche de sanduíches e cerveja.

– Estou fazendo isso por você, papai – justificou-se ele. – E Gertrude precisa de mim se quisermos que essa produção dê certo.

– Eu ficaria mais feliz se a "produção" fosse cancelada – respondeu o major. – Ainda não acredito que você tenha concordado em participar.

– Olhe, se for problema, Sandy simplesmente terá de pegar um táxi – disse Roger.

O major ficou estarrecido por seu filho permitir que a noiva fosse levada ao baile por algum dos táxis locais, com seu interior rasgado, encardido de cigarro, e os motoristas grosseiros, que não podiam garantir que estariam mais sóbrios que os passageiros. Ele concordara em apanhá-la.

– Desculpe se Roger me impôs a vocês – disse ela, agora fechando os olhos e recostando-se no banco de trás. – Pensei em ficar em casa, mas seria fácil demais.

O tom ácido na sua voz aplicou uma larga pincelada de constrangimento entre eles.

– Espero que você e seu noivo estejam felizes com o chalé – disse a sra. Ali, em tom de pergunta.

O major, que tinha conseguido abafar toda e qualquer ansiedade a respeito daquela noite, de repente se preocupou com Roger e sua capacidade de ser grosseiro quase sem disfarces.

– Acabou dando muito certo – disse Sandy. – É claro que é só um aluguel... não está nos nossos planos ficarmos muito apegados.

Pelo espelho, o major a viu se acomodando mais fundo nas dobras do casaco. Ela virou o olhar atento para a janela, onde apenas a escuridão fazia pressão sobre o vidro. O resto do caminho eles seguiram em silêncio.

O clube de golfe tinha abandonado sua costumeira aparência discreta e agora, como uma viúva desgrenhada passando férias baratas em Tenerife, ele chamejava e cintilava no alto de seu pequeno monte. Luzes transbordavam de cada porta e janela. Holofotes banhavam a fachada simples de estuque e fieiras de pequenas lâmpadas decorativas dançavam nas árvores e arbustos.

– Parece um cruzeiro – disse Sandy. – Eu avisei para eles terem moderação com os holofotes.

– Espero que os disjuntores aguentem – disse o major, enquanto avançavam pela entrada de cascalho, orlada com archotes acesos.

Ao virar uma esquina, eles se surpreenderam com um homem seminu usando uma máscara nos olhos e uma grande píton enrolada no pescoço. Um segundo homem dava pulinhos à beira do caminho, soprando com entusiasmo numa flauta de madeira. Enfiado entre dois pés de azaleia de cinquenta anos de idade, um terceiro homem engolia pequenas varetas de fogo com toda a ansiedade de um taxista comendo batatas fritas.

– Deus do céu, é um circo – disse o major, quando eles se aproximavam do chafariz, que estava iluminado com holofotes laranja e cheio de nenúfares de cores fortes.

– Creio que o sr. Rasool emprestou os nenúfares – disse a sra. Ali, reprimindo um risinho.

– Acho que fui a um casamento em Nova Jersey que tinha exatamente essa aparência – disse Sandy. – Eu bem que avisei Roger da linha tênue que separa a opulência do mau gosto.

– Foi esse seu erro – disse o major. – Eles são a mesma coisa, minha cara.

– *Touché* – disse Sandy. – Olhe, vou na frente para procurar Roger. Vocês dois deveriam fazer sua fabulosa entrada juntos.

– Não mesmo – começou o major, mas Sandy já estava subindo a escada às pressas e entrando no salão incandescente.

– Ela me parece uma boa moça – disse a sra. Ali, em voz baixa.

– É sempre assim tão pálida?

– Não a conheço bem o suficiente para dizer – respondeu o major, um pouco embaraçado por seu filho mantê-lo a certa distância deles dois. – Vamos mergulhar nas festividades?

– Creio que esse é o próximo passo – disse ela. No entanto, não se mexeu, deteve-se exatamente à margem de onde as luzes convergiam sobre o cascalho. O major, sentindo a suave pressão que ela lhe fazia no braço, parou também. O corpo da sra. Ali transmitia a mensagem da inércia, os pés plantados, em posição de descanso, na entrada de carros.

– Suponho que se possa afirmar que esta é a parte mais maravilhosa de qualquer festa – disse ele. – O momento imediatamente anterior a sermos engolidos.

Ele ouviu uma valsa começar no *grillroom* e ficou aliviado porque haveria música de verdade.

– Eu não sabia que me sentiria tão ansiosa – disse ela.

– Minha cara, o que há a temer? – perguntou ele. – Exceto ofuscar totalmente as outras mulheres. – Um murmúrio como o do mar veio transbordando pelas portas abertas do clube, onde uma centena de homens, sem dúvida, já estava se acotovelando para conseguir champanhe no longo balcão do bar, e uma centena de mulheres conversava sobre as fantasias e beijava faces. – Ali dentro está realmente parecendo um pouco apertado – acrescentou ele. – Eu mesmo estou com um pouco de medo.

– O senhor está zombando de mim – disse a sra. Ali. – Mas deve saber que não será igual a compartilhar livros ou caminhar à beira-mar.

– Não sei ao certo o que a senhora está querendo dizer.

O major segurou-a pela mão e a puxou para um lado, cumprimentando com a cabeça um casal que passou por eles. O casal lançou-lhes um olhar estranho e balançou a cabeça em resposta, enquanto subia a escada. O major teve certeza absoluta de que era exatamente isso o que ela queria dizer.

– Eu nem mesmo danço – disse ela. – Não em público.

Ele percebeu que ela tremia. Era como um passarinho debaixo da pata de um gato, totalmente imóvel, mas com todos os tendões vibrando com a necessidade de fugir. Não se atreveu a soltar a sua mão.

– Olhe, é um pouco espalhafatoso e está horrivelmente apinhado de gente, mas não há nada para deixá-la nervosa – disse ele. – Eu por mim ficaria feliz de pular fora, mas Grace vai procurar pela senhora, e prometi que estaria lá para aceitar a bobagem do tal prêmio como parte da apresentação.

Ele parou, achando que era um modo meio idiota de incentivá-la.

– Não quero ser um peso para o senhor – disse ela.
– Então não me faça entrar ali sozinho, como um cão sem dono – disse ele. – Quando eles me entregarem minha placa de prata, quero voltar para me sentar com a mulher mais elegante do salão. – Ela deu um pequeno sorriso e empertigou as costas.
– Desculpe – disse ela –, não sei por que estou sendo tão boba.

O major passou o braço por baixo do cotovelo dela, e ela permitiu que ele a conduzisse escada acima, movendo-se com velocidade suficiente para ela não ter tempo de mudar de ideia.

As portas do *grillroom* tinham sido fixadas abertas com dois grandes vasos de latão com palmeiras. Um tecido escarlate arrepanhado em festões por fita dourada, com borlas gordas e cordões de contas de bambu, formava arcos em torno da moldura da porta.

Num nicho, uma árvore de Natal grande e totalmente decorada, com lampadinhas no alto, tentava disfarçar sua incongruência com grande quantidade de pequenos chinelos indianos como ornamentos e presentes embrulhados em papel estampado com o Taj Mahal.

No centro do vestíbulo, Grace distribuía cartões com a indicação dos lugares e o programa. Estava usando um casaco comprido bordado e calças de pijama num tom escuro de lilás, e os pés estavam enfiados em sandálias bordadas com pedras. O cabelo parecia mais suave em torno do queixo do que normalmente, e pelo menos dessa vez ela parecia ter abandonado o emplastramento enrugado de pó de arroz.

– Grace, você realmente está encantadora hoje – disse o major, sentindo a alegria de poder fazer um elogio sincero.
– Daisy tentou destruir o efeito com uma guirlanda de flores de papel. – Grace parecia estar falando mais para a sra. Ali do que para ele. – Precisei atirá-las num vaso de plantas.
– Boa jogada – disse a sra. Ali. – Você está perfeita.
– E você também – disse Grace. – Tive muitas dúvidas quanto ao xale, mas você tornou o vestido ainda mais sedutor, minha cara. Está parecendo uma rainha.

– Você vai entrar conosco? – perguntou o major, olhando para a colorida massa arfante que era a multidão no *grillroom*.

– Daisy me pôs aqui de serviço por mais meia hora – disse Grace. – Entrem, por favor, e deixem que nosso grão-vizir os anuncie.

A sra. Ali agarrou seu braço como se estivesse com medo de tropeçar e lhe deu um sorriso que era mais de determinação do que de felicidade.

– Grão-vizir, Deus do céu, o que eles foram inventar? – sussurrou o major, quando atravessaram o rubicão do pequeno tapete carmim da entrada.

Ao final do tapete, Alec Shaw estava parado esperando por eles, com a testa franzida num grande turbante amarelo. Um quimono de seda bordada e os chinelos de ponta enrolada, dos quais seus calcanhares saíam pela parte de trás, eram complementados por uma longa barba trançada. Ele parecia infeliz.

– Nem abra a boca – disse ele, levantando um braço. – Vocês são os últimos que eu anuncio. Daisy que chame algum outro idiota para ficar parado aqui, fazendo esse papel ridículo.

– Acho que você está bastante convincente – disse o major. – Está parecendo um tipo de Fu Manchu de férias em algum lugar exótico.

– Eu disse a Alma que a barba estava toda errada – disse Alec. – Mas ela a está guardando desde que fizeram *O Mikado*, e colou tão bem que talvez eu precise raspá-la.

– Quem sabe, se a puser de molho num bom copo de gim, a cola não amolece – sugeriu a sra. Ali.

– Sua companhia é obviamente uma mulher de tanta inteligência quanto beleza.

– Sra. Ali, creio que conhece o sr. Shaw – disse o major.

A sra. Ali fez que sim, mas Alec espiou por baixo do turbante que estava escorregando, como se não tivesse certeza.

– Deus do céu – disse ele, ficando vermelho num tom que contrastava com a gola amarelo-mostarda do quimono. – Quer dizer,

Alma disse que a senhora viria, mas eu nunca a teria reconhecido, quer dizer, fora de contexto.

– Olhe, podemos pular a apresentação e irmos todos simplesmente tomar um drinque? – disse o major.

– De modo algum – disse Alec. – Não tenho ninguém interessante para anunciar faz meia hora. Vejam como vou fazer todos virarem a cabeça agora.

Pegando um pequeno megafone de latão, envolto em flores de papel, Alec berrou mais alto do que o som da orquestra:

– Major Ernest Pettigrew, trajado como o raro pinguim do subcontinente indiano, acompanhado pela maravilhosa rainha dos comestíveis de Edgecombe St. Mary, a sra. Ali.

A orquestra embarcou numa transição picada para a música seguinte, e, quando os pares pararam para captar o novo ritmo, muitos voltaram a cabeça para espiar os recém-chegados.

O major cumprimentou com a cabeça e sorriu, enquanto examinava a quantidade de rostos indistintos. Retribuiu um aceno do velho sr. Percy, que piscou um olho ao passar dançando com uma mulher bronzeada num vestido tomara que caia. Dois casais que ele conhecia do clube também o cumprimentaram, mas depois sussurraram entre si, com o canto da boca, e o major sentiu o rosto enrubescer. No meio da multidão que dançava, ele viu de relance um penteado conhecido e se perguntou se era por alguma ilusão de sua psique que ele estava vendo sua cunhada, Marjorie. Sempre tinha encontrado desculpas para não convidar a Bertie e a ela, por temer que ela soltasse sua voz estridente e perguntas acerca de dinheiro sobre todos os seus amigos. Parecia inimaginável que ela agora estivesse ali. Ele piscou, porém, e lá estava ela, girando sob o comando de um sócio corpulento que era conhecido por seu temperamento animado e era detentor do recorde de tacos atirados no mar.

– Agora vou sair daqui – disse Alec, quando os pares voltaram a dançar num ritmo veloz. Ele tirou o turbante e passou a mão pela cabeça suada. – Se ele não for boa companhia, é só vir me procurar que eu cuido de você – acrescentou ele, estendendo a mão úmida. A sra. Ali segurou-a sem se encolher, e o major se perguntou onde ela encontrava forças para tanto.

– Vamos mergulhar de uma vez? – disse ele, acima da exuberância crescente da música. – Por aqui, acho eu.

A sala estava desagradavelmente cheia. Do lado leste, as portas dobráveis tinham sido totalmente abertas, e a pequena orquestra tocava sem parar no palco instalado na parede dos fundos. Em torno da borda da pista de dança, as pessoas estavam apinhadas em grupinhos de conversa, entre os pares que dançavam e as fileiras de mesas redondas lotadas, cada uma decorada com um arranjo de centro de flores amarelas e uma lanterna com uma vela, na forma de um minarete. Grupos se acotovelavam em todos os espaços disponíveis. Garçons passavam espremidos entrando e saindo da multidão, carregando bandejas inclinados de petiscos, muito alto acima da cabeça de todos como se estivessem concorrendo para atravessar a sala de um lado a outro e voltar, sem servir um único volovã. O salão estava impregnado de um cheiro como o de orquídeas e parecia ligeiramente úmido, fosse da transpiração, fosse das samambaias tropicais que pendiam de colunas de isopor de muitos tamanhos e formas.

A sra. Ali acenou para a sra. Rasool, que podia ser vista despachando garçons da porta da cozinha, como se estivesse enviando mensageiros de e para um campo de batalha. Enquanto eles olhavam, ela despachou o sr. Rasool, o pai. Ele saiu cambaleando, segurando uma bandeja perigosamente baixo, sem conseguir passar pelo primeiro grupo de mesas antes que ela fosse esvaziada. A sra. Rasool avançou apressada e, com uma discrição cheia de prática, puxou-o de volta para a segurança da cozinha.

O major conduziu a sra. Ali para dar uma volta lenta em torno da pista de dança. Como o bar principal, ao lado da cozinha, estava invisível por trás de um batalhão de trinta convidados que agitavam as mãos pedindo drinques, ele tinha decidido se encaminhar para um bar secundário, abrigado pelo palco, na esperança de então poder atingir a tranquilidade relativa do solário fechado. O major tinha se esquecido de como era difícil transitar numa multidão daquelas ao mesmo tempo que se protegia uma dama tanto das costas indiferentes dos grupos de bate-papo como das cotoveladas agressivas de dançarinos entusiasmados. Contudo, a vantagem de precisar manter o braço da sra. Ali bem grudado no lado do seu corpo quase valia a pena. Ele nutriu a esperança fugaz de que alguém a derrubasse direto nos seus braços.

As fantasias cobriam todo um leque desde as alugadas e caras até as improvisadas às pressas. Perto de uma coluna alta adornada com longas trepadeiras, eles encontraram Hugh Whetstone, usando um blusão de safári e chapéu de cule.

– Isso também é de *O Mikado*? – perguntou o major, gritando para ser ouvido.

– Lembrança de nosso cruzeiro a Hong Kong – disse Whetstone. – Eu me recusei a gastar mais um centavo que fosse com fantasias, depois do que minha mulher pegou e gastou no traje completo de marani.

Juntos eles passearam o olhar pela sala. O major avistou a sra. Whetstone num sári verde-limão, conversando com Mortimer Teale, que tinha trocado seu habitual terno sóbrio de advogado por um blazer com cachecol amarelo, usado sobre calças de críquete e botas de montaria. Ele parecia estar dando uma boa olhada nas banhas da sra. Whetstone, que sobravam em rolos pastosos de uma blusa de cetim muito curta. Ela parecia feliz, explicando a Mortimer tudo a respeito da tatuagem temporária de uma cobra que subia do busto e passava por cima da clavícula.

– Quer dizer, onde é que ela vai poder um dia usar esse traje outra vez? – queixou-se Hugh.

O major abanou a cabeça, o que Hugh tomou como sinal de concordância, mas que, na realidade, era o major repudiando tanto Hugh que não se importava o suficiente para sequer perceber outros homens prestando atenção à sua mulher, quanto Mortimer, que jamais levava a própria mulher junto a parte alguma, se tivesse condições para tanto.

– Quem sabe vocês não poderiam usá-lo como uma colcha? – sugeriu a sra. Ali.

– Desculpem! Sra. Ali, conhece Hugh Whetstone?

O major tinha tido esperanças de evitar apresentações. Hugh já estava caindo para um lado, com fortes emanações etílicas.

– Acho que não tive o prazer – disse Hugh, obviamente sem reconhecê-la também.

– Costumo embrulhar para ele duzentos gramas de bacon em tiras, cem gramas de gorgonzola e meia dúzia de panatelas finos – disse a sra. Ali, erguendo uma sobrancelha.

– Meu bom Deus, a senhora é a dona da loja – disse ele, agora olhando sem disfarçar a malícia. – Lembre-me de aumentar meu pedido de agora em diante.

– Precisamos ir. Quero pegar um drinque – disse o major, levando-a dali, com o cuidado de pôr o corpo entre a sra. Ali e as mãos de Hugh, famosas por beliscar traseiros. Ele percebeu, com certa dor, que aquela noite inteira teria de apresentar a sra. Ali a pessoas que compravam leite e jornal com ela havia anos.

– Contratar uma princesa nativa, para mim, é um pouco de exagero – berrou Whetstone atrás deles.

Antes que o major pudesse formular uma resposta, a música terminou. Enquanto a multidão se reorganizava, Daisy Green de repente se abateu sobre eles como um beagle sobre um filhote de raposa. Estava trajada como algum tipo de embaixatriz, num vestido branco com faixa azul e muitas medalhas e broches estranhos. Um grande broche emplumado decorava um lado da sua cabeça, e uma única pena de pavão ondulava para trás, tocando no rosto das pessoas que passavam por ela.

– Sra. Ali, a senhora não está usando fantasia? – disse ela, como se a estivesse avisando de uma anágua à mostra ou de um pedacinho de espinafre nos dentes.

– Grace e eu trocamos de fantasia – disse a sra. Ali, sorrindo. – Ela está com um *shalwar kameez* meu, uma antiguidade. E eu estou com o vestido da tia dela.

– Que decepção! – disse Daisy. – Estávamos loucos para vê-la em seu belo traje nacional, não estávamos, Christopher?

– Quem? – disse o vigário, surgindo de um grupinho próximo. Ele estava com uma aparência ligeiramente desarrumada, com botas de montaria, túnica militar amarfanhada e chapéu de safári. Usava um cachecol feito de um retalho de madras, e o major achou que ele parecia ser o amante ilícito e bêbado da mulher do embaixador. Ele sorriu com uma imagem fugidia de Daisy e Christopher, representando um jogo desses em casa, depois da festa.

– Ah, Pettigrew!

O major apertou a mão oferecida. Nem tentou começar uma conversa: era notório que o vigário não conseguia ouvir em grupos ruidosos. Isso tinha se revelado hilariante para algumas gerações de meninos de coros, que adoravam falar todos ao mesmo tempo e ver quem conseguia fazer passar o maior número de palavras ofensivas pelos ouvidos do vigário, durante o ensaio de canto.

– É claro que, com sua pele maravilhosa, você pode usar as cores mais loucas. – Daisy ainda estava falando. – Já a coitada da Grace, por outro lado... lilás é uma cor tão difícil de lhe cair bem.

– Acho que Grace está fantástica – disse o major. – A sra. Ali também, é claro... Sra. Ali, creio que já conhece o padre Christopher?

– É claro – disse o vigário, enquanto seus olhos se envesgavam ligeiramente, nítido sinal de que ele não fazia ideia de quem ela era.

– A tia de Grace era conhecidíssima por suas preferências dispendiosas – disse Daisy, olhando para a sra. Ali dos pés à cabeça, como que avaliando algumas alterações. – Grace me disse que nunca teve coragem suficiente para usar qualquer um dos vestidos. Ela é muito sensível até mesmo a uma mera sugestão de impropriedade. Mas em você, minha cara, ele está perfeito. Divirta-se o quanto puder, está bem? – Ela já estava se afastando, majestosa.

– Vamos, Christopher.

– Quem são todas essas pessoas? – perguntou o vigário.

– Ainda bem que eu não bebo – disse a sra. Ali, enquanto eles abriam caminho em torno da multidão.

– É, Daisy tem esse efeito sobre muita gente – disse o major.

– Sinto muito.

– Ora, por favor, não se desculpe.

– Desculpe – disse o major, antes de conseguir se deter. – Olhe, acho que o bar fica logo depois daquela palmeira.

Havia quase uma pequena clareira na multidão junto do bar, mas o espaço entre o major e um bem-vindo gim-tônica estava ocupado por Sadie Khan, de ar bastante triste, e seu marido, o médico. O médico parecia rígido a ponto do *rigor mortis*, pensou o major. Era um homem bonito com o cabelo denso e curto e grandes olhos castanhos, mas sua cabeça era ligeiramente pequena e se projetava para o ar como se ele estivesse com medo do colarinho da própria camisa. Usava um uniforme militar branco com uma capa vermelha curta e um chapéu bem ajustado, adornado com medalhas. O major pôde imaginá-lo imediatamente como uma fotografia no jornal, ilustrando a recente execução de algum rei sem importância durante um golpe. A sra. Khan usava um casaco primorosamente bordado, grosso como um tapete, e várias fileiras de pérolas.

– Jasmina – disse a sra. Khan.

– Saadia – disse a sra. Ali.

– Puxa vida, sra. Ali, a senhora está encantadora – disse o médico, fazendo uma profunda reverência.

– Obrigada.

A sra. Ali recolheu uma ponta da estola e lançou uma segunda camada de um lado a outro do pescoço, sob a pressão do olhar de admiração do médico. Sadie Khan crispou os lábios.

– Major Pettigrew, posso lhe apresentar meu marido, o dr. Khan?

– Muito prazer – disse o major, e se inclinou para apertar a mão do dr. Khan.

– Major Pettigrew, parece que vamos nos sentar todos juntos nesta noite – disse Sadie. – Vocês estão à mesa seis?

– Não tenho certeza.

Ele remexeu no bolso em busca do cartão que Grace lhe entregara no foyer e olhou, decepcionado, para o "Seis" todo cheio de arabescos, escrito nele em tinta verde.

— E sua amiga Grace DeVere também vai nos fazer companhia nesta noite, creio eu — disse Sadie, debruçando-se por cima da sra. Ali para ler o cartão. — Uma senhora tão adorável.

A ênfase dada à palavra "senhora" foi quase imperceptível, mas o major viu a sra. Ali enrubescer, e um pequeno tremor em torno da linha do maxilar denunciou sua tensão.

— Alguém aceita champanhe? — disse um dos garçons do serviço da sra. Rasool, que tinha se aproximado discretamente, com uma bandeja de copos sortidos. — Ou a bebida cor-de-rosa que é ponche de frutas — acrescentou ele em voz baixa para a sra. Ali.

— Ponche de frutas para todos, então, e sem parar? — perguntou o major. Ele supôs que nenhum deles bebesse e quis ser cortês, embora se perguntasse como conseguiria passar a noite inteira tomando bebida de criança.

— Na verdade, vou pegar outro gim-tônica — disse o dr. Khan.

— Quer me acompanhar, major?

— Ah, vocês, homens travessos, precisam de uma bebidinha, eu sei — disse Sadie, dando um golpe de leve no braço do marido com sua grande carteira de couro de jacaré. — Vá em frente, major.

Fez-se um silêncio constrangido, enquanto todos observavam os drinques serem servidos.

— O senhor deve estar muito emocionado com a apresentação de dança antes da sobremesa — disse Sadie Khan por fim, brandindo o grosso programa branco com o título "Lembranças de uma noite no palácio do marajá".

Ela o mantinha aberto com um polegar gordo, adornado por um anel de citrino, e o major leu acima de sua unha comprida:

CORONEL PETTIGREW SAI VITORIOSO

Uma apresentação de dança interpretativa, incorporando tradições históricas de danças folclóricas mogóis, que relata a história real da valente façanha na qual o herói local, coronel Arthur Pettigrew, do Exército britânico, rechaçou um trem cheio de assassinos para resgatar a mais jovem esposa de um marajá na Índia. Por seu heroísmo, o coronel foi agraciado com a Ordem Britânica do Mérito e foi presenteado em pessoa pelo marajá com um par de belas espingardas de caça inglesas, em sinal de gratidão. Depois da separação, o marajá foi forçado a abdicar de sua província, mas se reinstalou feliz em Genebra com as esposas e a extensa família. Depois do baile, uma bandeja de chá de prata será entregue em reconhecimento à família do falecido coronel por nosso ilustre presidente honorário de eventos, lorde Daniel Dagenham.

– Parente seu? – perguntou o dr. Khan.
– Meu pai – disse o major.
– Que honra enorme – disse a sra. Khan. – O senhor deve estar empolgado.

– Toda essa história é um pouco embaraçosa – disse o major, que não conseguia sufocar uma pequena bolha de satisfação. Ele olhou para a sra. Ali, para ver se ela demonstrava estar impressionada. Ela sorriu, mas pareceu estar mordendo o lábio para segurar um risinho.

– É um absurdo o alvoroço que eles criam – disse a sra. Khan. – Meu marido está estarrecido com a forma com que espalharam os patrocinadores por toda a capa.

Todos olharam para a capa, onde os patrocinadores estavam relacionados em letras de tamanho decrescente, começando com "Residências St. James" em letras garrafais em negrito e terminando, depois de "Jakes e Filhos, Material para Gramados", com uma minúscula referência em itálico a "Cirurgia Plástica de Primeira Categoria". O major supôs que esse último era o consultório do dr. Khan.

– Afinal, quem é "Residências St. James"? – perguntou o dr. Khan.

O major não sentiu vontade de lançar luz sobre o assunto. Entretanto, o mistério da extravagância decorativa agora estava claro: Ferguson tinha feito mais um movimento perspicaz no sentido de controlar os moradores do lugarejo.

– Eles querem construir casas grandes por toda Edgecombe St. Mary – disse a sra. Ali. – Só os ricos e os bem relacionados terão permissão para comprar.

– Que ideia inteligente – disse a sra. Khan ao marido. – Deveríamos examinar qual é o tamanho máximo permitido.

– É obra de lorde Dagenham – acrescentou a sra. Ali.

– Soube que lorde Dagenham em pessoa lhe entregará o prêmio hoje – disse a sra. Khan ao major. – Meu marido ficou tão aliviado por não terem pedido isso a ele. Ele adora contribuir, mas detesta os holofotes.

– Naturalmente, quando se é lorde, não se precisa entrar com nenhum dinheiro – disse o dr. Khan.

Ele tomou um longo gole do pequeno copo de gim e tentou em vão fazer um sinal, pedindo mais uma rodada.

– Meu marido é muito generoso – acrescentou a sra. Khan.

Um discreto rufar de tambores interrompeu a conversa. Alec Shaw, com o turbante mais uma vez oscilando na cabeça, anunciou a chegada do marajá em pessoa, acompanhado de sua corte real. A orquestra enveredou por uma peça processional vagamente reconhecível.

– É Elgar? – perguntou o major.

– Acho que é de *O rei e eu,* ou algo semelhante – disse a sra. Ali. Agora ela estava decididamente reprimindo o riso.

A multidão se apinhava nos lados da pista de dança. O major descobriu que estava desconfortavelmente preso entre o punho da espada do médico e o quadril estofado da sra. Khan. Procurou esticar-se o máximo possível para evitar qualquer contato. A sra. Ali aparentava igual desconforto, encurralada do outro lado do médico.

Do saguão, pelo tapete carmim, vinham dois garçons que portavam longos estandartes, seguidos por lorde Dagenham e sua sobrinha, em trajes suntuosos. Dagenham, de turbante e túnica púrpura, parecia estar enfrentando alguma dificuldade para não enredar a cimitarra nas esporas das botas, enquanto Gertrude, que obviamente tinha recebido instruções de movimentar os braços para exibir as mangas ondulantes, simplesmente os mantinha rígidos numa inclinação de trinta graus do corpo e percorria a extensão da sala a passos pesados como se ainda estivesse usando botas impermeáveis, em vez de chinelos de cetim. Duas fileiras de dançarinas – as moças do almoço – vinham se arrastando atrás deles, conduzidas pela ágil Amina, num pijama azul-pavão. Seu cabelo estava escondido por uma estola de cetim bem apertada e, embora seu rosto, abaixo dos olhos delineados com kohl, estivesse oculto por um volumoso véu de *chiffon*, ela estava surpreendentemente bonita. Sua trupe apresentava uma nítida simetria.

E, à medida que passavam, ocorreu ao major que elas tinham sido arrumadas segundo sua disposição de participar, as moças da frente meneando os braços com abandono, enquanto as de trás se arrastavam, constrangidas e de mau humor.

Acompanhavam as moças dois tambores e um tocador de sitar silencioso; depois, mais dois garçons com bandeiras, o engolidor de fogo e, por fim, um acrobata de solo, que fez alguns movimentos sem sair do lugar, para dar à procissão tempo para sair.

Os porta-bandeiras tiveram alguma dificuldade para passar pela porta da esquerda do palco, e o major sentiu um leve cheiro de chamuscado, sugestivo de que o engolidor de fogo tinha agido com impaciência. Lorde Dagenham e a sobrinha subiram no palco por lados opostos e se reuniram atrás de Alec, que lhes fez uma profunda reverência, quase derrubando o suporte do microfone. Lorde Dagenham deu um pequeno salto para endireitá-lo.

– Declaro oficialmente aberta esta noite maravilhosa – disse ele. – O jantar está servido!

Capítulo 17

A mesa seis estava localizada num ponto muito visível, ao longo do lado da pista de dança que dava para as janelas e na direção do centro do salão. Os Khan pareceram estar satisfeitos com sua proeminência.

– É tão bom conhecer outro patrocinador – disse a sra. Khan ao casal que já estava lá, que revelou ser o sr. e sra. Jakes. Os dois já estavam atacando a cesta de pães.

– Nós sempre lhes damos um bom desconto no herbicida no começo da primavera, e eles sempre nos convidam. Minha mulher gosta de dançar um pouco de vez em quando – disse o sr. Jakes.

Ele estava usando um *shalwar kameez* bege simples, com meias escuras e sapatos sociais. A mulher usava um traje semelhante, mas com sandálias douradas de plataforma e uma grande tiara dourada. O major achou que eles pareciam estar usando uniforme de centro cirúrgico.

– Ah, estão tocando um mambo – disse a sra. Jakes, levantando-se de um salto, o que fez retinir os talheres. O major também se levantou, rápido. – Vocês nos dão licença?

O casal saiu apressado para dançar. O major voltou a se sentar, desejando que fosse possível chamar a sra. Ali para dançar.

Grace chegou à mesa e apresentou Sterling, que estava usando uma antiguidade, um longo casaco militar amarelo com alamares pretos e um quepe preto com uma echarpe amarela e preta pendurada atrás.

– Ah, você é americano – disse a sra. Khan, estendendo a mão.
– Que fantasia encantadora!
– Parece que os Lanceiros de Bengala foram um famoso regimento anglo-indiano – disse o rapaz. Ele deu uns puxões à altura das coxas para mostrar a plena largura dos culotes brancos. – Embora esteja fora do meu alcance entender como os britânicos conquistaram o império usando calças de palhaço.
– Isso, de uma nação que conquistou o Ocidente usando perneiras de couro e chapéus de esquilo morto – disse o major.
– Que bom vê-lo novamente, major – disse o rapaz, estendendo a mão. – Sempre com uma piada.
– E onde está o sr. Ferguson? – perguntou Grace.
– Ele gosta de chegar tarde por motivos de segurança – disse Sterling. – Manter as coisas discretas.
Bem nesse instante, Ferguson apareceu à porta. Usava um uniforme militar tão suntuoso que parecia quase real. Por cima, vinha uma capa escarlate debruada e forrada com arminho. Sob o braço esquerdo, ele trazia um chapéu alto, de bicos, e com a mão direita verificava mensagens de texto no celular. Sandy, numa coluna de *chiffon* cinza puxado para o lilás e luvas cor-de-rosa, segurava seu cotovelo.
– Ah, veja, major, aquele não é Roger, entrando com o sr. Ferguson? – perguntou Grace.
E era de fato Roger: com a túnica do Exército de seu avô quase arrebentando os botões e conversando com as costas largas de Ferguson numa atitude de cãozinho ansioso. Ele quase colidiu com Ferguson, quando o americano parou para procurar sua mesa. Sandy parecia estar se esforçando para manter o sorriso fraco, diplomático.
– O sr. Ferguson superou de longe até mesmo nosso marajá em magnificência – disse a sra. Khan.
– Onde ele conseguiu um traje daqueles? – perguntou o dr. Khan. Seu rosto demonstrava nitidamente que ele já não estava tão satisfeito com sua própria fantasia.

– Não é fantástico? – disse Grace. – É o uniforme de vice-rei de lorde Mountbatten.

– Como é adequado em termos históricos. – Uma leve rigidez se insinuou na voz da sra. Ali. – Vocês estão brincando, espero.

– É claro que não é o verdadeiro – disse Sterling. – Empréstimo de alguma produção da BBC, creio eu.

– Major, aquele é seu filho, no papel de ajudante de Mountbatten? – perguntou o dr. Khan.

– Meu filho... – começou o major, fazendo um grande esforço para controlar a raiva na voz. – Meu filho está vestido como o coronel Arthur Pettigrew, que ele representará na peça desta noite.

Fez-se um pequeno silêncio em torno da mesa. Do outro lado da sala, Roger continuava a se arrastar atrás de Ferguson de um modo que realmente sugeria mais um ordenança, que um líder de homens. Roger não era de modo algum um homem corpulento, e o fato de o uniforme estar tão apertado nele deu ao major a desagradável sensação de que seu próprio pai devia ter sido mais franzino e frágil do que ele se lembrava.

– Roger fica tão bonito de uniforme – disse Grace. – Você deve estar tão orgulhoso.

Ela atraiu o olhar de Roger e acenou. Roger, com um sorriso que expressava mais relutância que prazer, começou a atravessar a pista de dança na direção deles. Enquanto ele se aproximava, o major procurou se concentrar no orgulho como uma emoção principal. Sentia certo constrangimento por ver o filho usando um uniforme ao qual não tinha direito. Roger tinha sido tão inflexível em sua recusa a entrar para o Exército. O major se lembrava da discussão entre eles durante um tempestuoso fim de semana de Páscoa. Roger, de férias da faculdade, com uma caixa cheia de manuais de economia e um novo sonho de trabalhar no mercado financeiro, tinha cortado de uma vez as discretas indagações do major.

– O Exército é para burocratas e babacas – disse Roger. – As carreiras se desenvolvem tanto quanto o musgo, e não há espaço para um sucesso repentino.

– É uma questão de servir ao país – dissera o major.
– É uma receita para se ficar preso no mesmo lugar que o pai da gente.

O rosto de Roger estava pálido, mas não havia nos seus olhos o menor sinal de vergonha ou de desculpas. O major sentiu a dor das palavras se expandir com o impacto, como um golpe de cassetete numa meia de lã.

– Quer dizer que seu avô era coronel? – perguntou a sra. Khan, quando Roger foi apresentado. – E como é maravilhoso você seguir a tradição da família.

– A tradição é importantíssima – acrescentou o médico, com um aperto de mãos.

– Na realidade, Roger trabalha no centro financeiro de Londres – disse o major. – Em um banco.

– Se bem que muitas vezes tenhamos a impressão de que estamos nas trincheiras – disse Roger. – Conquistando nossas cicatrizes na luta contra os mercados.

– A atividade bancária é tão importante hoje em dia – disse o dr. Khan, mudando de postura com a habilidade de um político. – Você decerto tem oportunidade de entrar em contato com muita gente importante.

Eles ficaram olhando enquanto os ocupantes da mesa de lorde Dagenham se reuniam no centro do salão, subindo no tablado baixo.

– Eu vi Marjorie – disse o major, puxando Roger para um lado. – Você a convidou?

– Deus do céu, não – disse Roger. – Foi Ferguson. Ela recebeu um bilhete simpático, chamando-a para ser convidada dele.

– Por que ele faria uma coisa dessas?

– Calculo que ele esteja querendo nos pressionar por conta das espingardas – disse Roger. – Mantenha-se firme, papai.

– É o que pretendo fazer – disse o major.

O jantar transcorreu como um exercício em caos mal contido. Garçons abriam caminho à força através dos corredores, já que os convidados se recusavam a permanecer sentados. Havia todo um contingente na pista de dança, mas muitas pessoas simplesmente fingiam ir para lá e para cá. Elas perambulavam de mesa em mesa cumprimentando amigos e promovendo sua própria importância. Até mesmo os Khan, que pediram licença para um chá-chá-chá, foram vistos pairando no pequeno grupo em torno de lorde Dagenham. As pessoas se apinhavam tanto ali que o major pôde ver Sandy, sentada entre Dagenham e Ferguson, fazer um sinal para um garçom lhe entregar o prato por cima da largura da mesa, em vez de tentar servi-la à francesa. Durante o prato principal, tornou-se claro que os garçons estavam ocupados demais servindo vinho para se importarem em buscar ponche de frutas para a sra. Ali.

– Vou dar uma corrida até o bar, a senhora fica bem? – perguntou ele.

– Tudo bem por mim – disse a sra. Ali. – Grace e eu vamos ficar aqui comentando todos esses decotes.

– Para mim, nada – disse Grace. – Vou ficar com meu único copo de vinho.

Ela pegou então sua bolsa e, apressada, pediu licença para visitar o toalete feminino.

– Talvez devêssemos lhe contar que, sempre que ela olha para outro lado, o garçom volta a encher seu copo com Chardonnay – disse o major.

No esforço da volta do bar, o major parou num local tranquilo atrás de uma cica e tirou um instante para observar a sra. Ali, que estava sentada totalmente só, pequena em comparação com o tamanho da mesa. Seu rosto tinha uma expressão vazia e cortês, os olhos fixos na dança. O major achou que ela não parecia tão confiante neste salão aquecido quanto numa caminhada vigorosa na chuva; e ele teve de admitir que, como tinha percebido muitas vezes antes, as pessoas que estavam sozinhas, sem a atenção de terceiros, muitas vezes pareciam menos atraentes que quando estavam cercadas de companhia que as admirasse. Quando ele estava olhando mais atentamente, o rosto da sra. Ali abriu-se num largo sorriso, que restaurou toda a sua beleza. Alec Shaw tinha se inclinado para conversar com ela e, para surpresa do major, ela se levantou da cadeira, aceitando um convite para um foxtrote bastante rápido. Quando Alec pegou sua mão e passou o braço pela sua cintura fina, alguém deu um tapa no ombro do major, exigindo sua atenção.

– Divertindo-se, major? – Ferguson vinha segurando um copo de uísque e mordiscando um charuto apagado. – Eu estava saindo para ir fumar.

– Tudo muito bom, obrigado – disse o major, que estava tentando acompanhar a cabeça de Alec em meio à multidão, enquanto ele girava a sra. Ali pelo salão com uma quantidade bastante excessiva de voltas.

– Fiquei feliz por sua cunhada poder vir – disse Ferguson.

– Como assim, desculpe? – perguntou o major, ainda olhando para os dançarinos. Seus pés eram leves como ele tinha sonhado, e seu vestido voava em torno dos tornozelos como ondas azuis.

– Ela me contou tudo sobre seus planos de fazer um cruzeiro quando receber o dinheiro – disse ele.

– Que dinheiro? – perguntou o major.

Ele estava dilacerado entre um impulso repentino de esganar Alec e uma vozinha que lhe dizia para prestar atenção a Ferguson. Com enorme dificuldade, desviou os olhos da pista de dança.

– Não se preocupe. – Ferguson agora parecia também estar observando os giros da sra. Ali em meio à multidão dançante, como uma brilhante chama azul. – Estou disposto a lidar com franqueza com você, se você for franco comigo. – O charuto subia e descia como um insulto. Ferguson voltou-se para encará-lo e acrescentou: – Como eu disse a Sterling, é claro que eu poderia simplesmente pagar à viúva um grande valor pela sua arma agora e depois descontar do Pettigrew, mas por que eu faria uma coisa dessas? Respeito demais o major como cavalheiro e como pessoa de espírito esportivo para armar contra ele. – Ele sorriu, mas o sorriso não chegou aos olhos.

– Você a convidou para o baile – disse o major.

– Era o mínimo que eu podia fazer, meu velho – disse Ferguson, batendo mais uma vez nas suas costas. – É preciso ter a família Pettigrew inteira presente para vê-lo receber esse prêmio.

– Naturalmente – disse o major, sentindo-se mal.

– Seria bom você pegar essas armas rapidinho depois da apresentação – acrescentou Ferguson, enquanto se afastava. – Ela me pareceu muito interessada, ao saber que elas estavam aqui.

O major ficou tão atordoado com a ameaça implícita que afundou mais na sombra das cortinas da porta para recuperar o controle sobre si mesmo. Isso ele fez bem a tempo de escapar aos olhos de Daisy Green, que passou por ali com Alma. Ela também tinha percebido Alec dançando com a sra. Ali, pois parou e segurou Alma pelo braço.

– Vejo que ela seduziu seu marido.

– Ah, ela não está bonita? – comentou Alma. – Pedi a Alec que se certificasse de não deixá-la de fora.

– Estou só dizendo que talvez, se Grace tivesse usado decotes um pouco mais reveladores, ele não teria sido atraído por encantos mais exóticos.

– Você está falando de Alec? – perguntou Alma.

– Não, é claro que não estou falando de Alec, sua tonta.

– Acho que Grace se preocupa com as rugas no pescoço – disse Alma, alisando o próprio pescoço, que estava enrolado por uma echarpe de cetim roxo com contas de vidro laranja retinindo na ponta das franjas. Ela usava uma blusa vitoriana abotoada até o alto, sobre uma saia de veludo volumosa e amarrotada, que parecia já ter aguentado muitas traças.

– Ela vai ter mais com que se preocupar, quando sua suposta amiga se apropriar dele e esfregar no nosso nariz – sibilou Daisy.

– Se ela se casar com ele, imagino que deveríamos convidá-la para o clube de jardinagem – disse Alma em tom de pergunta.

– É claro que todos nós devemos cumprir nosso dever cristão – respondeu Daisy.

– A mulher dele também não era assim tão sociável – disse Alma. – Pode ser que essa também não seja.

– Infelizmente, não seria adequado convidá-la para participar de atividades relacionadas com a igreja. – Daisy deu um sorriso antipático. – Acho que isso a deixa de fora da maioria dos comitês.

– Talvez ela se converta – disse Alma com um risinho.

– Não diga isso nem brincando – disse Daisy. – Vamos torcer para isso não passar de uma última aventura.

– Uma última pequena estrepolia buscada lá no fundo do baú, por assim dizer? – disse Alma. As duas riram e se afastaram, afundando-se mais no salão quente, apinhado.

Demorou um momento até o major conseguir movimentar seu corpo, que parecia estar grudado ao vidro frio das portas duplas e apresentava uma dormência estranha. Um breve pensamento de que talvez não devesse ter convidado a sra. Ali para o baile fez com que sentisse vergonha de si mesmo, o que ele instantaneamente transformou em raiva por Daisy e Alma. Era espantoso que elas cogitassem inventar aquele tipo de história acerca da sra. Ali e dele.

Ele sempre tinha suposto que os mexericos consistissem em sussurros maldosos sobre verdades inconvenientes, não a construção de absurdos. Como seria possível alguém se proteger de pessoas que inventavam histórias? Uma vida de comportamento cuidadoso e impecável não era suficiente num mundo em que invencionices eram disseminadas como se fossem fatos? Ele olhou por todo o salão de pé-direito alto, cheio de pessoas que considerava seus amigos e vizinhos. Por um instante, ele as viu como perfeitos desconhecidos. Na verdade, desconhecidos alcoolizados. Fixou o olhar na palmeira, mas encontrou apenas uma etiqueta que a identificava como de plástico e feita na China.

Voltando à mesa, ele chegou a tempo de ver Alec deixar a sra. Ali no seu lugar, com um floreio.

– Agora, lembre-se do que eu lhe falei – disse Alec. – Não lhes dê a menor atenção. – Com isso, ele acrescentou: – Sua convidada dança que é uma maravilha, Ernest. – E desapareceu para ir procurar seu jantar.

– Do que ele estava falando? – perguntou o major, quando pôs os drinques na mesa e se sentou ao seu lado.

– Acho que ele estava tentando me tranquilizar – disse ela, rindo. – Ele me disse para eu não me preocupar se alguns dos seus amigos parecessem de início um pouco tensos.

– Que amigos? – perguntou o major.

– O senhor não tem nenhum? – perguntou ela. – Então quem são todas essas pessoas?

– Não faço a menor ideia – disse ele, e acrescentou: – Eu não sabia que a senhora dançava, ou a teria chamado para dançar.

– E vai me chamar agora? – perguntou ela. – Ou vai repetir o rosbife?

Os garçons da sra. Rasool estavam circulando com bandejas enormes.

– A senhora me daria a honra? – Ele a conduziu para a pista de dança, quando a orquestra começava uma valsa lenta.

Dançar, pensou o major, era uma coisa estranha. Ele tinha se esquecido de como esse exercício e obrigação social vagamente agradável podia se tornar algo elétrico, quando a mulher certa vinha aos nossos braços. Agora podia entender por que a valsa no passado tinha sido alvo de censura, da mesma forma que as acrobacias loucas que os jovens de hoje chamam de dança. Ele sentia que somente existia naquele círculo deslizante que os dois formavam, abrindo caminho entre os outros pares, como se fossem água. Não havia outro espaço além dos seus olhos sorridentes. Não havia ninguém além deles dois. Com suas mãos, ele sentia a cintura e a palma lisa, e seu corpo recebeu uma carga elétrica que fez com que ele se empertigasse e girasse com maior velocidade do que jamais teria considerado possível.

Ele não viu os dois homens que mexericavam às suas costas quando passou pelo palco e pelo bar, mas ouviu, num curto silêncio entre as cascatas de melodia, um homem perguntar: "Você acha mesmo que vão pedir para ele se afastar do clube?", e então uma segunda voz, falando um pouco mais alto que o som da música: "É claro que eu não pediria, mas o secretário diz que parece uma perfeita repetição do caso de George Tobin."

O rosto do major ardeu. Mas, quando ele arriscou um olhar de relance para o bar, os homens já tinham se virado, e ele não pôde ter certeza sobre quem eles estavam falando. Enquanto o major olhava ao redor em busca de alguma outra impropriedade que pudesse provocar censura, o velho sr. Percy passou desenvolto com sua companhia feminina no braço duro. O vestido tomara que caia tinha dado meia-volta no corpo de modo que seu busto generoso ameaçava estourar a parte superior do zíper, enquanto nas costas duas protuberâncias sustentadas por barbatanas sugeriam os botões de asas ainda por desenvolver. O major deu um suspiro de alívio e pensou que talvez o clube se beneficiasse com a adoção de certos padrões mais rígidos.

O caso de George Tobin, que havia se casado com uma atriz negra de uma série de sucesso na televisão, ainda o deixava constrangido, embora tivesse sido considerado uma mera questão de privacidade. Todos concordaram que a atitude de Tobin de se casar com uma artista de televisão tinha transposto os limites do tolerável ao expor o clube à possível atenção de *paparazzi* e de um público ávido por celebridades. Como o major tinha assegurado a Nancy, muito amolada, o comitê de seleção de sócios tinha negado com vigor qualquer sugestão de que a cor fosse o problema. Afinal de contas, os membros da família de Tobin eram sócios do clube havia gerações e sempre tinham sido bem aceitos, apesar de serem ao mesmo tempo católicos e de descendência irlandesa. Tobin ficou satisfeito em renunciar sem alarde à sua condição de sócio, ficando implícito que seu filho do casamento anterior teria direito à sua própria vaga de sócio, de modo que toda a história foi resolvida com a máxima discrição. Nancy, porém, tinha se recusado a pisar no clube depois disso, e o major ficou com uma sensação de leve constrangimento.

À medida que a música começava a atingir o clímax, o major descartou da mente todos os pensamentos sobre o clube e voltou a se concentrar na sra. Ali. Ela parecia ligeiramente intrigada, como se esse mergulho em pensamentos tivesse sido registrado na expressão do major. Amaldiçoando a si mesmo por desperdiçar um momento que fosse da dança, ele lhe deu um grande sorriso e começou a girar com ela até o piso ameaçar se soltar dos seus pés. Um rufar de tambores ao final da música e um vigoroso piscar dos lustres principais, que então se apagaram, anunciaram o espetáculo após o jantar. Na escuridão repentina, o salão ressoou com gritinhos, imprecações resmungadas e um pequeno ruído de vidro quebrando num canto distante, à medida que as pessoas lutavam para voltar para seu lugar. O velho sr. Percy continuou a girar sua parceira e precisou ser tirado da pista por um dos garçons. O major fez o possível para orientar a sra. Ali, sem tropeços, de volta para a mesa.

Um estrondo dos pratos da orquestra deu lugar ao zunido monótono de música gravada e ao apito de um trem. Na escuridão, um único projetor de slides iluminou uma tela branca com imagens da Índia em tom de sépia, bruxuleando e passando quase depressa demais para as cenas reais serem registradas. O major sentiu acumular-se uma horrível sensação de familiaridade até que uma breve imagem dele mesmo quando menino, montado num pequeno elefante pintado, lhe disse que Roger tinha de fato vasculhado a lata no sótão e posto as fotografias da família em exposição ao público.

Aplausos esparsos esconderam o retinir abafado dos guizos dos tornozelos. Quando as luzes se acenderam novamente, um holofote de um verde lúgubre revelou as dançarinas, balançando no ritmo do movimento de um trem e meneando uma variedade de acessórios, entre os quais estavam cestas, caixas e uma série de frangos empalhados. Roger estava sentado numa arca, fumando um cachimbo cheio de voltas absurdas, enquanto lia um jornal, aparentemente desatento para o caos colorido que o cercava. Numa extremidade do grupo, Amina fazia gestos ondulantes na direção de algum horizonte vasto e distante. Com a música, o apito do trem e a tela bruxuleante, o major achou a apresentação muito mais eficaz do que teria imaginado. Decidiu perdoar a Roger o uso das fotografias.

– Não está tão ruim quanto eu temia – disse ele para a sra. Ali, consciente de um pequeno orgulho nervoso na voz.

– Muito semelhante à vida real, não é? – disse a sra. Jakes. – É exatamente como estar na Índia.

– É, eu mesma nunca viajo sem um frango – disse a sra. Ali, olhando atentamente para as dançarinas.

– É o Fim do Império, o fim da linha...

Enquanto a voz aguda de Daisy Green narrava a história do jovem e confiante oficial britânico, que voltava ao quartel em Lahore no mesmo trem que a bela noiva do marajá, Amina dançou um breve solo, com seus véus ondulantes, criando arcos de luz e movimento.

– Ela é realmente muito boa, não é? – disse Grace, quando uma salva de palmas assinalou o fim do solo. – Como uma bailarina de verdade.

– É claro que somente cortesãs teriam dançado – disse Sadie Khan para a mesa. – A esposa de um marajá nunca teria se exposto a esse ponto.

– A linha está bloqueada! A linha está bloqueada! – gritou Daisy, frenética.

Enquanto as dançarinas batiam os pés tilintantes e giravam os frangos e cestos com uma energia mais premente, Roger continuava a ler o jornal, indiferente à ação ao redor. O major começou a ficar impaciente. Ele tinha certeza de que seu pai teria sido mais rápido em captar a mudança do estado de ânimo do trem. Sentiu-se tentado a tossir, para atrair a atenção de Roger.

– Uma turba assassina promove o terror no trem inocente – gritou Daisy. De todos os portais do *grillroom*, saíram, desencontrados, os namorados recrutados às pressas, vestidos de preto e brandindo grandes porretes.

– Ai, meu Deus – disse Grace. – Talvez não tenha sido uma boa ideia dar a cerveja e os sanduíches antes do espetáculo.

– Eu provavelmente teria pensado duas vezes antes de entregar os porretes – brincou o major.

Ele olhou para a sra. Ali, mas ela não sorriu com o comentário. Seu rosto, fixo na cena, estava imóvel como se fosse de alabastro.

Com as imagens tremeluzindo com velocidade cada vez maior na tela, os homens passaram a uma série de ataques, em câmera lenta exagerada, contra as mulheres que se contorciam. O major franziu o cenho com os risos e gritinhos abafados das dançarinas, que não eram totalmente disfarçados pela música lamuriosa. Amina engajou-se numa dança frenética com dois agressores, que faziam o possível para erguê-la e atirá-la longe, sempre que ela agarrava seus braços. Os movimentos eram mais entusiasmados do que bonitos de se ver, pensou o major, embora Amina conseguisse dar a impressão de que eles eram razoavelmente ameaçadores. Por fim, ela escapuliu e, dando um salto, caiu direto no colo de Roger. Ele levantou a cabeça do jornal e conseguiu simular um espanto adequado.

– A esposa do marajá atira-se sobre o oficial britânico, em busca de proteção – disse novamente a voz de Daisy. – Ele é só um homem, mas, por Deus, ele é inglês. – A plateia explodiu em vivas.

– Não é emocionante? – disse a sra. Jakes. – Estou toda arrepiada.

– Talvez seja uma reação alérgica – disse a sra. Ali, em voz serena. – O Império Britânico pode causar esse tipo de coisa.

– Disfarçando a marani como seu próprio subalterno... – continuou Daisy. O major não queria ser crítico, mas não podia aprovar o desempenho de Roger. Para começar, ele tinha assumido uma postura mais para James Bond que para militar britânico. Além disso, estava usando uma pistola, tendo passado para Amina seu impermeável e seu fuzil. O major considerou essa decisão um imperdoável erro tático.

O som de tiros misturou-se à música e aos gritinhos. Os holofotes faiscaram em vermelho, e a tela escureceu.

– Quando chegou a ajuda, o valente coronel, reduzido à sua última bala, ainda defendia a princesa – disse Daisy.

As luzes iluminaram uma massa de corpos inertes, tanto masculinos como femininos. Somente Roger continuava em pé, de pistola na mão, com a marani desmaiando em seus braços. Embora se pudesse ver que uma ou duas mocinhas davam risinhos, provavelmente por conta dos rapazes caídos sobre suas pernas, o major sentiu que o salão inteiro se calava, como se todos estivessem prendendo a respiração. O silêncio momentâneo deu lugar a uma explosão de palmas, quando as luzes baixaram de intensidade.

Quando a luz voltou ao normal, havia um fulgurante quadro vivo em que lorde Dagenham e Gertrude apareciam em tronos, Amina aos seus pés. Na escada do palco e no piso, as dançarinas estavam dispostas, agora usando colares gritantes e echarpes cintilantes. Alec Shaw, como o vizir, estendia uma caixa aberta que continha as espingardas. Roger, em posição de sentido, prestava continência para a corte real. Na tela atrás deles, uma foto em sépia mostrava a mesma cena. O major reconheceu, com uma fisgada de emoção, composta em partes iguais pelo orgulho e pela dor, a fotografia que sua mãe tinha pendurado num canto escuro do corredor do andar superior da casa, por não querer parecer exibida.

Explodiu no salão uma série de flashes. Música pop asiática com um vocalista lamurioso berrava pelos alto-falantes; e, enquanto a plateia batia palmas em acompanhamento, as dançarinas começaram uma coreografia ao estilo de Bollywood e se espalharam pelas bordas da pista de dança, escolhendo homens da plateia para acompanhá-las em seus rodopios. Enquanto piscava os olhos, deslumbrado, o major teve a vaga noção de que um homem pequeno subia no palco, gritando em urdu e tentando arrancar o microfone de Daisy Green.

– Afaste-se de mim, homenzinho horroroso – gritou Daisy.

– Aquele não é o pai de Rasool?! – exclamou o dr. Khan. – O que ele pensa que está fazendo?

– Não faço ideia – disse a sra. Khan. – Isso poderia ser um desastre para Najwa. – Ela parecia muito feliz.

– Oba, vamos dançar – disse a sra. Jakes, arrastando o marido dali.

O médico pôs-se de pé.

– Alguém deveria tirar o velho pateta de lá. Ele fará com que todos nós demos má impressão.

– Por favor, não se envolva – disse a sra. Khan.

Ela não pôs a mão na manga do marido para impedi-lo, mas apenas fez um gesto nessa direção. O major tinha muitas vezes observado esse tipo de comunicação taquigráfica entre pessoas casadas. O médico voltou a se sentar.

– Meu marido sempre tem tanta compaixão – disse a sra. Khan para a mesa.

– Ossos do ofício, receio eu – disse o dr. Khan.

O sr. Rasool sênior agora segurava o microfone e agitava o dedo no nariz de Daisy Green, escandalizada. Ele agora gritava em inglês, tão alto que doía ouvir sua voz raivosa de taquara rachada no volume máximo da aparelhagem de som.

– Vocês fazem um grande insulto a nós – ouviram eles. – Vocês fazem brincadeira com o sofrimento de um povo.

– O que ele está fazendo? – perguntou Grace.

– Pode ser que esteja contrariado com o fato de as atrocidades da Separação serem reduzidas a um espetáculo para um jantar – disse a sra. Ali. – Ou pode ser que ele simplesmente não goste de música *bhangra*.

– Por que alguém se sentiria insultado? – perguntou Grace. – É a maior realização da família do major.

– Sinto muito – disse a sra. Ali. Ela fez pressão sobre a mão do major, e ele enrubesceu com uma súbita vergonha por ela talvez não estar pedindo desculpas a ele, mas por ele. – Preciso ajudar o sogro de Najwa. Ele não é um homem de boa saúde.

– Não entendo por que isso deveria ser sua responsabilidade – disse Sadie Khan, com maldade na voz. – Acho que você realmente deveria deixar isso a cargo dos funcionários. – Mas a sra. Ali já tinha se levantado da mesa. Ela não voltou a olhar para o major. Ele hesitou, mas depois se apressou a ir atrás dela.

– Solte-o antes que eu quebre seu braço – disse uma voz do palco quando o major abria caminho em meio à multidão. Ele chegou a tempo de ver Abdul Wahid à frente de um pequeno grupo de garçons, investindo contra dois dos dançarinos e alguns músicos da orquestra, que estavam segurando o sr. Rasool sênior pelos braços. – Demonstrem algum respeito por um velho. – Os homens se agruparam como uma muralha defensiva.

– O que você está fazendo aqui? – O major achou que ouviu Amina perguntar, quanto tentava segurar Abdul Wahid pelo braço, mas talvez ele estivesse só fazendo a leitura dos lábios com o contínuo ruído estridente da música. – Era para você me encontrar lá fora.

– Não fale comigo agora – disse Abdul Wahid. – Basta o mal que você já fez.

Os casais que dançavam, dando-se conta da comoção, começaram a recuar para o meio das mesas.

– O velho está louco – disse Daisy Green, com uma voz fraca. – Alguém chame a polícia.

– Ora, por favor, não há nenhuma necessidade de chamar a polícia – disse a sra. Rasool, apanhando o braço do sogro das mãos de um trombonista de cara amarrada. – Meu sogro só está um pouco confuso. Sua própria mãe e a irmã morreram num trem desses. Por favor, queiram perdoá-lo.

– Ele está muito menos confuso que a maioria das pessoas aqui – disse Abdul Wahid, numa voz que reverberou. – Ele quer que vocês saibam que seu espetáculo é um grande insulto a ele.

– E quem ele pensa que é? – disse Roger. – É uma história real.

– É, quem pediu a opinião dele? – zombou uma voz na multidão. – Droga de paquistaneses.

Os garçons giraram a cabeça, e um homem magro e pálido se escondeu por trás da mulher.

– Ei, isso não se diz – gritou Alec Shaw, debaixo do seu turbante instável.

Ali mesmo, enquanto presenciava os acontecimentos, o major soube que mais tarde teria grande dificuldade para transmitir os detalhes da luta que agora irrompia. Ele viu um homem baixo de pés grandes dar um empurrão em Abdul Wahid, que caiu de encontro a um dos garçons. Viu outro garçom atingir um dançarino de um lado ao outro do rosto com sua toalha branca, como se o estivesse desafiando para um duelo. Ouviu Daisy Green gritar, com a voz meio rouca, "Pessoal, por favor, mantenham-se civilizados", enquanto um tumulto eclodia no meio da pista de dança. Tudo perdeu a nitidez com as mulheres aos gritinhos, os homens esbravejando, e corpos se lançando uns contra os outros, só para cair com estrondo ao chão. Houve muitos golpes ineficazes nas costas e chutes a torto e a direito.

Quando a música prosseguiu para uma melodia ainda mais estridente, o major viu com espanto um convidado grande e bêbado arrancar o turbante, entregar seu narguilé para a namorada e se atirar contra a massa arfante dos agressores, como se tudo aquilo fosse uma brincadeira. O vigário tentou entrar na refrega para agarrá-lo pelas calças, mas foi rechaçado a chutes e caiu por cima de Alma. Ele ficou enredado no sári verde de uma forma que fez Mortimer Teale aparentar ciúme, e foi salvo por Alec Shaw, que os arrastou para trás do bar, do qual lorde Dagenham e Ferguson pareciam ter se apropriado como que para um cerco.

– Ai, por favor, não há necessidade de violência – gritou Daisy, quando dois combatentes se destacaram da multidão e foram pousar numa mesa, que ruiu numa pilha de pratos cheios de molho. Alguns dos lutadores, já aparentando ter perdido o fôlego, pareciam achar mais eficaz chutar o adversário de outra pessoa, enquanto se agarravam com os braços ao seu próprio adversário para evitar levar socos.

A maioria dos convidados tinha sido empurrada para os cantos do salão, e o major se perguntava por que os que estavam mais perto da porta não saíam simplesmente correndo pela noite adentro. Supôs que ainda não tinham se servido da sobremesa e relutavam em ir embora antes que as lembranças da festa tivessem aparecido no vestíbulo.

A briga poderia ter evoluído para alguma coisa realmente perigosa, se alguém não tivesse descoberto o interruptor certo nos bastidores e acabado com a música. No súbito silêncio, cabeças surgiram da massa arfante de corpos e socos hesitaram a meio caminho. O velho sr. Percy, que tinha estado cambaleando na periferia da escaramuça, golpeando indiscriminadamente com um frango empalhado, agora dava um golpe final. O frango estourou numa onda de bolinhas de isopor. Combatentes ensopados de molho e agora cobertos de isopor branco deram a impressão de perceber que talvez estivessem parecendo uns palhaços, e a briga começou a perder força.

– Peço mil perdões – disse a sra. Rasool a Daisy, enquanto ela e o marido sustentavam o velho sr. Rasool. – Meu sogro tinha apenas seis anos de idade quando sua mãe e a irmã foram mortas. Ele não tinha intenção de causar tanta confusão.

O velho oscilou e pareceu frágil e translúcido como pergaminho.

– Ele estragou tudo! – gritou Daisy, frenética.

– Está óbvio que ele está muito mal – disse a sra. Ali. – Ele precisa sair daqui.

O major olhou ao redor em busca de uma saída fácil, mas os combatentes ainda estavam sendo apartados, e a multidão, não mais contida nos cantos, tinha crescido para ocupar todos os espaços não cobertos de molho.

– Sra. Rasool, por que a senhora não tenta abrir caminho para levá-lo até a varanda? – disse Grace, assumindo o comando. – Está mais tranquilo lá fora.

– Algum problema com a cozinha? – gritou Daisy, histérica, enquanto o velho era levado dali.

– É provável que seja demência, você não concorda? – perguntou a sra. Khan em voz alta ao marido.

– Ah, não, Daisy é sempre assim – disse o major, sem pensar.

– Acho que podemos dar a noite por encerrada e chamar uma equipe de limpeza aqui dentro – disse lorde Dagenham, examinando os estragos.

Cinco ou seis mesas de pernas para o ar, com pratos quebrados e tudo o mais, uma palmeira cortada ao meio e cortinas caídas na entrada pareciam ser o único dano importante. Na pista de dança, havia manchas de sangue de alguns narizes machucados e alguns pares de pegadas sujas.

– Vou pegar as lembranças e despachar as pessoas para casa – disse Gertrude.

– Nem pensar! Ninguém vai embora antes da sobremesa e de entregarmos nosso presente para o major Pettigrew – disse Daisy.

– Onde está aquela banqueteira? Onde está a orquestra?

– Estou aqui, pronta para pôr minha equipe de volta ao trabalho – disse a sra. Rasool, aparecendo ao lado de Daisy. – Terminaremos nosso trabalho com o mesmo profissionalismo com que começamos. – Ela virou-se para os garçons. – Estão me ouvindo, rapazes? Tratem de se aprumar e comecem a rearrumar aquelas mesas. Chega de tolice, por favor. Mocinhas, por favor, deixem seus amigos ir para os bastidores beber alguma coisa, e vamos dar início à procissão da sobremesa.

A orquestra reuniu-se e começou a tocar uma polca bastante censurável. Para surpresa do major, os garçons começaram a se mexer. Houve entre eles alguns resmungos, mas obedeceram à sra. Rasool, alguns levantando mesas e os demais desaparecendo pela cozinha adentro. As garotas do almoço, mais truculentas e estridentes em seus comentários, não demonstravam vontade de deixar os amigos feridos, mas metade delas acatou a ordem, enquanto as outras conduziram seus guerreiros lesionados para serem reconfortados nos bastidores. Os convidados começaram a se infiltrar na direção dos bares, e alguns sócios do clube ajudaram a levantar as mesas. Um zelador atravessou a pista de dança dançando um dois pra lá dois pra cá com um enorme esfregão molhado e desapareceu por uma porta dupla, pela noite adentro.

– Sra. Rasool, a senhora deveria ter sido general – disse o major, profundamente impressionado à medida que o salão começava a reassumir uma normalidade, e as moças do almoço entravam em desfile trazendo suportes com vários andares de *petits-fours*.

– Major Pettigrew, minhas desculpas pela perturbação – disse a sra. Rasool, puxando-o para um lado. – Meu sogro anda muito frágil ultimamente, e a visão de todos os corpos mortos foi um choque para ele.

– Por que pede desculpas? – disse Abdul Wahid, assustando o major, que não o tinha visto se aproximar. – Seu sogro não disse nada além da verdade. Eles é que deveriam pedir desculpas a ele por zombarem da tragédia mais séria da nossa pátria.

– Você não tem direito de dizer que foi zombaria – disse Amina, com a voz trêmula de exaustão e raiva. – Trabalhei feito louca para criar uma história de verdade desse enredo.

– Abdul Wahid, acho que você deveria levar Amina para casa agora – disse a sra. Ali. Abdul Wahid dava a impressão de que ainda tinha muito a dizer, e Amina hesitou. – Vocês dois vão embora agora. Não discutiremos mais esse assunto – acrescentou a sra. Ali; o tom gélido, que o major nunca tinha ouvido antes, fez com que eles fizessem o que ela dizia.

– Vejam bem, normalmente eu diria que o show deve continuar – disse lorde Dagenham. – Mas talvez fosse melhor deixar para lá e evitar qualquer outra controvérsia? Entregar ao major a bandeja na calada.

– Tudo bem por mim – disse o major.

– Nem pensar! – disse Daisy. – Você não pode deixar que as calúnias de um velho o expulsem do palco, major.

– Se deixar, as pessoas podem pensar que existe algum fundo de verdade no ponto de vista dele – disse Ferguson.

– Bem, não vejo como alguém poderia se sentir insultado – disse Roger. – Meu avô foi um herói.

– Tenho certeza de que você pode compreender que muita gente ainda pranteia os que foram assassinados naquele período – disse a sra. Ali, em tom conciliador. – Milhares morreram, incluindo-se a maioria dos que estavam no trem do seu avô, aparentemente.

– Bem, não se pode esperar que um homem tivesse defendido um trem inteiro, certo? – disse Roger.

– É claro que não – concordou Dagenham, dando um tapinha nas costas do major. – Para mim, teria sido totalmente justificável que ele tivesse saltado pela janela para salvar a própria pele.

– Pena ele não ter sido avisado com mais antecedência – disse Ferguson. – Ele poderia ter organizado os passageiros para arrancar os bancos e usá-los para fazer barricadas nas janelas. Talvez criar umas armas toscas ou coisa semelhante...

– O senhor deve ser americano – disse a sra. Ali, agora aparentando estar com raiva. – Creio que vai descobrir que isso funciona bem melhor nos filmes que numa guerra de verdade.

– Olhem, a verdade pertence ao cara que for mais capaz de manter sua história – disse Ferguson. – Nós vemos uma foto de todos nós no jornal com aquela bandeja de prata, DD, e esse baile foi um grande sucesso, e esse pequeno contratempo nunca aconteceu.

– Então, vamos apanhar a bandeja e as armas, e reunir as dançarinas – concordou Dagenham. – Depois vamos tratar de incluir o doutor e sua esposa aqui, bem como a sra. Ali, que está tão bonita, e teremos uma bela reportagem.

Enquanto eles se afastavam, levando Roger junto para apanhar as armas nos bastidores, a sra. Khan deu uma pequena arrumada no cabelo com as mãos e se insinuou na direção de Daisy.

– Ah, não queremos as luzes sobre nós – disse ela, com um sorriso afetado. – Talvez só na fileira de trás?

– Onde sua presença, sem dúvida, ainda será radiante – disse a sra. Ali.

– Estou surpresa por você não saber que o velho era instável – disse Sadie Khan, num tom gélido. – Você é tão íntima dos Rasool. – Ela se inclinou mais para perto de Daisy para acrescentar: – É tão difícil ter total confiança nos nossos fornecedores hoje em dia.

– O fotógrafo está quase pronto – disse Roger, aproximando-se delas, com o estojo das armas nos braços. – Estamos nos preparando para a entrega do presente e para as fotos.

– Não vou aparecer na foto – disse a sra. Ali.

– Por motivos religiosos? – perguntou Roger. – O que naturalmente é compreensível.

– Não, é só que não me disponho a ser exibida em nome da autenticidade – disse a sra. Ali.

– Para isso, vocês terão de contar com Saadia.

– Ai, como tudo isso é cansativo – disse Daisy Green. – Realmente não é educado vir à nossa festa e depois se queixar de tudo.

– Daisy, não há necessidade de ser grosseira – disse Grace. – A sra. Ali é uma boa amiga minha.

– Bem, Grace, isso deveria lhe dizer que você precisa sair mais – disse Daisy. – Daqui a pouco você vai convidar o jardineiro para tomar chá.

Fez-se um instante de silêncio atordoado, e o major se sentiu forçado a se intrometer com uma reprimenda:

– Acho que Grace tem o direito de convidar quem ela queira para o chá – disse ele. – E não cabe a você lhe dar ordens em sentido contrário.

– É claro que é isso o que o senhor acha – disse Daisy, com um sorriso desagradável. – Todos nós estamos cientes das suas propensões.

O major sentiu que o desespero o atingia como um golpe na orelha. Tinha defendido a mulher errada. Além do mais, tinha incentivado Daisy a maiores insultos.

– Major, quero ir para casa – disse a sra. Ali, com a voz trêmula. Ela olhou para ele com o menor dos sorrisos entristecidos. – Meu sobrinho pode me levar de carro, é claro. O senhor deve ficar para seu prêmio.

– Não, não, eu insisto – disse ele. Sabia que era imperioso persuadi-la, mas não conseguiu evitar um rápido olhar de relance na direção de Roger. Não estava disposto a abandonar seu estojo de armas nas mãos de Roger, enquanto tanto Marjorie como Ferguson ainda estavam no recinto.

– O senhor deve ficar com seus amigos, e eu preciso correr para alcançar Abdul Wahid – disse ela. – Preciso estar com minha família.

– Você realmente não pode sair agora, papai – disse Roger, num sussurro, insistente. – Seria o máximo da grosseria com Dagenham.

– Pelo menos permita que eu a leve lá fora – disse o major, quando a sra. Ali foi se afastando.

Enquanto se apressava a segui-la, o major ouviu Sadie Khan dizer alguma coisa. A resposta de Daisy, numa voz cristalina, veio mais alta que a música e as outras vozes:

– É, é claro, minha cara, que vocês seriam muito mais adequados. Só que estamos com excesso de representantes da profissão médica, e o clube faz um enorme esforço para promover a diversidade entre os sócios.

Lá fora na noite fria, a imensa quantidade de estrelas aumentava a dor do momento. A sra. Ali parou no alto da escada, e o major ficou ao seu lado, mudo de humilhação com o absurdo da sua própria atitude.

– Sempre conversamos ao ar livre, desse jeito – disse ela, por fim. Sua respiração formava nuvens no ar frio, e os olhos brilhavam, talvez com lágrimas.

– Estraguei tudo, não é mesmo? – disse ele.

Abaixo deles, Amina e Abdul estavam discutindo enquanto seguiam pela entrada de carros. A sra. Ali deu um suspiro.

– Corri o perigo de fazer o mesmo – disse ela. – Agora vejo o que devo fazer. Devo pôr um ponto final na briga da família e ver esses dois casados.

– Eles são tão diferentes – disse ele. – A senhora acha que têm condição de conviver?

– Engraçado, não é? – disse ela, em voz baixa. – Um casal pode não ter nada em comum além da cor da pele e do país dos antepassados, mas o mundo inteiro os consideraria compatíveis.

– Não é justo – disse ele. – Mas não tem de ser assim, certo?

– Pode ser, apesar de discordarem acerca de certas questões importantes, eles compartilham os pequenos fragmentos da sua cultura, sem pensar. Talvez eu não dê a isso o peso suficiente.

– Posso vê-la amanhã? – perguntou ele.

– Creio que não – disse ela. – Acho que vou estar ocupada, preparando-me para ir para a família do meu marido.

– A senhora não pode estar falando sério. Assim, sem mais nem menos? E nossas leituras aos domingos?

– Pensarei no senhor sempre que ler Kipling, major – disse ela, com um sorriso entristecido. – Obrigada por tentar ser meu amigo.

Ela ofereceu-lhe a mão, e ele mais uma vez a levou aos lábios. Depois de alguns instantes, ela a puxou com delicadeza e foi descendo para a entrada de carros. Ele sentiu tanta vontade de descer correndo atrás dela, mas se descobriu preso onde estava, parado à luz que saía do portal, com a música se derramando em torno dele e as pessoas esperando por ele lá dentro.

– Eu poderia ir bem cedo – gritou ele enquanto ela se afastava. – Nós poderíamos conversar.

– Volte para sua festa, major – disse ela. – Vai acabar pegando um resfriado em pé aí no escuro.

Ela desceu apressada pela entrada de carros, e, quando desapareceu, o vestido azul se mesclando com a noite escura, ele soube que estava sendo um pateta. No entanto, naquele momento, não conseguia descobrir um jeito de ser um homem diferente.

Capítulo 18

A sra. Ali deixou o lugarejo. O major não a viu partir. Ele tinha pretendido descer ao mercadinho para visitá-la, mas pareceu que sua raiva e desespero por ter estragado a noite ajudaram a desenvolver totalmente o resfriado que ela previra de modo tão descuidado, e ele ficou de cama por três dias. Enquanto cochilava em pijamas amarrotados e dentes saburrentos, sem dar atenção aos toques estridentes do telefone e ao tique-taque torturante do relógio de seu quarto, a sra. Ali seguia para o norte para a família do marido; e, quando já estava bem o suficiente para caminhar até o lugarejo, era tarde demais.

O major baixou a cabeça e se preparou para enfrentar a tempestade de brilho falso que agora se fazia passar por Natal em uma Inglaterra que ele se lembrava de no passado ser grata por alguns pares de meias de lã e um pudim quente com mais passas que cenouras. A cada dia ele acordava na esperança de se sentir plenamente recuperado da doença, mas não conseguia se livrar de uma tosse seca e de uma sensação persistente de esgotamento. Sentia-se agredido a ponto de não aguentar mais a música metálica nas lojas e nas ruas. Quanto mais as multidões na cidadezinha cantavam músicas de Natal, riam e se sobrecarregavam, assim como a seus cartões de crédito, com sacos de presentes, engradados de cerveja e cestas com potes de alimentos indigestos de muitas nações, mais ele sentia que o mundo inteiro se tornava oco.

Parecia que os preparativos para o Natal em Edgecombe St. Mary deixavam de lado todos os outros interesses. Até mesmo a campanha contra a Residências St. James parecia estar calada. Os cartazes de "Salvem nosso Lugarejo" que tinham surgido logo após o torneio de tiro estavam agora praticamente invisíveis nas vitrines em meio a todas as lampadinhas piscantes, aos espalhafatosos Papais Noéis infláveis para instalação em gramados e às renas iluminadas, com a cabeça a pastar interminavelmente. Até mesmo Alice Pierce tinha arrancado um dos seus três cartazes para pôr no lugar uma pintura em madeira de uma pomba carregando uma fita com os dizeres "Alegria para o Mundo". Ela era iluminada à noite pelo fulgor róseo de duas lâmpadas fluorescentes, instaladas numa tábua ali embaixo, com um temporizador que as ligava e desligava a intervalos excruciantemente lentos.

No mercadinho do lugarejo, aonde o major evitou ir o máximo que pôde, as decorações de Natal ajudaram a apagar qualquer traço da sra. Ali. Uma floresta de objetos laminados suspensos, correntes de papel e grandes bolas de papel crepom da promoção de uma cerveja tinham transformado a loja num festival de horrores. Nada das *samosas* caseiras da sra. Ali ao lado das embalagens de torta de carne no balcão frigorífico. As grandes latas de chá a varejo por trás do balcão tinham sido substituídas por uma estante de caixas de chocolates sortidos do tamanho certo para causar uma felicidade intensa seguida por intensos problemas gástricos em crianças pequenas. As modestas cestas de presente, embaladas à mão, que o major tinha decidido estocar para o Natal, tinham sido substituídas por grandes cestas comerciais baratas, pintadas em cores gritantes e embrulhadas com celofane amarelo. Cada uma tinha um espeto de bambu adornado com um ursinho de plástico, cujo pelo parecia ter sido feito com fibra de papel de parede. Quem poderia gostar de ver um urso num pauzinho era um mistério que o major não conseguia apreender. Ele ficou parado olhando fixamente pelos óculos para as pobres criaturinhas até uma velha de feições duras, que estava tricotando por trás do balcão, lhe perguntar se ele queria comprar um.

– Deus do céu, não. Não, obrigado – disse ele.

A velha lançou-lhe um olhar raivoso. Estava evidente que ela era capaz de tricotar e olhar com raiva ao mesmo tempo, já que não houve pausa nos cliques furiosos das agulhas. Abdul Wahid apareceu, vindo dos fundos, cumprimentou-o com frieza e apresentou a mulher como uma de suas tias-avós.

– Prazer em conhecê-la – mentiu o major. Ela inclinou a cabeça, mas o sorriso se retraiu quase na mesma hora, voltando a uma crispação dos lábios que parecia ser sua expressão costumeira.

– Ela não fala muito inglês – disse Abdul Wahid. – Nós mal acabamos de convencê-la a vir para cá de lá do Paquistão. – Ele retirou uma sacola plástica debaixo do balcão. – Foi bom o senhor ter vindo. Pediram-me que lhe devolvesse algo.

O major olhou na sacola e viu o pequeno volume de poesia de Kipling que tinha dado à sra. Ali.

– Como ela está? – perguntou o major, esperando não deixar transparecer na voz nenhuma urgência.

A tia lançou uma torrente de palavras sobre Abdul Wahid, que fez que sim e então deu um sorriso de desculpas.

– Todos nós estamos muito bem acomodados, obrigado – disse ele, e sua voz continuou a erguer como que uma barreira de tijolos de frieza e indiferença entre eles. O major não conseguiu encontrar nenhuma brecha de afeto sobre a qual pudesse fazer girar a conversa. – Minha tia quer saber o que podemos lhe oferecer hoje.

– Ah, não estou precisando de nada, obrigado – disse o major. – Só dei uma entradinha... humm... para ver a decoração. – Ele agitou a mão na direção de uma enorme bola de papel, encimada pela silhueta de uma garota, piscando um olho, com lábios grossos e chapéu de elfo. Abdul Wahid corou, e o major acrescentou:

– É claro que não se pode cogitar em excessos onde existe um imperativo comercial.

– Não me esquecerei de sua hospitalidade neste outono, major – disse Abdul Wahid. Sua voz, por fim, apresentou algum sinal de reconhecimento, mas ele veio associado a uma finalidade irretorquível, como se o major também estivesse planejando ir embora para sempre do lugarejo. – Foi muita gentileza sua oferecer auxílio à minha família, e esperamos que o senhor continue a ser nosso estimado freguês.

O major sentiu que seus sínus se contraíam, e lágrimas começavam a se acumular pela perda da ligação até mesmo com esse rapaz estranho e veemente. Um homem de menos fibra poderia ter tentado agarrar sua manga ou ter implorado. O major supunha que tinha se acostumado com a presença de Abdul Wahid, se não com sua amizade. Ele enfiou a mão no bolso em busca de um lenço e assoou o nariz ruidosamente, pedindo desculpas pelo resfriado renitente. Tanto a tia como Abdul Wahid se encolheram diante da ameaça invisível dos seus germes, e ele pôde escapar da loja sem se sentir constrangido.

O Natal ainda estava presente, esperava ele, na igreja, aonde ele foi um dia de manhã para emprestar alguns dromedários esculpidos em madeira para o presépio junto do altar, como seu pai havia começado a fazer muitos anos atrás. Era um ritual tirá-los de dentro da lata de chá guardada no sótão, desenrolar o invólucro de linho e dar ao cedro um leve polimento com cera de abelha.

A igreja era abençoadamente desprovida de qualquer decoração industrializada. Ao presépio simples somavam-se dois vasos de latão com azevinho de cada lado do altar e um arranjo de rosas brancas que adornava a pia batismal. Cartões feitos à mão da escola dominical estavam suspensos com pregadores de madeira de uma corda esticada de um lado a outro do corredor central. Ainda cansado por conta do resfriado, o major deixou-se cair no banco da frente para alguns instantes de reflexão tranquila.

O vigário, saindo da sacristia com um punhado de folhetos, teve um pequeno sobressalto, quase uma hesitação, e depois se aproximou para um aperto de mãos.

– Trouxe os dromedários, estou vendo – disse ele, sentando-se. O major nada disse, mas ficou olhando o sol se derramar pelas lajes antigas do piso e iluminar as partículas de poeira. – Bom vê-lo de novo em plena atividade – prosseguiu o vigário. – Soubemos que você ficou de cama depois do baile, e Daisy estava sempre falando em ir ver como você estava.

– Totalmente desnecessário e, por isso, não há motivo para pedir desculpas, vigário – disse o major.

– Foi um pouco bagunçado o baile – disse por fim o vigário. – Daisy ficou muito contrariada.

– Ficou? – disse o major, em tom seco.

– Ah, ela se preocupa tanto com todo mundo, sabe? – disse o vigário. – Ela tem um coração enorme.

O major olhou para ele, espantado. Esse tipo de ilusão comovente deve sustentar muitos casamentos inexplicáveis sob outros aspectos, pensou ele, e gostou de Christopher ainda mais por amar a própria mulher. O vigário respirou fundo de modo óbvio.

– Ouvimos dizer que a sra. Ali se mudou para ir morar com a família. – Seus olhos, nervosos, sondavam.

– Foi o que me disseram. – O major sentiu surgir na sua voz um tom embargado de infelicidade. – Não havia nada para mantê-la aqui.

– É bom estar com a família – disse o vigário. – Com nossa própria gente. Ela tem muita sorte.

– Nós poderíamos ter sido sua gente – disse o major, em voz baixa.

Fez-se silêncio enquanto o vigário mudava o traseiro de lugar no banco duro. Ele abriu a boca algumas vezes, sem resultado algum. O major via seus esforços como os de uma mosca com uma pata presa numa teia de aranha.

– Olhe, sou ecumênico como mais ninguém. – O vigário pôs as mãos no colo e olhou direto para o major. – Já abençoei minha cota de casamentos mistos, e você mesmo compareceu a nosso festival de integração religiosa, major.

– A banda jamaicana foi um toque simpático – disse o major em tom ácido.

Por muitos anos, a paróquia tinha dado a impressão de não perceber que entoar hinos no salão municipal com a igreja católica local talvez não cobrisse todo o leque de religiões do mundo. Mais recentemente, o vigário tinha tentado ampliar a acolhida, contra alguma oposição inflexível. Alec Shaw sugerira acrescentar um orador hindu naquele último ano. Eles foram levados a entoar um par de cânticos e a fazer alongamentos básicos dos braços por uma instrutora de ioga que era amiga de Alma e tinha aprendido tudo sobre o hinduísmo enquanto esteve na Índia com os Beatles na década de 1960. As principais religiões do mundo também tinham sido representadas por pinturas de crianças estrangeiras feitas pela escola dominical e pelo show de reggae já mencionado.

– Não zombe – disse o vigário. – As pessoas adoraram aqueles camaradas. Vamos convidá-los de novo para a festa no próximo verão.

– Vocês não poderiam ter convidado a sra. Ali – disse o major – para se encarregar da tômbola?

– Sei que você se sente como se tivesse perdido... uma amiga – disse o vigário, hesitando diante da palavra, como se o major tivesse estado envolvido num caso tórrido. – Mas foi melhor para todos, creia em mim.

– O que você está querendo dizer?

– Nada, no fundo. Tudo o que estou tentando lhe dizer é que vejo as pessoas entrarem nesse tipo de relacionamento... formações diferentes, religiões diferentes e assim por diante, como se esse aspecto não fosse uma questão importante. Querem a bênção da Igreja e lá se vão "felizes para sempre" como se tudo fosse ser fácil.

– Talvez estejam dispostos a suportar a hostilidade dos desinformados – disse o major.

– Ah, estão, sim – disse o vigário. – Até que se revele que a hostilidade vem de mamãe; ou vovó os exclua do testamento; ou os amigos se esqueçam de convidá-los para algum evento. Aí eles me procuram chorando. – Ele pareceu angustiado. – E querem que eu garanta que Deus os ama da mesma forma.

– Está dizendo que ele não ama? – disse o major.

– É claro que ama – disse o vigário. – Mas isso não significa que eles serão salvos, certo? Eles querem que eu garanta que estarão juntos no paraíso, quando a verdade é que não posso nem mesmo oferecer aos dois uma cova no cemitério. Eles esperam que eu suavize Jesus como se ele fosse somente uma de muitas opções possíveis.

– Como uma espécie de salada ao gosto do freguês em termos cósmicos? – disse o major.

– Isso mesmo. – O vigário olhou para o relógio, e o major teve a nítida impressão de que ele estava se perguntando se estaria cedo demais para um drinque. – Muitas vezes, creio eu, eles não acreditam em absolutamente nada, e só querem provar para si mesmos que no fundo eu também não acredito em nada.

– Nunca o ouvi falar desse jeito, Christopher – disse o major.

O vigário parecia estar passando um pouco mal, como se já estivesse se arrependendo da explosão.

– Acho melhor pôr o preto no branco, Ernest – disse ele. – Minha mulher ficou toda chorosa depois daquele baile idiota. Ela acha que pode ter sido descortês.

Ele parou, e os dois compreenderam que essa admissão, embora dolorosamente insuficiente, era ainda assim extraordinária por vir de Daisy.

– Não é a mim que se deveria pedir desculpas – disse o major por fim.

– Esse vai ser o peso que minha mulher terá de carregar – disse o vigário. – Mas, como eu lhe disse, a melhor maneira de provar nosso remorso é não agravar a injustiça com uma mentira. – Ele olhou para o major, com uma determinação no queixo retesado que o major nunca tinha visto. – Portanto, não vou me sentar aqui e fingir que eu gostaria que as coisas tivessem evoluído de outro modo.

O silêncio pareceu atingir as próprias paredes do santuário e zumbir de encontro à rosácea. Nenhum dos dois se mexeu. O major supôs que deveria estar sentindo raiva, mas se sentia apenas esgotado, dando-se conta de que as pessoas tinham andado conversando sobre ele e a sra. Ali, e que eles dois tinham despertado uma reação tão forte que o vigário se dispôs a manifestar sua opinião, muito embora o tema fosse controvertido.

– Eu o contrariei – disse o vigário, por fim, levantando-se do banco.

– Não vou fingir que você não me contrariou – disse o major. – Aprecio sua franqueza.

– Achei que você merecia a sinceridade – disse o vigário. – As pessoas nunca falam do assunto diretamente, mas você sabe que essas coisas são difíceis numa comunidade pequena como a nossa.

– Concluo, portanto, que você não vai dar um sermão sobre o tema da incompatibilidade teológica? – disse o major, em tom de pergunta. Ele não sentia raiva, só um distanciamento calmo e gélido, como se esse homem, que tinha sido tanto um amigo como um conselheiro, agora estivesse falando com ele numa péssima linha telefônica a partir de uma banquisa no Ártico.

– É claro que não – disse o vigário. – Desde que a administração da diocese fez uma pesquisa de mercado a respeito do impacto devastador de sermões negativos ou indevidamente severos sobre a bandeja de arrecadação, estamos todos sob ordens de nos atermos ao positivo. – Ele deu um tapinha no ombro do major. – Espero que o vejamos de volta à igreja neste domingo?

– Espero que sim – disse o major. – Se bem que, como estamos sendo francos, eu bem que gostaria de um sermão severo, já que o que você costuma ler me dá sono. – Ele ficou satisfeito ao ver o vigário enrubescer, mesmo mantendo um sorriso fixo no rosto. – Achei que sua sinceridade merecia uma recíproca minha – acrescentou ele.

Ao sair da igreja, o major descobriu-se caminhando na direção da alameda em que Grace morava. Estava sentindo uma necessidade urgente de conversar sobre sua sensação imediata de distanciamento permanente em relação ao vigário, e sentia um otimismo cauteloso de que Grace compartilharia sua indignação. Tinha também certeza de que poderia intimidá-la a lhe contar o que as pessoas estavam realmente dizendo. À porta da frente, ele parou, lembrando-se da noite do baile e de como tudo tinha parecido possível nas horas esfuziantes de expectativa. Depois de tocar a campainha, pôs a ponta dos dedos na porta e fechou os olhos como se pudesse conjurar Jasmina em seu vestido azul-noite, mas a porta teimou em permanecer real, e o hall atrás dela agora ecoava com os passos de Grace. Ficou grato ao ouvir sua aproximação. Ela lhe daria chá e concordaria com ele que o vigário estava sendo absurdo e falaria com ele sobre Jasmina, sentindo tristeza por ela ter ido embora. Em troca, decidia ele agora, a convidaria para acompanhá-lo ao chalé de Roger para o almoço do dia de Natal.

– Que boa surpresa, major – disse ela, ao abrir a porta. – Espero que esteja se sentindo melhor.

– Sinto-me como se o lugarejo inteiro estivesse contra mim – desabafou ele. – Todos são perfeitos idiotas.

– Bem, é melhor você entrar e tomar um chá – disse ela. Grace não se deu o trabalho de fingir que não estava entendendo o que ele queria dizer, nem pediu que ele lhe garantisse que ela mesma não estava incluída na sua devastadora acusação aos vizinhos. Ao pisar no estreito hall de entrada, ele se sentiu feliz por a Inglaterra ainda criar aquele tipo específico de mulher sensata.

O major, com a total concordância de Grace, decidiu que pareceria ridículo e seria alvo de mais comentários, se evitasse o mercadinho do lugarejo. Por isso, continuou a aparecer por lá, apesar de cada visita ser dolorosa, como tirar casca de ferida. Amina, que trabalhava durante o horário escolar e à noite, tinha perdido os tufos espigados do cabelo e já não usava cores fortes nem calçados esquisitos. Ela mantinha um tom reprimido, evasivo, quando a velhíssima tia de Abdul Wahid estava por perto.

– Como vai o pequeno George? – perguntou ele, durante um instante em que ela estava sozinha. – Nunca o vejo.

– Ele está bem – disse ela, marcando seu pacote de bolos e duas laranjas-baía, como se tivesse sempre trabalhado numa caixa registradora. – Dois garotos foram cruéis com ele no primeiro dia da escola, e houve um rumor de que uma família ia tirar os filhos. Mas a diretora avisou que eles não iam ter direito à passagem gratuita para a escola que queriam, e isso lhes ensinou alguma coisa.

– Você parece estar aceitando tudo muito bem.

Onde teria ido parar seu habitual encrespamento? Ela olhou direto para ele, e por um instante seus olhos chisparam com a raiva de antes.

– Veja bem, todos nós fazemos nossa própria cama – disse ela, em voz baixa. – George agora mora aqui e tem um pai que ganha a vida com sua própria empresa. – Ela olhou em volta para ver se a loja estava vazia. – Se isso significa que preciso morder minha língua para não destratar os fregueses, bem, já sei o que tenho de fazer.

– Sinto muito – disse ele, sentindo-se um pouco destratado.

– E se significar abandonar a dança e ser forçada a usar sapatos de velha, bem... – aqui ela fez uma pausa e abriu para ele um sorriso de cumplicidade – posso suportar enquanto for preciso.

Alguns dias depois, na véspera do Natal, ele a encontrou na alameda perto de sua casa. Estava meio enfurnada na sebe, tremendo e fumando um cigarro. Pareceu nervosa, quando ele sorriu para ela.

– Eu não fumo mais – disse ela. Esmagou a guimba com o sapato e então a chutou para longe. – Assim que me casar, vou fazer Abdul Wahid despachar aquela megera de volta para casa. Ela me dá arrepios.

– Vocês não se dão? – perguntou o major, com a esperança vertiginosa de que a sra. Ali voltasse.

– Dizem que ela era parteira no povoado dela. – Amina falava como se fosse consigo mesma. – Se quer saber, para mim isso é um código para não dizer "bruxa". – Ela olhou para ele, e a raiva ardia nos seus olhos escuros. – Se beliscar George mais uma vez, vou acabar com ela no tapa.

– Vocês têm notícias da sra. Ali... Jasmina? – perguntou ele, louco para incluir seu nome na conversa. – Talvez ela possa voltar para ajudá-los.

Amina hesitou, como se não quisesse dizer nada, mas então falou apressada:
– Dizem que, se Jasmina não gostar de onde está, deverá ir para o Paquistão, morar com a irmã.
– Mas ela nunca quis ir para o Paquistão – disse o major, estarrecido.
– Não posso afirmar com certeza. Na realidade, não estou em posição de me envolver. – Aqui ela desviou o olhar com um ar que o major considerou ser uma consciência de culpa. – Isso ela vai ter de resolver sozinha.
– A felicidade de vocês foi importante para ela – disse o major, na esperança de incutir em Amina uma responsabilidade semelhante.
– Não se pode reduzir a vida a algo tão simples como a felicidade – disse ela. – Sempre vai ser preciso fazer alguma concessão: como ter de trabalhar numa lojinha horrorosa pelo resto da vida.
– Eu achava que ia ensinar xadrez a George – disse o major, percebendo que tentava se agarrar a algum último filamento de continuidade de ligação com Jasmina, por mais tênue que fosse.
– Muita coisa está acontecendo com ele agora – respondeu ela, rápido demais. – E ele está passando o tempo livre com o pai.
– É claro – disse o major. A esperança derreteu-se no frio ameno da alameda.
Ele estendeu a mão e, apesar de aparentar surpresa, Amina a apertou.
– Admiro sua tenacidade, mocinha – disse ele. – Você é o tipo de pessoa que conseguirá criar sua própria felicidade. George é um menino de sorte.
– Obrigada – disse ela, virando-se para descer a ladeira. Quando ia embora, ela voltou o rosto para ele com uma careta.
– Pode ser que George não concorde com o senhor amanhã. Agora que estamos morando com o pai dele, eu já lhe disse que o Natal não é nada mais que uma decoração comercial. Ele não vai ganhar nenhum dos presentes que a vovó e eu costumávamos esconder debaixo do seu travesseiro.

Enquanto ela ia se afastando, o major flagrou-se perguntando a si mesmo se seria tarde demais para dar uma corrida à cidade e comprar para George um tabuleiro de xadrez resistente, mas não muito caro. Ele descartou essa ideia com um suspiro, recusando-se a ceder à tola tendência humana de meter o nariz onde não se é chamado. Lembrou-se de que, quando chegasse em casa, realmente deveria guardar o livrinho de poemas de Kipling, que tinha deixado no console da lareira. Não havia nenhum bilhete enfiado nele (sacudira as páginas na esperança de alguma rápida mensagem de despedida), e era tolice mantê-lo fora da estante como se fosse um talismã. Ele o guardaria e mais tarde daria um pulinho em Little Puddleton para comprar um presente de Natal para Grace: alguma coisa simples e de bom gosto que sugerisse uma profunda amizade sem qualquer insinuação indevida. Cinquenta libras deveriam ser suficientes. Depois, passaria pelo chalé de Roger para avisar que levaria uma convidada para o almoço do dia de Natal.

Capítulo 19

Por um instante, achou que eles não estavam em casa. Uma única lâmpada aparecia acesa na janela do chalé, como as pessoas deixam quando saem, para afastar ladrões e também para não tropeçar no escuro ao voltarem. O hall de entrada e o andar dos quartos estavam às escuras, e nenhum bruxuleio de televisão nem som de música transmitia o menor sinal de vida.

O major bateu assim mesmo e ficou surpreso ao ouvir uma cadeira sendo arrastada e passos no corredor. Várias trancas foram abertas para revelar Sandy, trajada em jeans e pulôver branco, trazendo na mão um aplicador de fita adesiva grande, de aspecto profissional. Ela parecia pálida e infeliz. O rosto estava sem maquiagem, e o cabelo escapava em fiapos da echarpe enrolada que ela usava à guisa de tiara.

– Não atire – disse ele, erguendo um pouco as mãos.

– Desculpe, vamos entrando – disse ela, deixando o aplicador numa mesinha e abrindo caminho para ele entrar no corredor aconchegante. – Roger não me disse que você viria.

Ela lhe deu um abraço, o que ele achou desconcertante, mas não desagradável.

– Ele não sabia – disse o major, pendurando o casaco num cabide feito do osso alvejado de algum animal. – Foi uma visita por impulso. Eu só estava fazendo compras aqui perto e pensei em deixar uns presentes e lhes desejar uma boa véspera de Natal.

– Ele não está – disse ela. – Mas você e eu podemos tomar um drinque, não podemos?

– Um xerez seco cairia bem – disse ele, entrando numa sala de estar com pouca mobília, onde parou de chofre para examinar uma gigantesca cavalinha preta que ele supôs ser uma árvore de Natal. Ela chegava ao teto e estava decorada somente com bolas prateadas de tamanho que diminuía gradualmente. Ela refulgia em ondas de luz azul provenientes das pontas de fibra óptica dos numerosos galhos. – Meu bom Deus, é o Natal no Inferno? – perguntou ele.

– Roger insistiu. É considerada muito chique – disse Sandy, ocupada em mirar um controle remoto na chaminé, onde chamas se acenderam numa cesta de seixos brancos. – Eu estava disposta a ser mais tradicional aqui no interior, mas como ela custou os olhos da cara e vai sair de moda antes do próximo Natal, eu a enfiei no carro e a trouxe para cá.

– Geralmente sou a favor da economia doméstica – disse ele, lá com suas dúvidas, enquanto ela servia uma boa dose de xerez por cima de tanto gelo, que seria forçado a beber depressa ou enfrentar a diluição total.

– É, é verdade. Ela é medonha.

– Quem sabe vocês não conseguem alugá-la na primavera para limpar chaminés?

– Desculpe por não termos tido oportunidade para convidá-lo antes. – Ela indicou-lhe o sofá baixo de couro branco. Era curto, com o encosto arredondado e sem braços, como o assento numa sapataria para mulheres. – Roger queria que tudo estivesse pronto antes de mostrar às pessoas, e depois ficamos ocupados com uma quantidade de jantares de banqueiros e coisas semelhantes.

Como a voz dela estava baixa e sem entonação, o major se preocupou com a possibilidade de ela não estar se sentindo bem, o que poderia ter ramificações desconhecidas na programação do almoço do dia de Natal. Para si mesma, ela serviu um copo grande de vinho tinto e enroscou as pernas compridas numa chaise de metal que parecia ser forrada de couro de cavalo. Com a mão, ela mostrou o restante da sala, e o major tentou absorver o pelo branco bem aparado do tapete, a mesa de centro de vidro com borda de madeira e os tons metálicos coloridos de um abajur de pé, eriçado como um sinal de trânsito temporário.

– Poupa o trabalho de tirar pó, suponho eu, manter o mínimo de mobília – disse ele. – O assoalho está limpíssimo.

– Arrancamos sete camadas de linóleo e lixamos tanto verniz que achei que íamos acabar com o assoalho – disse ela, olhando para a cor de mel claro das tábuas largas. – Nosso empreiteiro diz que elas vão durar mais uma vida inteira.

– É muito empenho por uma casa alugada. – O major tinha querido dizer algo mais elogioso e ficou contrariado por a mesma fala crítica de sempre ter saído da sua boca sem ser refreada. – Quer dizer, espero que vocês consigam ficar com o chalé.

– Bem, esse era o plano – disse ela. – Agora suponho que Roger vá tentar comprá-lo para passá-lo adiante.

– Como assim?

Para sua surpresa, ela começou a chorar. As lágrimas lhe escorriam pelas faces em silêncio enquanto ela escondia o rosto com uma das mãos e se virava na direção da lareira. O vinho tremendo no copo na outra mão era o único movimento visível. O major podia ver a tristeza no encurvamento das suas costas e na borda sombreada das clavículas frágeis. Ele engoliu um pouco do xerez e pôs o copo quase sem fazer ruído sobre a mesa de centro, antes de falar.

– Está havendo algum problema – disse ele. – Onde está Roger?

– Ele foi à festa no solar. – O amargor encurtava suas palavras. – Eu lhe disse que devia ir, se era isso o que queria, e ele foi.

O major refletiu sobre isso enquanto se ajeitava no couro desconfortável. Nunca era prudente intrometer-se em um casal que estivesse tendo um desentendimento doméstico. Era inevitável que se acabasse sendo forçado a tomar partidos; e, de forma igualmente inevitável, o casal acabava se entendendo e então se voltava contra todos os que tivessem ousado criticar qualquer uma das duas partes. Ele temia, porém, que seu filho pudesse ter alguma culpa, se uma mulher tão dona do próprio nariz estava reduzida à fragilidade do vidro.

– O que posso fazer para ajudar? – perguntou ele, tirando um lenço limpo do bolso e oferecendo-o a ela. – Quer que eu apanhe um pouco d'água?

– Obrigada. – Ela pegou o lenço para enxugar o rosto com batidas lentas, comedidas. – Estarei bem daqui a um minuto. Desculpe-me por estar sendo tão boba.

Quando ele voltou da cozinha, cujo aspecto era o de uma espécie de casa de fazenda da era espacial, com armários de madeiras sem pernas visíveis, ela parecia tensa, porém controlada. Bebeu como se estivesse com sede havia algum tempo.

– Está se sentindo melhor? – perguntou ele.

– Estou sim, obrigada. Desculpe por colocá-lo numa situação dessas. Prometo que não vou começar a lhe dizer tudo o que seu filho tem de errado.

– Não importa o que ele tenha feito, tenho certeza de que ele vai se arrepender logo – disse o major. – Quer dizer, hoje é véspera de Natal.

– Seja como for, não vai fazer diferença. Não estarei aqui quando ele voltar – disse ela. – Eu estava só embalando algumas caixas das minhas coisas para serem despachadas depois.

– Você está indo embora? – perguntou ele.

– Volto para Londres de carro hoje à noite e pego um voo para os Estados Unidos amanhã.

– Mas você não pode partir agora – disse ele. – É Natal.

Ela sorriu, e ele percebeu que seu delineador tinha escorrido. Agora devia estar por todo o lenço.

– Engraçado, não é, como as pessoas insistem em continuar juntas durante as festas – disse ela. – Não se pode ter um lugar vazio à mesa... pense nas crianças... Não posso largá-lo antes do Ano-Novo porque é preciso ter alguém para beijar à meia-noite?

– É difícil passar o Natal sozinho – disse ele. – Você não pode ficar e tentar resolver as coisas?

– Não é tão difícil assim. – Ele viu, como um lampejo no seu rosto, que houvera outros Natais que ela passara sozinha. – Sempre haverá uma festa fabulosa para ir e pessoas importantes, fabulosas, para conhecer.

– Achei que vocês se gostavam – disse ele, preferindo pegar leve e não fazer nenhuma menção de amor ou casamento.

– Nós nos gostamos. – Ela olhou ao redor, não para a mobília elegante, mas para as vigas pesadas, o assoalho liso e as ripas velhas da porta da cozinha. – Eu simplesmente me esqueci do que tínhamos pretendido fazer de início e como que me deixei levar pela ideia desta casa. – Ela virou o rosto para outro lado novamente, e sua voz tremeu: – Você não imagina, major, como às vezes é difícil estar à altura do mundo... simplesmente estar à altura de nós mesmos. Acho que me deixei sonhar com a possibilidade de eu mesma poder sair um pouco. – Ela enxugou os olhos novamente, levantou-se e alisou o pulôver. – Um chalé no campo é um sonho perigoso, major. Agora, se não se importa, é melhor eu terminar de embalar minhas coisas.

– Não há nada que eu possa fazer para dar um jeito nisso? – perguntou o major. – Posso ir buscá-lo? Meu filho é um idiota sob muitos aspectos, mas sei que ele gosta de você e... bem, se você desistir dele, vamos ter de desistir de você, e isso vai trazer uma solidão ainda maior para cada um de nós três.

Ele teve a sensação de estar sendo deixado para trás no cais, enquanto à sua volta outros decidiam iniciar longas viagens sem ele. Não lhe pareceu uma perda, mas como se fosse uma injustiça que ele sempre tivesse de ficar para trás.

– Não, não vá atrás dele – disse ela. – Está decidido. Nós dois precisamos voltar a fazer o que fazemos. – Ela estendeu a mão e, quando ele a segurou, Sandy se inclinou para beijá-lo nas faces. Seu rosto estava úmido e as mãos, frias. – Se eu conseguir fazer a conexão em Nova York, talvez possa alcançar nossos amigos russos em Las Vegas e ficar lá alguns dias. Acho que está na hora de transferir o centro do mundo da moda para Moscou, não acha?

Ela riu, e o major viu que, com uma nova maquiagem, um novo traje e os cuidados da tripulação da primeira classe, ela esperava cobrir com concreto qualquer rachadura no seu coração, para seguir em frente.

– Tenho inveja da sua juventude – disse ele. – Espero que você descubra um jeito de ser feliz no mundo um dia.

– E eu espero que você encontre alguém para preparar o peru de Natal – disse ela. – Você sabe que não pode confiar em Roger, certo?

Na manhã de Natal, o major acordou com uma sensação de que esse dia haveria de ser o ponto mais baixo do seu mundo, um continente antártico do espírito. Saindo da cama, foi até a janela e encostou a cabeça na vidraça fria para olhar para o chuvisco escuro que caía sobre o jardim. Agora havia buracos no campo dos fundos, e uma grande escavadeira com um braço alto, algum tipo de perfuratriz para amostragem de solo, estava estacionada encostada na sua sebe, como se o operador tivesse tentado arrumar para seu monstro enferrujado algum fiapo de proteção. As árvores pendiam a cabeça com o gotejar constante, e a lama escorria grossa pelos espaços entre as pedras do calçamento, como se a terra estivesse derretendo. Não parecia ser um dia de júbilo por um nascimento que tinha prometido ao mundo um novo caminho até o Senhor.

A manhã começou com a pergunta embaraçosa de a partir de que horas seria conveniente ligar para Roger. Tinha de ser logo. Contudo, quem entre os mais corajosos dos homens gostaria de tirar um bêbado do seu sono para lhe lembrar, entre as agonias da ressaca e a angústia de um amor perdido, que o peru tem de entrar no forno a 200 graus Celsius, e para não deixar os miúdos ressecarem? O major sentiu-se tentado a não ligar, mas não queria expor a humilhação de Roger diante de Grace e, além disso, queria seu almoço do dia de Natal. Uma agravante era que ele não fazia a menor ideia do tamanho da ave que Roger e Sandy poderiam ter comprado. Arriscando um palpite de que eles teriam se sentido intimidados por qualquer coisa acima de sete quilos, ele esperou até o último instante possível, oito e meia, para pegar o telefone.

Precisou rediscar mais duas vezes até uma voz rouca atender:
– Arô – murmurou o fantasma de Roger, a voz ressecada e distante.
– Roger, você já pôs o peru no forno?
– Arô – veio a voz outra vez. – Quem, diacho, quem... que dia é hoje?
– Catorze de janeiro – disse o major. – Acho que você dormiu demais.
– Droga, o que...
– É dia de Natal, e já passa das oito e meia – disse o major. – Você precisa se levantar e pôr o peru para assar, Roger.
– Acho que ele está no jardim – disse Roger. O major ouviu um leve som de vômito e segurou o fone longe do ouvido, com nojo.
– Roger?
– Acho que joguei o peru da janela – disse Roger. – Ou talvez eu o tenha jogado através dela. Estou sentindo uma forte corrente de ar aqui dentro.
– Então vá apanhá-lo – disse o major.
– Ela me deixou, papai. – A voz de Roger era um gemido fino. – Ela não estava aqui quando voltei para casa.

O major ouviu um som de fungação vindo do telefone e ficou contrariado ao sentir que surgia no seu peito uma espécie de compaixão pelo filho.
– Já sei de tudo – disse o major. – Tome um banho quente e umas aspirinas e troque de roupa. Vou para aí e assumo o comando.

Ele ligou para Grace, só para ela saber que ele não estaria em casa durante a manhã e que viria apanhá-la de carro ao meio-dia como combinado. Descobriu-se fazendo um breve esboço do que tinha acontecido, principalmente para a eventualidade de ela preferir não participar das festividades.
– Não posso prometer como o almoço vai sair – disse ele.

– E eu posso ir junto e ajudá-lo com o almoço, ou isso seria muito constrangedor para seu filho? – perguntou ela.

– Qualquer constrangimento da parte dele é de total responsabilidade dele mesmo e, portanto, não deve ser estimulado – disse o major, que, na verdade, não tinha certeza se ainda se lembrava de como se fazia o molho ou a que horas o pudim era posto para assar. Pensando bem, ele nem sabia ao certo se haveria pudim. De repente, foi tomado pelo horror de que Roger e Sandy pudessem ter encomendado um tronco de Natal para combinar com a árvore medonha, ou tivessem planejado servir alguma coisa estranha, como manga. – Mas eu não ia querer lhe causar nenhum inconveniente.

– Major, estou disposta a enfrentar o desafio – disse ela. – Devo confessar que estou pronta há horas, aqui sentada com a bolsa e as luvas sem fazer absolutamente nada. Deixe-me ajudá-lo nesse momento de necessidade.

– Vou apanhá-la imediatamente – disse o major. – É melhor levarmos nossos próprios aventais.

Será que a mais desoladora das circunstâncias pode ser deixada de lado por algumas horas pelo alívio do aconchego de uma lareira e do aroma de uma refeição assando no forno? Essa era a pergunta que o major se fazia, enquanto bebericava uma taça de champanhe e olhava fixamente pela janela da cozinha de Roger para o jardim murcho. Às suas costas, uma panela grande balançava a tampa enquanto o pudim cozinhava em fogo lento. Grace estava passando o molho por uma peneira. O peru, resgatado debaixo da sebe, tinha revelado ser orgânico, o que significava que era caro e magrinho. Também lhe faltava uma asa, mas, depois de bem lavado e recheado de leve com pão preto e castanhas, ele agora estava adquirindo um satisfatório tom de caramelo por cima de um tabuleiro cheio de legumes assando. Roger ainda dormia. O major tinha dado uma espiada e o vira, com o cabelo molhado todo eriçado e a boca aberta no travesseiro.

– Sorte você ter um pudim a mais.

O major tinha vasculhado os armários de Roger, tendo encontrado apenas uma variedade de nozes e um grande saco de papel pardo de *biscotti*.

– Agradeçamos à minha sobrinha por sempre me mandar uma cesta de Natal em vez de vir me visitar – disse ela, levantando sua taça de champanhe em resposta.

Grace trouxera uma grande bolsa de compras repleta com as melhores iguarias da cesta e já tinha disposto ostras defumadas em cream-crackers, despejado um molho de arando com laranja picante num prato de cristal lapidado e posto o creme azedo para esfriar no peitoril da janela da despensa. Mais tarde haveria docinhos turcos e biscoitos amanteigados, e meia garrafa de vinho do Porto para ajudar a digestão. O major tinha até mesmo conseguido descobrir como usar a aparelhagem de som de Roger, que não possuía botões visíveis e era acionada pelo mesmo controle remoto da lareira. Depois de alguns passos em falso – um momento de rock alto com saltos pirotécnicos na cesta de seixos sendo o pior deles –, ele tinha conseguido acionar tanto um fogo baixo como um tranquilo concerto de Natal do Coral dos Meninos de Viena.

O major não precisou ir acordar o filho. O telefone tocou, e ele ouviu Roger atender. Estava dando os toques finais na mesa e desarrumando os ramos de azevinho cuidadosamente colocados por Grace quando Roger apareceu, trajado com elegância em calça social e pulôver azul-marinho, tentando abaixar o cabelo rebelde.

– Achei que o ouvi mais cedo – disse Roger, olhando com certo ar de enjoo para a mesa. – Não me diga que preparou o almoço.

– Grace e eu preparamos juntos – disse o major. – Está pronto para champanhe, ou prefere um simples refrigerante?

– Para mim, nada por enquanto – disse Roger. – Na verdade, não dá para eu encarar nada. – Ele mudava o peso de um pé para o outro, como um garçom à espera de um pedido. – Grace está aqui também?

– Foi ela que preparou quase tudo e nos trouxe a sobremesa – disse o major. – Por que você não se senta e eu vou chamá-la para nos fazer companhia?

– A questão é só que não me dei conta de que você se daria a todo esse trabalho – disse Roger. Agora ele estava olhando lá para fora pela janela, e o major teve uma vagarosa mas conhecida sensação de desânimo. – Achei que estava tudo cancelado.

– Olhe, se você não vai conseguir comer, dá para entender perfeitamente – disse o major. – É só você se sentar e relaxar; e pode ser que mais tarde tenha vontade de comer um sanduíche de peru ou alguma outra coisa.

No exato instante em que disse isso, o major teve a impressão de que Roger estava de algum modo escapando dos seus dedos. Havia um ar de ausência nos seus olhos, e sua postura, equilibrada na ponta dos pés, sugeria que ou Roger ou a sala estava prestes a escorregar para um lado. Como não estavam na iminência de um terremoto, o major pôde apenas supor que Roger estivesse pronto para se movimentar. Um carro pequeno parou do lado de fora, apenas o alto do teto visível acima do portão.

– É só que Gertrude veio me apanhar – disse Roger. – Fiquei tão arrasado com a briga com Sandy, sabe, e Gertrude foi tão compreensiva... – A voz dele foi sumindo.

O major, sentindo que a raiva enrijecia os tendões do seu pescoço e sufocava-lhe a fala, disse com a voz baixíssima:

– Grace DeVere preparou o almoço de Natal para você.

Nesse instante, Grace entrou, vindo da cozinha, enxugando as mãos num pano de prato.

– Ah, olá, Roger, como está se sentindo? – perguntou ela.

– Não tão mal assim – disse Roger. – Muito obrigado mesmo pelo almoço, Grace, só acho que não consigo comer nada agora. – Ele olhou pela janela e acenou para Gertrude, cujo rosto agora aparecia sorridente acima do portão. Ela acenou de volta, e o major ergueu a mão num cumprimento automático. – E meu pai não me disse que você estava aqui, sabe, e prometi a Gertrude que iria ao solar jogar bridge. – Um leve rubor em torno das orelhas indicou ao major que Roger sabia que estava se comportando mal. Ele sacou o celular como se fosse algum tipo de prova. – Ela está sendo tão boa me ligando e tentando cuidar de mim.

– Você não pode ir – disse o major. – Está fora de cogitação.
– Ora, ele não precisa ficar por minha causa – disse Grace. – Sou eu a intrusa.
– Você não é nada disso – disse o major. – Você é uma boa amiga, e nós a consideramos praticamente da família, não é, Roger?

Roger lançou-lhe um olhar de uma brandura tão artificial que o major ficou louco para lhe dar um tapa.

– É claro – disse Roger com entusiasmo. – Eu não iria, se Grace não estivesse aqui para lhe fazer companhia. – Ele deu a volta ao sofá, pegou a mão de Grace e lhe deu um sonoro beijo no rosto. – Você e Grace merecem poder apreciar um belo almoço juntos, sem que eu fique gemendo no sofá. – Ele soltou a mão dela e foi se afastando na direção do corredor de entrada. – Eu realmente não iria, mas prometi a Gertrude e ao tio que ajudaria a completar o número de jogadores – disse ele. – Volto daqui a algumas horas, no máximo. – Com isso, ele desapareceu no hall, e o major ouviu a porta da frente se abrir.

– Roger, você está sendo um idiota – disse o major, apressando-se atrás dele.

– Tratem de deixar a limpeza comigo – disse Roger, acenando do portão. – E, se decidirem não esperar por mim, basta não trancar a porta. – Com isso, ele entrou no carro de Gertrude, e os dois foram embora.

– Acabou-se – disse o major, pisando com força ao voltar para a sala de estar. – Desisto desse rapaz. Ele não é mais meu filho.

– Ai, meu Deus – disse Grace. – Imagino que ele esteja muito infeliz e não esteja pensando direito. Não seja duro demais com ele.

– Esse menino não pensa direito desde a puberdade. Eu nunca deveria ter permitido que ele saísse dos escoteiros.

– Quer almoçar ou cancelamos tudo? – perguntou Grace. – Posso simplesmente pôr tudo de volta na geladeira.

– Se não fizer diferença para você – disse o major –, acho que não consigo suportar essa árvore de Natal nem mais um minuto. E se embrulhássemos tudo em papel-alumínio e organizássemos uma transferência para a Morada das Rosas, onde podemos ter um fogo de verdade, uma árvore de Natal pequena, mas viva, e uma boa refeição para nós dois?

– Seria maravilhoso – disse Grace. – Só que talvez devêssemos deixar alguma coisa aqui para quando Roger voltar.

– Vou deixar para ele um bilhete sugerindo que procure a outra asa do peru – disse o major, em tom sinistro. – Vai valer como almoço e gincana ao mesmo tempo.

Capítulo 20

Logo depois do Ano-Novo, o major admitiu para si mesmo que corria o risco de sucumbir à inevitabilidade de Grace. Seu relacionamento tinha desenvolvido uma força gravitacional, lenta, porém insistente, como um planeta puxa para si um satélite defeituoso. Em sua infelicidade, ele tinha permitido que esse movimento vagaroso acontecesse. Depois do almoço de Natal, durante o qual ele tanto lhe ofereceu uma profusão de champanhe como pediu desculpas exageradas, o major tinha permitido que ela lhe trouxesse uma torta fria de carne de caça em *aspic* no dia 26 de dezembro. Também tinha aceitado seu convite para "um jantar tranquilo, cedo" na véspera de Ano-Novo, e a convidara para tomar chá duas vezes em retribuição.

Ela lhe trouxera um rascunho de uma introdução ao pequeno livro que estava compilando sobre sua pesquisa a respeito das famílias locais e, com um tremor na voz, perguntou se ele se disporia a dar uma olhada para ela. Ele concordou e teve uma grata surpresa ao descobrir que ela escrevia muito bem, num estilo jornalístico. Suas frases eram simples, mas conseguiam evitar tanto a secura acadêmica quanto o excesso de adjetivos floreados que ele poderia temer encontrar numa historiadora amadora. Com sua ajuda, pensou ele, o texto poderia encontrar algum tipo de publicação de pequena tiragem. Ficou feliz por eles terem esse trabalho a empreender juntos durante os meses escuros do inverno.

Esta noite, porém, seria a segunda vez nessa semana que ele era convidado para jantar na casa dela e aceitava. Ele se dava conta de que isso merecia um exame mais detido das suas próprias intenções.

– Vi Amina e o pequeno George na biblioteca móvel hoje de manhã, apanhando alguns livros estarrecedores – disse Grace, enquanto eles terminavam seus pratos de hadoque no vapor, batatas na manteiga e uma salada caseira de inverno. – Não posso imaginar quem pensa que é adequado ensinar a ler com um livro de monstros malucos que saltam das páginas.

– É verdade – concordou o major, ocupado em retirar da salada umas gordas passas douradas. Eram das poucas coisas que ele não conseguia suportar. Com Grace, ele se sentia suficientemente à vontade para separá-las. Ela não disse nada, mas ele sabia que da próxima vez não as incluiria.

– Eu disse à bibliotecária que ela deveria exercer mais controle – continuou Grace. – Ela disse que eu poderia assumir seu lugar, se não estava gostando daquilo, e que eu deveria dar graças a Deus por não serem só DVDs.

– Bem, foi muita grosseria dela.

– Ah, mas que eu fiz por merecer – disse Grace. – É muito mais fácil ensinar aos outros como fazer suas tarefas do que corrigir nossos próprios defeitos, não é mesmo?

– Quando a pessoa tem tão poucos defeitos como você, Grace, é natural que olhe ao redor e faça sugestões – disse ele.

– É muita gentileza sua, major, e eu acho que você também é perfeito do jeito que é. – Ela se levantou para levar os pratos vazios para a cozinha. – E, afinal de contas, todos precisam ter alguns defeitos que os tornem reais.

– *Touché* – disse ele.

Depois do jantar, ele se sentou numa poltrona, enquanto ela fazia barulho com a louça e preparava chá na cozinha pequena. Ela não queria que ele ajudasse, e era difícil conversar através da portinha de pinho na parede. Por isso, ele cochilou, hipnotizado pelos cones de um azul feroz das chamas do fogo a gás.

– Seja como for, Amina diz que Jasmina não vem para o casamento – disse Grace, através da portinhola. Ele ergueu os olhos abruptamente, sabendo que tinha ouvido, mas não registrado, uma frase muito mais longa, da qual essa não passava de uma nota de rodapé.

– Desculpe – disse ele. – Não ouvi.

– Eu disse que tinha esperança de voltar a ver Jasmina, quando ela viesse para o casamento – disse Grace. – Quando ela me escreveu, respondi imediatamente e lhe pedi que viesse me visitar.

Seu rosto desapareceu de novo da portinhola, e o major ouviu os guinchos e estalidos da lava-louça sendo posta a funcionar.

– Ela escreveu para você? – perguntou ele à sala em geral.

Grace não respondeu, envolvida na manobra de uma bandeja de chá de prata, grande demais para o corredor estreito, de quinas aguçadas. Ele foi até a porta e recebeu a bandeja de suas mãos, num ângulo que permitia sua passagem.

– Eu realmente deveria comprar uma boa bandejinha de melamina – disse ela. – Esta aqui é tão pouco prática, mas é quase a última coisa de minha mãe que eu guardei.

– Ela escreveu para você?

O major tentou manter a voz neutra, apesar de a garganta se contrair com a dor súbita que essa informação lhe causava. Ele se concentrou na tarefa de encaixar a bandeja na grade elevada de latão da mesinha de centro.

– Ela me escreveu logo depois de viajar e pediu desculpas por ir embora sem se despedir. Respondi e mandei um cartão de Natal, é claro que sem nada de religioso, mas desde essa época não tive mais notícia dela. – Grace estava em pé, alisando a saia na direção dos joelhos. – Você teve notícias dela? – perguntou, e o major achou que ela ficou um pouco parada demais, enquanto esperava por uma resposta.

– Nunca recebi nada dela – disse ele. O fogo a gás parecia chiar para ele, de modo desagradável.

– É tudo um pouco estranho – disse ela e, depois de um longo silêncio: – Você ainda sente falta dela.

– Como assim? – perguntou ele, lutando em busca de uma resposta adequada.

– Você sente falta dela – repetiu Grace, e agora seus olhos estavam firmes, fixos nele. O próprio olhar do major vacilou. – Você não está feliz.

– É uma questão discutível – disse ele. – Ela deixou muito clara sua escolha. – Ele esperava que isso fosse suficiente para mudar o assunto, mas Grace só andou até a janela e abriu a cortina de renda para olhar para a noite desinteressante lá fora. – Tem-se uma sensação de incapacidade total – admitiu ele.

As paredes da sala faziam pressão sobre ele. O relógio oval sobre o console tiquetaqueava indiferente à mudança na tensão do ambiente. O papel de parede floral, que tinha parecido aconchegante, agora exalava poeira sobre o tapete fosco. O bule de chá esfriava, e ele quase sentia o leite formar nata na superfície da jarra. Foi tomado de um horror repentino, diante da ideia de ter sua vida confinada a uma série de aposentos como aquele.

– Tenho a impressão de que ela não está feliz onde está – disse Grace. – Você deveria lhe fazer uma visitinha quando estiver a caminho da Escócia. Não vai naquela direção para algum torneio de tiro?

– Não é meu papel me intrometer – disse ele.

– É uma pena você não poder chegar lá furioso e trazê-la de volta – disse Grace. – Ela bem que poderia ser sua donzela em apuros.

– A vida não é um filme de Hollywood – retrucou ele, com azedume, perguntando-se por que cargas d'água ela o estava pressionando desse modo. Não conseguia ver que ele estava pronto para declarar seu afeto por ela?

– Sempre o admirei por ser um homem sensato – disse ela. – Às vezes, você não gosta de dizer o que pensa, mas geralmente posso ver que você sabe qual é a decisão certa a tomar. – Ele pressentiu que o que estava por vir talvez não fosse um elogio. Entretanto, ela pareceu se conter. Apenas suspirou e acrescentou: – Talvez nenhum de nós saiba o que é o certo.

– Você também é uma mulher sensata – disse o major. – Não vim aqui hoje para falar sobre a sra. Ali. Ela fez sua escolha, e já está mais que na hora de eu seguir em frente e fazer minhas próprias escolhas. Venha se sentar, minha cara Grace. – Ele deu um tapinha na poltrona.

– Queria que você fosse feliz, Ernest – disse ela. – Todos nós merecemos isso. – Ele pegou sua mão e a afagou.

– Você é muito boa para mim, Grace – disse ele. – É inteligente, atraente e prestativa. Você também é muito generosa e não gosta de fofocar. Qualquer homem que não seja um pateta ficaria feliz de tê-la para si. – Ela riu, mas seus olhos pareciam estar rasos d'água.

– Ai, Ernest, acho que você acabou de fazer uma lista das qualidades perfeitas para uma vizinha e das piores qualificações possíveis para uma paixão.

Por um instante, ele se chocou com a palavra "paixão", que pareceu derrubar de uma vez diversos limites entre níveis de conversa. Ele se sentiu corar.

– Você e eu talvez estejamos muito "maduros" para as qualidades mais impetuosas – disse ele, hesitando para encontrar uma palavra que não fosse "velhos".

– Fale por si mesmo – disse ela, com delicadeza. – Recuso-me a fazer o papel da rosa murcha e a aceitar que a vida tenha de ser morna e sensata.

– Na nossa idade, sem dúvida, existem coisas melhores para nos sustentar, para sustentar um casamento, que a breve chama da paixão.

Ela hesitou, e os dois sentiram o peso da palavra pairar entre eles. Uma lágrima escorreu pelo rosto dela, e ele viu que ela continuava a evitar o pó de arroz e que estava bem bonita, mesmo na sala exageradamente iluminada.

– Você está errado, Ernest – disse ela por fim. – Basta a centelha da paixão. Sem ela, duas pessoas que vivam juntas podem estar mais sós do que se morassem sozinhas.

Sua voz tinha uma peremptoriedade suave, como se ele já estivesse vestindo o casaco para ir embora. Algum espírito rebelde, talvez seu próprio orgulho, pensou ele, tornou-o renitente, diante do que ele sabia ser a verdade.

– Vim aqui hoje para lhe oferecer meu companheirismo – disse ele. – Esperava que ele pudesse levar a algo mais. Ele não podia honestamente repetir a palavra "casamento", pois tinha planejado um aumento muito mais gradual na intimidade, e na realidade não tinha preparado nenhuma declaração irrevogável.

– Não quero ficar com você, Ernest – disse ela. – Gosto muito de você, mas não quero fazer nenhuma concessão com os anos que me restam. – Ela enxugou os olhos com o dorso da mão, como uma criança, e sorriu. – Você deveria ir atrás dela.

– Ela também não me quer – disse ele, e seu tom sombrio deixou transparecer a verdade de tudo o que Grace dissera. Ele olhou para ela, chocado, mas ela não parecia estar zangada.

– Você não vai saber se não perguntar para ela, não é mesmo? – disse Grace. – Vou apanhar o endereço.

Grace abraçava a si mesma, enquanto o via tentar vestir o casaco no corredor sem bater com o cotovelo numa das pequenas gravuras penduradas na parede. Ele fez chocalhar na moldura preta um carneiro num penhasco, e ela se adiantou para endireitá-lo. Mais próximo dela, foi dominado pela vergonha e pela mesquinhez do seu próprio comportamento e pôs uma das mãos no braço dela. Por um instante, tudo o que tinham dito pareceu em suspenso. Bastava que ele segurasse seu braço, e ela perderia sua determinação e acabaria por aceitá-lo. Como é terrível a fragilidade do amor, pensou ele, que planos são feitos, desfeitos e refeitos, nessas lacunas entre o comportamento racional. Ela se afastou dele.

– Cuidado com esse degrau – disse ela. – Está coberto de gelo.

Ele tinha um comentário espirituoso a fazer, instigando-a a lhe dar um tapa ou coisa semelhante, mas pensou melhor.

– Você é uma mulher extraordinária, Grace – disse ele. Depois, encurvou os ombros para se proteger do frio e dos seus próprios defeitos, e saiu pela noite adentro.

Dizer a Roger que a viagem à Escócia incluiria um desvio para visitar a sra. Ali não era o tipo de coisa que se pudesse fazer por telefone com sucesso. Por isso, no domingo anterior, o major bateu de leve com a aldrava na porta do chalé de Roger. O frio ainda estava forte, e o sol era apenas uma vaga promessa no céu do meio da manhã. Ele soprava nas mãos e batia os pés para se aquecer, enquanto olhava com desalento para as jardineiras das janelas, com seu azevinho murcho e rosas brancas mortas, que tinham sobrado do Natal. As janelas pareciam borradas também, e a lama na soleira da porta sugeria que ninguém estava cuidando do lugar, agora que Sandy tinha ido embora.

Ele bateu novamente, com o som reverberando nas sebes, como um tiro de pistola, e viu um tremelicar da cortina no chalé em frente. Passos, batida de porta e xingamento resmungado precederam Roger, que abriu a porta enrolado numa manta acolchoada sobre um pijama de flanela e chinelos de dedo por cima das meias.

– Você ainda não se levantou? – perguntou o major, contrariado. – São onze horas.

– Desculpe, estou com um pouco de ressaca – disse Roger, deixando a porta escancarada e voltando para a sala de estar, onde se jogou no sofá com um gemido.

– Isso está se tornando uma condição diária para você? – perguntou o major, olhando em torno da sala.

Comida para viagem estava se coagulando nas embalagens na mesinha de centro. A árvore de Natal ainda estava eriçada com sua intensidade negra, mas os pés estavam cobertos de poeira. O sofá e a chaise tinham escorregado de seu alinhamento milimétrico e agora estavam atravessados de qualquer jeito no tapete, tão desnorteados quanto Roger.

– Esta casa está um desastre, Roger.

– Não grite. Por favor, não grite – disse Roger, cobrindo as orelhas. – Acho que minhas orelhas estão sangrando.

– Não estou gritando – disse o major. – Imagino que você não tenha tomado o café da manhã, tomou? Por que não vai se vestir enquanto dou uma limpeza e faço umas torradas?

– Ah, deixe a limpeza para lá – disse Roger. – Tenho uma faxineira que vem amanhã.

– Ela vem mesmo? – perguntou o major. – Puxa, como ela deve ficar louca para chegar a segunda-feira.

Quando terminou de esvaziar o boiler e, pelo cheiro, usou algum caríssimo gel de banho masculino, que sem dúvida vinha num reluzente recipiente de alumínio de design esportivo, Roger entrou na cozinha, com os olhos semicerrados. Vestia um jeans apertado e um pulôver justo no corpo. Estava descalço e tinha penteado o cabelo todo para trás. O major se deteve enquanto ele passava os últimos vestígios de margarina numa torrada fina.

– Como é possível que você tenha todas essas roupas de designers estrangeiros e não tenha comida e seu leite esteja azedo?

– Toda a minha comida e as compras normais eu mando entregar em casa em Londres – disse Roger. – Tem uma garota que vem guardar tudo para mim no lugar certo. Quer dizer, não me incomodo de fazer uma visitinha a uma delicatéssen para dar uma olhada no Gouda maturado, mas quem quer perder tempo comprando cereal e detergente de louça?

– Como você acha que as outras pessoas se viram? – perguntou o major.

– Elas passam a vida inteira andando pelas lojas com uma sacolinha de barbante, imagino eu – disse Roger. – Sandy cuidava disso, e ainda não tive tempo para organizar um esquema, só isso. – Ele pegou uma torrada, e o major lhe serviu o chá sem leite e picou uma pequena laranja, ligeiramente murcha. – Será que você não poderia me comprar algumas coisas, digamos, numa sexta-feira? – acrescentou ele.

– Não, eu não poderia – respondeu o major. – Minha sacolinha de barbante já está bem cheia.

– Não foi essa minha intenção – disse Roger. – Será que eu tenho aspirina no armário?

O major, que tinha feito um levantamento dos armários e passado todos os pratos sujos para a lava-louças antes de Roger acabar de tomar banho, apresentou-lhe um frasco grande de aspirina e enxaguou um copo para a água.

– Obrigado, papai – disse Roger. – E então, qual é o motivo para você ter acordado tão cedo?

O major explicou, do modo mais vago possível, que teria de sair cedo na quinta para visitar uma amiga no caminho para a Escócia, e que precisaria que Roger estivesse de pé ao amanhecer.

– Nenhum problema – disse Roger.

– Considerando-se a dificuldade que acabei de ter para arrancá-lo do sono às onze da manhã – disse o major –, vou precisar de mais garantias.

– Não é problema, porque não vou de carro com você – disse Roger. – Pediram a Gertrude que chegasse antes, e ela quer que eu vá com ela.

– Você vai com Gertrude? – perguntou o major.

– Acho que vai gostar de saber que encomendei um piquenique completo para a viagem – disse Roger. – Vou sacar minha cesta de salgadinhos frios e *comfit* de pato em pãezinhos fofos, com um *chutney* de cerejas ácidas e fechar o negócio com uma meia garrafa de champanhe gelado. – Ele esfregou as mãos com a alegria da expectativa. – Nada como uma longa viagem de carro para promover atividades românticas.

– Mas você pediu para viajar comigo – disse o major. – Eu estava contando com dois motoristas para não sermos forçados a parar.

– Você nunca foi de parar em lugar nenhum – disse Roger. – Eu me lembro daquela viagem à Cornualha, quando eu estava com oito anos. Você só foi parar para irmos ao banheiro quando chegamos em Stonehenge. Eu realmente adorei a dor excruciante daquela infecção na bexiga.

– Sua lembrança das coisas é sempre fora de proporção – disse o major. – Ela se curou imediatamente com os antibióticos, não foi? E, além do mais, nós lhe compramos um coelho.

– Obrigado, mas prefiro levar Gertrude e uma coxa de pato e evitar pedras nos rins – disse Roger.

– Não acha que é absurdamente cedo para você estar atrás de outra mulher? – perguntou o major. – Sandy acabou de ir embora.

– Ela fez sua escolha – disse Roger. O major reconheceu, com um sorriso amargo, que as palavras do filho lhe pareciam familiares. – Não vou ficar esperando sentado – acrescentou ele. – É marcação a mercado e seguir em frente, como dizemos depois de um mau negócio.

– Às vezes erramos ao deixá-las ir, meu filho – disse o major. – Às vezes é preciso ir atrás delas.

– Não desta vez, papai – respondeu Roger.

Ele olhou para o pai com alguma hesitação e depois baixou a cabeça, e o major compreendeu que o filho acreditava que ele não era receptivo a confidências constrangedoras.

– Eu gostaria de saber o que houve – disse o major, dando-lhe as costas para lavar a louça. Sempre tinha sido mais fácil fazer Roger falar quando eles estavam andando de carro ou envolvidos em alguma outra atividade que não exigisse que os dois se olhassem. – Comecei a gostar dela de verdade.

– Eu estraguei tudo e nem mesmo sabia o que estava fazendo – disse Roger. – Achei que estávamos de acordo a respeito de tudo. Como esperar que eu soubesse o que ela queria, se ela mesma só foi saber quando já era tarde demais?

– O que ela queria?

– Acho que queria se casar, mas não me disse. – Roger mastigava a torrada com ruído.

– E agora é tarde demais?

Quando Roger voltou a falar, um toque de seriedade substituía a fanfarronice costumeira.

– Tivemos um pequeno revés. Nada de importante. Concordamos sobre como lidar com a questão. – Ele se voltou para o major. – Eu fui com ela à clínica e tudo o mais. Fiz tudo o que se espera que se faça.

– À clínica? – O major não conseguia se forçar a fazer uma pergunta mais explícita.

– Uma clínica para mulheres – disse Roger. – Não faça essa cara. É totalmente aceitável hoje em dia: direito de escolha da mulher e tudo o mais. Foi o que ela quis. – Ele parou e então corrigiu suas palavras: – Bem, conversamos sobre o assunto, e ela concordou. Quer dizer, eu lhe disse que era a única coisa responsável a fazer a esta altura das nossas carreiras.

– Quando foi isso? – perguntou o major.

– Nós descobrimos logo antes do baile – disse Roger. – Fizemos o que tinha de ser feito antes de virmos para o Natal. E ela nunca me disse que não queria seguir em frente, como se eu tivesse poderes mágicos de adivinhação, como algum Sherlock Holmes vidente.

– Acho que você está confundindo dois conceitos – disse o major, perturbado pelas metáforas.

– Eu não estava confuso – disse Roger. – Tinha um plano e fui fiel a ele, e tudo parecia estar bem.

– Ou era isso o que você pensava – disse o major.

– Ela nunca disse uma palavra – continuou Roger. – Às vezes, ela até ficava um pouco calada, mas não se poderia esperar que eu soubesse no que ela estava pensando.

– Você não é o primeiro homem a deixar de perceber a comunicação mais sutil de uma mulher – disse o major. – Elas acham que estão acenando, quando nós só vemos o mar tranquilo, e logo todo mundo morre afogado.

– É exatamente isso – concordou Roger, e então acrescentou: – Pedi que se casasse comigo, sabe? Na véspera do Natal, antes da festa na casa de Dagenham. Estava me sentindo mal a respeito dessa história toda e estava disposto a avançar com nossos planos.

– Ele tentou aparentar despreocupação, mas a voz embargada o traiu, e o major de repente foi invadido pela emoção, precisando enxugar as mãos numa toalha. – Quer dizer, eu disse a ela que talvez pudéssemos tentar de novo no ano que vem, se eu fosse promovido por conta desse acordo do Ferguson. – Ele suspirou e seus olhos assumiram um ar sonhador que poderia ter sido emoção. – Talvez um menino primeiro, não que se possa realmente controlar esse tipo de coisa. Um menino chamado Toby e depois uma menina... eu gosto de Laura, ou quem sabe Bodwin, e eu lhe disse que poderíamos usar o quartinho aqui como quarto das crianças e depois quem sabe fazer uma sala de brinquedos, como num jardim de inverno anexo. – Ele olhou confuso para o major.

– Ela me deu um tapa na cara.

– Ai, Roger – disse o major. – Diga-me que você não fez isso.

– Eu pedi que ela se casasse comigo, e ela reagiu como se eu lhe tivesse pedido que comesse carne humana ou coisa semelhante. Estava expondo minhas esperanças e meus planos, e ela estava berrando, dizendo que era tão superficial que um barrigudinho morreria asfixiado nas minhas águas. Puxa, nem mesmo sei o que isso pode querer dizer.

O major desejou ter sabido disso, ao dar com Sandy na casa escurecida naquela noite. Desejou ter dito alguma coisa no baile, quando a sra. Ali achou que Sandy parecia perturbada. Eles realmente poderiam ter feito alguma coisa naquela ocasião. Ele se perguntou se era por sua culpa que Roger tinha tanta sensibilidade quanto um bloco de concreto.

– Acho que talvez sua escolha do momento não tenha demonstrado muita consideração, Roger – disse o major, em voz baixa. Ele sentiu, na região do coração, um lento aperto de dor pelo filho e se perguntou onde ou quando tinha deixado, ou se esquecido, de ensinar a esse menino o que era compaixão.

– Seja como for, quem precisa desse tipo de dramalhão? – disse Roger. – Tive bastante tempo para refletir e agora estou pensando seriamente em fazer uma tentativa com Gertrude. – Ele pareceu mais animado. – Um sobrenome antigo como o dela ainda exerce enorme influência, e ela sempre me adorou. Com as condições certas, eu poderia me dispor a fazê-la muito feliz.

– Você não pode negociar o amor como uma transação comercial – disse o major, estarrecido.
– É verdade – concordou Roger. Ele voltou a parecer perfeitamente feliz e remexeu na bolsa em busca de uma maçã. – O amor é como um bônus generoso que você espera que surja depois de negociar o resto do contrato.
– Não existe poesia na sua alma, Roger – disse o major.
– O que acha de "batatinha quando nasce/se esparrama pelo chão,/se Sandy saiu voando,/Gertrude está bem à mão"? – sugeriu ele.
– Não é certo, Roger – disse o major. – Se você não sente nenhuma chispa de paixão real por Gertrude, não se acorrentem um ao outro. Vocês só estarão se condenando a uma vida de solidão.

Ele sorriu com ironia ao se ouvir repetindo as palavras de Grace como se fossem suas. Ali estava ele oferecendo as palavras como conselho quando mal tinha acabado de recebê-las como uma revelação. Assim, pensou ele, todos os homens surrupiam e exibem o brilhante tesouro roubado das ideias dos outros.

– Afinal, onde você pretende fazer o desvio? – perguntou Roger de repente, quando o major estava se preparando para ir embora.
– Quem é essa amiga que você vai visitar?
– Só alguém que se mudou para o norte. Grace queria que eu fosse ver como ela está.
– É aquela mulher de novo – disse Roger, semicerrando os olhos. – Aquela com o sobrinho fanático.
– O nome dela é Jasmina Ali – respondeu o major. – Por favor, demonstre respeito suficiente para se lembrar do seu nome.
– O que você está fazendo, papai? – disse Roger. – O fiasco no clube de golfe não foi aviso suficiente? Ela é uma péssima ideia.
– Chimpanzés escrevendo poesia são uma péssima ideia – disse o major. – Receber conselhos românticos de você também é uma ideia péssima, se não for horrenda. Gastar uma hora para uma visita a uma velha amiga é uma boa ideia, além de não ser da sua conta.

– Velha amiga uma ova – disse Roger. – Eu vi como você olhava para ela no baile. Todos viram que você estava pronto para fazer papel de idiota.

– E "todos" reprovaram, é claro – disse o major. – Sem dúvida porque ela é uma mulher de cor.

– De modo algum – disse Roger. – Como o secretário do clube mencionou em particular para mim, nem de longe se trata de uma questão de cor, mas apenas que o clube atualmente não tem nenhum sócio no comércio.

– O clube e seus sócios que vão para o inferno – disse o major, cuspindo de raiva. – Vai ser um prazer vê-los me expulsar.

– Meu Deus, você está apaixonado por ela.

A reação imediata do major foi a de continuar a negar. Enquanto ele procurava encontrar alguma resposta intermediária, alguma coisa que expressasse sua intenção, sem expô-lo ao ridículo, Roger disse:

– Afinal de contas, o que você espera conseguir com isso?

O major sentiu uma fúria diferente de qualquer raiva que já tivesse sentido pelo filho antes e foi provocado a ser franco.

– Ao contrário de você, que precisa fazer uma análise de custos e benefícios de cada interação humana – disse ele –, não faço ideia do que pretendo conseguir. Só sei que preciso tentar vê-la. Isso é o que é o amor, Roger. É quando uma mulher tira todos os pensamentos lúcidos da sua cabeça; quando você fica incapaz de criar estratagemas românticos, e as manipulações habituais não lhe ocorrem; quando todos os seus planos cuidadosamente dispostos não têm nenhum significado, e tudo o que você pode fazer é ficar paralisado e mudo na presença dela. Você espera que ela se compadeça de você e lance algumas palavras generosas no vazio da sua mente.

– É mais fácil um porco voar que você ficar sem saber o que dizer – disse Roger, revirando os olhos.

– Sua mãe me deixou mudo quando nos conhecemos. Arrancou a resposta espirituosa direto da minha boca e me deixou de queixo caído, como um pateta.

O major se lembrava do vestido fino azul, em contraste com um gramado de verão verde vivo, e o sol do entardecer brilhando no contorno do seu cabelo. Ela segurava as sandálias numa das mãos e um copinho de ponche na outra, e estava torcendo os lábios contra a doçura pegajosa da bebida horrível. Ele estava tão ocupado olhando que se perdeu no meio de uma anedota complicada e teve de enrubescer com as gargalhadas fulminantes dos amigos, que estavam contando com ele para o final da piada. Ela invadiu a roda e perguntou direto para ele: "Tem alguma outra coisa para beber que não seja esse pirulito derretido?" Aquilo soou como poesia aos seus ouvidos, e ele a conduzira até a copa do anfitrião, onde descobriu uma garrafa de uísque, e deixou que ela se encarregasse de falar enquanto ele procurava não ficar olhando para o vestido que roçava as pirâmides macias dos seus seios como uma echarpe caindo permanentemente de uma ninfa dos bosques esculpida em mármore.

– O que mamãe pensaria de você correr a Inglaterra inteira atrás de uma balconista de loja? – perguntou Roger.

– Se você disser "balconista" mais uma vez, vou lhe dar um soco – disse o major.

– Mas e se você se casar com ela e morrer antes? – perguntou Roger. – O que vai acontecer se ela não quiser entregar a casa e... Bem, depois de todo o alvoroço que você fez por causa das Churchills, não vejo como poderia simplesmente passar tudo para uma total desconhecida.

– Ah, quer dizer que não se trata de uma questão de lealdade, mas sim de patrimônio – disse o major.

– Não é o dinheiro – indignou-se Roger. – É o princípio por trás de tudo.

– Essas coisas nunca são tão simples, Roger – disse o major. – E, falando na sua mãe, você estava presente quando ela me implorou que não ficasse sozinho se eu encontrasse alguém com quem me importasse.

– Ela estava morrendo – disse Roger. – Ela lhe implorou que voltasse a se casar, e você jurou que não se casaria. Eu, por mim,

fiquei furioso por perdermos um tempo tão valioso em promessas de leito de morte que vocês dois sabiam que seriam insustentáveis.
– Sua mãe era a mais generosa das mulheres – disse o major. – Ela estava falando sério.

Os dois se calaram por um instante, e o major se perguntou se Roger também estava sentindo de novo o cheiro de fenol e das rosas na mesinha de cabeceira, e vendo a luz esverdeada do quarto de hospital e o rosto de Nancy, tão magro e belo como o da pintura medieval de uma santa, somente com os olhos ainda ardendo com vida. Naquela hora, ele tinha lutado, como ela também lutou, para encontrar palavras que passassem de meras banalidades. Naquela ocasião, tinham lhe faltado palavras. Diante do rosto medonho da morte, que parecia tão próxima e ao mesmo tempo tão impossível, ele tinha engasgado para falar, como se sua boca estivesse cheia de feno seco. Poemas e citações, que ele se lembrava de ter usado para amenizar a dor alheia naquelas notas de pêsames inúteis e no eventual elogio fúnebre, pareciam enganosas e um exercício da sua própria vaidade. Ele só conseguia apertar a mão frágil da mulher, enquanto as vãs súplicas de Dylan Thomas, "Não se deixe ir por essa boa noite adentro...", batucavam na sua cabeça como um tambor.

– Você está bem, papai? Não tive a intenção de ser tão ríspido – disse Roger, trazendo-o de volta aos sentidos. Ele focalizou os olhos e firmou uma das mãos no encosto do sofá de Roger.

– Sua mãe se foi, Roger – disse o major. – Seu tio Bertie se foi. Acho que eu não deveria perder mais tempo.

– Pode ser que você esteja certo, papai – disse Roger. Ele pareceu pensar um pouco, o que o major considerou raro, e então deu a volta ao sofá e estendeu a mão. – Olhe, desejo-lhe sorte com sua amiga – disse ele. – Agora, que acha de você me desejar sorte no torneio de Ferguson? Você sabe tudo que esse negócio do Enclave representa para mim.

– Agradeço o gesto – disse o major, dando-lhe um aperto de mãos. – Significa muito para mim. Desejo-lhe sorte, sim, meu filho. Farei o que for possível para apoiá-lo lá no norte.

– Eu estava esperando que você dissesse isso – disse Roger. – Como vou viajar cedo, pode ser que haja caça a aves silvestres, pelo que Gertrude diz. Que acha de me deixar levar as Churchills?

Quando ia se afastando do chalé de Roger, deixando o estojo das espingardas com o filho deliciado, o major teve a sensação desanimadora de ter sido manipulado mais uma vez. Na sua mente, imagens se desenrolavam num círculo cansativo. Roger agachado num barco de caça aos patos no amanhecer enevoado. Roger se levantando para atirar numa revoada de patos selvagens. Roger tombando para trás por cima do banco de metal para dentro dos embornais. Roger deixando cair uma Churchill, com um levíssimo chape, nas águas insondáveis do lago.

Capítulo 21

Será que Dom Quixote ou sir Galahad teriam sido capazes de manter seu ardor cavalheiresco pela busca romântica, perguntou-se o major, se tivessem sido forçados a se arrastar num congestionamento por uma paisagem interminável de cones de trânsito, fumaça da descarga de caminhões e áridos postos de abastecimento nas rodovias? Ele recorria a seus brilhantes exemplos enquanto suportava o feio cinturão de concreto da M25 de Londres, lembrando-se de que, pelo menos, ele impedia que os subúrbios arfantes e balofos da cidade transbordassem e sufocassem o que restava do campo. Tentou não perder coragem à medida que o sul ia ficando para trás, e as estradas se transformavam num borrão veloz de caminhões gigantescos, todos seguindo em disparada para o norte como se tivessem mil quilômetros a percorrer e estivessem transportando órgãos para transplante em vez de cargas de chá frio, frango congelado e equipamentos. À luz fluorescente e leve cheiro de alvejante de uma parada anônima em algum ponto do centro da Inglaterra, onde ele era só mais um velhote grisalho com uma bandeja de plástico, suas dúvidas ameaçaram dominá-lo.

Ele não tinha avisado a ninguém que viria. E se a sra. Ali nem mesmo estivesse em casa? O canto de sereia da Escócia com o prometido banquete no castelo e o torneio nas urzes quase o fez mudar de ideia, mas, quando ele enfiou o polegar com excesso de vigor na tampa de um copinho plástico, respingando leite no paletó, ocorreu-lhe que era exatamente a sra. Ali que tornava o mundo um pouco menos anônimo. Ela tornava também a ele um pouco menos anônimo. Engoliu o chá de uma vez – nada difícil, já que estava pouco mais que morno – e se apressou a voltar para a estrada.

Sentiu-se constrangido percorrendo o bairro a baixa velocidade em busca da rua certa e do número da casa da carta que Grace lhe dera. A caligrafia clara da sra. Ali estava amassada debaixo dos seus dedos no volante, enquanto ele verificava repetidamente a página fina para comparar com as ruas lá fora. Agora as pessoas na calçada eram em sua maioria mulheres de pele morena com crianças e bebês em carrinhos. Algumas usavam o véu das muçulmanas ortodoxas. Algumas exibiam as jaquetas curtas e fofas e os brincos de ouro na moda entre os jovens do mundo inteiro. Achou que viu algumas cabeças se virarem para observá-lo quando passou por um grupo de rapazes reunidos em torno do capô levantado de um carro. Acabou passando direto pela casa, mas ficou envergonhado demais para dar outra volta no quarteirão. Em vez disso, enfiou-se numa vaga de estacionamento.

A rua, longa, parecia ancorada numa extremidade por um par de grandes mansões vitorianas, agora abandonadas e em ruínas. Na outra ponta, um muro indicava o perímetro de um conjunto habitacional de tijolos aparentes, cheio de prédios com seis andares e casas geminadas estreitas. Janelas de metal e portas da frente simples em uma de três cores sugeriam os limites, artísticos e orçamentários, da imaginação do Departamento de Habitação local. Entre esses representantes do ponto mais alto e mais baixo da era industrial estava uma fileira de casas, geminadas, de duas em duas, construídas antes da guerra para uma classe média com aspirações crescentes: três quartos, duas salas de estar, água encanada, tudo atendido por uma empregada "diarista".

Algumas dessas casas tinham sofrido pesadas reformas desde seu apogeu e estavam praticamente irreconhecíveis por trás das janelas de vinil de vidros duplos, anexos laterais apertados e portas da frente em varandas envidraçadas. As poucas que mantinham as janelas originais de madeira também tinham a tinta descascada e uma variedade de coberturas aleatórias para janelas a sugerir salas que também funcionavam como quartos. O pior de tudo, aos olhos do major, era que muitas das casas, afluentes ou não, tinham destruído pátios frontais floridos, cobrindo-os com calçamento para estacionar uma quantidade de carros encostados até nas janelas.

A casa da família Ali era uma das mais prósperas. Ela preservava meio jardim, com uma área de cascalho na qual estava um pequeno carro esporte de dois lugares. O efeito elegante do carro e as janelas novas pintadas de branco eram prejudicados pela casa vizinha, que tinha golfinhos saltando nos postes do portão e venezianas roxas abertas em caixilhos de madeira escura. O major estava se permitindo um pequeno bufar de reprovação a excessos tão obviamente estrangeiros quando uma mulher branca de cabelo com luzes, usando uma jaqueta de pele cor-de-rosa sobre jeans verdes, saiu pela porta da frente, com botas de verniz preto, e foi embora dirigindo um pequeno carro verde com um adesivo de "Adoro Ibiza" no para-choque.

Pedindo desculpas mentalmente ao resto da vizinhança, o major subiu até a porta pesada de carvalho da casa da família Ali e parou diante dela, com o olhar fixo no círculo de latão comum da aldraba. Ele se lembrou de ficar parado com a sra. Ali do lado de fora do clube de golfe, ambos tensos com a expectativa. Agora tinha certeza de que a vida jamais chegava à altura dos seus momentos de expectativa e acreditava piamente que aquele dia seria desastroso. Olhou para trás, pensando talvez que devia sair correndo de volta para o carro. Um rapaz passou devagar de bicicleta, mascando chiclete e olhando fixamente para ele. O major fez um cumprimento de cabeça e, sentindo-se constrangido demais para se afastar dali, virou-se para bater à porta.

Uma jovem grávida veio atender. Ela usava o cabelo desarrumado segundo a moda, por baixo de uma echarpe meio solta e um vestido macio de gravidez por cima de leggings estampadas em preto e branco. O rosto moreno era bonito, porém pouco delicado, e apresentava uma semelhança mais que superficial com o de Abdul Wahid.

– Pois não? – disse ela.

– Boa-tarde, sou o major Ernest Pettigrew. Estou aqui para ver a sra. Ali – disse o major, em seu tom mais autoritário.

– O senhor é da administração distrital? – perguntou a mulher.

– É claro que não – respondeu. – Por quê? Será que pareço ser alguém da administração distrital? – A mulher lançou-lhe um olhar que dizia que ele realmente parecia. – Sou um amigo da sra. Ali – acrescentou.

– Minha mãe deu uma saída para ir à loja – disse a mulher. – O senhor quer esperar?

Ela não abriu mais a porta, nem deu um passo para o lado ao dizer isso, e o major percebeu que ela olhava para ele com enorme desconfiança.

– Ah, não é sua mãe que procuro – disse o major, compreendendo seu erro. – Estou aqui para ver a sra. Jasmina Ali, de Edgecombe St. Mary.

– Ah, ela... – disse a mulher. Fez uma pausa e continuou: – É melhor o senhor entrar, e eu vou ligar para meu pai.

– Ela está? – perguntou o major ao ser encaminhado para o tipo de sala da frente formal e simples que é mantida exclusivamente para visitas.

Dois sofás estavam de frente um para o outro diante da pequena lareira a gás, cada um forrado com seda carmim numa estampa de rosas e coberto com vinil transparente. Duas tapeçarias estampadas e um grande quadro abstrato, que sugeria uma paisagem em azul e cinza, adornavam as paredes de cor creme. Não havia livros, e diversas mesinhas de canto estavam decoradas com pedaços de rochas e cristais, bem como com cumbucas de vagens secas e gravetos aromáticos. Cortinas opacas de tecido de boa qualidade sob uma sanefa de um azul da mesma cor cobriam a janela saliente. Do lado oposto ao da janela, portas duplas de vidro fosco, cercadas por cortinas azuis que desciam até o chão, levavam a outro aposento. O melhor objeto de decoração da sala era um tapete oriental, um esplêndido turbilhão de desenhos tecidos à mão com mil sedas azuis diferentes. Era uma sala, pensou o major, que sua cunhada Marjorie talvez admirasse, e, embora jamais fosse vista usando capas de vinil sobre sua mobília, em segredo ela ansiaria por uma elegância tão à prova de líquidos derramados.

– Vou lhe trazer um pouco de chá – disse a mulher. – Espere aqui por favor.

Ela saiu, fechando a porta atrás de si. O major escolheu uma das duas cadeiras pequenas e retas que estavam de um lado dos sofás. Elas eram finas a um ponto alarmante, mas ele não considerou possível sentar num sofá sem fazer ruídos preocupantes com a calça no vinil. O silêncio na sala acomodou-se ao seu redor. Os barulhos da rua chegavam abafados pelas vidraças duplas, e nenhum relógio tiquetaqueava no console da lareira. Não havia nem mesmo uma televisão, se bem que ele tivesse a impressão de ouvir o tilintar de um programa de jogos. Fez esforço para escutar e achou que devia haver uma televisão ligada mais para os fundos da casa, para além das portas foscas.

Levantou-se quando a porta que dava para o hall se abriu. Era a jovem, voltando com uma bandeja de chá de latão que continha um bule e dois copos dispostos em porta-copos de prata. Duas crianças pequenas, aos risinhos, entraram sorrateiras atrás dela, olhando para o major como se ele fosse um animal no zoológico.

– Meu pai vai chegar logo, logo – disse a mulher, fazendo um gesto para o major se sentar. – Ele está ansioso por conhecê-lo, senhor... Como é seu nome?

– Major Pettigrew. A sra. Ali não está em casa? – perguntou ele.

– Meu pai estará aqui em instantes – repetiu ela, e lhe serviu o chá. Depois, em vez de servir-se, ela simplesmente espantou as criancinhas da sala e saiu, mais uma vez fechando a porta atrás de si.

Passaram-se mais alguns minutos de silêncio. O major sentiu o peso da sala na cabeça e a pressão do tempo escorrendo por seus dedos. Recusou-se a olhar para o relógio de pulso, mas podia ver os outros convidados chegando à Escócia. Sem dúvida, um bufê frio de almoço ainda estava servido num aparador, e os convidados estavam tratando de pendurar roupas ou de dar uma vigorosa caminhada em torno do lago. Ele nunca tinha visto o castelo de Ferguson, mas era claro que devia ter tanto um lago como um bufê frio. Essas eram coisas com que se podia contar. Nessa sala, o major não podia contar com nada. Tudo era muito pouco familiar e, portanto, tudo exigia muito esforço. De repente, ouviu uma chave na porta da frente e movimento no hall. Vozes urgentes pareceram se encontrar quando a porta da frente se abriu, e sussurros ferozes acompanharam o habitual ruído, no hall de entrada, de sapatos e casacos sendo guardados.

A porta abriu-se mais uma vez para deixar entrar um homem de ombros largos com cabelos pretos cortados rentes e um bigode bem aparado. Estava usando camisa e gravata, e o bolso do peito ainda exibia o crachá de plástico que o identificava, inesperadamente, como Dave. Não era alto, mas seu ar de autoridade e a leve papada sugeriam um homem no comando de alguma fatia do mundo.

– Major Pettigrew? Sou Dave Ali e é uma honra recebê-lo em minha humilde morada – disse ele num tom que, pelas observações do major ao longo dos anos, era usado por quem acreditava que sua morada era superior à maioria. – Ouvi falar muito no senhor por meu filho, que considera ter para com o senhor uma enorme dívida de gratidão.

– Ah, de modo algum – disse o major, descobrindo-se convidado a sentar de novo na cadeira, com o oferecimento de mais chá. O major jamais gostara de diminutivos e achou que o nome Dave era um apelido improvável para esse sr. Ali. – Seu filho é um rapaz muito sério.

– Ele é impetuoso. É teimoso. Deixa loucos a mim e à mãe dele – disse Dave, abanando a cabeça numa simulação de desespero. – Digo para ela que eu era igual na idade dele, que ela não precisa se preocupar, mas ela me diz que eu tinha quem me pusesse na linha, ela mesma, ao passo que Abdul Wahid... bem, oxalá ele também encontre seu caminho uma vez que se case.

– Estávamos todos ansiosos por ver Jasmina, a sra. Ali, quando ela viesse para o casamento – disse o major.

– É, sem dúvida – disse Dave, com uma voz indiferente.

– Ela tem muitos amigos no lugarejo – disse o major, fazendo pressão.

– Receio que ela não vá – disse Dave Ali. – Minha mulher e eu vamos no Triumph, e mal vai sobrar lugar para a bagagem. Além disso, alguém precisa cuidar da minha mãe, que está muito fraca, e Sheena está para ganhar neném a qualquer hora.

– Entendo que há dificuldades – começou o major. – Mas, com certeza, algo tão importante quanto um casamento...?

– Major, minha mulher, que é a própria essência da bondade, disse: "Ah, Jasmina deveria ir, e eu ficarei com mamãe e Sheena", mas eu lhe pergunto, major: uma mãe que trabalha os sete dias da semana deveria faltar ao casamento do seu único filho homem?

Ele perdeu o fôlego, enxugou o rosto com um lenço grande e refletiu sobre os numerosos sacrifícios da mulher.

– Suponho que não – concordou o major.

– Além disso, vai ser só uma cerimônia das mais discretas. – Dave sorveu o chá, com ruído. – Eu estava disposto a pedir falência para fazer tudo como tem de ser feito, mas minha mulher diz que eles preferem não criar estardalhaço nas circunstâncias. Por isso, vai ser quase nada... apenas uma troca simbólica de presentes e nem um grama a mais do que o correto. – Ele fez uma pausa e então olhou para o major com uma sobrancelha erguida de modo significativo. – Além do mais, achamos importante que nossa Jasmina corte de uma vez os laços com o passado, se ela quiser ser feliz no futuro.

– Cortar de uma vez? – perguntou o major. Dave Ali suspirou e sacudiu a cabeça no que pareceu ser pena.

– Ela insistiu em assumir uma carga enorme, quando meu irmão morreu – disse ele devagar. – Uma carga que não se deveria pedir que mulher alguma carregasse. E agora só queremos que

ela abandone essas responsabilidades e seja feliz aqui no seio da família, onde podemos cuidar dela.
— É muita generosidade sua — disse o major.
— Mas é difícil livrar-se de antigos hábitos — disse Dave. — Eu mesmo mal posso esperar o dia em que possa passar todos os nossos negócios para Abdul Wahid e me aposentar, mas, sem dúvida, eu também vou dar trabalho a todos e enfrentar dificuldades enormes para entregar aos outros o poder de decidir.
— Ela é uma mulher muito competente — disse o major.
— Com o tempo, esperamos que ela aprenda a estar contente aqui em casa. Ela já é indispensável para minha mãe e está lendo o Alcorão para ela todos os dias. Eu me recusei a pô-la em uma das nossas lojas. Eu lhe disse que agora é o momento de ela se recostar e deixar que outros cuidem dela. É tão melhor poder estar feliz em casa, isso é o que lhe digo. Nada de impostos ou contas para pagar, nem livros para acertar, ninguém esperando que você saiba todas as respostas.
— Ela está acostumada a uma certa independência — disse o major.
— Ela está começando a ceder. — Ele deu de ombros. — Já parou de sugerir à coitada da minha mulher novas formas de administrar nosso sistema de controle de estoque. Em vez disso, agora está louca para conseguir seu próprio cartão de biblioteca.
— Um cartão de biblioteca? — repetiu o major.
— Cá entre nós, quem tem tempo para ler? — disse ele. — Mas, se ela quiser um, eu lhe digo que faça bom proveito. Agora estamos muito ocupados com a história do casamento e de abrir um SuperCenter no mês que vem, mas minha mulher prometeu ajudá-la a apresentar um comprovante de residência, e então ela vai poder ficar sentada lendo o dia inteiro.

Foram interrompidos por uma comoção no hall. O major não conseguiu entender as palavras, mas ouviu uma voz conhecida protestar:
— Isso é ridículo. Vou entrar, sim, se eu quiser. — E então a porta se abriu, e lá estava ela, a sra. Ali, ainda usando casaco e

echarpe e carregando uma pequena bolsa de compras de mercearia. Suas faces estavam rosadas, fosse da discussão, fosse por ter estado ao ar livre, e ela olhou para ele como se estivesse faminta para vê-lo por inteiro de uma vez. Atrás dela, a jovem grávida sussurrou algo que fez a sra. Ali se encolher.

– Está bem, Sheena, deixe-a entrar – disse Dave, levantando-se e acenando como se quisesse dispensá-la. – Não vai fazer mal nenhum cumprimentar um velho amigo do seu tio Ahmed.

– É você – disse ela. – Vi um chapéu no hall e soube de imediato que era seu.

– Não sabia que você tinha voltado das compras – disse Dave.

– O major está de passagem, a caminho da Escócia.

– Eu tinha de vir vê-la – disse o major. Sentiu uma vontade desesperada de segurar sua mão, mas refreou o impulso.

– Eu só estava dizendo ao major como você gosta de ler – disse Dave. – Meu irmão costumava me contar, major, como Jasmina estava sempre enfurnada nos livros. "E daí se eu precisar trabalhar um pouco mais para ela poder ler? Ela é uma intelectual", dizia ele. – Sua voz adquiriu um sarcasmo inconfundível ao pronunciar a palavra "intelectual", e uma forte aversão ao homem se abateu sobre o major. – Lamento apenas que ele tenha se esforçado tanto – acrescentou Dave, enxugando-se com o lenço novamente. – Levado tão cedo de nós.

– Isso é indigno até mesmo de você – disse a sra. Ali, em voz baixa. Houve um silêncio enquanto os dois se entreolhavam com os maxilares igualmente tensos. – Sheena me disse que você estava numa reunião de negócios.

– Sheena é muito cautelosa – disse o sr. Ali, dirigindo-se ao major. – Ela se preocupa em proteger todo mundo. Às vezes, ela até faz as pessoas esperarem por mim na rua.

– Grace quis que eu viesse vê-la – disse o major para a sra. Ali. – Creio que ela estava esperando que a senhora escrevesse.

– Mas eu escrevi, algumas vezes – disse ela. – Vejo que eu tinha razão para me preocupar, quando não recebi resposta alguma.

– Ela lançou para o cunhado um olhar de leve desdém. – Não é estranho, Dawid?
– Chocante, chocante... o correio funciona muito mal hoje em dia – concordou o cunhado, crispando os lábios como se não gostasse de ser chamado por seu nome verdadeiro diante de estranhos. – E falo na qualidade de quem tem três franquias de agências do correio. Nós só podemos pôr a correspondência no malote, mas depois disso não nos responsabilizamos.
– Eu gostaria de conversar com o major alguns minutos a sós – disse a sra. Ali. – Devemos conversar aqui, ou será melhor eu levar o major para dar um passeio pela vizinhança?
– Tudo bem que seja aqui, aqui está bem – disse Dawid Ali, num tom apressado. Com uma mescla de divertimento e ressentimento, o major viu que ele estava estarrecido com a ideia de que eles dois fossem desfilar diante dos vizinhos. – Seja como for, tenho certeza de que o major precisa viajar logo, logo. O trânsito da tarde está péssimo ultimamente. – Ele foi até as portas de vidro fosco e as abriu nos trilhos. – Por isso, vamos deixá-los conversar sobre os velhos tempos por alguns minutos. – Na sala dos fundos, uma televisão estava ligada com o som baixo, e uma velha estava sentada numa poltrona bergère, com um andador colocado à sua frente. Ela parecia meio morta, jogada na poltrona, mas o major viu seus olhos negros girarem na direção deles dois. – Se não se importarem, não vou pedir à mamãe que saia da sua poltrona. Ela não os perturbará.
– Não preciso de dama de companhia – disse a sra. Ali, num sussurro feroz.
– É claro que não – disse Dawid. – Mas devemos permitir que mamãe acredite que é útil. Não se preocupe – acrescentou ele para o major. – Ela é surda como uma porta.
– Devo agradecer-lhe sua hospitalidade – disse o major.
– Duvido que voltemos a vê-lo – disse Dawid Ali, estendendo a mão. – Foi um prazer encontrar um conhecido do meu irmão como o senhor, e uma honra que tenha se desviado tanto do seu caminho.

Depois de Dawid Ali ter sussurrado algumas palavras para sua mãe e deixado a sala dos fundos, o major e a sra. Ali se afastaram o máximo possível das portas abertas e se sentaram num banco duro no recesso da janela. Ela ainda segurava a sacola de compras e agora a colocou debaixo do banco. Encolheu os ombros para tirar o casaco, que caiu descuidadamente atrás dela.

– Tenho a sensação de que estou simplesmente sonhando que você está aqui – disse ela.

– Acho que eles não gostariam se eu lhe desse um beliscão – respondeu ele.

Ficaram sentados em silêncio um instante. Parecia ao major que era necessário romper com os tipos habituais de conversa-fiada e fazer alguma declaração, alguma exigência. No entanto, por mais que se esforçasse, ele não conseguia encontrar as palavras para começar.

– Aquele baile idiota – disse ele por fim. – Não tive oportunidade de pedir desculpas.

– Não o culpo pela grosseria dos outros – respondeu ela.

– Mas você foi embora – disse ele. – Sem se despedir.

Ela olhou lá para fora pela janela, e ele aproveitou a oportunidade para examinar de novo a curva da sua face e os cílios espessos dos olhos castanhos.

– Eu tinha me permitido sonhar acordada – disse ela. – Uma sensação passageira de assombro. – Ela sorriu para ele. – Acordei e descobri que era uma mulher prática novamente, e me dei conta de mais uma coisa. – O sorriso se apagou, e ela assumiu um ar sério, como um nadador que resolveu mergulhar, ou um soldado a quem acabam de dar a ordem de abrir fogo. – Decidi unir meu destino ao da família Ali muitos anos atrás, e já estava na hora de pagar essa dívida.

– Quando você devolveu o Kipling, achei que estava me desprezando. – Ele estava consciente de que parecia uma criança magoada.

– Devolvi? – perguntou ela. – Mas eu o perdi na mudança.

– Abdul Wahid o entregou a mim – disse ele, sentindo-se confuso.

– Achei que ele estava na minha bolsa pequena, com todos os meus outros objetos de valor, mas depois que cheguei aqui não consegui encontrá-lo. – Ela arregalou os olhos, e seus lábios tremeram. – Ela deve tê-lo roubado de mim.

– Ela quem?

– Minha sogra, a mãe de Dawid – disse ela, fazendo um gesto de cabeça para a sala dos fundos. O major tentou compartilhar sua indignação, mas estava feliz demais por descobrir que ela não tinha pretendido devolver o livro.

– Suas cartas se perdem, não a deixam comparecer ao casamento do seu sobrinho, pedem que você saia da sua casa – disse ele. – Minha cara, você não pode ficar aqui. Não posso permitir.

– Que você ia querer que eu fizesse? – disse ela. – Preciso renunciar à loja, pelo bem de George.

– Se me permitir, eu a levo embora daqui agora mesmo, hoje – disse ele. – Sob quaisquer condições que você queira. – Ele se virou e pegou as mãos dela nas suas. – Se esta sala não fosse tão feia e opressiva, eu lhe pediria mais – disse ele. – Mas minha necessidade de tirá-la daqui é mais importante que quaisquer considerações do meu próprio coração, e me recuso a sobrecarregar sua fuga com qualquer compromisso. Basta que me diga o que eu preciso fazer para tirá-la desta sala e levá-la para um lugar onde você possa respirar. E não me insulte fingindo que não está morrendo sufocada nesta casa.

Sua própria respiração agora vinha pesada, e o coração parecia se debater no peito como um pássaro preso. Ela voltou para ele olhos rasos d'água.

– Devemos fugir para aquele pequeno chalé de que falamos um dia? Onde ninguém nos conhece, e nós apenas mandamos cartões-postais enigmáticos para o mundo? Eu gostaria de ir para lá agora, e me esquecer de todos por um tempo – disse ela.

Ele agarrou suas mãos e não se virou quando ouviu um uivo da outra sala, que era a velha tagarelando em urdu e dando gritos.

– Dawid! Depressa!
– Vamos agora – disse ele. – Eu a levo para lá; e, se você quiser, podemos ficar para sempre.
– E o casamento? – perguntou ela. – Preciso vê-los casados, em segurança.
– Ou iremos de carro ao casamento! – gritou ele, feliz, abandonando toda a noção de decoro, na empolgação que sentia. – Só venha agora comigo, e lhe prometo que, não importa o que aconteça, eu não a abandonarei.
– Vou com você – disse ela, baixinho. Ela se levantou e vestiu o casaco. Apanhou a sacola de compras. – Precisamos sair agora, antes que tentem me impedir.
– Você não deveria fazer uma mala? – perguntou ele, alvoroçado por um instante pela transformação de uma paixão momentânea numa realidade fria. – Eu poderia esperar por você no carro.
– Se pararmos para a realidade, eu nunca vou sair daqui – disse ela. – Ficar é muito sensato. Você não está sendo esperado na Escócia? Eu não tenho de ajudar com o jantar e depois ler o Alcorão em voz alta? Não está chovendo na Inglaterra? – De fato, agora estava chovendo, e as gotas, gordas, respingavam na janela como lágrimas.
– Está chovendo – disse ele, olhando pela janela. – E estão me esperando na Escócia.
Tinha se esquecido totalmente do torneio e agora, olhando de relance para o relógio, ele via que, se eles cumprissem os habituais horários absurdamente antecipados, era provável que ele não chegasse a tempo para o jantar. Voltou-se para vê-la, hesitando, parada. A qualquer instante, ela se deixaria cair de volta no banco, e a loucura de fugir desapareceria. Seu rosto já estava perdendo a animação. Ele reconheceu o momento ínfimo antes que seu fracasso fosse compreendido e aceito. Pairava ali no espaço da sala, na crista do silêncio entre eles e os uivos da sala dos fundos. Passadas pesadas se ouviram no hall. E então o major se inclinou para a frente, estendeu a mão e segurou com força o pulso dela.
– Vamos agora – disse ele.

Capítulo 22

–Preciso encontrar um telefone – disse ele. Já estavam fora da cidade, dirigindo-se para o oeste; e, pela janela ligeiramente aberta, a escuridão da tarde parecia mais fria e mais limpa. – Vou ter de procurar um bar ou algo semelhante.
– Eu tenho um telefone. – Ela remexeu na bolsa de compras e apresentou um pequeno aparelho celular. – Acho que me compraram um para poder me rastrear, mas eu trato de nunca deixá-lo ligado. – Enquanto ela mexia nas teclas, o telefone deu uma série de apitos irritantes.
– Coisas horríveis – disse ele.
– Dez mensagens – disse ela. – Suponho que estejam me procurando.
Numa saída que dizia "Informação Turística", ele entrou num pequeno estacionamento com banheiros e um antigo vagão de trem transformado em escritório de informações. Estava fechado para o inverno, e o estacionamento estava vazio. Enquanto a sra. Ali foi ao toalete, ele batucou nas minúsculas teclas e conseguiu, na segunda tentativa, ligar para o número certo.
– Helena? – disse ele. – Ernest Pettigrew. Desculpe ligar assim, sem mais nem menos.
Quando a sra. Ali chegou de volta, com as raízes do cabelo úmidas, onde tinha jogado água no rosto, ele já tinha instruções detalhadas de como chegar à cabana de pesca do coronel Preston, e sabia que a chave estava debaixo de ouriço-cacheiro de pedra junto do barracão, e os lampiões a querosene eram guardados na

tina de lavar roupa, por medida de segurança. Helena tivera a elegância de não demonstrar curiosidade quanto à sua repentina necessidade de usar a cabana, embora se recusasse a aceitar seu pretexto de buscar a vara de pescar do coronel.

– Você sabe perfeitamente bem que, se um dia ele viesse a segurá-la, teria de enfrentar o fato de que nunca mais vai usá-la – disse ela. – Eu queria que ele mantivesse o sonho um pouco mais.

– Enquanto ele se despedia, Helena acrescentou: – Não direi a ninguém por que você ligou. – E ele ficou olhando para o telefone e se perguntando se as histórias sussurradas pelo coronel a respeito de Helena não seriam verdadeiras no final das contas.

– Tudo organizado – disse ele. – Receio que seja mais uma hora ou duas dirigindo. É só...

– Por favor, não me diga onde é – disse ela. – Dessa forma, posso desaparecer até de mim mesma por um tempo.

– Sem calefação, é claro. Talvez um saco de carvão no barracão. Não há muito o que pescar no inverno.

– E eu trouxe comida – disse ela, olhando para a sacola de compras como se ela tivesse aparecido de repente. – Eu não sabia o que estava fazendo, mas parece que vou preparar um frango *balti*.

Ele pôs a sacola na mala do carro, para o leite e o frango se manterem frios. Viu um relance de tomates e cebolas, sentiu o cheiro de coentro fresco. Parecia haver alguns temperos e folhas secas em saquinhos plásticos, e ele sentiu os contornos macios de um saco de padaria com alguma coisa que cheirava a amêndoas.

– Talvez devêssemos parar para comprar algumas... algumas coisas para você – disse o major, atrapalhando-se com imagens mentais de roupas de baixo de senhoras e se perguntando onde encontraria as lojas.

– Não vamos estragar a loucura da fuga com uma visita a uma loja de departamentos – disse ela. – Vamos simplesmente sumir do mapa.

A cabana mais parecia um abrigo de carneiros em péssimo estado, com as grossas paredes de pedra encimadas por um telhado torto de ardósia, e as aberturas originais fechadas toscamente com uma diversidade de portas e janelas, recuperadas de outras propriedades. A porta da frente era de carvalho maciço entalhado com bolotas e um medalhão de folhas, mas a janela ao lado era de caixilhos azuis caindo aos pedaços, provida de um lado com alguns pedaços de madeira a mais e com o vidro faltando num dos caixilhos. A luz tinha praticamente sumido por trás das montanhas que se erguiam no oeste, e uma lua convexa percorria seu caminho de corcunda pelo céu. Abaixo da cabana, um gramado grosseiro descia até uma pequena enseada num lago, que parecia se abrir como um mar na escuridão. O major examinava as suaves formas redondas e mais escuras das árvores e arbustos que se acumulavam na propriedade, em busca de uma silhueta que pudesse representar um barracão. Estava a ponto de anunciar uma busca milimétrica pelo prometido ouriço de pedra quando lhe ocorreu que a janela quebrada talvez permitisse a entrada.

Agora estava frio, e a sra. Ali tremia em pé no casaco de lã fina, a ponta da echarpe panejando com um vento forte que vinha do lago. Estava com os olhos fechados e respirava fundo.

– O frio está suficiente para gear hoje – disse ele. Aproximou-se dela, preocupado com a possibilidade de ela estar horrorizada com o estado do lugar. – Talvez devêssemos voltar ao lugarejo por onde passamos e ver se eles têm uma estalagem. – Ela abriu os olhos e lhe deu um sorriso ansioso.

– Ah, não, aqui é tão lindo – disse ela. – E, para ser franca, mesmo com a minha idade avançada e estando no meio de uma aventura tão ridícula, acho que não conseguiria encarar entrar num hotel com você.

– Se é assim que você se sente. – Um calor invadiu seu rosto na escuridão. – Se bem que eu não sei se essa sensação vai continuar se encontrarmos esquilos ali dentro – disse ele, preocupado com a vidraça quebrada. Ele apertou mais a lanterna fina como um lápis, que tinha retirado do porta-luvas, e se perguntou se as pilhas estavam boas ou se tinham se desfeito com o vazamento do ácido.

– Acho melhor fazermos uma expedição ao interior.

Ele de fato pôde acionar o trinco a partir da janela; abriu a porta com um empurrão e entrou no frio mais forte da cabana. A lanterna lançava apenas um fino raio azulado, e ele avançava com as mãos estendidas para evitar um choque inesperado no joelho ou uma batida da cabeça numa viga baixa. A luz passeava de relance pela mesa e cadeiras, um sofá de vime de encosto quebrado, uma pia de ferro com armários fechados por cortinas de algodão. Uma grande lareira avultava, escura e cheia de fuligem, num canto, cheirando a carvão molhado. Tinha sido desfigurada num lado pelo acréscimo de um recipiente de aço galvanizado, cimentado direto num buraco feito na chaminé para que o calor do fogo pudesse aquecer a água. Um par de canos providos de registros levava às instalações sanitárias não à vista, e à possibilidade bem--vinda de no mínimo um rápido banho com uma esponja. Uma abertura em arco revelava um brevíssimo relance de um quarto de dormir. Através de outro dispositivo estranho – uma mistura de portas duplas e de porta corrediça –, o lago refulgia prateado e um largo triângulo de lua iluminava o chão, mostrando grandes cestos cheios de apetrechos de pesca, largados com o descuido de um dono que estivesse prestes a sair de novo para o lago dentro de instantes. O major encontrou os fósforos no lugar óbvio, uma lata em cima do console da lareira, e, na lavanderia de pé-direito baixo, logo depois da área da pia, estava a prometida tina de zinco, com três lampiões a querosene.

– Tomara que você não esteja esperando que este lugar tenha uma aparência melhor quando estiver iluminado – disse ele, enquanto riscava um fósforo e estendia a mão para pegar a camisa de vidro do lampião mais próximo. Ela riu.

– Não sinto o cheiro de um lampião a querosene – disse ela apenas – desde que eu era pequena. Meu pai nos contava como ele foi descoberto no século nono, em Bagdá, por um alquimista que estava tentando destilar ouro.

– Pensava que tinha sido um escocês que o inventou – disse o major, queimando o polegar e deixando cair o fósforo enquanto se atrapalhava com o segundo lampião. – Mas a verdade é que as coisas mais espantosas já estavam sendo feitas no Oriente enquanto nós ainda estávamos aprendendo a dominar a parede de taipa e tentando encontrar nossos carneiros fugidos. – Ele riscou outro fósforo. – Infelizmente nada disso contou no final, a menos que se conseguisse registrar as patentes antes dos americanos.

Com os lampiões fornecendo sua luz amarela e oscilante, e um fogo de carvão saltando na lareira de tijolos, a sala começou a perder parte do seu cheiro úmido de cripta.

– É bastante encantador aqui dentro, se não olharmos com muita atenção.

Ele estava abrindo uma garrafa de clarete que tinha pretendido dar de presente ao anfitrião escocês.

– Desde que se limpe tudo antes de tocar – disse ela, deixando cebolas caírem numa frigideira com manteiga. O fogão frágil era acionado por um botijão de gás engarrafado logo ao lado da janela da cozinha. – A poeira parece estar se acumulando há anos.

– Meu antigo comandante, o coronel Preston, está mal de saúde já há uns dois anos – disse o major, olhando para os anzóis reunidos na parede. – Duvido que ele volte aqui um dia. – Foi até a lareira e testou o aquecedor de água com o dorso da mão. E então ficou de costas para o fogo e bebericou o vinho de uma caneca de chá, observando as mãos dela, que picavam um tomate com um movimento delicado de torção e golpe da faca, e como ela inclinava a cabeça, concentrada. – É uma pena, mesmo. Ele fala deste lugar como você ou eu poderíamos falar de... Bem, de qualquer lugar que seja o mais importante do mundo para nós.

Ele sentiu pelo coronel uma tristeza, que não conseguiu prender sua atenção, porque o cabelo dela estava escapando dos grampos e agora ela parava para empurrar algum fio da testa com o antebraço. O frango e os temperos chiavam na frigideira e, quando ela a abafou com uma tampa de alumínio, ele não pôde se lembrar de nenhum outro lugar pelo qual sentisse o menor apego. O mundo parecia ter encolhido para caber perfeitamente naquela sala.

– E você tem um lugar desses? – perguntou ela, baixando o fogo debaixo da frigideira e se empertigando com um sorriso. – Sei que pareço não pertencer a lugar nenhum.

– Eu sempre supus que fosse Edgecombe St. Mary – disse ele. – Minha mulher está enterrada no cemitério de lá, sabe, e tenho uma segunda sepultura lá.

– Essa é uma forma de se sentir enraizado a um lugar – disse ela. Depois ela fez um "O" horrorizado com os lábios, enquanto ele ria. – Não, não foi isso o que eu quis dizer.

– Não se preocupe – disse ele. – Foi exatamente isso o que eu quis dizer. Sempre achei importante decidir onde se queria ser enterrado, e então mais ou menos organizar sua vida em retrospectiva a partir daí.

Eles comeram, limpando o molho com pães doces de amêndoas e bebendo o vinho. Ela aceitou uma xícara com o objetivo de afastar a umidade e a bebeu misturada com água, como uma francesa.

– E então, quem quer ser enterrado em Sussex provavelmente não deveria se mudar, digamos, para o Japão? – disse ela.

– Recuso-me a responder, com base no fato de no momento preferir simplesmente ficar aqui com você e com isso privar tanto Edgecombe como Tóquio da minha presença – disse ele.

– Mas não vamos ficar aqui, major. – Sua voz estava triste. – Exatamente como o coronel, teremos de partir para nunca mais ver este lugar.

– É verdade. – Ele olhou ao redor, para os reflexos do fogo que dançavam nas paredes grossas de pedra e para as ilhas de luz no teto baixo lançadas pelos lampiões e pela única vela, que derretia num pires quebrado. Eles tinham posto o edredom do quarto para arejar no encosto do sofá, e a flanela vermelha se somava ao calor da sala. – Preciso que você me dê tempo para pensar – disse ele.

– O corpo do meu marido foi enviado de volta ao Paquistão para ser enterrado, o que não desejo para mim, e por isso não poderei descansar ao lado dele. Nem vou poder ser enterrada num cemitério bonitinho numa igreja de Sussex – disse ela.

– Em alguns dias, dias que sua mulher considera ruins, mas que talvez sejam bons, meu amigo, o coronel, tem total convicção de que está de volta aqui – disse o major.
– Então ele sonha para si mesmo a vida que não pode ter?
– Exato. Mas nós, que podemos fazer qualquer coisa, nos recusamos a viver nossos sonhos só porque eles não são práticos. Diga-me, então: quem merece mais pena?
– A vida real tem suas complicações – disse ela, rindo. – Imagine se o mundo inteiro decidisse amanhã se mudar para uma cabana de pesca na região rural da Inglaterra.
– Na realidade, estamos no País de Gales – disse o major. – E eles realmente ficam um pouco esquisitos quando chega um número excessivo de visitantes.

Ele lhe deu o melhor dos seus dois pijamas, de algodão azul-marinho debruado de branco, bem como seu roupão cor de caramelo e um par de meias de lã. Ficou feliz por ter posto na bagagem as roupas de reserva. Nancy costumava repreendê-lo pelo que ela chamava de meticuloso exagero ao fazer as malas e por sua insistência em carregar uma bolsa de couro de laterais rígidas em todas as viagens. Ele não tolerava os viajantes de hoje com seus enormes sacos cilíndricos amassáveis, repletos de tênis, moletons enrolados, calças de tecido elástico para todas as finalidades e vestidos feitos de tecidos especiais para viagem, com bolsos ocultos, que eles usavam indiscriminadamente para ir a teatros e a bons restaurantes.

De um compartimento separado, em uma bolsa de encerado que tinha pertencido ao seu pai, o major apanhou uma nécessaire de couro e, com algum constrangimento pela intimidade, tirou sabonete, xampu, creme dental e uma pequena toalha de algodão egípcio, que sempre trazia consigo para emergências.

– Vou só dar uma corrida até o carro – disse ele. – Tenho mais uma escova de dentes na minha bolsa para panes do automóvel.
– Com um pequeno recipiente de conhaque e um exemplar reserva de Shakespeare? – perguntou ela.

– Você está rindo de mim – disse ele. – Mas, se eu não tivesse um cobertor no carro, ia passar um bom frio nesta noite no sofá.

– Ele achou que ela corou, mas poderia ter sido a luz da vela bruxuleando na sua pele.

Quando ele voltou, ela estava usando seu pijama e roupão, e penteava o cabelo solto com o pente pequeno e inadequado. As meias de lã estavam frouxas em torno dos tornozelos finos. O major sentiu a respiração vacilar e uma nova tensão percorrer seus membros.

– O sofá é muito desconfortável – disse ela. Seus olhos estavam escuros à luz dos lampiões e, quando ela levantou os braços para lançar o cabelo para trás, ele se deu conta das curvas do seu corpo em contato com o algodão liso do pijama emprestado e do roupão macio. – Não sei se você não vai sentir frio. – O major percebeu que era essencial fazer que sim, sem deixar o queixo cair.

– Escova de dentes – disse ele, com dificuldade. Ele a estendeu pela pontinha do cabo porque sabia que era importante, se quisesse manter controle sobre si mesmo, que as pontas de seus dedos não se tocassem. – Sorte que o cobertor é de cashmere. Não sentirei frio algum.

– Você deve ao menos pegar de volta seu roupão.

Ela se levantou e deixou o roupão cair dos seus ombros; o major achou isso tão sensual que fincou as unhas na palma das mãos para impedir o calor de transparecer no seu rosto e no seu corpo.

– Muita gentileza sua. – O pânico ameaçou dominá-lo, só por estar perto dela. Recuou na direção do quarto e do banheiro minúsculo que dava para ele. – Melhor eu lhe dar boa-noite agora, só para o caso de você adormecer.

– É tão bonito que eu gostaria de ficar acordada, olhando para a lua na água a noite inteira – disse ela, avançando para o quarto.

– Muito melhor descansar um pouco – disse ele, afastando-se trôpego, para encontrar a porta do banheiro com algum esforço e entrar nele tateando. Perguntou-se exatamente quanto tempo precisaria se esconder no banheiro, fingindo que se lavava, antes de ter certeza de que ela estava dormindo. Por um instante, desejou ter trazido alguma coisa para ler.

A água e o sabonete o reanimaram e também fizeram com que se sentisse tolo. Mais uma vez, tinha permitido que seus medos, e nesse caso talvez suas fantasias, dominassem seu eu mais racional. A sra. Ali não era diferente de nenhuma outra mulher, disse ele a si mesmo; e, num sussurro baixo, passou um sermão no rosto no espelho escuro.

– Ela merece proteção e respeito. Na sua idade, major, você deveria ser perfeitamente capaz de dividir uma pequena cabana com um membro do sexo oposto sem se sentir todo arrebatado, como um adolescente cheio de espinhas.

Ele amarrou a cara para si mesmo e passou a mão pelo cabelo, que estava eriçado como uma escova dura e precisava ser cortado. Decidiu que marcaria uma hora com o barbeiro, quando voltassem. Depois de respirar fundo uma última vez, resolveu ir direto para a sala de estar, dando um alegre boa-noite ao passar, sem se permitir mais nenhuma tolice.

Quando saiu para o pequeno quarto, trazendo o lampião, ela estava sentada na cama, abraçando os joelhos junto do peito, com o queixo entre eles. Seu cabelo se derramava em torno dos ombros e ela parecia muito jovem, ou talvez só muito vulnerável. Quando olhou para ele, o major pôde ver que seus olhos brilhavam.

– Eu estava pensando em sermos práticos – disse ela. – Pensando em como tudo é incerto, quando voltarmos para o mundo lá fora.

– Precisamos pensar nisso? – perguntou ele.

– E assim eu estava me perguntando se não seria melhor se você simplesmente fizesse amor comigo aqui, agora, enquanto estamos neste sonho só nosso – disse ela.

Olhava para ele com firmeza, e ele descobriu que não sentia necessidade de desviar o olhar. Ficou grato por sentir uma onda de excitação percorrer seu corpo, como a maré cheia sobre a areia plana, e viu que seu anseio por ela era refletido na cor forte do seu rosto. Não havia pânico nem alvoroço na sua mente agora. Ele não ia menosprezar a declaração dela perguntando-lhe se tinha certeza. Apenas pendurou o lampião num gancho no teto de vigas e se ajoelhou ao lado da cama para pegar suas mãos e beijá-las, por inteiro. Quando levantou o rosto para encará-la e o seu cabelo os envolveu como uma cascata escura, ele descobriu que de repente as palavras pareciam descabidas e por isso não disse absolutamente nada.

Bem cedo de manhã, ele estava parado com um pé em cima de uma pedra lisa de granito à margem do lago deserto, enquanto olhava o sol cintilar nos juncos enregelados e derreter a renda de gelo nas bordas lamacentas. Fazia um frio terrível, mas ele sentia o ressecamento no nariz como algo delicioso e voltou o rosto para o céu para sentir o calor do sol. As montanhas do outro lado do lago usavam mantos de neve nos enormes ombros rochosos, e o monte Snowdon perfurava o céu azul com suas agudas cristas brancas. Uma ave solitária, falcão ou águia, com franjas na bordas das asas imponentes, voava alto na mais leve das correntes térmicas, supervisionando seu reino. Ele levantou os braços para o ar, alongando-se até a ponta dos dedos, e se perguntou se o coração da ave estaria tão pleno como o seu, enquanto ele forçava as pernas contra uma terra renovada e rejuvenescida. Ele se perguntou se poderia ser assim que o primeiro homem tinha se sentido. Só que ele sempre imaginara o Jardim do Éden como uma experiência de calor, do alto verão, cheio de pêssegos e do zumbido de vespas no pomar. Hoje ele se sentia mais como o homem pioneiro, sozinho na beleza agreste de uma terra nova, desconhecida. Sentia-se aprumado, vigoroso. Ele recebia bem o enrijecimento muscular e o leve cansaço que se segue ao esforço. Um calor agradável, bem fundo nas entranhas, era tudo o que restava de uma noite que parecia ter eliminado o peso dos anos.

Olhou para a subida suave que levava à cabana, adormecida sob a crosta de gelo por cima do telhado. Uma preguiçosa espiral de fumaça subia da chaminé. Ele a tinha deixado dormindo, deitada de bruços, com o cabelo emaranhado e os braços jogados descuidadamente em torno do travesseiro. Cheio demais de energia para ficar na cama, ele tinha se vestido, com o máximo silêncio possível, arrumado o fogo e posto uma chaleira de água em fogo baixo para que ela chegasse a ferver devagar enquanto ele fazia uma caminhada. Gostaria de examinar mentalmente a noite anterior, classificar seus sentimentos em alguma ordem sóbria, mas parecia que tudo o que podia fazer nesta manhã era sorrir, regozijar-se e acenar para o mundo deserto, bobo de tanta felicidade.

Enquanto estava olhando, as portas duplas se abriram e ela saiu da casa, apertando os olhos com a claridade. Tinha se vestido e usava o cobertor dele envolvendo os ombros. Vinha trazendo duas canecas de chá, que fumegavam no ar. Sorrindo por baixo do cabelo desgrenhado, ela descia com cuidado pelo caminho de pedras, enquanto ele prendia a respiração, como se um mínimo movimento seu pudesse espantá-la.

– Você devia ter me acordado – disse ela. – Espero que não estivesse fugindo daqui.

– Precisei me exibir um pouco – disse ele. – Alguns socos no peito e uns hurras... coisa de homem...

– Ah, quero ver – disse ela, rindo, enquanto ele executava alguns passos de dança meio esquecidos, dava saltos numa moita de capim e chutava uma pedra grande com gritos selvagens. A pedra foi quicando até a margem e caiu no lago, enquanto o major se encolhia e sacudia o pé machucado.

– Ai – disse ele. – Isso é o máximo do homem primitivo que eu vou conseguir fazer.

– Posso ter a minha vez? – perguntou ela. Entregou-lhe uma caneca em cada mão e então saiu girando em loucas piruetas até a praia, onde pisou com força nas águas enregelantes e soltou um grito longo, melodioso, ululante que parecia subir da própria terra. Um bando de patos escondidos lançou-se em revoada pelo ar, e ela riu e acenou enquanto eles voavam baixo por cima da água.

Ela então voltou correndo e lhe deu um beijo, enquanto ele abria muito os braços e procurava manter o equilíbrio.

– Cuidado, cuidado – disse ele, sentindo o chá escaldante respingar no seu pulso. – Tudo bem com a paixão, mas de nada adianta derramar o chá.

Quando encontraram duas rochas grandes onde se sentar e saborearam devagar seu chá, enquanto mastigavam os dois últimos pãezinhos de amêndoas levemente dormidos, eles continuaram a rir e, de vez em quando, a dar pequenos gritos e vivas. Ele lhe ofereceu uma melodia prolongada à moda tirolesa, e ela respondeu com uma frase melódica ou duas de uma canção repetitiva da sua infância. E, enquanto o lago procurava lamber seus pés, e o céu abria seu paraquedas azul lá no alto, ele pensou em como era maravilhoso que a vida, afinal de contas, fosse mais simples do que ele jamais tinha imaginado.

Capítulo 23

Pela primeira vez na vida, a volta de carro para Edgecombe não pareceu uma volta para casa. Pelo contrário, quanto mais eles se aproximavam, mais as esperanças do major iam se encolhendo, e o estômago se apertava, espremendo bile, cujo gosto ele conseguia sentir. Tinha prometido levar Jasmina para casa para o casamento, e eles acordaram cedo, antes do amanhecer, em vez de viajarem na véspera. Agora ele mantinha o carro apontado para o sul, passando ruidoso pelo centro do país e ignorando o sedutor canto da sereia de Stratford-upon-Avon, embora ele fizesse virar a cabeça dos dois quando passaram velozes pela saída sedutora. Ele circundou de cara amarrada os rosnados dos aeroportos gêmeos de Londres e, pela primeira vez de que pudesse se lembrar, não se sentiu feliz quando começaram a surgir as primeiras placas indicadoras do litoral sul.

– Estamos avançando bem – disse ela, sorrindo. – Espero, sim, que Najwa tenha se lembrado de conseguir roupas para mim. – Ligara pelo celular e pedira à sra. Rasool que informasse à família que ela compareceria ao casamento e lhe providenciasse um traje adequado e completo. O major tinha ouvido um riso abafado enquanto ela falava, e ela lhe contou que a sra. Rasool estava preparando *rasmalai* para o jantar do casamento, uma sobremesa extra que seria uma homenagem secreta a ele. – Ela está muito contrariada com minha cunhada, que não para de mudar o cardápio do jantar e quer que as despesas sejam detalhadas até os palitos – acrescentou ela. – Por isso, está muito feliz de saber que vamos acrescentar uma pitada de subversão ao banquete.

– Tem certeza de que eu deveria ir com você? – perguntou ele.

– Detestaria servir de pretexto para eles recuarem.

– Najwa organizou tudo de um jeito que possamos esperar até ver a chegada do imame antes de entrarmos – disse ela. – Assim, eles não vão poder fazer escândalo. Vão ficar loucos de raiva, o que me dará enorme satisfação, mas terão a escritura definitiva assinada, e a loja pertencerá a Abdul Wahid. E então o que eles vão poder fazer? – Ela se calou, olhando fixo pela janela.

– E você tem certeza de querer passar a loja definitivamente? – perguntou ele.

– Creio que meu marido teria orgulho de ver seu patrimônio passado adiante. Ele me deu a loja, de bom grado, e eu, no mesmo espírito, a dou a Abdul Wahid para que ele, Amina e George possam levar sua própria vida como me foi permitido.

– Atos altruístas são raros nos dias de hoje. Eu a admiro.

– Você não é egoísta, Ernest. Você desistiu da viagem à Escócia para me resgatar.

– Se atos de altruísmo trouxessem esse tipo de recompensa – disse ele –, seríamos uma nação de santos.

Eles pegaram uma pequena estrada secundária para chegar ao lugarejo. A Morada das Rosas pareceu acolhedora num breve intervalo de sol desbotado e eles entraram às pressas para evitar serem vistos pelos vizinhos.

Havia um bule de chá ainda morno na mesa da cozinha, junto dos restos de um sanduíche de presunto e do jornal do dia, que se apresentava nitidamente amarrotado. Na pia estavam amontoados mais pratos sujos e uma embalagem de papelão engordurado, orlada de arroz frito seco.

– Alguém esteve aqui – disse o major, meio alarmado, olhando em volta à procura do atiçador de lareira, com a intenção de examinar a casa inteira em busca de intrusos.

– Olá, olá – disse uma voz de lá do corredor, e Roger apareceu com um prato de torradas e uma caneca de chá. – Ah, é você – disse ele. – Você poderia ter me avisado que viria. Eu teria feito uma limpezinha.

– Eu deveria tê-lo avisado? – perguntou o major. – Esta é a minha casa. Por que cargas-d'água você não está na Escócia?

– Tive vontade de voltar para casa – disse Roger. – Mas suponho que já não seja bem-vindo aqui.

Ele olhou com raiva para Jasmina, e o major avaliou a probabilidade de conseguir levantar Roger pelas lapelas do paletó e o atirar de cabeça na rua. Achou que teria condições de fazê-lo, mas a luta poderia atrair uma atenção inconveniente dos vizinhos.

– Sua acolhida aqui dependerá exclusivamente da sua própria capacidade de manter alguma educação na sua língua – disse o major. – Hoje não estou com tempo para sua petulância. A sra. Ali e eu vamos comparecer a um casamento.

– Imagino que não faça diferença para você que minha vida esteja em ruínas – disse Roger. Ele tentou adotar uma postura contestadora e petulante, mas o efeito foi prejudicado pela torrada, que escorregou do prato e foi parar com o lado amanteigado direto na calça, de onde escorregou gordurosa até o chão. – Ai, inferno – disse ele, largando na mesa o prato e a caneca para limpar a perna com o dorso da mão.

– Por que você não se senta? – disse o major, examinando o bule para ver se o chá ainda estava fresco. – Assim, podemos tomar um chá, enquanto você conta a Jasmina e a mim tudo o que houve.

– Ah, quer dizer que agora é Jasmina? – disse Roger, enquanto o major servia o chá e distribuía as xícaras. – Não posso acreditar que meu próprio pai, com essa idade, arrumou uma amiga.

Ele abanou a cabeça, como se esse fosse o último prego no caixão da sua vida destroçada.

– Eu me recuso a aceitar que se refiram a mim por um termo tão contaminado com duplo sentido – disse Jasmina, enquanto pendurava o casaco num dos ganchos ao lado da porta dos fundos e ia se sentar à mesa. Ela demonstrava perfeito controle da situação, enquanto sorria para Roger, embora o major percebesse uma leve tensão do maxilar e do queixo. – Prefiro "amante" – disse ela.

O major engasgou com o chá, e Roger chegou a rir.

– Bem, isso vai deixar o lugarejo pasmo – disse ele.

– O que seria realmente fantástico – disse ela, e bebericou o chá.

– Esqueça de nós – disse o major. – O que aconteceu na Escócia, e onde estão minhas armas?

– Esse é meu pai – disse Roger. – Vai direto ao que é importante.

– Você as vendeu? Diga logo.

O major retesou-se, esperando pela dor da notícia, como se esperaria que alguém arrancasse um esparadrapo da pele.

– Eu não as vendi – disse Roger. – Eu disse a Ferguson onde ele poderia enfiar sua oferta em dinheiro vivo. Eu as trouxe direto para casa. – Ele fez uma pausa e acrescentou: – Ou não tão direto assim. Vim de trem e tive a maior dificuldade com as baldeações.

– Você veio de trem? E Gertrude?

– Ai, ela me levou de carro até a estação – disse Roger. – Foi uma despedida muito comovente, considerando-se que ela acabara de se recusar a casar comigo.

– Você a pediu em casamento?

– Pedi – disse Roger. – Infelizmente, fui o segundo da fila, e minhas condições não estavam à altura. – Ele afastou o chá e deixou o queixo cair no peito, derrotado. – Veja só, ela vai se casar com Ferguson.

O major escutou sem conseguir acreditar, enquanto Roger lhes contava como Gertrude tinha simplesmente sobressaído na Escócia. Parecia que ela assumira o controle do lugar, seduzindo o administrador da propriedade de Ferguson a concordar com a maioria das modernizações úteis que Ferguson tinha proposto e até conseguindo que o batedor-chefe concordasse com um plano de reabastecimento da charneca com tetrazes. Tinha conseguido uma cozinheira nova em cima da hora por intermédio da mulher do batedor, e juntas elas tinham produzido um generoso cardápio de banquetes e almoços como havia anos que não se via no Castelo de Loch Brae.

– No segundo dia do torneio, Gertrude fez Ferguson aparecer com os *tweeds* velhos mais estapafúrdios que já se viram, e um velho batedor começou a chorar e precisou que lhe dessem um cantil de uísque e um bom tapa nas costas – disse Roger. – Gertrude pegou-os no sótão, e parece que eles foram usados pelo trigésimo sétimo baronete, que atirava em Balmoral com o rei. Ele disse a Ferguson que ele era o velho patrão cuspido e escarrado, e você precisava ver a cara de Ferguson.

– Se isso for o fim da linha de trajes para atirar – disse o major –, todos nós teremos uma dívida de gratidão para com Gertrude.

– Suponho que tenha sido simplesmente a competência dela – disse Roger, lastimoso –, mas ela foi ficando mais bonita à medida que a semana avançava. Foi decididamente estranho.

– E o sr. Ferguson? – perguntou Jasmina. – Ele a achou bonita?

– Ele ficou embasbacado, creio eu – disse Roger. – Ela nem mesmo é alta, nem nada, mas andava para lá e para cá de botas e capa de chuva, como se tivesse morado ali desde sempre; e conseguiu realizar mais numa semana do que ele tinha conseguido que eles fizessem num ano inteiro. Era muito engraçado vê-lo dar um pulo quando algum velho criado, que sempre tinha se recusado a falar com ele, de repente se aproximava e agradecia pela "senhora ruiva". Depois de alguns dias, ele começou a acompanhá-la para que ela pudesse apresentá-lo de novo à sua própria gente.

– Ela encontrou o ambiente certo – disse o major. – Um lugar onde se sente em casa.

Ele conseguia imaginá-la com perfeita clareza, andando com as urzes à altura da coxa; sua palidez, perfeita para a luz cinzenta e enevoada do norte, o cabelo se encaracolando na névoa persistente, e a silhueta levemente atarracada em perfeita proporção com a paisagem baixa e irregular.

– Eu realmente meti os pés pelas mãos – disse Roger. – Devia ter entrado de sola, mas ela estava tão louca por mim que achei que eu poderia demorar o tempo que quisesse.

– E ela se apaixonou por outra pessoa – disse o major. – Eu bem que lhe disse que o amor não pode ser alvo de negociação.

– Ai, acho que eles não estão apaixonados. É isso o que dói – disse Roger. – É um entendimento mútuo. Ela fica no campo e administra as propriedades, isso é o que ela realmente quer, e ele obtém a aceitação que buscava. E tenho certeza de que vai se sentir à vontade para fazer o que bem entender na cidade grande, desde que seja discreto. – Ele suspirou. – Na verdade, é uma ideia brilhante.

– Mas, se você a amasse – disse Jasmina –, essa teria sido a melhor escolha.

– Gente como nós não tem como vencer diante de gente como eles – disse Roger, amargurado. – Eles têm todo o dinheiro, têm o nome certo. Dizer-lhe que eu a amava, mesmo que fosse verdade, não teria adiantado.

– E as armas? – perguntou o major.

– Eu disse a Ferguson que não as venderia para ele – respondeu Roger. – Ele ficou com Gertrude. Cancelou o negócio de Edgecombe, como se estivesse cancelando uma encomenda de cortinas. Tudo ficou para ele. Imagine se eu lhe daria o último pedacinho de mim. Se Jemima quiser vender a arma do pai dela, pode fazer isso sozinha.

– Ele não vai construir em Edgecombe? – perguntou Jasmina. – Casar-se com Gertrude não facilitaria toda a construção?

– Agora que vai se casar com Gertrude, ele sonha com uma longa linhagem de seus herdeiros sendo senhores do solar aqui. – Roger fungou. – De repente, isso aqui virou terreno sagrado a ser protegido, custe o que custar.

– Mas ele já tem um título – disse Jasmina.

– Um título escocês não é realmente a mesma coisa de modo algum – disse o major.

– Principalmente se foi comprado pela internet – acrescentou Roger.
– Não consigo acreditar – disse o major. – Que notícia maravilhosa. Devo admitir que não estava louco para ter de escolher de que lado ficar quando esse projeto horroroso se tornasse público.
– Não seria uma escolha difícil – disse Jasmina. – Sei que você tem um amor enorme por esse lugarejo.
– É claro que seria preciso fazer o que fosse certo – disse o major, mas ele sentia alívio por isso não lhe ser exigido.
– Que bom que você está feliz – disse Roger. – Mas o que dizer de mim? Eu ia receber um bônus avantajado por me encarregar dessa transação, mas agora até duvido que consiga manter o emprego.
– Mas você voltou para Edgecombe St. Mary – disse Jasmina. – Por que veio?
– Parece que vim – disse Roger, olhando ao redor da cozinha, como se estivesse surpreso. – Fiquei tão deprimido que simplesmente tive vontade de voltar para casa, e suponho... suponho que sempre penso neste lugar como minha casa.

Ele parecia confuso, como uma criança perdida, descoberta debaixo de um arbusto no fundo do jardim. O major olhou para Jasmina, e ela segurou firme sua mão, fazendo que sim.

– Roger, meu querido – disse o major. – Esta sempre será sua casa.

Houve um momento de silêncio, no qual o rosto de Roger pareceu passar com esforço por uma série de emoções. E então ele sorriu.

– Papai, você não faz ideia do quanto ouvir você dizer isso significa para mim – disse ele. Levantou-se e deu a volta à mesa para envolver o major num abraço feroz.

– Nem precisava dizer – respondeu o major, com a voz áspera para ocultar sua felicidade, enquanto dava tapinhas nas costas do filho. Roger soltou-o e pareceu enxugar uma lágrima do canto do olho. Ele lhes deu as costas para sair dali e então olhou para trás.

– E então você acha que poderíamos pedir a Mortimer Teale para pôr alguma coisa por escrito?

O major demorou uma fração de segundo para compreender que a cena era algo mais que um mero impedimento à passagem do seu carro. Uma ambulância com as luzes piscando estava vazia, de portas abertas à porta da frente do mercadinho do lugarejo. Estacionado ao lado, atravessado na rua para bloquear o trânsito, um carro da polícia também piscava suas luzes, com as portas escancaradas, e um jovem policial ruivo falava com veemência ao rádio.

– Aconteceu alguma coisa – disse Jasmina, saltando do carro assim que ele parou e correndo até o policial. Quando o major conseguiu alcançá-la, ela estava implorando que ele a deixasse entrar.

– Não sabemos ao certo o que está acontecendo, senhora, e meu sargento disse para eu não deixar ninguém entrar.

– George está lá dentro? O que houve com eles? – perguntou a sra. Ali.

– Pelo amor de Deus, ela é a proprietária do imóvel – disse o major. – Quem se machucou?

– Uma senhora e o filho – disse o policial.

– Sou a tia do menino – disse Jasmina. – A moça vai se casar com meu sobrinho hoje.

– Estamos procurando por uma tia – disse o policial, agarrando o braço de Jasmina. – Onde a senhora estava há meia hora?

– Ela estava comigo na Morada das Rosas a tarde inteira, e esteve comigo durante os dois últimos dias – disse o major. – Do que se trata?

Nesse instante, um policial mais velho, um sargento com as sobrancelhas desgrenhadas como uma sebe, mas com a expressão bondosa, saiu segurando George, que estava com um grande curativo no braço esquerdo e chorava. Ele vinha acompanhado pela tia de Amina, Noreen, que usava um *shalwar kameez* branco e dourado, todo bordado em torno do pescoço, com muitos broches de pedras preciosas, e arruinado por uma grande mancha de sangue e alguns borrões sangrentos no formato da mão de George. O menino viu Jasmina e deu um grito forte.

— Titia Jasmina!

— Isso é obra da família dela — disse Noreen, apontando para Jasmina. — São criminosos e assassinos.

— Foi essa senhora que machucou você e sua mãe? — perguntou o policial que segurava Jasmina.

George abanou a cabeça e estendeu os braços para Jasmina. O policial liberou-a, e ela avançou um passo para apanhá-lo, mas Noreen estendeu a mão para impedi-la.

— Senhoras, ele precisa ir ao hospital — disse o sargento.

— O que aconteceu aqui? — perguntou Jasmina. — Exijo saber.

— Como se você não soubesse — disse Noreen. — Você nos traiu com seus planos e suas mentiras.

— Até onde o menino conseguiu nos contar, senhora — disse o policial mais jovem —, uma idosa fincou na mãe dele algum tipo de agulha de tricô. A titia escapou com um homem que se acredita ser o pai do menino. Não sei para onde foram.

Apareceu uma maca, empurrada por dois enfermeiros. Amina estava deitada, coberta com um lençol, com soro num braço e uma máscara de oxigênio no rosto. Ela fez um som leve, quando os viu, e tentou levantar a mão.

— Mamãe! — gritou George, e Noreen e o sargento simpático lutaram para contê-lo.

— Vamos deixar que eles ajudem sua mamãe agora — implorou Noreen.

O major aproximou-se da maca e segurou na mão de Amina.

— Como ela está? — perguntou a um paramédico troncudo, que parecia estar no comando.

— Não deve ter acertado o coração, ou ela já teria morrido, mas é provável que esteja com hemorragia. Difícil dizer com um ferimento tão pequeno de entrada.

— Cadê o George? — sussurrou Amina. — Ele está bem?

— Está aqui mesmo — disse o major. — Com sua tia Noreen e Jasmina.

– Por favor, procure por Abdul Wahid – sussurrou Amina. – Ele acha que a culpa é dele.

– Ela precisa ser levada agora para o hospital, senhor. – As sobrancelhas do sargento estavam unidas num ar de compadecimento.

– Vou com vocês – disse Jasmina. – O menino é meu sobrinho-neto.

– Você não virá – disse Noreen. – Vai ficar longe de nós e pagará por seus crimes.

– A culpa não é minha, nem de Abdul Wahid. Você não pode achar isso, Noreen.

– A senhora sabe aonde seu sobrinho poderia ir? – perguntou o sargento, escrevendo num bloco. – Parece que ele fugiu com a idosa.

– Não faço ideia – disse Jasmina. Ela afagou o rosto manchado de lágrimas de George, enquanto os homens punham a maca na ambulância, e perguntou: – George, aonde seu papai foi?

– Ele disse para Meca – respondeu George. – Quero minha mamãe.

– Meca... isso é um restaurante, uma loja ou o quê? – perguntou o policial jovem.

– Não, acho que ele está se referindo à cidade – disse Jasmina. O major sentiu que ela olhava para ele.

– Ele disse que ia caminhar para Meca – repetiu George, soluçando em meio ao choro.

– Bem, se ele está caminhando, eles não vão muito longe – zombou o policial.

– Papai está com a titia velha? – perguntou Jasmina. George irrompeu em mais gritos.

– Ela machucou minha mãe com a agulha e arranhou meu braço. – Ele mostrou o curativo, e seu corpo tremia.

– Ele talvez esteja protegendo o pai. As crianças dizem qualquer coisa quando estão apavoradas. – O policial mais jovem estava começando a irritar o major.

– Meu sobrinho não está envolvido nisso – disse Jasmina.

– Ponham essa mulher e a família na cadeia – disse Noreen, quando o sargento lhe entregou George na ambulância. – Eles são criminosos.

– Não podemos excluir nenhuma ideia neste momento. – O sargento fechou as portas da ambulância, e a sirene começou a berrar. – Preciso descobrir onde seu sobrinho está.

– Não faço ideia de onde ele esteja – disse Jasmina, e o major ficou assombrado com seu rosto inexpressivo e olhar límpido. – É óbvio que ele não está se dirigindo para Meca.

– Nunca se sabe, ele pode querer escapulir do país. – Ele se voltou para o parceiro. – Melhor avisar aos aeroportos e divulgar um retrato falado. Ele tem carro, minha senhora?

– Não, ele não tem carro.

O major percebeu que Jasmina não mencionou seu próprio Honda azul, que não estava estacionado no local de costume. Ele a viu oscilar como se fosse desmaiar e a agarrou pela cintura.

– Este foi um choque enorme, senhores – disse ele, em seu tom mais categórico. – Acho que preciso levá-la para casa para repousar.

– O senhor mora no lugarejo? – perguntou o sargento.

O major deu-lhes seu endereço e ajudou Jasmina a voltar para o carro.

– Fiquem em casa quando chegarem lá – acrescentou o policial mais jovem. – Podemos precisar falar com vocês novamente.

Do lado de fora da Morada das Rosas, o major deixou o motor do carro ligado, enquanto entrava correndo até a despensa. Apanhou o estojo das espingardas e enfiou uma das armas num saco de viagem de lona. Tirando uma caixa de cartuchos do armário trancado, ele pegou alguns e guardou-os no bolso da calça. E então, para completar, apanhou um par de binóculos e um cantil de água também. Esses, ele pôs na sua bolsa de caça de couro, acrescentando um pequeno kit de primeiros socorros numa lata e uma barra de menta, para encerrar os preparativos. Dando um

tapinha na bolsa, esperou estar adequadamente armado e suprido para enfrentar uma mulher louca. Ao sair, encontrou Roger no corredor.
– Aonde você vai? Achei que estava dançando até não poder mais no casamento.
– Primeiro, preciso tentar descobrir onde está o noivo – disse o major. – Abdul Wahid pode estar tentando saltar de um penhasco.

Enquanto descia apressado pelo caminho, a voz de Roger chegou fraca atrás dele:
– Que jeito meio dramático de cancelar as coisas. Por que ele simplesmente não mandou uma mensagem de texto?

Capítulo 24

O major sabia que estava dirigindo a uma velocidade superior à que seria segura na escuridão crescente das estradinhas, mas não sentia medo. Havia apenas concentração, e as árvores, sebes e muros que iam rolando para trás. O ronco do motor já era fúria bastante. Não havia necessidade de nenhum dos dois falar. Ele podia sentir Jasmina tremendo ao seu lado, mas não tirava os olhos da estrada. Mantinha a cabeça somente na tarefa presente e, quando irromperam dos arredores descuidados da cidade para a estrada de grama até os penhascos, sentiu o orgulho de um soldado por uma missão bem cumprida.

– E se chegarmos tarde demais? – sussurrou Jasmina. A aflição na sua voz ameaçou destroçar totalmente a serenidade do major.

– Devemos nos recusar a imaginar qualquer coisa e nos concentrar no passo seguinte e depois no outro – disse ele, fazendo uma curva veloz para entrar no estacionamento vazio. – Fazemos o que podemos, e o resto é com Deus.

O penhasco, no qual tinham passeado tão felizes com o pequeno George, estava na penumbra, sob nuvens cinzentas que se esfiapavam e ondulavam nas bordas com o vento cada vez mais forte, e exibiam o ventre inchado, negro de chuva. Lá para os lados do canal, cortinas de chuva já roçavam o mar encapelado. Não estava escuro o suficiente para a luz do farol causar a menor impressão, nem estava claro o bastante para inspirar esperança. Uma rajada jogou chuva fria sobre o para-brisa quando eles saíram do carro.

– Precisamos de casacos – disse o major, e correu para a traseira.

– Ernest, não temos tempo – disse ela, mas ficou hesitante à beira da estrada, esperando por ele. O major afivelou a bolsa de caça a tiracolo, pendurou a capa da arma num ombro e pegou o casaco e o chapéu de caça. Quando entregou a Jasmina o casaco, esperou que a arma no seu ombro não chamasse atenção. Ela pareceu não notar, enquanto vestia o casaco. – Está tão deserto agora. – Ela esquadrinhava o capinzal interminável em busca de sinais de Abdul Wahid. – Como vamos encontrá-los?

– Vamos nos encaminhar para aquele ponto privilegiado – disse ele, pondo o chapéu na cabeça e olhando para a pequena colina com a mureta baixa de pedra e o telescópio de moeda. – Sempre se vê melhor do alto.

– Ei! Aonde vocês pensam que vão? – Um homem baixo surgiu de uma das pequenas construções anexas ao bar de luzes apagadas. – Está ventando demais hoje para ser seguro sair por aí.

Ele usava botas resistentes e jeans com um jaleco curto e um grande colete refletor, que fazia seu torso largo se assemelhar a uma abóbora. Algum tipo de tirante tilintava as fivelas soltas em torno das dobras da sua cintura e ele portava uma prancheta e usava um walkie-talkie numa correia.

– Sem dúvida, você tem razão – disse o major –, mas estamos procurando um rapaz que pode estar deprimido.

– Não temos tempo. – Jasmina puxava seu braço. – Precisamos ir.

– Um dos que pulam para a morte, será? – disse o homem, consultando a prancheta. Jasmina deu um leve gemido diante desse seu jeito de falar. – Trabalho no Corpo Voluntário de Emergência para Suicídios. Quer dizer que vocês chegaram ao lugar certo. – Com a caneta, ele fez uma anotação na prancheta. – Como ele se chama?

– Ele se chama Abdul Wahid. Tem vinte e três anos, e achamos que sua tia-avó idosa está com ele.

– Não são muitas as pessoas que pulam com a titia – disse o homem. – Como se escreve Abidul?

– Ai, por compaixão, basta nos ajudar a procurar por ele – disse Jasmina.

– Nós vamos começar a busca – disse o major. – Você pode reunir mais alguns voluntários?

– Vou fazer uma convocação – disse o homem. – Mas vocês não podem sair por aí. Não é seguro para o público em geral.

Postou-se diante deles, fazendo com os braços uma espécie de movimento de arrebanhar, como se eles fossem carneiros a serem guardados num curral.

– Eu não sou o público em geral. Sou do Exército britânico, posto de major. Reformado, é claro, mas, na ausência de alguma prova da sua autoridade, terei de exigir que você nos dê passagem.

– Estou vendo alguém lá embaixo, Ernest.

Jasmina desviou-se para um lado e começou a atravessar a estrada. O major distraiu a atenção do homem da prancheta, batendo continência para ele e recebendo um aceno inseguro em resposta, e foi atrás dela.

Um homem tornou-se visível, correndo na direção deles pela encosta acima, a partir de uma área de mato baixo cerrado. Não era Abdul Wahid. Também esse homem usava um colete refletor, e o major se preparou para evitá-lo, mas ele agitava o celular de um jeito que o major compreendeu como um pedido urgente de socorro.

– Ah, não, ele de novo, não – disse o homem da prancheta, que vinha bufando atrás deles. – Você sabe que não tem permissão para vir aqui em cima, Brian.

– Estou de novo sem a droga do sinal – disse Brian. Embora fosse um homem compacto, aparentemente em boa forma, ele pôs as mãos nos joelhos e se dobrou para recuperar o fôlego, depois da subida do morro. – Tem um cara querendo pular, a sul do matagal – prosseguiu ele, apontando com um polegar para trás dos ombros. – Não consigo chegar perto para conversar com ele. Uma velha com uma arma e um palavreado imundo ameaçou me espetar nos testículos.

– É Abdul Wahid – disse Jasmina. – Ele está aqui.

– Você está avisado que não deve fazer mais nenhum resgate, Brian – disse o homem da prancheta.

– Quer dizer que você não virá me ajudar a agarrar a velha? – perguntou Brian.

– Não devemos abordar pessoas com armas visíveis ou transtornos psiquiátricos óbvios – disse o homem, com o orgulho de alguém que guardou de cor um manual. – Temos de ligar e pedir reforço à polícia.

– Até parece que eles vão mandar um pessoal da SWAT, Jim – disse Brian. – Daria para salvar dez pessoas no tempo que você vai levar para chamar dois policiais num Mini Cooper.

– É uma agulha de tricô? – perguntou o major.

– É naquele grupo de árvores? – perguntou Jasmina, ao mesmo tempo.

– É, no matagal... ou pode ser que seja um furador de gelo – disse Brian.

– Não diga para eles – disse Jim. – Eles são o público em geral.

– Você vai pedir ajuda pelo rádio ou eu vou precisar ir à cabine telefônica para pedir aos samaritanos que retransmitam a mensagem? – perguntou Brian.

– A recepção é melhor no QG – disse Jim. – Mas não posso ir, a menos que todos vocês venham comigo. Não é permitido o acesso a civis. – Ele foi saindo de lado para se postar na encosta abaixo de Jasmina, como se estivesse se preparando para agarrá-la. – Os dias dos franco-atiradores como Brian terminaram.

– Por favor, preciso ir ver meu sobrinho – implorou Jasmina.

– Brian, você parece ser um homem de ação – disse o major, tirando a arma da capa do modo mais informal possível e a abrindo delicadamente por cima do canto do cotovelo. – Por que você não leva Jim para buscar reforços, enquanto a senhora e eu descemos e tentamos calmamente convencer a idosa a se comportar.

– Opa – disse Jim, olhando hipnotizado para a espingarda.

Jasmina abafou um grito e aproveitou a oportunidade para se virar e descer correndo pela encosta.

– Opa – disse o major. – Preciso ir atrás dela.
– Vá então – disse Brian. – Vou me certificar de que nosso Jim da prancheta dê os telefonemas certos.
– A propósito, ela não está carregada – gritou o major, quando começou a correr atrás de Jasmina. Ele deixou de mencionar os cartuchos no bolso. – É só que a velha já furou uma pessoa com a tal agulha.
– Eu não vi espingarda nenhuma – disse Brian, acenando para que seguisse adiante. Quando o major começou a correr, sem tomar conhecimento do perigo de torcer um tornozelo nas numerosas tocas de coelhos, ele ainda ouviu Brian dizer: – E o Jim vai confirmar, porque, se não confirmar, eu conto para eles como ele me deixa salvar pessoas no turno dele e fica com todo o crédito.
– Isso foi só uma vez – disse Jim. – A garota estava tão transtornada que eu nem mesmo soube que ela já tinha sido resgatada. Passei duas horas conversando com ela.
– É, ouvi dizer que ela quase decidiu tentar de novo o suicídio. – Foi a resposta já fraca. E então o major chegou à borda do agrupamento de tojo e árvores mirradas, e as vozes sumiram.

Por trás do mato baixo, ele viu o pequeno Honda de Jasmina, meio enterrado no tojo. Um grande sulco de lama atrás dele indicava que o carro tinha derrapado e dado guinadas antes de conseguir parar. Talvez Abdul Wahid tivesse planejado simplesmente ir dirigindo até Meca.

Abdul Wahid estava de joelhos, perto, mas não perigosamente perto, da beira do penhasco, a uns sessenta metros dali. Parecia estar rezando, com a cabeça curvada para o chão, como inconsciente de qualquer drama nas proximidades. Mais perto do major, duas ilhas de tojo criavam um estreitamento no capim, e ali a velha estava de guarda, a expressão mais dura do que nunca, mas agora animada pelo forte movimento da sua respiração, enquanto apontava a agulha de tricô na direção de Jasmina. Ela a segurava como uma profissional, mirando para baixo a partir do punho e pronta para fincá-la como uma adaga. O major teve certeza de que ela era muito competente no uso da arma.

– Titia, o que você está fazendo? – gritou Jasmina, falando contra o vento e abrindo as mãos num gesto de apaziguamento. – Por que precisamos estar aqui fora na chuva?

– Estou fazendo o que nenhum de vocês sabe fazer – disse a velha. – Ninguém se lembra mais do que é ter honra.

– Mas Abdul Wahid? – disse ela. Levantou então a voz e gritou para ele: – Abdul Wahid, por favor!

– Você não sabe que não se deve perturbar um homem enquanto ele ora? – perguntou a velha. – Ele está pedindo para assumir toda a responsabilidade e restaurar a honra da família.

– Isso é loucura. Não é assim que as coisas se resolvem, titia.

– É assim que sempre se fez, minha filha – disse a velha, com uma voz sonhadora. – Minha mãe foi afogada numa cisterna por meu pai, quando eu estava com seis anos de idade. – Ela se agachou nos calcanhares e riscou no capim um círculo com a ponta da agulha. – Eu vi. Eu o vi empurrá-la para baixo com uma das mãos, enquanto afagava seu cabelo com a outra, porque ele a amava muito. Ela tinha rido com o homem que vinha vender tapetes e panelas de cobre; e tinha lhe servido chá com suas próprias mãos nas melhores xícaras da sogra. – Ela se levantou novamente. – Sempre tive orgulho do meu pai e do seu sacrifício – disse ela.

– Somos civilizados, não uma família de camponeses presos ao passado – disse Jasmina, com a voz embargada de horror.

– Civilizados? – disse a velha sibilando. – Vocês são acomodados. Acomodados e depravados. Minha sobrinha e o marido estão enfraquecidos pela decadência. Eles se queixam, fazem suas pequenas maquinações, mas oferecem nada mais que tolerância ao filho. E eu, que deveria estar comendo figos num jardim só meu, preciso vir endireitar as coisas.

– Eles sabiam que você faria isso? – perguntou Jasmina. A velha riu, parecendo um cacarejo.

– Ninguém quer saber, mas a verdade é que eu venho... quando a ninhada tem cachorrinhos demais, quando uma filha tem alguma coisa crescendo no ventre. E, depois da minha visita, ninguém fala, mas eles me mandam uma cabrita ou um tapete. – Ela deslizou os dedos lentamente pela haste da agulha e começou a avançar devagar pelo capim, agitando a ponta da agulha como se fosse para hipnotizar. – Eles vão chorar, vociferar e fingir que estão com vergonha, mas pode ter certeza de que vão me dar minha própria casinha nos montes, onde terei figos no pomar e passarei o dia inteiro sentada ao sol.

O major saiu de trás dos arbustos e ficou parado com os pés separados com firmeza, a mão pousada na coronha da espingarda ainda aberta no seu braço.

– Isso já foi longe o suficiente, senhora – disse ele. – Vou lhe pedir para jogar a agulha no chão e aguardar calmamente conosco pela chegada da polícia.

Ela recuou alguns passos, mas conseguiu se recompor, e um ar de deboche se insinuou pelo lado esquerdo do seu rosto.

– Ah, o major inglês – disse ela, agitando a agulha como um dedo reprovador. – Quer dizer que é verdade, Jasmina, que você fugiu da sua família para fornicar e se entregar à devassidão?

– Como se atreve? – disse o major, avançando e armando a espingarda.

– Na realidade, titia, a senhora tem toda a razão. – Os olhos de Jasmina chispavam de ódio. Ela avançou, com o queixo alto, o cabelo chicoteando em torno do rosto com o vento. – E quer que eu lhe diga como foi delicioso, a senhora com esse seu corpo murcho e esse coração encarquilhado, que nunca conheceu a felicidade? Quer saber como é estar nua com um homem que se ama e realmente viver e respirar a sensualidade da própria vida? Quer que lhe conte essa história, titia?

A velha uivou como se estivesse sendo dilacerada pela dor e deu um salto na direção de Jasmina, que fincou os pés, estendeu os braços e não demonstrou a menor intenção de se desviar. Estimulado pelo medo, o major virou a arma com um grito e, investindo, bateu com a beira da coronha na cabeça da velha. Foi só um golpe de raspão, mas o próprio impulso da mulher fez com que bastasse. Ela largou a agulha e desmoronou no chão. Jasmina caiu sentada abruptamente no capim e começou a rir, uma risada feia, mecânica, que sugeria um estado de choque. O major curvou-se para apanhar a agulha de tricô caída e a enfiou na bolsa de caça.

– O que você estava pensando? – disse ele. – Ela poderia ter matado você.

– Ela morreu? – perguntou Jasmina.

– É claro que não – disse o major, mas ele estava ansioso, enquanto apalpava o pescoço coriáceo da velha até encontrar uma pulsação. – Sempre tento evitar matar senhoras, por mais psicóticas que elas sejam.

– É bom ter você por perto numa briga – disse a voz agora familiar de Brian. Ele avançou a partir de um arbusto e se curvou para examinar a velha. – Bom trabalho.

– Onde está o outro camarada? – perguntou o major.

– Ele chamou os voluntários pelo rádio, mas ainda está esperando reforços – disse Brian. – Vamos bater um papo com o sobrinho e ver o que ele quer?

– Você sabe o que está fazendo? – perguntou o major.

– Não, não posso dizer que sei – disse Brian, todo alegre. – Devo ter convencido umas cinquenta pessoas a sair deste maldito penhasco nos últimos dez anos, e por nada neste mundo eu conseguiria lhe dizer como foi. Acho que é uma espécie de dom. O principal é agir com despreocupação e não fazer movimentos bruscos.

Juntos eles desceram com cuidado a encosta na direção de Abdul Wahid. Ele tinha terminado as preces e estava parado, com uma imobilidade pouco natural, contemplando o mar. Ele não encolhia os ombros nem cruzava os braços para se proteger do frio, apesar de não estar usando casaco. Somente a bainha da túnica comprida e pesada panejava ao vento.

– Ele está com o traje do casamento – disse a sra. Ali. – Ai, coitadinho, coitado do meu menino.

Ela estendeu a mão, e o major se esticou para segurar seu braço, receando que ela saísse correndo para cobrir aqueles últimos trinta metros.

– Calma, agora – disse Brian. – Deixem-me atrair a atenção dele.

Ele avançou um passo e deu um assobio baixo, como se estivesse chamando um cão de caça para junto dele. Abdul Wahid virou-se ligeiramente e os viu.

– Olá! – disse Brian, com a mão erguida num aceno vagaroso.
– Eu só queria saber se poderia falar com você um minuto.
– Está querendo me ajudar? – perguntou Abdul Wahid.
– De fato, é o que quero – disse Brian. – Do que você está precisando?
– Preciso que tire minha tia daqui – disse Abdul Wahid. – Não quero que ela veja.
– Abdul Wahid, o que você está fazendo? – gritou Jasmina. – Não vou deixar você aqui.
– Quero que a levem embora – disse Abdul Wahid, recusando-se calmamente a olhar para ela. – Ela não tem de aguentar isso.
– Então você não quer conversar com ela? – perguntou Brian.
– Tudo bem. Se eu pedir agora ao major para levá-la daqui, você concordaria em conversar comigo, só um pouco? – Abdul Wahid pareceu ponderar essa opção com cuidado.
– Por favor, Abdul Wahid, volte para casa – disse Jasmina. Ela estava chorando, e o major estendeu um braço, protetor, receando que ela tentasse correr até o sobrinho. – Eu me recuso a deixar você.
– Eu preferiria conversar com o major – disse Abdul Wahid. – Não quero falar com você.
– Então, vou levar sua tia daqui para algum lugar seco e aquecido. E você vai ficar aí e bater um papo com esse senhor?
– Sim – disse Abdul Wahid.
– Ele está com uma arma, sabe? – disse Brian. – Tem certeza de que pode confiar nele?

– O que você está fazendo? – sussurrou o major, numa ansiedade terrível. – Está tentando provocá-lo? – Abdul Wahid, porém, acabou dando uma das suas risadinhas roucas.

– Você está com medo de que ele tenha vindo aqui me dar um tiro? – perguntou ele. – Isso não seria exatamente prejudicial aos meus planos agora, seria?

– Está bem, então – disse Brian. – Acho que dá para aceitar isso. – Ele se voltou para o major e sussurrou: – A risada é um bom sinal. Acho que deveríamos fazer o jogo dele.

– Não vou embora – disse Jasmina. Ela voltou o rosto molhado de lágrimas para o major, e ele sentiu a plena enormidade do que viria a seguir. – Eu nunca poderia me perdoar.

– Se a senhora não for embora, é possível que nunca se perdoe – disse Brian. – O melhor a fazer é dar para eles o que eles querem, dentro do razoável. Mas sem nenhuma promessa.

– Se eu o deixar nas suas mãos, e você não conseguir mantê-lo em segurança... – começou ela. Virou o rosto para outro lado, sem conseguir continuar.

– É bem possível que você nunca me perdoe. – O major terminou a frase para ela, com as palavras lhe dando um gosto amargo na boca. – Entendo, sim. – Ela olhou para ele, e ele acrescentou: – Não importa quem fique, não importa quem vá embora, receio que a morte dele fique entre nós de qualquer modo, minha querida. – Ele segurou a mão dela e a apertou. – Deixe-me fazer o papel do homem agora e lutar por Abdul Wahid e por nós, meu amor.

– Pegue aqui – disse Brian, tirando alguma coisa da mochila. – Às vezes, eles gostam de uma caneca de chá. Sempre tenho uma garrafa térmica à mão.

Ele esperou enquanto Brian e Jasmina subiam pela encosta, parando no caminho para apanhar a velha, atordoada, porém consciente. Eles não olharam para trás. Com o canto dos olhos, o major observava Abdul Wahid, que permanecia imóvel. Por fim, ele se voltou e foi descendo devagar, afastando-se para a esquerda para chegar a um ponto paralelo ao rapaz, enquanto mantinha uma distância respeitosa.

– Obrigado – disse Abdul Wahid. – Este não é um lugar para uma mulher como minha tia.

– Este não é um lugar para nenhum de nós – disse o major, examinando o abismo de ondas revoltas de cristas brancas e rochas pontudas, que parecia puxar pelos seus pés, dezenas de metros abaixo dali. – Todo esse drama faz muito mal à digestão. – Ele esticou as costas. – Agora que pensei no assunto, acho que não almocei direito.

– Sinto muito – disse Abdul Wahid.

– Aceita uma caneca de chá? – perguntou o major. – Aquele tal de Brian me deu uma garrafa térmica com chá, e eu trouxe uma barra de menta Kendal.

– O senhor está zombando de mim? – perguntou Abdul Wahid. – Acha que sou uma criança que pode ser engambelada com comida?

– De modo algum – disse o major, abandonando de imediato a abordagem, despreocupado. – É que estou apavorado, como você poderia esperar, e com um pouco de frio.

– Está frio? – perguntou Abdul Wahid.

– Está muito frio – disse o major. – Você não gostaria de ir a algum lugar abrigado para conversar diante de um bom jantar quente?

– O senhor viu Amina? – perguntou Abdul Wahid. O major fez que sim. – Ela vai sobreviver? – acrescentou.

– Ela perguntou por você na ambulância – disse o major. – Eu poderia levá-lo até ela. Estou com meu carro.

Abdul Wahid abanou a cabeça e esfregou o dorso da mão sobre os olhos.

– Não era para ser – disse ele. – Todos os dias mais complicação, mais concessões. Agora vejo bem.

– Simplesmente não é verdade – disse o major. – Você está falando como um tolo. – Ele sentiu a nota de desespero na própria voz.

– Tanta vergonha – disse ele. – Ela fica pendurada em mim como correntes. Estou louco para arrancar tudo isso de mim no mar e ficar limpo para...
Ele parou abruptamente, e o major percebeu que ele se sentia indigno até mesmo de mencionar o nome do seu Criador.
– Sei bem o que é vergonha – disse o major. Ele tinha pretendido ressaltar que o suicídio não era permitido no Islã, mas uma reafirmação de normas que o rapaz já conhecia não lhe pareceu construtiva diante do contato imediato com o vento, a chuva e uma queda vertical de uns cento e cinquenta metros. – Como seria possível não sentir vergonha? Somos todos gente de mente estreita, que se arrasta pela terra, fuçando em busca do próprio proveito e cometendo exatamente os mesmos erros pelos quais temos vontade de humilhar nossos vizinhos. – Quando se arriscou a dar uma espiada por sobre a borda aguda da pedra, o estômago se torceu com os dentes pontudos das rochas que esperavam abaixo deles, e ele quase perdeu a linha de pensamento. – Acho que acordamos todos os dias com belas intenções; e, antes do anoitecer, sempre deixamos de cumpri-las. Às vezes, acho que Deus criou a escuridão só para não ter de olhar para nós o tempo todo.
– O major está falando de fardos gerais. O que dizer da vergonha individual que queima a alma?
– Bem, se você quer algo específico – começou o major –, olhe para esta arma da qual tenho tanto orgulho. – Os dois contemplaram as gotas de chuva na coronha polida e no cano de aço opaco. – Meu pai, no leito de morte, deu uma dessas armas para mim e uma para meu irmão mais novo; e eu fiquei consumido de decepção por ele não dar as duas para mim. E fiquei remoendo meu ressentimento, enquanto ele jazia ali moribundo diante de mim. E continuei remoendo enquanto escrevia seu elogio fúnebre; e que um raio me parta se eu ainda não estava remoendo o mesmo sentimento quando meu próprio irmão morreu no último outono.
– Era seu direito por ser primogênito.
– Eu tinha mais orgulho dessas armas do que de sua tia Jasmina. Por essas armas, não defendi a mulher que amo diante de toda uma

comunidade de gente, que em sua maioria mal consigo tolerar. Deixei que ela fosse embora, e nunca vou me livrar dessa sensação de vergonha.

– E eu a deixei ir embora para poder ficar com todos os seus bens materiais – disse Abdul Wahid, em voz baixa. – Eu morrendo, também essa dívida será eliminada.

– Essa não é a solução – disse o major. – A solução é corrigir o erro, ou pelo menos se esforçar todos os dias para isso.

– Eu tentei, major – disse ele. – Mas descobri que não consigo conciliar minha crença e minha vida. Desse jeito, pelo menos a dívida de honra é paga, e Amina e George podem seguir adiante com a vida.

– Como o suicídio pode conciliar alguma coisa? – perguntou o major.

– Não vou cometer suicídio – disse Abdul Wahid. – É *haram*. Vou apenas ficar orando junto da beira e esperar que o vento me leve para onde quiser. Talvez para Meca.

Ele abriu os braços e a camisa pesada se enfunou e panejou como uma vela que se volta para o vento. O major sentiu que o tênue fio da conversa estava lhe escapando. Olhou ao redor e achou que viu algumas cabeças subindo e descendo por trás dos arbustos. Fez um aceno vigoroso, mas isso se revelou um erro. Abdul Wahid também viu os voluntários, e seu rosto perdeu todos os vestígios de animação.

– O senhor me prendeu por muito tempo, major – disse ele. – Preciso voltar a minhas orações.

Enquanto avançava, o major remexeu no bolso para pegar os cartuchos e enfiou dois nos canos, fechando a espingarda com uma das mãos. Mesmo com o gemido crescente do vento, ela deu um estalo satisfatório. Abdul Wahid parou e olhou para ele, enquanto o major dava duas longas passadas morro abaixo e começava a vir de lado para se posicionar entre Abdul Wahid e a beira do penhasco. Estava aflito com a plena consciência da natureza irregular e friável do solo, e sua impossibilidade de olhar para trás fez com que suas pernas se retesassem até ele sentir cãibra na panturrilha direita. Abdul Wahid deu um leve sorriso para ele.

– Quer dizer que o major realmente pretende atirar em mim? Ele abriu bem os braços até o vento fustigar sua camisa e deu um passo trôpego à frente.

– Não, eu não pretendo atirar em você – disse o major, dando um passo morro acima e virando a arma nas mãos para entregar a coronha a Abdul Wahid. – Pronto, pode pegar. – Abdul Wahid pegou a arma quando ela foi empurrada contra sua barriga. Ele a segurou, confuso, e o major recuou, preocupado com os canos apontados para seu peito. – Agora receio que você seja forçado a atirar em mim.

– Não sou favorável à violência – disse Abdul Wahid, baixando levemente a arma.

– Receio que você não tenha escolha – disse o major. Ele avançou novamente e segurou o cano contra o próprio peito. – Veja só, não posso deixar que você caia deste penhasco, e pretendo passar a noite inteira, se for preciso, postado entre você e a beira. Assim, você não será derrubado por acidente em momento algum. É claro que sempre poderá saltar, mas esse não era seu plano, certo?

– É uma tolice. Eu jamais poderia feri-lo, major. – Abdul Wahid recuou meio passo.

– Se você morrer aqui hoje, perderei sua tia Jasmina, e não quero viver sem ela. – O major lutou para manter o controle sobre a voz. – Além disso, não vou querer encarar seu filho, George, e lhe dizer que fiquei de braços cruzados e deixei o pai dele se matar.

Ele deu mais um passo adiante, forçando Abdul Wahid a recuar. Abdul Wahid mexeu as mãos para segurar a arma de modo mais confortável. O major rezou para que seus dedos não estivessem perto do gatilho duplo.

– Você precisa entender que sua sensação de vergonha não morre com você, Abdul Wahid. Ela continuará viva no seu filho, em Amina e na sua tia Jasmina. Sua dor vai atormentar a vida deles. Seu desejo de morrer hoje é um ato egoísta. Eu também sou egoísta. Imagino que seja por todos esses anos em que morei sozinho. Não quero viver para ver isso acontecer.

– Não vou atirar no senhor. – Abdul Wahid agora estava quase chorando, o rosto contorcido de angústia e confusão.

– Ou você atira em mim ou resolve viver a vida – disse o major.

– Não vou conseguir encarar sua tia de nenhum outro modo. Que estranho pensar que agora somos dois na mesma situação.

Abdul Wahid deu um berro de aflição e jogou a arma ao chão para longe de si. A coronha bateu primeiro, e com um estrondo a arma disparou, o que o major registrou como tendo sido apenas um cano.

Ele sentiu o aço causticante penetrar na sua perna direita. O impacto do disparo à queima-roupa fez com que ele girasse e caísse pesadamente, escorregando no capim. Enquanto ia rolando, sentiu o chão desaparecer debaixo de si. Suas pernas deslizaram por cima da beira do penhasco de greda para o vazio. Não houve tempo para sentir a menor dor, enquanto ele se debatia com as mãos acima da cabeça e sentia o cotovelo esquerdo se chocar com um mourão de ferro que no passado tinha sustentado uma cerca de arame. Ele se agarrou ao mourão, que se manteve firme por um instante, contra a força do corpo que caía, e então começou a ceder, com o metal rangendo como uma faca cega. Num átimo, um corpo pousou sobre seu antebraço esquerdo, e dedos se fincaram nas suas costas procurando algum ponto para segurar. Com isso, suas pernas se dobraram e o joelho esquerdo atingiu o penhasco com uma dor, que faiscou como uma luz na sua cabeça. O major ouviu o barulho das pedras que o precediam por cima da borda. Foi tudo tão rápido que não houve tempo para pensar. Houve apenas uma breve sensação de surpresa e o cheiro da greda branca e fria e do capim molhado.

Capítulo 25

O major estava decidido a afastar a importuna noção de dor que começava a se infiltrar na sua cabeça junto com a luz. Estava agradável na aconchegante escuridão do sono, e ele lutava para continuar dormindo. Um rumor de vozes, um barulho metálico de carrinhos e a breve percussão dos aros de uma cortina que se abria fizeram com que pensasse que estava despertando num saguão de aeroporto. Sentiu as pálpebras estremecerem e tentou mantê-las fechadas à força. Foi a tentativa de rolar de lado que o despertou com o choque de uma fisgada lancinante no joelho esquerdo e uma dor no lado direito que o fez arquejar. Tateou e sentiu um lençol fino sobre um colchão escorregadio; bateu com a mão numa coluna de metal.

– Está acordando. – A mão de alguém firmou seu ombro no colchão, e a mesma voz acrescentou: – Não tente se mexer, sr. Pettigrew.

– É mmmmajor... – sussurrou ele. – Major Pettigrew.

Sua voz era um sussurro rouco numa boca que dava a impressão de ser feita de papel pardo. Ele tentou lamber os lábios, mas a língua parecia um sapo morto.

– Aqui, beba um pouco – disse a voz, enquanto um canudo se enganchava no seu lábio, e ele sugava uma água morna. – O senhor está no hospital, sr. Pettigrew, mas vai ficar bom.

Ele voltou a adormecer, esperando que, quando acordasse de novo, fosse no seu próprio quarto na Morada das Rosas. Ficou muito contrariado ao descobrir mais tarde a mesma cacofonia de ruídos hospitalares e a pressão de lâmpadas fluorescentes nas pálpebras. Dessa vez, ele abriu os olhos.

– Como está se sentindo, papai? – disse Roger, que tinha aberto o *Financial Times* em cima da cama e usava as pernas do major como apoio para as folhas, como ele podia ver.

– Não quero atrapalhar sua leitura das cotações das ações – sussurrou o major. – Há quanto tempo estou aqui?

– Mais ou menos um dia – disse Roger. – Você se lembra do que aconteceu?

– Levei um tiro na perna, não na cabeça. Ela ainda está no lugar?

– A perna? É claro que está – disse Roger. – Não dá para sentir?

– Dá, é claro que dá – disse o major. – Mas eu não queria nenhuma surpresa desagradável.

Estava achando que falar esgotava suas forças, mas pediu um pouco d'água. Roger ajudou-o a bebericar de um copo plástico, embora a maior parte escorresse desagradavelmente pela face para dentro da orelha.

– Tiraram muito chumbo da sua perna – disse Roger. – Sorte sua que não atingiu nenhuma artéria, e o médico disse que só cortou a borda do testículo direito, não que ele achasse que fosse fazer muita diferença para um homem da sua idade.

– Muito obrigado – disse o major.

– Você também sofreu um rompimento bastante grave dos ligamentos do joelho esquerdo, mas essa cirurgia é eletiva; e eles disseram que ou vai se curar por si só, ou você pode entrar para uma lista de espera e conseguir operar dentro de um ano. – Roger se debruçou e, para surpresa do major, apertou sua mão e lhe deu um beijo na testa. – Você vai ficar bom, papai.

– Se você me beijar desse jeito outra vez, vou ter de supor que está mentindo e que na realidade estou entre os pacientes terminais – disse ele.

– Você me deu um susto tremendo, o que posso dizer? – Ele dobrou o jornal, como se estivesse constrangido pelo momento de afeto. – Você sempre foi uma rocha inabalável na minha vida e, de repente, virou um velho cheio de tubos. Muito desagradável.

– Ainda mais desagradável para mim – disse o major.

Ele hesitou um instante em fazer as perguntas, cujas respostas não sabia ao certo se poderia suportar. Sentiu-se tentado a fingir dormir e deixar para mais tarde as más notícias. Deviam ser más, pensou, já que não havia sinal de outras visitas. Tentou se sentar na cama, e Roger estendeu a mão para um botão na parede, que levantou a cama para uma posição inclinada.

– Quero saber – começou ele, mas pareceu engasgar com a própria voz. – Preciso saber. Abdul Wahid pulou?

– Considerando-se que ele deu um tiro no meu pai, eu não teria me importado se tivesse pulado – disse Roger. – Mas parece que ele se jogou no chão quando você tombou e o agarrou bem a tempo. Disseram que foi arriscado, com o vento e a chuva escorregadia, mas um cara chamado Brian se atirou por cima de Abdul, e então algum outro cara chegou com uma corda e tudo o mais, e eles arrastaram você de volta e o puseram numa maca.

– Então ele está vivo? – perguntou o major.

– Está, mas receio que eu tenha péssimas notícias, que preciso lhe dar – disse Roger. – Eu ia esperar até mais tarde, mas...

– Amina morreu? – perguntou o major. – A noiva?

– Ah, a garota que levou a agulhada? – disse Roger. – Não, ela também vai se recuperar. Estão todos com ela um andar acima, na cirurgia feminina.

– Todos quem? – disse o major.

– A sra. Ali, Abdul Wahid e aquele George que não para de me azucrinar por moedas de uma libra para a vendedora automática – disse Roger. – Depois tem a tia, Noreen, creio eu, e os pais de Abdul. É como se metade do Paquistão estivesse lá em cima.

– Jasmina está lá? – perguntou o major.

– Quando ela consegue se afastar de você – disse Roger. – Quando cheguei aqui ontem, eles ainda estavam tentando arrancá-la de cima de você, e parece que não consigo me livrar dela.

– Pretendo pedir que ela se case comigo – disse o major, com a voz seca. – Não importa o que você pense.

– Não comece a ficar todo empolgado. Esse testículo ainda está em tração – disse Roger.

– O que está em tração? – perguntou uma voz, e o major se sentiu corar quando Jasmina surgiu por trás da cortina, com um grande sorriso, usando um *shalwar kameez* num tom de amarelo delicado como manteiga. Seu cabelo estava molhado, e o cheiro era de sabonete antisséptico e limão.

– Quer dizer que você acabou indo em casa tomar banho? – perguntou Roger.

– A enfermeira-chefe disse que eu estava assustando todas as visitas com minha roupa manchada de sangue. E me deixou usar o chuveiro dos médicos.

Ela se aproximou do lado da cama do major, e ele se sentiu tão fraco quanto no dia em que ela não o deixara cair, abatido pela notícia da morte de Bertie.

– Ele não saltou. – Foi tudo o que conseguiu dizer quando agarrou sua mão cálida.

– Não, não saltou – disse ela. Segurou firme a mão dele e o beijou no rosto e depois nos lábios. – E agora ele lhe deve a vida, e nós nunca vamos conseguir pagar essa dívida.

– Se ele quiser me retribuir, diga-lhe que trate de se casar logo – disse o major. – Esse rapaz está precisando é de uma mulher para lhe dar ordens.

– Amina ainda está muito fraca, mas esperamos que eles se casem aqui mesmo no hospital – disse Jasmina. – Meu cunhado e minha concunhada prometeram ficar por aqui o tempo que for necessário para ver tudo resolvido entre eles.

– Tudo me parece maravilhoso – disse o major. Ele se voltou para Roger, que estava mexendo no celular. – Mas você me disse que havia más notícias.

– Ele tem razão, Ernest – disse Jasmina. – Você precisa se preparar.

Ela olhou para Roger, e ele fez que sim, como se os dois tivessem passado algum tempo conversando sobre como contar alguma coisa horrível a um paciente. O major prendeu a respiração e esperou pelo golpe.

– É a Churchill, papai – disse Roger, por fim. – Receio que, no tumulto de salvá-lo, a arma tenha sido chutada para um lado ou coisa semelhante. Ela escorregou pela beira, e Abdul Wahid diz que a viu se despedaçando nas rochas na queda. – Ele fez uma pausa e abaixou a cabeça. – Não a encontraram.

O major fechou os olhos e visualizou o que aconteceu. Sentiu novamente o cheiro da greda fria, sentiu o esforço em vão das suas pernas tentando ganhar algum ponto de apoio e o deslizar agonizante e lento do seu corpo, como se o mar fosse um ímã que o puxasse; e, bem na periferia da sua visão, ele pôde ver a espingarda escorregando mais veloz, sem tropeços no capim molhado, descrevendo um círculo vagaroso sobre a borda e depois tombando do penhasco diante deles.

– Tudo bem com você, Ernest? – perguntou Jasmina.

Ele piscou os olhos para afastar a imagem, sem ter certeza se era uma lembrança real ou apenas uma visão. O cheiro da greda desapareceu das suas narinas, e ele esperou que a aflição da dor o dominasse. Ficou surpreso ao descobrir que não conseguia invocar mais do que a leve decepção que se poderia sentir ao encontrar um pulôver preferido, acidentalmente fervido junto com a roupa branca, encolhido até se tornar nada mais que uma massa felpuda de tamanho adequado para um pequeno terrier.

– Estou usando algum tipo de medicação? – perguntou ele, por trás das pálpebras fechadas, e Roger disse que verificaria na ficha médica. – Parece que não consigo sentir nada.

– Ai, meu Deus, ele está paralisado – disse Roger.

– Não, estou me referindo à espingarda – disse o major. – Não estou tão contrariado quanto deveria.

– Você anseia por esse par desde que eu me lembro – disse Roger. – Você costumava repetir sempre como vovô as separou, mas que chegaria um dia em que elas seriam reunidas.

– Eu ansiava pelo dia em que pudesse parecer importante para um monte de gente que na minha opinião era mais importante que eu – disse o major. – Eu era arrogante. Deve ser genético.

– Bela coisa para se dizer a alguém que o velou na sua cabeceira a noite inteira – disse Roger. – Ei, olhem, recebi uma mensagem de Sandy.

– Você não acabou de propor casamento a outra mulher? – perguntou Jasmina.

– É verdade, mas tive muito tempo para pensar ontem de noite e calculei que uma longa mensagem de texto escrita da cabeceira do leito de meu pai moribundo talvez funcionasse.

– Sinto muito por decepcioná-lo – disse o major. – Você poderia tê-la impressionado com seu elogio fúnebre.

– Pena você ter perdido a arma que seu pai lhe deu, Ernest – disse Jasmina. – Mas você a perdeu salvando uma vida, e é um herói para mim e para os outros.

– Na realidade, perdi a arma de Bertie – disse o major. Ele bocejou e sentiu que voltava a ficar sonolento. – Por acaso, ela era a que estava mais perto para eu pegar. Não é a minha que está no fundo do Canal da Mancha.

– Você está falando sério? – perguntou Roger.

– E me alegro com isso – disse o major. – Agora não vou ter de me lembrar de que às vezes ela talvez tenha sido mais importante para mim que meu próprio irmão.

– Ai, inferno! – disse Roger, levantando os olhos do teclado. – Agora temos de pagar cinquenta mil libras a Marjorie, sem ganhar nada com isso.

– Imagino que a companhia de seguros se encarregue disso – disse o major. Ele lutava para se manter acordado, para poder continuar a olhar para o rosto de Jasmina, sorrindo para ele.

– Que seguro? – perguntou Roger, sem conseguir acreditar. – Elas estavam no seguro o tempo todo?

– O seguro nunca foi o problema – disse o major, fechando os olhos. – Quando meu pai morreu, mamãe continuou a pagar os prêmios, e, quando ela morreu, eu fiz o mesmo. – Ele abriu os olhos rapidamente para dizer uma coisa importante para Jasmina.

– Orgulho-me de nunca deixar uma conta por pagar... dá muita confusão na hora de arquivar.

– Você está cansado, Ernest – disse ela.

– Deveria descansar depois de todas essas emoções.

Ela pôs a mão na sua face, e ele se sentiu como uma criancinha, quando uma febre noturna é aliviada pelo toque da mão da mãe.

– Preciso pedir que se case comigo – disse ele, enquanto ia adormecendo. – Não neste quarto medonho, é claro.

Quando acordou novamente, as luzes estavam fracas nas enfermarias, e o posto da enfermagem podia ser visto como um clarão no final do corredor. Havia um abajur na mesinha de cabeceira e ele sentia o aquecimento central do hospital respirando tão tranquilamente quanto os pacientes na calma do turno da noite. Um vulto estava sentado numa poltrona ao pé da sua cama.

– Jasmina? – chamou ele, baixinho.

O vulto se aproximou até ele poder ver que era Amina, de camisola e roupão do hospital.

– Oi – disse ela. – Como está se sentindo?

– Bem – sussurrou ele. – Você não deveria estar na cama?

– Deveria. Dei uma escapulida. – Ela se sentou com cuidado na beira da cama. – Eu tinha de vir vê-lo antes de ir embora. Para lhe agradecer o resgate de Abdul Wahid e tudo o mais que o senhor tentou fazer.

– Aonde você vai? – perguntou ele. – Você vai se casar amanhã.

– Afinal, resolvi que não vou me casar – disse ela. – Minha tia Noreen vem me apanhar bem cedo, e então George e eu partiremos para o apartamento dela, antes que alguém comece a criar caso.

– Mas por que cargas-d'água você faria uma coisa dessas? – perguntou ele. – Não resta nada que impeça seu casamento. Até mesmo os pais de Abdul Wahid estão agora do seu lado.

– Eu sei – disse ela. – Eles não param de pedir desculpas e de chegar com presentes e promessas. Acho que já concordaram até em pagar a faculdade de medicina para George.

— Eles não sabiam o que a velha ia fazer, tenho certeza — disse o major. — Esse tipo de coisa é inimaginável.

— Acontece com maior frequência do que se pensa — disse ela. — Mas já aceitei que não foi essa a intenção deles. Estão deportando a megera hoje.

— Ela não vai para a prisão? — perguntou o major.

— Não conseguiram encontrar uma arma, e eu disse que foi um acidente. — Amina lançou-lhe um olhar que sugeria que ela sabia muito bem onde a agulha de tricô estava. — Não quis trazer mais vergonha para Abdul Wahid, e gosto de sua família se sentir em dívida comigo.

— Você tem certeza? — perguntou ele, e ela fez que sim. — Então por que ir embora agora?

Ela deu um suspiro e catou bolinhas do tecido do cobertor fino do hospital.

— Quase morrer faz a gente ver as coisas de outro jeito, não é? — Ela olhou para ele, e ele viu lágrimas nos seus olhos. — Parece que amo Abdul Wahid desde sempre, e eu achava que renunciaria a qualquer coisa para estar com ele. — Ela pinicou o cobertor com mais força, e um furinho apareceu onde os fios se separaram. O major se sentiu tentado a acalmar sua mão destruidora, mas não quis interrompê-la. — Mas o senhor consegue realmente me ver passando a vida numa loja? — perguntou ela. — Reabastecendo prateleiras, batendo papo com todas as freguesas velhinhas, conferindo as contas?

— Abdul Wahid a ama — disse o major. — Ele voltou do próprio limiar da existência por você.

— Eu sei. Nenhuma pressão sobre mim, não é mesmo? — Ela tentou sorrir, mas não conseguiu. — Mas estar apaixonado não basta. Tudo gira em torno de como a gente passa os dias, do que se faz junto, quem se escolhe para amigos e, principalmente, o trabalho que se faz. Sou dançarina. Preciso dançar. Se eu abandonar a dança, para passar minha vida embrulhando tortas de carne de porco e pesando maçãs, vou acabar me ressentindo dele. E mesmo que ele diga que posso dançar também, ele espera que eu seja sua sócia na loja. Ele também acabaria por se ressentir de mim.

Melhor nós dois ficarmos de coração partido agora do que vê-los murchar com o tempo.

– E George?

– Eu queria uma família direita para George, com mamãe, papai, um cachorrinho e talvez um irmãozinho ou irmãzinha. Mas isso é só uma fotografia num porta-retratos em cima de alguma lareira. Não é real, certo?

– Um menino precisa de um pai – disse o major.

– Se eu não soubesse disso melhor do que ninguém, me mandaria para Londres amanhã mesmo – disse ela. Hesitante, envolveu o peito com os braços e falou de um jeito que deu ao major a impressão de que tinha refletido muito sobre o assunto. – A maioria das pessoas que jogaram isso na minha cara ao longo dos últimos anos não faz a menor ideia do que quer dizer com isso. Elas não têm noção de como é ser criado sem pai, e a metade delas não suporta o próprio pai.

Fez-se silêncio. O major pensou no distanciamento de seu pai.

– Creio que, mesmo que não se goste deles, conhecer os pais ajuda a criança a compreender de onde ela veio – disse o major.

– Nós nos avaliamos em comparação com nossos pais, e a cada geração tentamos nos sair um pouco melhor. – Ao dizer isso, ele mais uma vez se perguntou se tinha fracassado com Roger.

– George terá os dois pais. Eles só não vão morar debaixo do mesmo teto. Ele terá a mim e a tia Noreen na cidade, e terá o pai em Edgecombe junto com Jasmina. Espero que o senhor também cuide dele. Ele deveria aprender a jogar xadrez.

– Jasmina lutou tanto por vocês dois – disse o major, baixinho. – Ela vai ficar arrasada.

– Às vezes não dá para acertar tudo – disse Amina. – A vida nem sempre é como nos livros.

– Não, não é mesmo.

Ele contemplou o feio isopor pipocado do forro do quarto, mas não conseguiu encontrar ali nenhuma inspiração para fazê-la mudar de ideia.

– Sou grata por tudo o que Jasmina tentou fazer por nós – disse ela. – Quero que George tenha toda a família que puder.

– Hesito em falar por qualquer pessoa, a não ser por mim mesmo – disse ele. – Ainda não tive a oportunidade de pedir oficialmente a Jasmina que se case comigo.

– Seu cachorrão – disse ela. – Eu sabia que vocês dois estavam aprontando em algum canto.

– Deixando de lado essa sua grosseria, mocinha – disse ele, com a voz mais severa que conseguiu emitir –, gostaria de lhe assegurar que você e George sempre serão bem-vindos na nossa casa.

– Para um velhote ranzinza, o senhor é muito bom.

Ela se levantou, debruçou-se e lhe deu um beijo na testa.

O major ficou se perguntando novamente como o amor e a dor podiam causar a mesma sensação, enquanto a observava se afastar pelo corredor escurecido, com as pernas refletindo suas longas sombras dançantes no brilho aquoso do linóleo.

Epílogo

A vista da sala forrada de livros que agora tinha o nome de "Sala Matinal do Senhor de Terras" abrangia as idas e vindas no terraço e no gramado do solar. O major tinha uma visão total da sra. Rasool, resplandecente em casaco açafrão e calças ondulantes de seda verde amarelada, que parecia estar discutindo em voz alta e animada com um minúsculo fone de ouvido preto. O microfone estava pousado na sua face como uma mosca bem gorda. Ela agitou uma prancheta, e dois assistentes trajados com smoking se apressaram a ajudar mais convidados a chegar ao semicírculo de cadeiras dobráveis brancas, diante de um tablado baixo, à sombra de um simples toldo branco de lona, que panejava com a brisa leve da tarde de maio. O major, meio escondido por trás da cortina de linho claro, estava feliz por ter um momento de reflexão em silêncio antes do casamento. A proposta era uma reunião de amigos, pequena e deliberadamente informal, e tudo, incluindo-se o tempo ensolarado, parecia estar cooperando. Entretanto, ele ainda percebia as festividades como uma tempestade iminente e se preparava para a cerimônia desabar sobre sua cabeça.

Ele ouviu a porta se abrir. Voltando-se, viu Jasmina entrar sorrateira na sala e fechar a porta. Estava usando calça e casaco de seda antiga que reluzia com o suave rubi escuro de um bom vinho do Porto. Uma echarpe fina como teia de aranha, do azul pálido da cerâmica Wedgwood, envolvia sua cabeça como uma visão. Ela avançou a passos leves pelo tapete em chinelos baixos e veio parar junto do seu ombro.

– Você não deveria estar aqui – disse ele.

– Achei errado deixar de desrespeitar até mesmo uma pequena tradição – disse ela, sorrindo. Ela pegou seu braço, e os dois ficaram um tempo olhando em silêncio a chegada dos convidados.

Roger estava conversando com os músicos: um harpista e dois tocadores de sitar. Ele passou a mão pelas cordas de um sitar, e o major supôs que estivesse verificando a afinação do músico e dando opinião sobre a seleção das melodias. As cadeiras do lado do noivo estavam se enchendo, com os homens em grande parte invisíveis entre os grandes chapéus que subiam e desciam. O major avistou Grace conversando com Marjorie, cujo chapéu se agitava com violência com seus resmungos. O major pôde apenas supor que sua aceitação das núpcias a serem celebradas não impedia a continuidade dos mexericos sobre sua inconveniência.

O vigário estava à toa, parecendo meio perdido. Daisy tinha se recusado a comparecer. Alec e Alma estavam ali, sem se falar, na fileira da frente. O major era muito grato a Alec por fazer questão de defender sua amizade e praticamente exigir que a mulher o acompanhasse, mas agora todos eles teriam de suportar Alma, com seu rosto rígido e suspiros de mortificação. Enquanto eles olhavam, Alice, sua vizinha, saiu pelas largas portas duplas, usando um tipo de tenda ondulante de batik e um par de sandálias de cânhamo. Vinha acompanhada por lorde Dagenham, que acabava de voltar da sua visita anual de primavera a Veneza e tinha mandado avisar que gostaria de ser convidado, mas agora parecia bastante desconcertado por encontrar gente tão estranha esperando no seu gramado dos fundos.

– Você acha que Dagenham está gostando do que os Rasool fizeram com o lugar? – perguntou o major.

– Depois do ocorrido com as crianças e os patos, ele deveria se considerar sortudo com as coisas terem se arranjado de modo tão lucrativo – respondeu Jasmina.

O fiasco do torneio de tiro aos patos chegara ao conhecimento das autoridades municipais que mandaram fechar a escola de imediato. Tinha sido só havia pouco tempo, como parte de um plano a longo prazo instituído por Gertrude, a mulher do senhor das terras de Loch Brae, que os Rasool alugaram discretamente o solar, com exceção da ala leste, para um hotel com as características de uma casa de campo, permitindo a lorde Dagenham uma renda substancial para voltar a dividir seu tempo entre Edgecombe e outros locais frequentados pela alta sociedade. Parecia simplesmente correto que essa comemoração eclética fosse o primeiro casamento que organizavam ali.

Os convidados da noiva – um grupo muito pequeno, composto por um auxiliar de imame, chamado Rodney, Amina e sua tia Noreen, os pais da sra. Rasool e o fornecedor de verduras congeladas do mercadinho, que tinha implorado para vir – agora começavam a se reunir no terraço, como se estivessem sendo detidos por uma corda invisível. Abdul Wahid era quem os conduziria a suas cadeiras numa pequena procissão tradicional na hora certa. Ele estava parado de um lado, com a costumeira cara amarrada, como se não aprovasse toda aquela tagarelice frívola ao redor. Ele não olhava na direção de Amina. Os dois tinham desenvolvido um procedimento rigoroso de mútuo distanciamento, tão rígido que demonstrava nitidamente a forte atração que ainda sentiam. Sem dúvida, pensou o major, Abdul Wahid também não aprovava a quantidade de joelhos gorduchos e bustos generosos em exposição no lado do noivo. Abdul Wahid desgrenhou o cabelo do filho, que estava confortavelmente encostado nele, com o nó da gravata todo torto. George lia um livro grande, parecendo totalmente distante de toda a atividade ao redor.

O major suspirou, e Jasmina riu dele ao pegar seu braço.

– É um bando bem heterogêneo – disse ela –, mas é o que sobrou, quando todo o fingimento superficial foi eliminado.

– Será que vai dar? – disse o major, pondo a mão sobre os seus dedos frios. – Vai ser suficiente para sustentar o futuro?

– Mais que suficiente para mim – disse ela. – Meu coração está estourando.

O major ouviu sua voz um pouco embargada. Ele se voltou para encará-la e afastou uma mecha de cabelo do seu rosto, mas não disse nada. Chegaria a hora de falar em Ahmed e Nancy nas cerimônias por vir. Nesse momento, havia apenas o silêncio da reflexão tranquila, acumulando-se entre eles como luz sobre o tapete. Lá fora, o harpista improvisou um glissando vibrante. Sem olhar, o major pôde sentir os convidados se empertigando e concentrando a atenção. Teria preferido ficar nessa sala para sempre, contemplando esse rosto que exibia o amor como um sorriso nos olhos, mas não era possível. Ele endireitou os ombros e lhe ofereceu o braço com uma reverência formal.

– Sra. Ali – disse ele, sentindo o prazer de usar esse nome pela última vez –, vamos sair e nos casar?

Agradecimentos

Muito tempo atrás, uma mãe dona de casa no Brooklyn, que sentia falta da movimentação do seu emprego no ramo da publicidade, entrou para uma aula de redação na Associação Cristã de Moços da 92nd Street, em Nova York, em busca de um canal para sua criatividade. A viagem foi longa desde aquela época, e, como em qualquer boa história, eu não teria conseguido cumpri-la sem a ajuda de muitos desconhecidos e amigos. Por isso, obrigada a todos.

Obrigada à minha comunidade de escritores do Brooklyn, aí incluída a autora Katherine Mosby, que foi quem me ensinou a apreciar a beleza da frase; Christina Burz, Miriam Clark e Beth McFadden, que compõem o grupo de redação de uma década de idade, com o qual troco críticas sem cerimônia e vinho barato; e às primeiras leitoras, Leslie Alexander, Susan Leitner e Sarah Tobin.

Obrigada aos talentosos escritores que me ensinaram por meio da Conferência de Escritores de Southampton e do programa de mestrado em Belas Artes de Stony Brook Southampton. Minha gratidão especial ao professor Robert Reeves, mestre, amigo e incentivador declarado. Ele nunca deixa de acreditar nos alunos. Ele nunca usa meias. Obrigada, também, a Roger Rosenblatt e Ursula Hegi; Melissa Bank, Clark Blaise, Matt Klam, Bharati Mukherjee, Julie Sheehan e Meg Wolitzer, e às amigas de redação Cindy Krezel e Janis Jones.

Obrigada ao Ateliê de Escritores do Bronx, que me concedeu um Prêmio para Primeiro Capítulo em 2005. Julie Barer leu aquele primeiro capítulo e esperou três anos pelo resto do romance. Obrigada, Julie – agora eu sei como deve ser a sensação de ganhar na loteria. Obrigada a Susan Kamil, que me faz rir tanto, que faço qualquer coisa que ela peça. Felizmente, ela é também uma editora brilhante, de modo que tudo acaba funcionando. Paragraph, espaço de trabalho para escritores, me forneceu uma mesa e uma comunidade. William Boggess, Noah Eaker e Jennifer Smith facilitaram minha vida com sua ajuda editorial.

No ciberespaço, obrigada a Tim em timothyhallinan.com por seus conselhos de impacto sobre como escrever.

Meus pais, Alan e Margaret Phillips, sempre acreditaram que eu podia escrever e sempre me apoiaram. Para eles, meu amor, bem como para minha irmã, Lorraine Baker, e também para David e Lois Simonson, que acolheram uma nora estrangeira.

Nossos filhos maravilhosos, Ian e Jamie (que detêm os direitos dos bonecos colecionáveis), foram implacáveis com suas provocações até o original ficar pronto. Meu marido e melhor amigo, John Simonson, sempre entendeu essa história em detalhes, e nunca poderei lhe agradecer o suficiente... por tudo.

Este livro foi impresso na Editora JPA Ltda.
Av. Brasil, 10.600 – Rio de Janeiro – RJ,
para a Editora Rocco Ltda.